Research on Margaret Atwood's Ethical Thought

诗性正义

玛格丽特·阿特伍德的
伦理思想研究

袁霞 —— 著

POETIC JUSTICE

上海社会科学院出版社
SHANGHAI ACADEMY OF SOCIAL SCIENCES PRESS

本书系国家社科基金一般项目"玛格丽特·阿特伍德的伦理思想研究"(16BWW042)结项成果

本书出版获南京师范大学外国语学院学术出版基金和2023—2024年度"中加学者交换项目"(CCSEP)资助

我相信诗歌是语言的核心，语言通过诗歌的表达得以更新，保持活力。我相信小说写作是社会团体道德感和伦理意义的护卫者……小说是为数不多的一种形式，通过它，我们可以检验我们的社会，并非检验其特定的方面，而是检验其典型之处；通过它，我们能够看清自己，看清我们各自相处的方式，通过它，我们能够看清他人，评判自己。

——阿特伍德《读者的彼岸》①

采访者尤其喜欢的问题是：作家的"作用"是什么？作家"为"何而写作——是为证明上帝行事的正当性，为推进无产阶级的胜利果实，为见证自己的时代，或是在可能的情况下，仅仅是为挣点家用？作家在"为"谁写作——眼光敏锐的读者，受压迫和未被充分代表的人，灾后苟且偷生者，抑或寻找浪漫或幻想逃离世俗的冒险家？（着重号为原文所有）

——阿特伍德《波基斯页岩：20世纪60年代加拿大写作版图》②

---

① Margaret Atwood, "An End to Audience?" *Second Words: Selected Critical Prose* (Toronto: Anansi, 1982), 346.
② Margaret Atwood, *The Burgess Shale: The Canadian Writing Landscape of the 1960s* (Edmonton: The University of Alberta Press, 2017), 6.

目 录

前 言 ·· 1

第一章 声音的印迹：玛格丽特·阿特伍德的诗性话语 ············ 18
  第一节 内心的召唤··· 19
    一、艺术家的成长·· 20
    二、词序/世界的秩序 ·· 24
    三、向下的旅程·· 32
  第二节 外文本：自我的表演 ································· 37
    一、来自官方办公室的声音································· 38
    二、触网：虚拟世界的声音 ································ 41
    三、书籍签售会上的声音···································· 47

第二章 民族与国家：责任伦理 ································· 52
  第一节 论加美关系··· 54
    一、加美关系的"本土记录者" ························ 55
    二、"幸存女"与加拿大梦································· 61
    三、从"交互民族主义"到"超民族主义" ······· 69
  第二节 论加拿大内部关系···································· 75

一、英裔与法裔民族矛盾 ………………………… 75
　　　二、"缺场"的土著居民 …………………………… 84
　　　三、多元文化中的移民和外国人 ………………… 93
　第三节　"我们是谁"：民族身份话语转向 …………… 106
　　　一、文化记忆与身份建构 ………………………… 107
　　　二、加拿大性的重新界定 ………………………… 119

第三章　女性与家庭：信任伦理 ……………………………… 132
　第一节　两性关系的平等框架 …………………………… 133
　　　一、谎言和欺骗 …………………………………… 134
　　　二、婚姻生活建构 ………………………………… 146
　　　三、女性对社会的参与 …………………………… 155
　第二节　家庭成员间的伦理责任 ………………………… 164
　　　一、缺席的父亲 …………………………………… 165
　　　二、疏离的母女关系 ……………………………… 177
　　　三、道德捆绑下的姐妹情 ………………………… 184
　第三节　走出迷宫，面对困境 …………………………… 194
　　　一、迷宫意象 ……………………………………… 195
　　　二、诉说与倾听 …………………………………… 202
　　　三、见证衰老 ……………………………………… 206

第四章　人类与动物：关怀伦理 ……………………………… 215
　第一节　动物之"歌" …………………………………… 217
　　　一、饲养场里的悲歌 ……………………………… 217

二、表演场上的哭泣 ………………………………… 222
　　三、捕猎场里的哀鸣 ………………………………… 227
第二节　现代废墟中的动物难民 ……………………………… 233
　　一、实验室动物 ……………………………………… 233
　　二、餐桌上的动物 …………………………………… 239
　　三、"被吞噬"的人类动物 …………………………… 245
第三节　人与动物的再协商 …………………………………… 250
　　一、动物的主体性 …………………………………… 251
　　二、素食主义的悲悯 ………………………………… 257
　　三、共生动物 ………………………………………… 264

第五章　科技与环境：生存伦理 ……………………………… 270

第一节　濒危的世界 …………………………………………… 272
　　一、破碎的风景 ……………………………………… 272
　　二、毒物危机 ………………………………………… 278
　　三、气候变异 ………………………………………… 283
第二节　自然之后 ……………………………………………… 291
　　一、人文主义的困境 ………………………………… 292
　　二、垄断资本的危险 ………………………………… 298
　　三、技术的伦理局限 ………………………………… 303
第三节　绝境中的生存 ………………………………………… 308
　　一、遵循生命周期 …………………………………… 309
　　二、学习自然之语 …………………………………… 314
　　三、追寻诗意地栖居 ………………………………… 320

结　语 …………………………………………………… **328**

参考文献 ……………………………………………… **340**

附录　玛格丽特·阿特伍德主要作品出版年表 …………… **373**

前 言

一

玛格丽特·阿特伍德（Margaret Atwood）1939年出生于加拿大首都渥太华，父亲卡尔·E.阿特伍德（Carl E. Atwood）是一位森林昆虫学家。由于父亲的工作关系，阿特伍德的孩提时代大多在魁北克北部的丛林里度过，并经常往返于渥太华与多伦多之间。也正因为如此，阿特伍德直到8年级才有机会接受全日制教育，但她很小便开始如饥似渴地阅读文学作品，包括《格林童话》（*Grimm's Fairy Tales*）、加拿大动物故事、推理小说以及连环漫画。大量的阅读在潜移默化中培养了阿特伍德的文学素养，她也不再仅仅满足于被动地接受，而是尝试将自己丰富的想象诉诸笔端。阿特伍德从6岁起便着手写剧本和诗歌，到16岁时，她意识到自己想成为一名专业作家，便于1957年申请进入多伦多大学的维多利亚学院学习，师从文学大师杰·麦克弗森（Jay Macpherson）和文化批评家诺斯罗普·弗莱（Northrop Frye）教授。在大学期间，阿特伍德积极撰写诗歌和论文，发表在学院的文学期刊《维多利亚学报》（*Acta Victoriana*）上。

1961年，阿特伍德大学毕业，并于当年出版由自己设计并排版的诗集《双面普西芬尼》(Double Persephone)，获得"E. J. 普莱特奖"（E. J. Pratt Medal），开始在文学领域崭露头角。一年之后，她在哈佛大学拉德克利夫学院获得硕士学位，接下来的两年，她继续留在哈佛大学攻读博士学位，研究"英国玄学派罗曼司"，却并未完成学业。此时的阿特伍德发现自己并不适合做一名批评家，于是把全部精力投入文学创作。1964年，诗集《圆圈游戏》(The Circle Game)问世，获得1966年加拿大最高文学奖项"总督奖"（Governor General's Award），从此奠定了她在文坛的地位。此后，阿特伍德一发不可收，除了诗歌，她还涉足小说（长篇和短篇）、散文、剧本（歌剧剧本和电视剧本）、儿童文学和评论等领域，获得了除诺贝尔文学奖之外的诸多文学奖项，被尊为"加拿大文学女王"。如今，已经85岁高龄的阿特伍德仍然没有停止创作的步伐，不仅时有佳作问世，还积极参与各种社交活动。2017年，全美书评人协会奖（The National Book Critics Circle Award）评委会将"伊凡·桑德罗夫终身成就奖"（Ivan Sandrof Lifetime Achievement Award）颁给阿特伍德，以表彰她对文学的杰出贡献。2019年被《环球邮报》(Globe and Mail)称作"阿特伍德峰年"[①]：她凭借小说《证言》(The Testaments)获得了布克奖[②]，并因在文学上的突出成就被英国女王授予"荣誉勋爵"封号，在温莎城堡参加了授勋仪式。除此之外，她在这一年还获得了加拿大"年度艺术家"称号以及加拿大皇家学会在多伦多颁发的洛恩·皮尔斯勋章，并在纽约林肯中心举行的年度魅力女性颁奖典礼上获终身成就奖。2024年，阿特伍德又因在神话、奇幻和推想小

---

① Anon, "Peak Atwood," Globe and Mail, 22 December 2019.
② 《证言》是《使女的故事》(The Handmaid's Tale)的续篇，小说甫一出版便跃居《星期日报》畅销书排行榜第一位，被提名该年度的布克奖和吉勒文学奖，并与尼日利亚裔英国女作家伯娜丁·埃瓦里斯托（Bernardine Evaristo）同获布克奖。

说领域的成就获得了国际安徒生文学奖。

阿特伍德的文学创作道路大致可以分为四个阶段，每个阶段的作品都具有鲜明的时代烙痕。阿特伍德初入文坛之时恰是加拿大民族文化风起云涌的 20 世纪六七十年代，加拿大正在努力寻求并建立自己的民族身份，试图摆脱英法殖民地的历史影响以及超级大国美国的经济和文化威胁。与此同时，北美掀起了第二波女性主义浪潮，西蒙·德·波伏娃（Simone de Beauvoir）的《第二性》（*The Second Sex*，1949）和贝蒂·弗里丹（Betty Friedan）的《女性的奥秘》（*The Mystique of Female*，1960）对年轻的阿特伍德产生了巨大影响。这一时期的阿特伍德作品兼具了后殖民和女性主义的双重视角。在诗集《苏珊娜·穆迪日志》（*The Journals of Susanna Moodie*，1970），小说《可以吃的女人》（*The Edible Woman*，1969）、《浮现》（*Surfacing*，1972）和《神谕女士》（*Lady Oracle*，1976），以及论著《生存：加拿大文学主题指南》（*Survival: A Thematic Guide to Canadian Literature*，1972，简称《生存》）中，阿特伍德谈及了加拿大独特的民族传统、加拿大作为后殖民国家所面临的困境以及女性在父权社会中受到的压迫等与时俱进的社会问题。

到了 20 世纪 80 年代，阿特伍德越来越频繁地介入国际政治，希望通过自己的文学作品唤起人们对人权的重视。诗集《真实的故事》（*True Stories*，1981）描写了可怕的人类苦难，揭露了人类历史上的种种暴行。小说《肉体伤害》（*Bodily Harm*，1981）从女性的角度描述了处于极权统治下的加勒比海地区普通民众的悲惨生活。反乌托邦小说《使女的故事》（*The Handmaid's Tale*，1985）揭示了极权统治下人权的失落。阿特伍德为写这部小说专门准备了一个文件夹，粘贴剪辑来自报刊的文章，包括拉丁美洲和伊朗、菲律宾等国暴行的报告。以上作品表明了阿特伍德作为一名公共知识分子对受压迫阶级的关注。

1988年，加拿大政府正式通过并颁布《多元文化主义法案》（The Multiculturalism Act），多元文化主义进入制度化阶段。90年代，加拿大文化遗产部开始主管多元文化政策的各个项目，提出了"认同、公民参与和社会正义"①的多元文化主义理念。在这一时期，阿特伍德有两部重要作品问世：《强盗新娘》（The Robber Bride，1993）和《别名格雷斯》（Alias Grace，1996）。与之前的作品相比，这两部小说的文风发生了很大变化。《强盗新娘》是一部后现代哥特式小说，它采用了传统的哥特式主题，如邪恶的幽灵、肉体的转换和神奇的镜子等，同时记录了多伦多战后的社会历史和文化，促使读者再思"认同、公民参与和社会正义"理念的可行性。《别名格雷斯》以加拿大历史上的一桩谋杀案为素材，展示了19世纪加拿大的社会状况，在对历史进行重述的同时，探讨了加拿大骨子里的"多元民族"事实，展现了作者对多元文化主义和种族主义的思考。

21世纪是科技文明飞速发展的时期，信息技术不断更迭，生物技术变革频繁，各种新材料层出不穷……一方面是科学技术带来的福音，另一方面人类却要面对污染、资源枯竭和全球变暖等环境问题。早在20世纪70年代末，阿特伍德便开始关注环境保护话题，并在多部作品中揭示了工业社会对技术的滥用以及由此产生的对全球生态系统的破坏性影响。在进入21世纪之后，阿特伍德的生态环保题材更加多样，视野更为开阔。她在这一阶段的作品大多以反思科技文明为主：一方面继续探讨相对传统的主题，如滥用科技造成

---

① 梁浩瀚：《21世纪加拿大多元文化主义：挑战与争论》，陈耀祖译，《广西民族大学学报》2015年第2期，第43页。

的生态灾难,对反生态的科技发展做出批判;另一方面更着重于展示基因技术和生物工程导致的科技伦理问题。《疯癫亚当三部曲》——《羚羊与秧鸡》(*Oryx and Crake*,2003)、《洪水之年》(*The Year of the Flood*,2009)和《疯癫亚当》(*MaddAddam*,2013)——通过描写一场灭绝人类的大灾变,敦促人们思考"当今科学在生物工程、克隆、组织再生和农业杂交等方面的新进展……是否超出了限度走向疯狂"[①]。在小说《最后死亡的是心脏》(*The Heart Goes Last*,2015)中,阿特伍德则通过对性爱机器人的刻画,揭示了人工智能所造成的伦理问题:"这种技术是否有可能过了头,脱离了伦理道德控制下的理性范围?"[②]

阿特伍德的文学创作四阶段并非铁板一块。作为一个有着先锋意识的作家,她的作品在很多时候已经超越了时代限制。当人们还在津津乐道于她的民族情结或女性主义者的身份时,她已将触角伸向更多领域,或是为人权运动高呼呐喊,或是为生态环境保护奉献一己之力。阿特伍德就如同她笔下那位"神谕女士",可以预知人类将要面临的种种困境,她的许多思想也在作品中互为渗透、交互碰撞。

二

阿特伍德在一次访谈中指出,作家的作品就像一棵树:"假如你靠它很近,你能看见树木内部的微小颗粒。往后退的话,你瞧见的

[①] 王诺:《欧美生态文学》,北京大学出版社2011年版,第206页。
[②] Jon Pressick, "Margaret Atwood's *The Heart Goes Last*: Love, Dystopia and Sex Robots," 27 November 2015, accessed 29 November 2015, http://futureofsex.net/robots/margaret-atwoods-the-heart-goes-last-love-dystopia-and-sex-robots/.

则是远远的一团绿色。"① 这句话非常形象地说明了文学作品丰富的阐释空间。不同的读者拥有不同的阐释层次，这是毋庸置疑的。哪怕是同一个读者，在阅读同一部作品时，如果站在不同的角度，也会有迥然相异的理解。阿特伍德作品众多、文体庞杂，对它们的阐释可以说是不胜枚举。② 国外关于阿特伍德的整体研究可分为以下三个阶段：

第一阶段（1988年之前）的研究以探讨阿特伍德与加拿大文学传统的关系为主，并将她与北美女权主义运动联系起来，主要集中于她作品中的民族主义和女性主义主题。琳达·桑德勒（Linda Sandler）主编的《马拉哈评论：玛格丽特·阿特伍德专题论文集》(*The Malahat Review: Margaret Atwood: A Symposium*, 1977) 是首部关于阿特伍德的论文集，探讨了阿特伍德作品中一些重要的主题，比如她与加拿大文学传统的关系、对荒野的迷恋和对自然的关注。其中不少论文将阿特伍德与北美新女权主义运动联系起来，她利用"斯威夫特式"的嘲讽体现独特的加拿大性（Canadianness）③。阿诺德·E.戴维森（Arnold E. Davidson）等人的专著《玛格丽特·阿特伍德的艺术：批评杂记》(*The Art of Margaret Atwood: Essays in Criticism*, 1981) 分析了阿特伍德对弗莱神话批评的继承和发展，以及如何从女性的角度对神话故事进行修正。但是，这一阶段的研究

---

① Geoff Hancock, "Tightrope-Walking Over Niagara Falls: Interview with Margaret Atwood," Earl G. Ingersoll, ed., *Margaret Atwood: Conversations* (New Jersey: Ontario Review Press, 1990), 199.
② 早在2007年，香农·亨津（Shannon Hengen）和埃舍莉·汤姆逊（Ashley Thomson）就对1998—2005年间关于阿特伍德的评论文章进行了统计，共计3000篇（见*Margaret Atwood: A Reference Guide: 1988-2005*, Metuchen: Scarecrow Press, 2007）。《疯癫亚当三部曲》的出版更是使阿特伍德研究达到巅峰状态，关于这三部作品的探讨仍处于如火如荼的状态。
③ Linda Sandler, ed., *The Malahat Review: Margaret Atwood: A Symposium*, 41 (January 1997): 5.

局限于主题和样式批评，对语言、形式、结构和后现代角度所进行的探讨相对较少。

第二阶段（1988—2000年）的研究开始与多元文化主义和后殖民理论相结合。例如科林·尼科尔森（Colin Nicholson）的《玛格丽特·阿特伍德：写作与主体性》（*Margaret Atwood: Writing and Subjectivity*，1994）[①] 从后殖民角度（而不是从民族主义和美加关系的背景）出发讨论阿特伍德的加拿大性；在洛林·约克（Lorraine York）主编的《多面阿特伍德：对较近的诗歌、短篇故事和小说的评论》（*Various Atwoods: Essays on the Later Poems, Short Fiction, and Novels*，1995）中，对一些传统话题的探讨大多与后殖民理论、解构主义和多元文化主义意识相结合。这一阶段的研究方法有了很大转变，但研究内容多数仍局限于阿特伍德早期作品中的民族性和女性主义主题，对阿特伍德的国际写作视野（即全球范围的环境问题和民族问题）关注不多。

在第三阶段（2000年至今），伴随着后现代主义、后殖民主义等文学理论的深入发展以及全球化、生态批评等学术话语的推广，阿特伍德研究具有了前所未有的广度和深度。除了对性别问题和民族主题的深层次研究，全球化、空间政治、生态环境等话题在近年来成为阿特伍德研究的热点。例如，卡罗尔·安·豪威尔斯（Coral Ann Howells）主编的《剑桥玛格丽特·阿特伍德导读》（*The Cambridge Companion to Margaret Atwood*，2006）分析了阿特伍德作品中的权力政治，并探讨了加拿大在后现代全球语境下关于环境和生存的主题。在《阿特伍德小说中的政治：帐篷上的书写》（*The*

[①] 这是第一部在英国出版的有关阿特伍德作品的评论集，包括了北美和欧洲批评家的论文。

Political in Margaret Atwood's Fiction: The Writing on the Wall of the Tent，2012）中，西奥多·F.谢克尔斯（Theodore F. Sheckels）追溯了阿特伍德小说的核心，即"政治和权力"，并指出她后期小说里的社会阶级、后殖民主义和全球主义与科学和商业相结合，都与"政治和权力"相关。卡玛·沃尔特能（Karma Waltonen）的《玛格丽特·阿特伍德的启示录》（Margaret Atwood's Apocalypses，2015）追溯了阿特伍德作品中的大灾变主题，对全球生态环境提出了思考。2022年，谢克尔斯再次出版专著《玛格丽特·阿特伍德与社会正义：作家思想的演变》（Margaret Atwood and Social Justice: A Writer's Evolving Ideology），阐述阿特伍德作为学者、艺术家和活动家如何拓宽社会正义的含义，揭示压迫发生的多种方式。贾斯敏·夏尔马（Jasmine Sharma）的著作《玛格丽特·阿特伍德科幻小说中的技术文化》（Technoculture in Margaret Atwood's Science Fiction Novels，2023）深入分析了阿特伍德小说中包括生物政治力量在内的技术如何对人类和后人类生活产生广泛的文化影响。

国内的阿特伍德研究起步于20世纪末21世纪初。傅俊教授的专著《玛格丽特·阿特伍德研究》（2003）从生平和作品两个方面对阿特伍德进行了阐述和分析。潘守文博士的英文版专著《民族身份的建构与解构——阿特伍德后殖民文化思想研究》（2007）从后殖民理论的角度研究了阿特伍德的作品，认为她从加拿大的政治需要出发进行文学创作，将阿特伍德界定为一个具有明确政治意识和权力意识的作家。笔者的专著《生态批评视野中的玛格丽特·阿特伍德》（2010）从自然与民族身份、自然与女性、自然与底层民众以及环境启示录话语四个方面探讨了阿特伍德的生态思想，是目前国内第一部研究加拿大作家生态思想的论著。杨俊峰的著作《玛格丽特·阿特伍德创作研究》(2015)对阿特伍德不同时期的多部代表作品进行了深入研究。丁林棚教授的批评专著《自我、社会与人文——玛格丽特·阿特伍德小说的文化解读》(2016)以文化研究作为阐释视角,探讨了阿特伍德作品中的文化、社会、科技和人文关怀理念,并在此基础上揭示了自我作为个体、社会和生物存在形式面临的问题和危机。张雯的《玛格丽特·阿特伍德:文本与语境》(2019)从"民族与世界""神话与历史""身体与政治""性别与社会"四个方面探讨了阿特伍德作品与加拿大乃至世界语境的互动关系。2020年,笔者出版了《玛格丽特·阿特伍德:加拿大文学女王》,这是中国出版的第一部阿特伍德传记,展现了阿特伍德作为小说家、诗人、文学评论家的生平与思想。王韵秋的《玛格丽特·阿特伍德的创伤叙事与现代性批判》(2023)是最新的阿特伍德批评著作,将"创伤"和"现代性"结合起来,对阿特伍德的作品进行了别具一格的解读。

除了以上8部专著,还有不少研究以学术论文形式出现,但大多难以跳出女性主义研究的窠臼。近年来由于生态批评的兴起,生态主义解读也成为阿特伍德研究的热点,尤其是对小说《羚羊与秧鸡》的探讨,很多学者都是从生态批评的视角对其进行研究。目前,除了一批博士和硕士论文,在"中国知网(CNKI)"上可以查到与阿特伍德相关的论文九百余篇。总体来看,国内阿特伍德研究由于起步较晚,明显不如国外阿特伍德研究丰富多彩,且多追随西方研究的步伐,亟待进一步开发。

三

阿特伍德曾说过:"写作是社会团体道德感和伦理意义的护卫

者。"她还在《与死者协商：一位作家论创作》(Negotiating with the Dead: A Writer on Writing, 2002，简称《与死者协商》)一书中写道："作家写出的文字并非存在于某个围墙之内的、名为'文学'的花园里，而是真正进入世界，有其影响和后果。这样一来……就应该开始谈伦理学，谈责任……"[1] 对于"责任"一词，阿特伍德是这么认为的："作家透过自己的作品对别人产生的影响，则可称为'道德及社会责任'。"[2] 她还对"职责"一词进行了阐述，指出它意味着"某种自我意志"[3]。作为一名公共知识分子，阿特伍德一直在践行着这样一份责任、职责和使命。

概括起来，阿特伍德在每一个时期的创作都是围绕着"诗性正义"的主题展开的。"正义"是伦理学的基本范畴，通常是指人们按照一定道德标准所应当做的事。在不同的社会、阶级或阶层，人们对"正义"有着不同的理解和阐释。伦理学家玛莎·C. 努斯鲍姆（Martha C. Nussbaum）在论著《诗性正义：文学想象与公共生活》(Poetic Justice: The Literary Imagination and Public Life, 1995) 中考察了文学想象是如何作为一种公正的公共话语，并成为民主社会有机组成部分的。努斯鲍姆指出，文学想象作为"一种伦理立场"，"要求我们关心与我们生活相距甚远的他人的利益"。[4] 在努斯鲍姆看来，文学作品应该以一种使读者能够参与所呈现事件的方式来揭示和呈现道德观念，因为它们"通常邀请读者把自己放在许多不同类型的人的位置上，并接受他们的经历。它们在对想象中的读者的称呼方

---

[1] 玛格丽特·阿特伍德：《与死者协商》，严韵译，上海三联书店2007年版，第69页。
[2] 同上书，第72页。
[3] 同上书，第99页。
[4] Martha C. Nussbaum, *Poetic Justice: The Literary Imagination and Public Life* (Boston: Beacon Press, 1995), xvi.

式中,传达了一种存在可能性联系的感觉……因此,读者的情感和想象力高度活跃"①。通过文学想象,作为读者的我们能够进入遥远的他者的生活,并具备共情的能力。"诗性正义"的概念可以从两个方面来理解:首先,正义在诗歌(即文学文本)和诗学中的作用是什么?其次,诗歌如何影响正义的概念以及正义的实现?对于第一个问题,正义能够赋予诗歌读者更高程度的一致性,具有教诲的力量。至于第二个问题,努斯鲍姆认为,对"正义"文学的解读会产生一种新形式的"公共推理"(public reasoning),这本身就带来了正义从虚构领域向现实的过渡。② 文学是对生活的模仿,通过对文学作品中关于正义、法律、伦理和美学等观点的反思,人们可以建设一个更加美好的世界。本书参考了努斯鲍姆的"诗性正义"概念,阐述阿特伍德在自己的文学想象和公共生活中对民族与国家、女性与家庭、动物等非人类他者以及科技与环境等所秉持的人生态度和哲学理念。

　　阿特伍德的成长历程伴随了加拿大文学的发展和壮大:年轻时,她立志成为一名加拿大作家,向加拿大人介绍本国文学。在《生存》中,阿特伍德提出了"加拿大特征"(Canadian signature)的说法,将加拿大作为一个独立民族国家所具有的不同于其他国家的特征展现在世人面前。尽管《生存》的出版使她屡遭非议,承受了许多不该有的压力,但她从未放弃希望。她认为,唯有了解了本国文学,加拿大人才能更好地了解自身,从而获得"生存"的机会。再后来,她尝试着将加拿大文学推向世界,《别名格雷斯》为读者打开了一扇通往 19 世纪加拿大历史的窗户,《盲刺客》(*The Blind Assassin*, 2000)介

---

① Martha C. Nussbaum, *Poetic Justice: The Literary Imagination and Public Life*, 5.
② Ibid., 8.

绍了20世纪早期加拿大社会的政治和文化背景,《猫眼》(Cat's Eye, 1988)和《强盗新娘》则呈现了当代多伦多的地理风貌、风土人情和人文环境。通过对"加拿大特征"的书写,阿特伍德弘扬了加拿大的文化和历史,体现了自己"植根故土,情牵世界"[1]的家国情怀。

阿特伍德虽然并不承认自己是女权主义者,但她坚信"任何一个社会的观察者都不会脱离女性主义的观察视角。这差不多是现实生活中的常识"[2]。正因为如此,阿特伍德的很多作品都与女性有关。它们或是书写女性与男性之间的权力游戏,或是由女叙述人来讲述女性的成长故事。这些女性无一例外生活在社会的边缘,"既处于占统治地位的文化之内,同时又被排除在外面"[3]。从20世纪60年代末的《可以吃的女人》开始,到2023年的《林中老宝贝》(Old Babes in the Wood),阿特伍德笔下的女性见证了一个又一个全新的时代,她们面临的是和男性同样的社会痼疾,承受的压力不亚于男性,但由于千百年来的社会偏见,她们往往要付出更多努力,才能换回与男性同等的待遇。女性如何处理与社会的关系以及家庭中的关系,将个人成长融入时代发展,实现自身的价值,这是阿特伍德从未停止探讨的话题。

由于家学渊源,阿特伍德的少年时代与动物结下了不解之缘。她和哥哥的日常嬉戏不乏与动物的亲密接触,能够近距离观察石头下的昆虫、湖里的鱼虾和空中的飞鸟。在阿特伍德看来,世上之人

---

[1] 袁霞:《植根故土,情牵世界——玛格丽特·阿特伍德四十五年创作生涯回顾》,《译林》2007年第5期,第206—209页。
[2] Reingard M. Nischik, ed., *Margaret Atwood: Works and Impact* (New York: Camden House, 2000), 126.
[3] 袁霞:《生态批评视野中的玛格丽特·阿特伍德》,学林出版社2010年版,第23页。

与非人类的动物一样,"均是生物界的一部分"①,无高低贵贱之分。然而,人类对动物的态度却和男性对女性的态度一样,充满了偏见,这在无形中将动物置于了"他者"的行列。阿特伍德的诗歌里充满了动物意象,如《彼国动物》(*The Animals in That Country*, 1968)里的猫、狐狸、公牛和狼群,《苏珊娜·穆迪日志》中的夜熊,《地下的程序》(*Procedures for Underground*, 1970)里的鼹鼠、青蛙、纹鱼、鸟儿和银狐,《你快乐》(*You Are Happy*, 1974)里面作为"变形者"的各种动物之歌,《新残月交替》(*Interlunar*, 1984)中的蛇……除此之外,阿特伍德还在小说中不断考察人类与动物之间的关系,突出动物的受害者形象。在《浮现》中,遭猎杀的苍鹭被吊在树上,像是在炫耀人类的强大,"只是为了证明……他们有杀戮的权利"②。作者旨在通过描写这种无目的的屠戮,促使人们思考世上各种无意义的死亡。《羚羊与秧鸡》里的动物则成了生物科技时代"活体研究"的牺牲品,科学家们以"动物研究"为名,肆意地改变动物的基因特征,引发了伦理学意义上的灾难。阿特伍德谱写了一曲曲动物悲歌,以唤起人们对它们的同情与悲悯。

阿特伍德是一位有着科学家精神的人文主义者。2004 年初,她在为《羚羊与秧鸡》巡回宣传时萌生了开发远程机器人书写技术的设想,这就是后来众所周知的"长笔"(LongPen):不用亲自参加书展便可在世界任何地方通过平板电脑和互联网远距离签名,这使她免除了舟车劳顿的辛苦。③ 阿特伍德眼里的科学"是一种认知方式,

---

① Karla Hammond, "Articulating the Mute," Earl G. Ingersoll, ed., *Margaret Atwood: Conversations*, 120.
② 玛格丽特·阿特伍德:《浮现》,蒋丽珠译,译林出版社 1999 年版,第 125 页。
③ 阿特伍德随后创建了一家名为 Unotchit Inc. 的新公司。到 2011 年时,该公司将市场关注转向商业和法律交易领域,利用"长笔"技术生产出一系列产品,为众多远程书写应用服务,并在 2014 年 9 月将公司更名为 Syngrafii Inc.。

也是一种工具",她认为:"科学本身并无害处。正如电那样,它是中性的。"问题的关键在于人类能否对科技持谨慎态度:"……作为一个物种,我们是否具备了感情的成熟与智慧来正确使用我们强大的工具?"[1] 然而,历史的发展轨迹似乎见证了人类的短视:当前此起彼伏的自然灾变和无可挽回的环境恶化完全可以归咎为人们对科技的滥用。阿特伍德让我们在她的文本中看到了科学技术的所向披靡,也嗅到了科学技术的危险气息,敦促我们在审慎利用科技创新的同时"好好地思考"[2] 随之伴生的道德伦理问题。

阿德里安·里奇(Adrienne Rich)曾指出,诗人/作家发展出一种"为那些没有语言天赋的人说话"的声音[3],有了这样的声音,诗人/作家让我们意识到,尽管语言常常束缚着我们,但它可以为我们提供一种方式:调整我们自己和我们的世界。阿特伍德用具有想象力的语言,为读者展现了一幅幅充满"诗性正义"的画卷。

四

本书将伦理学引入文学研究,尝试以跨学科的文学伦理学为研究视角,从责任伦理学、信任伦理学、关怀伦理学和生存伦理学几个方面出发,分析阿特伍德的政治伦理和生活伦理,展现其"诗性正义"的人文理念,在国内外阿特伍德研究所关注的女性主义、民

---

[1] 傅俊:《玛格丽特·阿特伍德研究》,译林出版社 2003 年版,第 430 页。
[2] Delia O'Hara, "Atwood's Novel Paints Bleak Pictures of World," *Chicago Red Streak*, 5 June 2003, accessed 10 September 2009, http://www.chicagoredstreak.com/entertainment/mid-features-ent-margar.html.
[3] Adrienne Rich, "Vesuvius at Home: The Power of Emily Dickinson," Sandra M. Gilbert & Susan Gubar, eds., *Shakespeare's Sisters: Feminist Essays on Women Poets* (Bloomington: Indiana University Press, 1979), 119.

族性和生态批评之外另辟蹊径，旨在弥补该领域研究的缺失。

第一章从"内心的召唤"和"外文本：自我的表演"两个方面入手，首先介绍了阿特伍德在艺术方面的成长轨迹，她如何用充满诗意的语言和灵动丰富的声音展现对人性的领悟以及对美好社会的向往，接着探讨了阿特伍德外文本中体现出来的各种声音，包括她通过官方办公室、网络虚拟世界发出的声音以及她在书籍签售会上的声音，它们与她在文本世界的声音互为印证，构成了独具阿特伍德特色的诗性话语。

第二章结合德国社会学家马克斯·韦伯（Max Weber）的责任伦理（the ethics of responsibility）学说，探寻阿特伍德在作品中建构独特的加拿大民族文化和传统的尝试。民族国家是现代国家的主要形态，现代政治的主要议题即民族国家间的权力斗争，现代国家担负着在世界上寻求权力以捍卫和张扬民族（文化）的重要使命。本章考察了阿特伍德对以加美关系为主的国际关系的认识，并研究了她作品中体现的国内各民族之间的复杂关系，最后有针对性地选取阿特伍德在20世纪90年代出版的两部小说（《别名格雷斯》和《强盗新娘》）来探讨加拿大在后殖民处境中的伦理责任。

第三章利用安妮特·C. 拜尔（Annette C. Baier）提出的信任伦理学（the ethics of trust），主张打破现今社会中女性在选择和自尊方面所遭受的种种限制，提倡人际的相互鼓励和宽容，并为女性自由选择的正当性进行辩护。[1] 本章从两性关系的平等框架和家庭成员间的伦理责任出发，研究了阿特伍德作品里体现的女性在社会和家庭中各种关系的本质，探讨了女性理想的社会价值的实现路径，

---

[1] 龙云：《西方文学研究的"伦理转向"——功能类型及研究焦点》，《外国文学》2013年第6期，第104页。

以及个人对自己、他人、朋友和家庭的伦理责任；此外，本章还从阿特伍德作品中无处不在的迷宫意象入手，提出有关女性和家庭伦理的建设性意见，即如何通过诉说和倾听、对话和沟通的方式建立互动式的人际交往，达成家庭乃至社会各成员之间的动态平衡。

第四章参照了生态女性主义提出的动物关怀伦理（the ethics of care），将动物视为具有情感和道德地位的个体，关注动物的特殊性以及造成动物受苦的政治和经济体系。本章首先分析了阿特伍德早期诗歌中反映出来的人类对动物的暴行；其次通过实验室动物、餐桌上的动物以及"被吞噬"的人类动物，分析了包括人类在内的动物在现代社会中的"他者"地位；最后提出人类与动物再协商的话题，突出不同物种之间相互依存的关系以及人类对动物负有的道德义务。

第五章结合环境伦理学中的生存伦理（the ethics of survival），关注环境危机中的道德可能性，直面技术时代的道德责任原则，提倡在现代科学技术的世界观和现代哲学的视域之外去思考技术时代人与自然的关系，呼吁人类承担起对自然和未来的责任和义务。本章首先针对阿特伍德作品中的"超级物"叙事——比如气候变化和毒物描写等——展现一个濒危的世界；其次从后自然时代的人文主义困境、垄断资本的危险和技术的伦理局限等方面出发，反思人类与地球以及与行星的关系；最后，本章试图探寻阿特伍德对"人与自然和谐共生"理念的诗意追求，追问人类在绝境中生存的可能性。

聂珍钊教授在《文学伦理学批评的价值选择与理论建构》一文中指出："文学伦理学批评始终把文学看成道德的艺术载体，看成承载某种伦理价值的艺术形式。"① 换言之，文学伦理学关注的是文学作品所反映的"如何生活"的伦理态度。综观阿特伍德的作品，不管主题如何变化，它们始终都贯穿着一条伦理的主线。阿特伍德把"人与人该如何相处，人与自然该如何相处，社会将如何进步，人类将如何发展"这一伦理诉求作为写作时的参考，并以此建构其"诗性正义"的伦理观和价值观。21世纪的社会该如何发展是人类必须共同反思和追问的论题，而探讨文学中的伦理建构能够有效地促进社会中人们对于真善美的认同强化，加强个体与社会间关系的维系，以及推动良好社会秩序的确立，这也是本书的宗旨所在。

---

① 聂珍钊：《文学伦理学批评的价值选择与理论建构》，《中国社会科学》2020年第10期，第92页。

第一章　声音的印迹：玛格丽特·阿特伍德的诗性话语

每一位作家都有其独特的声音，这些声音通过他/她的文字传达出来，约翰·德鲁瑞（John Drury）称之为"声音的印迹"（voice-print）[1]。即使如罗兰·巴特（Roland Barthes）所言"作家已死"，这种如同指纹般独特的声音依然为世人所传颂。对于读者来说，作家就好比"透明人的原型"："完全不在，同时却又实实在在……我们可以听见他们的声音。"[2] 阿特伍德认为，写作之所以远远超过其他艺术或媒介，部分原因在于"写作的本质"：

> 看起来似乎能持续永远，并能在书写的动作结束之后继续存在——不同于，比方说，一场舞蹈表演。若说书写的动作记录了思想过程，那么这种过程便留下痕迹，像一排变成化石的脚印。其他艺术形式也能留存久远，如绘画、雕刻、音乐，但它们无法保留声音。我说过，写作就是写下某些字句，而写下的字句就是声音的乐谱，而那个声音最常做的——即使在绝大

---

[1] John Drury, *The Poetry Dictionary* (Cincinnati, Ohio: Story Press, 1995), 343.
[2] 玛格丽特·阿特伍德：《与死者协商》，第106页。

多数抒情短诗中——就是说故事，或起码说一个迷你故事。①

一个诗意的声音，但凡白底黑字留下来，必定在措辞、句法和主题等方面有其独到之处，而主题则是声音得以开发的重要起点。一位成功的作家，"一旦找到主题，声音便随之而来了"②。这声音"在时空中移动，从一个事件到另一个事件，或者从一个知觉到另一个知觉"③，它悄然改变着人们对事物的态度，或对外在世界的看法。

本章首先讨论了阿特伍德的艺术成长轨迹，她如何响应内心的召唤，选择了作家这个职业，她如何用诗意的声音展现对人性的领悟以及对美好社会的向往，她如何去宣扬作家所应该承担的社会责任。本章接着探讨了阿特伍德外文本中体现出来的各种声音：官方办公室发出的声音、网络虚拟世界发出的声音以及书籍签售会上的声音。它们汇总成一股鲜活灵动的源泉，仿佛是作家阿特伍德正在进行一场自我的表演，这些声音与她在文本世界的声音交相辉映，互为印证，构成了独具阿特伍德特色的诗性话语。

第一节 内心的召唤

阿特伍德自小便是个内心世界异常丰富的孩子，她可以在自家阁楼坐上一整天，沉浸在阅读和想象的天地里。5岁时，阿特伍德

---

①③ 玛格丽特·阿特伍德：《与死者协商》，第114页。
② Michael J. Bugeja, *The Art and Craft of Poetry* (Cincinnati, Ohio: Writer's Digest Books, 1994), 140.

便创作了诗集《作押韵诗的猫》(*Rhyming Cats*)①,由自己装订、自己绘图。阿特伍德后来称,这是她生平第一次担当"图书编辑"②。《作押韵诗的猫》共收集了22首诗,许多后来耳熟能详的意象都在这里出现过,比如"小精灵"和"小动物"等。虽然这本幼稚却不乏有趣的诗集如今只能作为阿特伍德研究的脚注,但它似乎预示了一位伟大作家/艺术家的诞生和成长。阿特伍德之所以能够将写作作为一生的事业,源于她内心对艺术的不断追求。

一、艺术家的成长

早在中学时,阿特伍德便立志要"写出伟大的加拿大小说"③。然而,当时的社会环境注定女艺术家的前景相当暗淡。首先,正如弗吉尼亚·伍尔夫(Virginia Woolf)在《一间自己的房间》(*A Room of One's Own*)里指出的,女艺术家数量相对较少。再者,就像阿特伍德在《夏娃的诅咒或我在学校所学到的》("The Curse of Eve — or, What I Learned in School")一文中所写,女艺术家是一群既不健康也不快乐的人:古怪(如乔治·艾略特、柯蕾特)、未婚(如简·奥斯汀、艾米莉·狄金森)、孤独(如克里斯蒂娜·罗塞蒂),或者患有抑郁症,到了要自杀的地步(如弗吉尼亚·伍尔夫、西尔维娅·普拉斯和安妮·塞克斯顿)。④ 对于阿特伍德而言,诸如"自杀的西尔维娅、隐居的罗塞蒂和避世的艾米莉"之类的传记是警

---

① 《作押韵诗的猫》目前被保存在多伦多大学的托马斯·费什善本图书馆(Thomas Fisher Rare Book Library)内。
② Margaret Kaminski, "Interview with Margaret Atwood," *Waves*, 4 (Autumn 1975): 10.
③ Margaret Atwood, "The Curse of Eve — or, What I Learned in School," *Second Words: Selected Critical Prose*, 224.
④ Ibid., 224 - 225.

示故事。令人难过的是，一些加拿大著名女作家的生平也并不乐观：诗人帕特·劳瑟（Pat Lowther）死于丈夫之手，格温多林·麦克尤恩（Gwendolyn MacEwen）和玛格丽特·劳伦斯（Margaret Laurence）因酗酒早亡。阿特伍德由此得出结论："在这个社会里，女性作家比男性作家处境更加艰难……因为世道如此……偏见就潜伏在四周，随时会跳出来。"[1] 在约克大学的一次演讲中，阿特伍德对这一普遍存在的社会观念表达了失望和嘲讽："如果你不是天使，碰巧犯了多数人都会犯的错误，尤其是展露出了某种力量、某种创造性能力或是其他方面的能力，那么就会被看作俗人，而且比俗人还要糟。"[2]

对艺术家黑暗前景的认识其实很早便在阿特伍德心里扎下了根。9岁生日时，她看了一场由莫伊拉·希勒（Moira Shearer）主演的电影《红菱艳》（*The Red Shoes*）。在影片中，一位芭蕾舞女演员必须在舞蹈事业和结婚之间做出选择。她选了婚姻，却又无法压抑对艺术的热爱，于是决定最后一次穿上红舞鞋。影片结尾时，她怎么也停不下旋转的舞步，最终跳上铁轨，迎向疾驰而来的列车。对年幼的阿特伍德来说，影片的寓意再清晰不过：贤妻良母和艺术家之间只能择其一。而这部电影对阿特伍德后来的写作产生了不小的影响，"跳舞女子"的意象频繁地出现在她的作品中：短篇小说集《跳舞的女孩们》（*Dancing Girls*，1977）中的跳舞女孩、《神谕女士》女主人公琼被玻璃割伤的脚以及《使女的故事》里奥芙弗雷德穿的红鞋子……阿特伍德明白，在她那个时代，女艺术家不得不做出抉择：

---

[1] Margaret Atwood, "The Curse of Eve — or, What I Learned in School," *Second Words: Selected Critical Prose*, 226.
[2] 转引自傅俊：《玛格丽特·阿特伍德研究》，第120页。

要么是艺术，以及伴随艺术而来的凄凉日子；要么嫁人生子，享受正常生活带来的各种舒适安逸。

阿特伍德做出了抉择，她想要发出自己的声音，如同散文诗《嗓音》(The Voice)中写的："我被给予了一种嗓音。人们就是这么说我的。我悉心培养我的嗓音，因为浪费此种禀赋是可耻的。"① 同时她也找到了自己的真爱，与作家格雷姆·吉布森（Graeme Gibson）喜结连理，并生下女儿杰丝（Jess），家庭生活美满幸福。但阿特伍德发现，即便自己想要过正常的生活，她依然具有"双重身份"：女人和作家。女作家总是先被看作女性，然后才是作家。阿特伍德在为《创作中的女性作家》(Women Writers at Work)一书撰写的前言中指出："人们对女作家感到惊奇，就像他们对训练有素的狗感到着迷一样（并不是因为事情做得很好，而是因为事情毕竟被做了，而做事者被认为根本不具备把它做好的能力）。"② 正是出于对这种"双重身份"的关注，阿特伍德刻画了一个个具有鲜活个性的女艺术家形象，描写她们如何在家庭和职业的夹缝中求生存：《浮现》中的无名女主人公（一位插图画家）、《肉体伤害》里的自由撰稿人瑞妮、《神谕女士》中的女作家琼、《猫眼》里的画家伊莱恩、《盲刺客》中的科幻小说家艾莉丝……

阿特伍德对"双重身份"可以说是再熟悉不过了：她名字中的玛格丽特取自母亲的名，朋友和家人却称她"佩吉"。尽管阿特伍德在职业生涯中采用过好几个不同的笔名——早期严肃刊物中的 M. E. 阿特伍德（M. E. Atwood）、为自己的作品《在树上》(Up in the Tree, 1978) 作插图时的查拉坦·波彻耐（Charlatan Botchner）、《这

---

① 玛格丽特·阿特伍德：《帐篷》（选译），袁霞译，《世界文学》2008 年第 2 期，第 233 页。
② 转引自傅俊：《玛格丽特·阿特伍德研究》，第 121 页。

杂志》(This Magazine)的系列连环画家巴特·杰拉德(Bart Gerrard),以及与丹尼斯·李(Dennis Lee)合作、为《维多利亚学报》撰文时的笔名莎士比德·拉特韦德(Shakesbeat Latweed)——玛格丽特和佩吉之间的区别一直都在。"玛格丽特"是作家,是享誉世界的名人,对待自己的职业严肃认真;"佩吉"则尽可能地使自己更加接地气。阿特伍德在《与死者协商》中谈到了作家身份的"两重"性:"我所谓的两重,是指没有写作活动在进行时所存在的那个人——那个去遛狗、常吃麸谷片、把车送去洗的人——以及存在同一具身体里的另一个较为朦胧、暧昧模糊得多的人物,在大家不注意的时候,是这个人物接掌大局,用这具身体来进行书写的动作。"① 写作,在阿特伍德看来,就是一种"分裂人格综合征"②。传记作家娜塔丽·库克(Nathalie Cooke)称阿特伍德体内驻扎着两种动物:"虎"与"猫"③。"猫"是生活中的佩吉,是那个阿特伍德在《给作家的信》("Letter to the Author")中所描述的"个头矮矮,声音软软,一头卷发乱蓬蓬的女孩,就像当今世界中的所有其他人一样,总觉得自个儿渺小甚至笨拙"④。阿特伍德常在连环漫画中将自己刻画为小人物。20世纪70年代时,她以巴特·杰拉德为笔名画的"幸存女"(Survivalwoman)系列——一个个头很小、说话温柔、穿着苏格兰褶裥短裙的超级女英雄——就是以她自己为原型创造的。

---

① 玛格丽特·阿特伍德:《与死者协商》,第 25 页。
② Lorraine York, "Biography/autobiography," Coral Ann Howells, ed., *The Cambridge Companion to Margaret Atwood* (New York: Cambridge University Press, 2006), 35.
③ Nathalie Cooke, "Lions, Tigers, and Pussycats: Margaret Atwood (Auto-) Biographically," Reingard M. Nischik, ed., *Margaret Atwood: Works and Impact*, 15-27.
④ Margaret Atwood, "Letter to the author," 26 August 1995. See Nathalie Cooke, "Lions, Tigers, and Pussycats: Margaret Atwood (Auto-) Biographically," Reingard M. Nischik, ed., *Margaret Atwood: Works and Impact*, 22.

"虎"是作家阿特伍德,她对诸如自由贸易、魁北克分裂和美国侵略伊拉克等国家大事公开表态,她支持加拿大文化自治和全球生态环境保护,她捍卫人权,为女性权利和言论自由呐喊呼吁,并参与加拿大作家联盟、加拿大笔会和国际笔会等组织的活动,为其他作家提供支持和帮助。她有着敏锐的触须,能先于他人感知自身所处时代的社会问题,却不怵于第一个发声:在人们真正认识并理解神经性厌食症之前,她便写出了《可以吃的女人》;在辛普森(O. J. Simpson)和伯纳德(Paul Bernardo)审判案发生之前,她写下了《别名格雷斯》。它们的出版伴随的是媒体热火朝天的讨论,从而在更广泛的层面敦促读者思考性、暴力和阶级对抗等时代前沿问题。

无论是"猫"还是"虎",阿特伍德的经历告诉我们,"双重性"在她身上达成了完美的统一:"猫"的魅力恰恰来自"虎"的力量。1968年,画家查尔斯·帕彻尔(Charles Pachter)曾为好友阿特伍德作过一幅画,名为《我所知道的魅力》(*It was Fascination I Know*)。画中的阿特伍德手持一根爬了条毛虫的树枝,肩后是一对若隐若现的翅膀。这幅画影射了成长、转变、能量和魔力。时年,阿特伍德刚满29岁,帕彻尔的画展示了她在文学领域的初露锋芒,也预示了她职业生涯的灿烂辉煌。如今,当我们再回过头去看这一幅画时,似乎又体会到了新的含意。它不仅仅体现了批评界对阿特伍德创作力的肯定,也高度评价了她的作品形式和主题——不断变化着的可能性。这种转变是多维的,像"猫"一般迷人,却如同"虎"一样充满可怕的力量。

二、词序/世界的秩序

在《帐篷》(*The Tent*, 2006)中,阿特伍德形象地描写了我们身处的家园，那是一顶纸做的帐篷，"外面空阔而寒冷，非常地空阔，非常地寒冷。一片嚎叫的荒野"①。人们在荒野嚎叫的原因各种各样："有的人嚎叫是痛惜他们所爱的人死去或被杀害了，其他人发出胜利的嚎叫，因为正是他们才导致其敌人所爱的人死去或被杀。有的人嚎叫着救命，有的嚎叫着要复仇，有的因嗜血而嚎叫。嚎叫声震耳欲聋。"②阿特伍德笔下的这个世界遍地废墟和尸骨，充满了可怕的死亡和冰冷的复仇。我们居住的家园是如此岌岌可危，因为"纸什么也挡不住"。③ 被困在这局促空间里的我们该怎么办呢，是恐惧害怕、蜷缩着一言不发，还是尽自己的能力保护所爱的人？阿特伍德写道：

> 你明白你得在墙上写字，在那纸墙上，在你的帐篷的内壁。你必须自上而下颠倒着写，从前往后写，你必须写满纸上的所有空白处。
>
> ……
>
> 这阻止不了你的书写。仿佛你写是由于你的生命寄托于此，你的以及他们的生命。
>
> ……
>
> 你为什么认为你的书写，在一个脆弱的巢穴里疯狂地舞文弄墨，这样在一个似乎快要成为牢狱的地方的墙上前后左右地涂抹，就能够起到庇护（包括你自己）的作用呢？这是一种幻想，认为你的狂草是铠甲，是符咒，因为没有人比你更了解你这个帐篷实际是多么脆弱……可你还是继续写着，因为除此之

---

①② 玛格丽特·阿特伍德：《帐篷》（选译），袁霞译，《世界文学》2008年第2期，第253页。
③ 同上书，第253—254页。

外你能做什么呢?①

这个在帐篷里不停书写的人便是阿特伍德的生动写照：无论世风如何日下，世道如何艰险，她一直在用文字传达着自己的情感和声音。批评家弗兰克·戴维（Frank Davey）赞她是"遵循阿诺德和庞德传统的诗人，视自己为语言和文化的监护人，意义的保护者和重建者"②。克莉丝汀·埃万（Christine Evain）认为，阿特伍德是在用"词序重建世界的秩序"③，不管是"自上而下颠倒着写"，还是"从前往后写"，阿特伍德始终都在关注语言，"关注语言对文化昌盛所起的作用"④。

阿特伍德非常清楚语言发展过程中的两面性。语言先于人类对现实的感知，同时却又容易被人改变。无论属于哪种情况，它都是人类的建构。改变可以通过增加词语，或者是转换语境达成：

> 一个词的意义通过一系列与之相关的语境而发生改变。女人这个词的意义已经改变，因为其周围相关的语境有了变化。语言在我们的有生之年变化着。作为作家，你是过程的一部分——用旧的语言创造新的模式。你的选择数不胜数。⑤（着重号为原文所有）

---

① 玛格丽特·阿特伍德：《帐篷》（选译），袁霞译，《世界文学》2008年第2期，第253页。
② Frank Davey, *Margaret Atwood: A Feminist Poetics* (Vancouver: Talonbooks, 1984), 169.
③ Christine Evain, *Margaret Atwood's Voices and Representations: From Poetry to Tweets* (Illinois: Common Ground Publishing LLC, 2015), 165.
④ Frank Davey, *Margaret Atwood: A Feminist Poetics*, 169.
⑤ Karla Hammond, "Articulating the Mute," Earl G. Ingersoll, ed., *Margaret Atwood: Conversations*, 112.

语言变化多端的特性决定了"一种语言不仅仅是词语，/它是用这种语言/讲述的故事，/也是永远没有被讲述的故事"①。无论是"讲述的故事"还是"没有被讲述的故事"，它们都体现了人类重构语言文字的能力。

人类生活中对语言的需求显而易见，阿特伍德在提及语言创新性的同时，让读者意识到了它的危险性：

> 语言是我们拥有的为数不多的工具之一。所以我们必须使用它。我们甚至必须信任它，尽管它不值得信任……问题在于，我们如何了解"现实"？你如何面对一块花岗岩？你如何直接了解它？是否存在着这样一种情况：没有语言就能直接了解它？②

答案显然是否定的，除了通过语言，没有其他方式可以了解现实。每个人都生活在自己的语言以及他人的语言中，并通过自己和他人的语言生活。语言是盏灯，照亮人们的生活，哪怕仅仅是片刻的光亮："你将闪烁在这些文字里/也将闪烁在别人的文字里/只一会儿然后就熄灭。"③

阿特伍德的语言文字是冷硬而沉重的。她书写加拿大人作为移民殖民者在新土地上的困惑和无助：

> 流动的水不会映现

---

① 玛格丽特·阿特伍德：《双头诗》，载《吃火》，周瓒译，河南大学出版社2015年版，第321页。
② Geoff Hancock, "Tightrope-Walking Over Niagara Falls: Interview with Margaret Atwood," Earl G. Ingersoll, ed., *Margaret Atwood: Conversations*, 209.
③ 玛格丽特·阿特伍德：《双头诗》，载《吃火》，第313页。

> 我的倒影。
>
> 礁石不理睬我。
>
> 我成了外语中的
> 一个词。①

她书写加拿大受到的殖民压迫,英法等老牌殖民帝国和新兴殖民帝国美国犹如无形的网,织成了一座语言的牢笼:

> 你的语言悬绕在你的脖子周围,
> 一根套索,一条沉重的项链;
> 每个词都是帝国,
> 每个词都是吸血鬼和母亲。②

她书写两性之间的疏离,那种彼此在一起却又相对无言的感觉,或许是世上最遥远的距离:

> 而你,坐在桌子
> 对面,隔着一段距离,面含
> 微笑,就像阳光下的
> 橙子;沉默;

---

① 玛格丽特·阿特伍德:《苏珊娜·穆迪日志》,载《吃火》,第92页。
② 玛格丽特·阿特伍德:《双头诗》,载《吃火》,第331页。

你的沉默
对我来说是不够的。①

她书写权力政治之间的游戏，从双方为获得权力而进行的博弈到政治的阴暗、冷血和无情：

我们应该仁慈，我们应
接受警告，我们应相互谅解

可是我们是对立的，我们
接触就好像进攻，

我们带来的礼物
尽管或许带着美好的承诺
却在我们的手中扭曲
成为工具，成为各种伎俩。②

她书写人类历史上惨绝人寰的大屠杀，以及当今世界各个角落发生的惨烈事件，那些残暴行径无法用言语形容：

有些人因为互相拥抱而死，
有些人因为发表意见而死，
有些人因为保持沉默而死，

---
① 玛格丽特·阿特伍德：《圆圈游戏》，载《吃火》，第34—35页。
② 玛格丽特·阿特伍德：《强权政治》，载《吃火》，第192—193页。

> 有些人因为依然活着而死。
> 井被填满了。过了一阵
> 无人再去操心埋葬之事。①

她为濒临灭绝的动物书写挽歌，在一种痛惜与凄凉的氛围之中，隐隐夹杂着期待救赎的心态：

> 让别人去为旅鸽、
> 渡渡鸟、美洲鹤、爱斯基摩鹬祈祷吧：
> 如果每个人都必须列举
>
> 我将只限于一种沉思默想
> 关于那些巨鳘
> 在一座偏远的岛上最终消亡。②

阿特伍德的语言文字又是柔软而细腻的。她刻画父母之间的情感，那是一种细水长流的爱情：

> 是我父亲教我母亲
> 如何跳舞。
> 我从不知道。
> 我以为是相反的。
> 交谊舞是他们的风格，

---

① Margaret Atwood, *Interlunar* (Toronto: Oxford University Press, 1984), 72.
② 玛格丽特·阿特伍德：《彼国动物》，载《吃火》，第57—58页。

> 一个优美的旋转,
> 弯曲的手臂和多变的步伐,
> 一台绿眼睛的无线电。①

她书写自己对父亲的依恋,梦里的父亲陪她在湖上泛舟,午夜梦回时,她是如此失落与伤感:

> 在他死去之前的七天内
> 我两次梦到我父亲
> ……
> 这样的梦没完没了
>
> 我父亲就站在那里
> 背朝着我们
> ……
> 现在他正在走开。
> 明亮的树叶沙沙作响,我们不能喊,
> 他也没有看。②

阿特伍德用最诗意的语言道出了人生百态,让词与词在相互碰撞和交缠之中创造美感与秩序。这些"会说话的声音"③ 时而坚硬如铠甲,时而柔软如发丝,无论是坚硬还是柔软,它们都直抵事物

---
① 玛格丽特·阿特伍德:《早晨在烧毁的房子里》,载《吃火》,第529页。
② 同上书,第535—537页。
③ Christine Evain, *Margaret Atwood's Voices and Representations: From Poetry to Tweets*, 165.

的本质,展现了阿特伍德对人性的深刻理解以及对美好世界的向往和追求。

三、向下的旅程

"潜入地下"是阿特伍德惯用的一个主题,地下意象或是象征了精神的压抑和个人的无意识,或是代表了丰饶的自然世界。"潜入地下"主题源于维吉尔(Virgil)的史诗《埃涅阿斯纪》(Aeneid),埃涅阿斯去往地府询问自己的未来,以求"从死人那里获悉秘密"[1]。阿特伍德认为,维吉尔是第一个进行冥界/地下之旅的作家,"他在脑海中进行这趟想象之旅,以便叙述旅程,以及所有他在地底听到的故事"[2]。阿特伍德在为数不多的描写创作过程的诗歌《地下的程序》出版之后指出:"我确实觉得创作是前往地下的旅途。"[3] 言外之意,写作的核心内涵是探寻神秘的地下世界。

由于"潜入地下"与死亡有着不可分割的联系,写作便成了一场"与死者的协商"。《与死者协商》的最后一章标题即为《向下行:与死者协商》,探讨了写作的冲动与死亡体验之间的关系。阿特伍德引用了一段契诃夫(Chekhov)的话:"当一个心情忧郁的人……确信自己会活得也死得默默无闻,于是反射性地抓起一支笔,匆匆把自己名字写在手边最方便的东西上。"[4] 阿特伍德用这个例子来表明,创作的冲动与对死亡的惧怕紧密相关,因为"写作本身就是对

---

[1] W. J. Keith, *Introducing Margaret Atwood's* The Edible Woman: *A Reader's Guide* (Toronto: ECW Press, 1989), 39.
[2] 玛格丽特·阿特伍德:《与死者协商》,第125页。
[3] Jerome H. Rosenberg, *Margaret Atwood* (Boston: Twayne Publishers, 1984), 51.
[4] 玛格丽特·阿特伍德:《与死者协商》,第113页。

死亡恐惧的一种反应"[1]。

然而，从另一方面说，这种"潜入地下"式的写作"可以带来某种生命"[2]。阿特伍德之所以采用《与死者协商》作为全书标题，其主要原因就在于"不只是部分，而是所有的叙事体写作，以及或许所有的写作，其深层动机都是来自对'人必有死'这一点的畏惧和惊迷——想要冒险前往地府一游，并将某样事物或某个人带回人世"[3]。她在书中另以豪尔赫·路易斯·博尔赫斯（Jorge Luis Borges）为例，博尔赫斯在《但丁九篇》（*Nueve Ensayos Dantescos*）中提出了一个颇有意思的理论，即但丁创作整部《神曲》（*Divina Commedia*）的目的是想在自己的诗作中让碧翠丝死而复活，因为只有在写作的过程中，碧翠丝"才能再度存在，存在于作者和读者的脑海中"[4]。

死亡、重生、获得更强大的力量——这些是"潜入地下"之旅所能提供的丰富体验。弗兰克·戴维曾注意到阿特伍德作品中的"潜入水下"主题（这是"潜入地下"的一种表现形式），如《神谕女士》里的琼自编自导了一场在安大略湖的假自杀，从此改头换面，以新身份开始了新生活；《可以吃的女人》里的玛丽安将头埋到浴缸里的水下，从而洞察了自己与男友彼得之间的破坏性关系。"潜入地下"与"潜入水下"一样，"意味着进入一种有启发性、有预见性且具有潜在转变影响的体验"[5]，在由此在走入彼在的过程中，得到自我的完善与成长。

---

[1][3] 玛格丽特·阿特伍德：《与死者协商》，第113页。
[2] 同上书，第122页。
[4] 同上书，第123页。
[5] Frank Davey, *Margaret Atwood: A Feminist Poetics*, 111.

在诗歌《地下的程序》里,地下世界充满未知的危险,诗歌以阿特伍德常用的"镜子"意象①开始:

> 地球之下的国度
> 有一枚绿太阳
> 河水倒流;②

"地球之下的国度"是本诗中的说话者向"你"以及读者所描述的一处地方,作为诗节主语置于诗歌首行,表明了其重要性,也预示了此处危险重重。它不同于我们生活的现实世界:虽然"树木和岩石是一回事/跟这里差不离,但移动过",而且住在那里的人"总是挨饿"。③ 然而,这些来自无意识世界的人却能让你"从他们那儿……学到/智慧和伟大的力量"④。那里的动物同样充满力量,说话者鼓励"你"去寻找这些动物:

> 你必须寻找地道,动物的
> 洞穴,或者由石人把守的
> 海里的岩洞。⑤

神秘的"石人"面无表情,它们不来帮忙,却也不难对付,要

---

① Frank Davey, *Margaret Atwood: A Feminist Poetics*, 94-97.
② 玛格丽特·阿特伍德:《地下的程序》,载《吃火》,第 146 页。笔者在此处的词序上稍做了调整。
③ 同上书,第 145—146 页。
④⑤ 同上书,第 146 页。

当心的是"那些你曾经的朋友",因为他们"会被改变而且很危险"。① 接下去的诗节向读者解释该如何准备这场旅行:"要抵制他们,当心/绝不要吃他们的食物。"② 随后是更多的建议,如何小心谨慎地前行,以便发现事物真正的本性。《地下的程序》打开了一扇通向危险旅程的大门,使"潜入地下"者获得了顿悟以及对自我的了解。旅行的结局充满希望:

> 然后,如果你活着,你将能够
>
> 看到他们,当他们像风一样游荡,
> 像我们村庄里依稀的声音。你将
> 告诉我们他们的名字,他们想干吗,谁
>
> 因为遗忘了他们而惹怒了他们。③

"你将能够"之后的诗节隐含着期待:探访地下世界的人会获取新的能量,"你"可以做以前无法做到的事。接下去的"你将"之后的停顿造成了更多期待。诗中说话者在这里指出,"你"要做的是不能因"遗忘了他们而惹怒了他们"。因此,哪怕他们总是"嘟哝着他们的/抱怨"④,"你"要把他们的名字及其要做的事安全地带回人间。《地下的程序》原标题是《前往地下及后来》(*Underground and Later*),阿特伍德本意是想强调"潜入地下"者的平安归来,虽然发

---

①② 玛格丽特·阿特伍德:《地下的程序》,载《吃火》,第146页。
③ 同上书,第146—147页。
④ 同上书,第147页。

表时隐去了"后来"一词,但意思并未改变。诗中的"你"指的是作家,作家"潜入地下",以便把冥界/地下知识带回人世,然后将这份知识与读者共享,并使之留存于世。来自地下的故事或知识是死者的礼物:"对这个礼物,对所有礼物,你一定/要忍受……"①阿特伍德在《与死者协商》中提出,作家唯有尊重死者,才是对历史和传统最好的继承:

> 所有的作家都向死者学习。只要你继续写作,就会继续探索前辈作家的作品,也会感觉被他们评判,感觉必须向他们负责。但你不只向作家学习,更可以向各种形式的祖先学习。死者控制过去,也就控制了故事,以及某些种类的真实……"未说出的真实"——所以你若要浸淫在叙事中,迟早就得跟那些来自先前事件层面的人打交道。就算那时间只是昨天,也仍不是现在,不是你正在写作的现在。②

阿特伍德在《波基斯页岩:20 世纪 60 年代加拿大写作版图》(*The Burgess Shale: The Canadian Writing Landscape of the 1960s*)中也指出,今天的作家从"先辈们安眠的下层土壤中开花成熟。我们继承的比我们知道的要多"③。作家的责任就是挖掘久远的历史与传统,"书写生者却不忽视死者——事实上是观察过去以便理解当下"④。在

---

① 玛格丽特·阿特伍德:《地下的程序》,载《吃火》,第 147 页。
② 玛格丽特·阿特伍德:《与死者协商》,第 127 页。
③ Margaret Atwood, *The Burgess Shale: The Canadian Writing Landscape of the 1960s*, 10.
④ Behzad Pourgharib, "Margaret Atwood: Twenty-Five Years of Gothic Tales," K. V. Dominic, ed., *Studies in Contemporary Canadian Literature* (New Delhi: Sarup Book Publishers PVT. Ltd., 2010), 181.

这个过程中,他/她必须小心谨慎,"不被过去俘虏",他/她必须采取"偷窃的手段",因为"死者或许守着宝藏"。然而,"这宝藏是无用的,除非它能被带回人世,再度进入时间——也就意味着进入观众的领域,读者的领域,变化的领域"①。在阿特伍德看来,作家就如同宙斯之女普西芬尼,进入冥界,成为冥后,试图"照亮黑暗,将一些东西带回光明世界"②,因而作家的使命是不停地去发现和开采:"如果你是一位作家,你很难不去写作……写作既是关于未来的,也是关于过去的受幽灵困扰的精神世界。写作是潜入地下世界的黑暗通道,撬开珍宝,一刻不拖延地将它们运回地面。"③ 从阿特伍德的作品来看,这种潜入地下世界的体验既危险又愉悦,且富有成效,这是她"诗意的声音"之源,一如她在《与死者协商》结尾引用奥维德(Ovid)的诗句所表达的心声:"命运将留给我声音,/世人将借由我的声音知道我。"④

第二节 外文本:自我的表演

在电子科技时代,有关公众人物的讨论随处可见,得之毫不费力。记者、批评家、传记作家以及许多阿特伍德的合作者(包括代理人和出版商)都曾在互联网上评论过阿特伍德的"公众人物声音"(public persona voice),这些声音构成了作家的"外文本"(epitext)。

---

① 玛格丽特·阿特伍德:《与死者协商》,第128页。
② Christine Evain, *Margaret Atwood's Voices and Representations: From Poetry to Tweets*, 113.
③ Julia Keller, "Book Review," *Chicago Literary Tribute Magazine* (30 October 2005): 18.
④ 玛格丽特·阿特伍德:《与死者协商》,第129页。

外文本是类文本（paratext）的一种①，指处于作家创作之外且又与之相关的文本，诸如宣言、评述、采访、日记、信件往来以及作者和编辑之间的讨论等。当代作家除了在自己的作品中抒发情怀，还需要经常与公众打交道，大多数时候是为了促销书籍，无论他们喜欢与否，这被视为职业作家必做的功课。年轻作家可以借此机会提高公众关注度，对于像阿特伍德这样的元老级作家，外文本是她对"事件或观点"② 表达态度的渠道，是一种自我的表演。外文本往往包括了新的语言形式，支持不同的风格和声音。

一、来自官方办公室的声音

阿特伍德的代理办公室总部位于多伦多家中的地下室，被称为 O. W. Toad，这是个回文构词，由阿特伍德的姓颠倒字母顺序构成③。该办公室成立于 1976 年，为阿特伍德处理对外联络工作。随着阿特伍德声名鹊起，O. W. Toad 的日常事务越来越繁忙，不仅要与读者互动，还要处理与学术界、译者、出版商、宣传人员、代理人、制片商以及其他和图书出版业有关人员之间的关系。21 世纪初建起的网站④作为代理办公室面向全球公众的一扇门户，为传播阿特伍德的声音起到了补充作用。

O. W. Toad 最初的官方网站使用了一张阿特伍德的书桌照片，访问者可以点击其中的几个抽屉，找到一些文件，比如阿特伍德画

---

① 热奈特（Genette）在《类文本：理解入门》（*Paratexts: Thresholds of Interpretation*）一书中将类文本分为两类：附文本（peritext）和外文本，附文本包括标题、前言和注释等。
② Christine Evain, *Margaret Atwood's Voices and Representations: From Poetry to Tweets*, 105.
③ "toad" 一词在英文里是 "癞蛤蟆；讨厌的家伙" 的意思，这里显示出阿特伍德最擅长的自黑手法。有意思的是，邮局有时会上门，询问阿特伍德家中是否住着位 "托德先生"（Mr. Toad）。
④ 原网站为 owtoad.com，现已改为 margaretatwood.ca。

的漫画、图书封面以及照片选辑。这张书桌照片宣告了阿特伍德对访问者的约定:"在一种克制的氛围中展示些许私人空间,但与此同时坚定地宣称关闭其他抽屉的权利。"① 洛林·约克认为,这样的网站设计"是种谨慎的平衡,既提供了信息,又挡开了一些需求"②。网站在 2013 年之后进行了改版,比之前的版本少了些私人方面的信息。新版本取消了原版本首页阿特伍德的亲笔签名和私人照片,更加注重书籍本身。这一设计上的改变似乎是在表明,阿特伍德希望去除粉丝们一直以来附加在她身上的偶像崇拜。O. W. Toad 网站的新老版本都涉及了阿特伍德工作计划安排方面的声明,并回答了一些常见问题,比如:

你能为我的书写简介吗?

……选择几本书写简介不是件易事,部分原因是做出一个深思熟虑的选择需要花费很多时间,还有一部分原因是挑选书本就好比在你两个姐妹中选出一个做伴娘……不管你怎么做,总有人会受伤害。所以我对大家的回答是"不能"。

你能阅读我的书稿并帮忙发表吗?

我很同情作家所处的困境。出于法律方面的原因,我不能阅读未经发表的手稿。

你能告诉我某一首诗歌/某部小说结尾/某个象征的意义吗?

……对这类问题,我想说两点。首先,我所认为发生过的事都已写在我书中。其次,我不喜欢阐释自己的作品。如果我

---

① Lorraine York, *Literary Celebrity in Canada* (Toronto: University of Toronto Press, 2007), 114.
② Lorraine York, *Margaret Atwood and the Labour of Literary Celebrity* (Toronto: University of Toronto Press, 2013), 121.

在这里发表了看法，它将成为最终的阐释，从而阻碍读者自己去寻找意义。

……

来自O. W. Toad官方网站的声音专业、务实、精练、礼貌、简明扼要，且公事公办。换句话说，它清楚地指明了办公室能够提供哪些信息，或不能够提供哪些信息。联络页面上登载了一条信息，向那些想要向阿特伍德发送请求信的读者清晰地阐明了注意事项。阿特伍德的办公室预料到了访问网页的是哪些人（读者、出版商、作家同行），有什么目的（撰写简介、对作家的建议、参加活动、慈善捐款等），O. W. Toad官方办公室的职责便是告知访问者哪些是可以期待阿特伍德做到的，哪些是不可能期待她做到的。

此外，来自O. W. Toad官方网站的声音还公开发布所有与阿特伍德工作、活动以及售书旅行相关的事务，它是作家阿特伍德的代言方。阿特伍德对于自己参与或支持的组织——不管是环境保护组织还是文学机构——从不错过任何一次宣传机会。阿特伍德办公室官方网站列出了所有与这些活动相关的链接。网站上最重要的一个栏目与生态可持续性实践相关。在"O. W. Toad办公室"标签下的"绿色政治"网页详尽列出了阿特伍德办公室遵守环保实践的做法：不喝塑料瓶装水，不用空调，使用自动调温器、紧凑型节能灯、牛蛙电力公司[①]产的电以及百分百回收利用的纸巾和纸张……此外，该网页还呼吁慈善机构尽量通过电子邮箱而非邮寄的方式进行沟通（因为邮寄的大量纸张是对环境保护的破坏），并警告说如果慈善机

[①] 牛蛙电力公司（Bullfrog Power）是加拿大重要的绿色能源供应商，为私人和公司提供可再生能源处理办法。

构不遵守承诺,阿特伍德将撤销捐赠。凡此种种,可见阿特伍德对可持续实践的投入与奉献之大,其官方办公室的做法践行了自《浮现》以来阿特伍德作品中的生态价值观和环境保护理念。

如此看来,阿特伍德的办公室成为她文本所探讨的意义的延伸,它本身便是阿特伍德的一个文本。O. W. Toad 办公室通过对私密性与公开性的平衡,通过对作品的传播以及对阿特伍德参与公众活动的宣传,展现了读者所熟悉的"阿特伍德式"(Atwoodian)[①] 意义。

二、触网:虚拟世界的声音

21 世纪以来,随着各种电子技术和产品的不断开发以及互联网的高速发展,文学表现出多样化的呈现形式,博客、推特、Wattpad 和 Fanado 相继出现,人们有了更多创作文学和阅读文学的渠道。网络让名不见经传的年轻作家有了施展和实践才华的空间,也吸引了一大批经典作家走进这一世界,去探索其中的奥秘,阿特伍德便是其中的一位。她曾兴致勃勃地参加一些网络微小说竞赛。2006 年,《连线》(Wired)杂志举办了六字小说比赛,阿特伍德的反浪漫微型小说在 11 月刊上重点推出——"想要他。到手。呸"[②],活脱脱展现了两性关系中女性的幻灭感。

从 21 世纪第二个十年伊始,阿特伍德陆续通过门户网站向读者

[①] Lorraine York, *Margaret Atwood and the Labour of Literary Celebrity*, 124. "阿特伍德式"甚至已成为一个与文学相关的新形容词,该词由克拉克·布勒斯(Clark Blaise)在《芝加哥论坛报》(*Chicago Tribune*)首创,包括以下几种含义:(1)与阿特伍德独特的表达方式相关,以其大师的智慧和明确无误的风格为特征;(2)恶作剧式的观察力;(3)令人愉悦的娱乐性;(4)黑色幽默;(5)极好的控制力;(6)出色的想象力;(7)富有同情心,令人感同身受;(8)惊人的真实性。转引自 Reingard M. Nischik, *Engendering Genre: The Works of Margaret Atwood* (Ottawa: University of Ottawa Press, 2009), 24。

[②] Lorraine York, *Margaret Atwood and the Labour of Literary Celebrity*, 150.

分享自己的作品。2012 年，中篇小说《我渴望你》(*I'm Starved For You*) 在文学网站 Byliner.com[①]上登载，成为"正电子"系列的第一部。随后，《索套项圈》(*Choke Collar*) 和《抹去我》(*Erase Me*) 相继刊出。2013 年，"正电子"系列的压轴篇《最后死亡的是心脏》面世。之后，阿特伍德将这四部具有连贯性的网络小说结集成册，用《最后死亡的是心脏》作为最终书名，交付麦克莱兰德和斯图尔特出版社出版。该书以美国为背景，展现了一个人间炼狱般的未来世界，深受读者好评。

阿特伍德是一个勇于尝试、敢于创新的作家，有着科学家的头脑和文学家的情怀。在加入庞大的网络文学大军之前，博客和推特构成了她在虚拟世界的声音。阿特伍德会利用博客发布文章和评论，比如《向杰·麦克弗森致敬》[②]（"My Tribute to Jay MacPherson"）、《回顾 2010 年地球日》（"Looking Back on Earth Day 2010"）和《印有逝世作者的 T 恤》（"Dead Author T-shirts"）等，这些博文幽默风趣、率直随性，又带有点新闻的味道。不过自从 2012 年开始，阿特伍德的博客基本上没有再更新过，因为她转向了互动性更强的推特："起初我觉得推特是小孩子的玩意儿，但我很快就着了迷。它就像花园里的小精灵。"[③] 阿特伍德曾与读者分享她关于推特的观点："推特：互联网提升文化水平。"[④] 在 2011 年 12 月于多伦多召开的媒

[①] Byline 是一家电子出版社，主要发表短篇小说。Byliner.com 现已失效。
[②] 《向杰·麦克弗森致敬》是阿特伍德于 2012 年 6 月 11 日在维多利亚学院的演讲。杰·麦克弗森于 2012 年 3 月 21 日去世，阿特伍德此次演讲主要是为悼念大学时代的恩师。
[③] Margaret Atwood, "How I Learned to Love Twitter," *The Guardian*, 7 April 2010, accessed 7 February 2017, https: // www.theguardian.com / commentisfree / cifamerica / 2010 / apr / 07/ love-twitter-hooked-fairies-garden.
[④] Margo Kelly, "Margaret Atwood Says Twitter, Internet Boost Literacy," 5 December 2011, accessed 8 January 2014, http: // www.cbc.ca / 1.1057001.

体专业人士会议"nextMEDIA"上,阿特伍德宣称:"我想说的是——阅读量有了增加。阅读和书写技能也可能有了提高,因为接收和发送信息取代了煲电话粥。"她在总结时强调,人们若想使用互联网,就不得不真正地阅读和书写:"因此,如果孩子们能获得工具,并且具有学习这些使用技能的动力,这将成为文化水平的巨大驱动器。"①

阿特伍德的推特有多种功能,或是更新她的公开演讲,或是分享她正在阅读的书籍和走过的地方,或是转发关于政治和环境问题的文章,又或是戏谑地回复追随者的推特(她甚至为两位追随者设计了超级英雄服装)。2010年9月,网络行动组织Avaaz.org发布请愿书,号召加拿大人抗议阳光卫视新闻频道采用福克斯风格的提案,阿特伍德在请愿书上签名,并进行了转发。阳光卫视新闻频道抛出一连串推特,其中包括渥太华分社社长怒气冲冲的回复,指责阿特伍德妨碍言论自由,阿特伍德做出了严厉的回应:"言论自由并不意味着地下交易,强迫人们向福克斯付电视费。"②《多伦多星报》之类的传统新闻媒体以《阿特伍德的请愿推特开启关于阳光卫视的辩论》为标题报道了这起事件。同年10月,阿特伍德与说唱艺人克南(K'naan)一道,支持加拿大议会的议案,为发展中国家派送通用名药物。《环球邮报》也报道了这则消息,并突出了其中的名人因素:"克南并非唯一支持这项提案的名人。作家玛格丽特·阿特伍德本周也利用推特敦促加拿大人——'请写信给加拿大议会,帮助发展中

---

① Margo Kelly, "Margaret Atwood Says Twitter, Internet Boost Literacy," 5 December 2011, accessed 8 January 2014, http://www.cbc.ca/1.1057001.
② Lorraine York, *Margaret Atwood and the Labour of Literary Celebrity*, 150.

国家获得负担得起的药物'。"① 阿特伍德的网红效应毋庸置疑,她如今已拥有百万粉丝,甚至被媒体封为加拿大的"国民推特手"②。

  Wattpad 的出现让阿特伍德真正参与到网络文学这一领域。Wattpad 是由多伦多一家创业公司在 2006 年创办的网站,被称作"写作界的 Youtube",其宗旨是为新老作家提供一个网络社交平台。在网站首页介绍中,它被宣称为"发现和分享故事的最佳场所""通过讲述故事的方式联络读者与作家的新型娱乐模式"。③ 作家、写手将自己的小说免费发布到平台,每次限发一个章节,作者在此期间可以和读者互动,并根据读者的反馈再来塑造和改进故事,读者在某种程度上能够决定故事的走向。这种方式突破了常规的讲故事模式,使读者成了作者,作者成了读者。Wattpad 网站上最受欢迎的文类是浪漫小说、灵异小说和同人小说,还推出了诗歌、科幻小说、奇幻小说和恐怖小说等。

  阿特伍德于 2012 年 6 月成为 Wattpad 会员,此后她便成了该网站的主要参与者之一。她曾分享了两部作品:组诗《为弗兰肯斯坦博士所做的演讲》(*Speeches for Doctor Frankenstein*)和新诗集《恐怖套间》(*Thriller Suite*)。前者于 1966 年首印,阿特伍德请了好友查尔斯·帕彻尔为组诗绘制插图,当时只印了 15 本;后者深受志怪故事的启发,集合了 19 世纪哥特式故事、鬼故事、恐怖小说和犯罪小说的元素。阿特伍德还和英国畅销书作家内奥米·阿尔德曼(Naomi Alderman)合作,创作了连载小说《快乐僵尸日出之家》

---

① Gloria Galloway, "Bill Has Rapper, Writer Singing the Same Tune," *Globe and Mail*, 29 October 2010.
② J. Kelly Nestruck, "In Big Oil's Shadow, Love and Light," *Globe and Mail*, 12 February 2011. 由于推特有 140 字限制,阿特伍德并没有像其他作家那样利用该平台撰写诗歌。
③ 参见 Wattpad 网站首页 http://www.wattpad.com.

(*The Happy Zombie Sunrise Home*),以多伦多为背景,用第一人称形式讲述了一场全球僵尸屠杀后发生的故事。亡灵崛起,它们在城里游荡,吞食活人。克利欧家境富有,退休在家,因躲在自家花园逃过劫难,家里有足够她支撑几年的食物。她本可以一直保持这种隔离状态,但孙女奥吉的一通电话打乱了她的计划。奥吉被困在纽约,妈妈苏梅特拉刚把爸爸吃了,她感到非常害怕。克利欧驾驶一辆小型货车,穿越美加边境,前往纽约。她打算先将奥吉和苏梅特拉接到多伦多,再把苏梅特拉送往大西洋彼岸著名的"快乐僵尸日出之家"。当克利欧历尽艰辛,带着奥吉和苏梅特拉抵达多伦多时,飞往英国的航班却关闭了……《快乐僵尸日出之家》采用双线叙事的形式,视角在奥吉和克利欧之间来回切换。阿特伍德和阿尔德曼一起努力,为这部悬念迭起的小说倾注了不少心血,也收获了很多快乐。自 2012 年 10 月底开始,她们轮流撰写一个章节,每周发布到平台上,至 2013 年 1 月初,小说全部连载完毕,总共 13 章。在撰写期间,两人会"互相设计对方",用阿尔德曼的话来说就是在"令人激动的狂暴情节"之后,"把可怕的问题留待阿特伍德解决"。[1]

在《快乐僵尸日出之家》之前,阿特伍德也曾涉猎过科幻小说/悬测小说领域,如《盲刺客》和《羚羊与秧鸡》,她也多次描写哥特式的恐怖场景,例如《神谕女士》里的哥特式古装罗曼史和《石床垫》(*Stone Mattress*,2014)里的各种鬼魂与幽灵,但接受流行文化中的僵尸主题还是破天荒头一遭。为此,她的亿万粉丝感到无比惊讶,有些人甚至觉得难以接受,认为一个有地位的严肃作家不该去

---

[1] Randy Boswell, "Margaret Atwood Makes Her First Foray into the Undead with *The Happy Zombie Sunrise Home*," *Postmedia News*, 24 October 2012, accessed 6 February 2017, http://news.nationalpost.com/afterword/the-edible-brains-margaret-atwood-makes-her-first-foray-into-the-undead-with-the-happy-zombie-sunrise-home.

写这些俗气的东西,阿特伍德则以她惯有的调侃语气对那些嘲弄者做出了回应:

> 人们再一次朝我投来奇怪的目光。为什么是 Wattpad? 还有,究竟是什么 pad? Wattpad,像是瓦特,那种能叫灯泡亮起来的玩意儿。"不过,玛格丽特,"你可以听到他们在窃窃私语,"你是如日中天的文学偶像;你那些书的封皮上可是这么介绍来着的。你为什么要偷偷去跟一个充斥着浪漫故事、吸血鬼和狼人的分享故事网站瞎混呢?你应该支持文学,大写 L 的文学。回到那个神坛去吧!摆出严肃的姿态!变成石碑!"①

在阿特伍德看来,网络文学并没有低人一等。她不仅兴致勃勃地在 Wattpad 上分享写作经验,进行写作实验,还把它视作年轻人的创作孵化器。她多次在平台上为粉丝举办小说和诗歌竞赛,取名"阿特"(Atty),自己担当评委,鼓励有志者投身创作。在她的积极影响下,Wattpad 社群越办越红火,许多文学青年将手头的书稿章节和诗歌片段上传到网站,接受读者反馈,再对作品加以完善。阿特伍德认为,这种形式类似于 19 世纪的小说连载,狄更斯就是得益于当时的这一模式,成长为一代文豪。成为作家要经历好几个阶段,Wattpad 平台在作者的起步阶段非常有用,因为此时的他们最需要鼓励和关注。对于成熟些的作家,Wattpad 平台可以通过作者与读者互动的方式推广其影响力。至于 Wattpad 是否会对传统出版业造成冲击,阿特伍德指出,目前主流出版社对 Wattpad 社区表现出强

---

① Margaret Atwood, "Why Wattpad Works," *The Guardian*, 6 July 2012, accessed 7 February 2017, https://www.theguardian.com/books/2012/jul/06/margaret-atwood-wattpad-online-writing.

烈的兴趣，它们向畅销作家提出了颇有吸引力的签约计划。由此可见，Wattpad 为作者、读者和出版商开拓了一个崭新的空间，"在 Wattpad 领地，新一代正在跃跃欲试"①。说不定哪一天，这块新领地能像 19 世纪的报刊连载那样，培育出新时代的大文豪。

阿特伍德对图书业的发展一直抱有浓厚的兴趣，她众筹了一个叫 Fanado 的项目，这是一种作者用来与读者进行远距离互动的工具，能够同读者分享朗诵音频、视频直播，为电子书、纸质书以及与出版物相关的 CD 签名。在为 Fanado 融资时，阿特伍德向捐款者许诺，他们有机会成为她下部小说中的角色。这一创新之举为加拿大出版行业注入了新鲜血液，展示了阿特伍德的探险家精神：她愿意为读者带来快乐，也愿意在各种不同的媒介探索自己的创造力。

阿特伍德在古稀之年的"触网"经历让大众看到了她的另一面：一位善于学习新事物的老一代文学大家。她利用自身的影响力支持着新兴的文学形式，展现了不断求索的勇气，也让世人听到了"多面阿特伍德"②的不同声音。

三、书籍签售会上的声音

作为一位知名的专业作家，阿特伍德不得不经常奔赴世界各地参加图书促销活动，但在 2004 年发明"长笔"③之后，阿特伍德就逐渐减少了此类活动，这不但节约了成本，而且可以减少碳足迹。

---

① Margaret Atwood, "Why Wattpad Works," *The Guardian*, 6 July 2012, accessed 7 February 2017, https://www.theguardian.com/books/2012/jul/06/margaret-atwood-wattpad-online-writing.
② "多面阿特伍德"之说出自 Lorraine York, ed., *Various Atwoods: Essays on the Later Poems, Short Fiction, and Novels* (Toronto: Anansi, 1995)。
③ 一种远程签字装置，其操作情况如下：作家用一支特殊的笔在手写板上写下信息，签上姓名。在另一个城市的接收端，一只配备普通笔的机械手臂在书本上签名。在整个过程中，作家和书迷可以通过网络摄像机和电脑屏幕进行交谈。

有意思的是，在阿特伍德70岁生日前夕，她却一改常态——"在我69岁的最后100天里，我决定改变以往做事的方式"①——利用为期16周的时间前往6个国家参加了一次独具创新的巡回售书活动，这就是媒体所说的"'洪水之年'售书旅行"（"Year of the Flood" tour）。阿特伍德在这些书籍签售会上发出的声音不仅展现了她对写作事业的热忱，而且显示了她作为一个行动主义者的奉献精神。

2009年10月4日，阿特伍德从丹佛出发，开始了"'洪水之年'售书旅行"，途经美国10个城市，以及不列颠群岛的多个地方。阿特伍德通过O. W. Toad办公室发布了一篇新闻稿，声称自己选择这种非传统的图书签售方式是因为"想做一些与出版单位无关的事情，比如让人们提高觉悟，认识到珍稀鸟类的脆弱，增加纯良咖啡的消费（阿拉比卡咖啡是荫下栽种，对鸟类无伤害），在博客上推送信息，汇报我们即将进行的涉及7个国家的戏剧加音乐剧售书旅行"。②

这次与"出版单位无关的"售书旅行新概念可谓大胆至极，阿特伍德构思了小说的戏剧版本。《洪水之年》是《疯癫亚当三部曲》的第二部，描写了宗教组织"上帝的园丁"成员从一场"无水的洪灾"（waterless flood）中幸存之后的故事，其间穿插了"亚当一号"的布道以及《上帝的园丁》赞美诗，赞颂新千年的守护神，其知识、经验和智慧将决定人类精神和世界环境的重生，因此，这部小说可以说是各种声音的混杂。阿特伍德在写剧本时从小说中选取了具有视觉效果的情节，剧本就像是小说的情节梗概系列图片：由26个片段构成，解说者概括事件的声音与合唱团的声音以及小说人物的声

---

① Christine Evain, *Margaret Atwood's Voices and Representations: From Poetry to Tweets*, 153.
② Ibid., 148 - 149.

音互相交叉。阿特伍德选取的场景特别具有画面感，以其中一场为例，托比手拿望远镜，看到了远处的几个人：三个身穿迷彩服的男子牵着用皮带拴住的一只大鸟。这只鸟有着色彩斑斓的羽毛和女子的头颅，她事实上是托比的朋友瑞恩。从电影摄影术的角度来看，这类色彩鲜艳的场景利用动作、服装和背景幕布制造悬念和特殊效果，往往可以产生出其不意的功效。这个例子说明，阿特伍德有能力创造出一种作为"画面制造者"的叙事声音。"画面制造者"的概念由罗伯特·O. 巴特勒（Robert O. Butler）提出，他强调了叙事声音根据"电影的基本构成要素"进行思考的重要性，以增加故事的电影摄影效果：

> 镜头是电影的基本构成要素……当然，镜头的连接构成场景，场景的连接形成片段……这些概念描述的不仅是电影不可避免的连贯性，还有作为画面制造者的叙事声音。此类画面在时间之中具有生命。它们有开始、有发展、有结局，与电影概念等同。就像在电影中一样，正是对这些"镜头"的处理才累积成了"场景"和"片段"，形成了意义，产生了叙事者声音的节奏。[①]

在《洪水之年》的剧本中，阿特伍德展现了从小说中选取场景的能力，将它们转变为累积的镜头，重建了小说的节奏，增加了售书旅行戏剧表演的趣味性。

售书旅行所到之处的市民有幸观看了长达一个小时的演出，由

[①] Robert Olen Butler, *From Where You Dream: The Process of Writing Fiction* (New York: Grove Press, 2005), 65-66.

阿特伍德担任解说员，本地演员表演一些小说片段，本地合唱团演唱14首赞美诗[1]。这些当地力量的加入从另一个侧面表达了阿特伍德的绿色出行理念。在曼彻斯特，《加冕街》(Coronation Street)[2] 的两位演员加入了演出，曼彻斯特同性恋合唱团演唱了赞美诗。在爱丁堡，原爱丁堡主教身着豹皮礼袍，宣讲了"亚当一号"的一场布道。可以说，每一场表演都独具当地特色。阿特伍德在博客中记载了这次售书旅行，包括大量的演出记录和照片。她的"洪水之年网站"(yearoftheflood.com)更是实时跟进，详尽报道了跟售书活动相关的事件。[3] 阿特伍德在评价此次旅行时说到，这种完全出乎意料的做法颠覆了传统的图书签售模式，使生态目标和艺术目标相结合，同时"这也是一次绝佳机会，能与其他有创新精神的人合作，看到他们对故事的阐释"[4]。在小说出版之后的阶段，艺术目标变成了一种全球合作，将作者、当地艺术界人士以及草根群体会聚一堂，从而使公众了解"脆弱的自然世界以及我们与之生死攸关的联系"[5]。

《洪水之年》图书签售活动让大家有机会听到了舞台上的不同声音：阿特伍德在文学作品中的声音（来自小说节选）、她作为公众人物的声音、她作为行动主义者的声音以及她在互联网上的声音。加

---

[1] 由美国作曲家奥维尔·斯托伯（Orville Stoeber）谱曲的赞美诗结合了福音、乡村民谣、爵士乐和民间音乐的特色，非常受欢迎。

[2] 英国最受欢迎的电视连续剧，1960年12月开播，主要描述了普通劳工阶层在日常生活中的喜怒哀乐。

[3] 阿特伍德利用该网站销售主题T恤和大手提袋，网民们还可下载《上帝的园丁》赞美诗以及手机铃声，所有收入全部投入加拿大、英国和美国的特别事业。网站上的"环境助手"（Environmental Helpers）标签下列出了这些特别事业。

[4] Bruce DeMara, "Margaret Atwood Offers More Bang for the Book," *The Toronto Star*, 18 August 2009, accessed 15 October 2017, http://www.thestar.com/entertainment/books/2009/08/18/margaret_atwood_offers_more_bang_for_the_book.html.

[5] Christine Evain, *Margaret Atwood's Voices and Representations: From Poetry to Tweets*, 152.

拿大导演罗恩·曼恩（Ron Mann）后来将这些声音汇聚到纪录片《洪水之后》（"In the Wake of the Flood"）中，该片集合了"'洪水之年'售书旅行"的连续镜头、档案材料和引起情感共鸣的幕后花絮，刻画了阿特伍德"这位日渐衰老却依旧乐观的文学摇滚明星在路上以及在家的生活，她如何将小说搬上舞台并参与舞台表演，在此过程中传播警示信息，点燃希望之光"①。影片记录了阿特伍德从英国的爱丁堡和伦敦到美国的纽约再到加拿大的多伦多和温哥华的"奥德赛之旅"，突出了阿特伍德对本次旅行的构想：从书籍介绍会中走出去，达到启迪观众的目的，使公众增强意识，从行动上支持环境保护运动。阿特伍德本人也身体力行，尽可能乘坐铁路交通工具出行，减少环境污染。影片新闻稿的结尾这样写道："《洪水之后》追随阿特伍德的足迹，展现了她如何与观众以及我们大家分享生活、分享生态寓言的经历，影片将艺术和叙事线索结合起来，再现了阿特伍德的成就和世界观。"②

图书签售会的目的是与读者互动，阿特伍德独特的售书旅行不仅是一场自我的表演，还是传播作品理念的途径。阿特伍德在图书促销活动中发出的声音与她在创作中的声音是统一的整体。我们似乎看到，社会活动家阿特伍德从自己的作品中获得灵感，并以此引导自己的生活，将作为"个人"的阿特伍德与作为"作家"的阿特伍德有机地融为了一体。

---

①② Christine Evain, *Margaret Atwood's Voices and Representations: From Poetry to Tweets*, 153.

第二章 民族与国家：责任伦理

"责任伦理"这一术语最初出现于1919年，由德国社会学家马克斯·韦伯创造，他在《以政治为业》（"Politics as a Vocation"）中将"权力政治"（power politics）一词替换为"责任政治"（politics of responsibility），即"责任伦理",① 通过选用该术语，他强调了政治中的伦理因素。韦伯具有"深沉的民族主义政治信念与立场"②，他认为，民族国家的强盛及其在世界上的权力是现代政治的终极决定性价值。换句话说，民族国家是现代国家的主要形态，一个国家的未来命运取决于民族国家的生存状态。因此，现代政治的主题即为民族国家间的权力斗争，现代国家担负着在世界上寻求权力以捍卫和弘扬民族（文化）的重要使命。

民族国家从某种程度上来说是"想象的共同体"③。弗莱曾指出，身份不仅取决于文化，而且取决于想象。他在《灌木花园：加拿大想象论文集》（*The Bush Garden: Essays on the Canadian Imagination*）

---

① H. H. Gerth and C. Wright Mills, tr. and eds., "Politics as a Vocation," *From Max Weber: Essays in Sociology* (New York: Oxford University Press, 1946), 120.
② 公丕祥：《马克斯·韦伯的政治理念述要》，载公丕祥主编《法制现代化研究》（2015年卷），法律出版社2015年版，第37页。
③ "想象的共同体"出自本尼迪克特·安德森（Benedict Anderson）的名著《想象的共同体：对民族主义之起源和传播的思考》（*Imagined Communities: Reflections on the Origin and Spread of Nationalism*, 1991）一书的书名。

的序言中声称,想象与文化相关,且扎根于环境。① 由此可见,身份问题,不管是个人身份,还是民族身份的建构,都离不开共同的环境。在阿特伍德看来,这个共同的环境就是她的根——加拿大,她在《苏珊娜·穆迪日志》中抒发了爱国情怀:"每个人/都应该热爱这个国家……而且要不定期地创造它们。"② 为了脚底下的这片土地,从20世纪60年代开始,阿特伍德一直在为弘扬加拿大民族文学和文化努力耕耘。从早期未出版的小说《自然小屋》(*The Nature Hut*,1966)到世纪之交的《盲刺客》,阿特伍德笔下的加拿大是一个动态的概念,在不断创造新叙事③的过程中实践其伦理责任。同韦伯一样,"生存斗争、种族差异、国家处境和经济政策"④ 这些关键词也是阿特伍德表达民族国家意识的基本话语。

本章共分三个部分,首先讨论阿特伍德对国际关系(主要为加美关系)的分析,继而研究她作品中体现的国内各民族之间的关系,最后选取阿特伍德在20世纪90年代出版的两部小说——《别名格雷斯》和《强盗新娘》——来探讨加拿大在后殖民处境中的伦理责任。《别名格雷斯》通过对加拿大历史的追寻,展示了加拿大在20世纪90年代末面对文化传统、历史和民族性格消失的威胁,如何缝

---

① Northrop Frye, *The Bush Garden: Essays on the Canadian Imagination* (Toronto: House of Anansi Press, 1971), i.
② 玛格丽特·阿特伍德:《苏珊娜·穆迪日志》,载《吃火》,第133页。
③ 爱德华·萨义德(Edward Said)在《文化与帝国主义》中写道:"民族本身即是叙事。叙事的权力,或者说阻止其他叙事形成和出现的权力对于文化和帝国主义十分重要,构成了它们之间的主要联系之一。"Edward Said, *Culture and Imperialism* (London: Vintage, 1992), iii. 霍米巴巴(Homi K. Bhabha)在《民族国家与叙事》中指出,民族的概念并非恒定不变,它依赖于叙事,而叙事反过来又由多变各异的叙事视角所引导。Homi K. Bhabha, ed., *Nation and Narration* (London: Routledge, 1990), 3.
④ 公丕祥:《马克斯·韦伯的政治理念述要》,载公丕祥主编《法制现代化研究》(2015年卷),第37—38页。

合支离破碎的过去、重新整合文化身份的努力。《强盗新娘》通过英裔加拿大人和作为他者的移民之间的故事,试图对"加拿大性"进行重新定义。

第一节 论加美关系

加拿大联邦成立于 1867 年,此举是英国议会为防范美国将加拿大纳入其政治版图而采取的措施。但众所周知,20 世纪 60 年代至 80 年代才是加拿大民族形成的关键阶段,这个时期的加拿大自我意识蓬勃增长,文化发展欣欣向荣。在 60 年代早期,原先的宗主国大英帝国已不再是加拿大为了寻找自我身份而反对的帝国"他者"。相反,南邻美国以其强大的姿态一跃成为加拿大能够时时感知的危险,威胁着加拿大的政治、经济和文化独立。

文学的最大特色是反映时代的发展和变迁,在加拿大历史上民族主义情绪空前高涨的时期,文学界擎起了"反美主义"(anti-Americanism)的旗帜——"试图保护加拿大人,区分加拿大价值、标准和性格,不让它们被来自美国的价值、标准和性格改变或取代"[1]。阿特伍德作为加拿大最有影响力的作家之一,对来自南方的政治和文化新殖民主义提出了警示。她和其他加拿大知识分子一样,感觉到这种新殖民主义正在危及加拿大作为一个民族国家发出自己声音的能力。在论加美关系的作品中,阿特伍德大多采用反讽的手法,"通过强调与帝国中心'相异'的假定"[2] 来表达自己的爱国立

---

[1] Andrew Holman and Robert Thacker, "Literary and Popular Culture," Patrick James and Mark Kasoff, eds., *Canadian Studies in the New Millennium* (Toronto: University of Toronto Press, 2008), 145.
[2] 袁霞:《生态批评视野中的玛格丽特·阿特伍德》,第 22 页。

场,抒发爱国情怀。

一、加美关系的"本土记录者"

在阿特伍德创作生涯的早中期（直至 20 世纪 90 年代），她一直是加美关系的"本土记录者"（native informant）[1]——她是个自豪的加拿大人，同时对美国有着极具洞察力和最直率的批评。在德国媒体对阿特伍德及其丈夫吉布森的采访中，她说道："加拿大的历史，以及加拿大文学都曾受到与我们分享差不多九千公里边境线的世上最强大国家的深刻影响——并不全是往好的方向发展。"[2] 由于她在国际上的鲜明姿态，北纬 49 度边境线两边都听到了她的声音。

阿特伍德经常利用散文这种最便利的形式书写加美关系。1971年，阿特伍德在周刊《星期六晚报》（*Saturday Night*）上发表了一篇题为《民族主义、不确定状态和加拿大俱乐部》（"Nationalism, Limbo and the Canadian Club"）的文章，她在文中指出，加拿大人在很大程度上必须对自己的后殖民心态和新殖民心态负责：

> 我记得在公立学校时，我们在忠于帝国的老师眼皮底下高唱《统治吧！不列颠尼亚》（Rule Britannia）[3]，画英国国旗；可……它们是垂死的种族。漫画书里有着关于宇宙的真理，这些书因换手频繁，封皮都快掉了下来：蝙蝠人、黑鹰、霹雳火、塑料人、惊奇队长。我们知道这些漫画书来自美国，因为偶尔

---

[1] Laura Moss, "Margaret Atwood: Branding an Icon Abroad," John Moss and Tobi Kozakewich, eds., *Margaret Atwood: The Open Eye* (Ottawa: University of Ottawa Press, 2006), 19.
[2] Reingard M. Nischik, ed., *Margaret Atwood: Works and Impact*, 30.
[3] 《统治吧！不列颠尼亚》又称《不列颠万岁》，是英国海军军歌，也是英国的第二国歌。詹姆士·汤姆森（James Thomson）作词，托马斯·阿恩（Thomas Arne）作曲。

会有一种灰白色、质量低劣的加拿大摹本出现。对我们来说，加拿大不是美国……漫画书是一种新闻快报，报道了边境线外正在进行的活动，对这些活动我们只能观看而无法参与。①

加拿大好不容易挣脱了英国的殖民统治，却又暴露在美国消费文化的冲击之下。美国通过漫画和电影占领了许多加拿大青少年的思想意识领域。在这些人眼里，美国的漫画和电影多姿多彩。相比之下，本国的文化产品则枯燥乏味，他们只能带着艳羡的目光瞧着美国正在发生的一切。这是一种被殖民化了的观众/读者心态，认为"令人向往之处……是国境之外，是超出自己可到之处的地方"②。阿特伍德接着在文章中写道："我直到去美国（哈佛大学）读研究生才开始认真思考加拿大。"③ 她意识到，美国在革命后的几十年里（18世纪和19世纪早期）经历了"摸索身份"④的阶段，而20世纪70年代的加拿大仍处于这一进程中。阿特伍德将目光投向了两种文化间的不平衡之处，它们代表了后殖民和新殖民关系：

有几个令人不安的推论。首先，我们（加拿大人）对他们（美国人）的了解比他们对我们的了解要多，且多得多；此外，我们在越来越意识到经济被垄断的同时，也意识到我们是在任由自己处在一个既不了解我们也不想了解我们的民族掌控之下。

---

① Margaret Atwood, "Nationalism, Limbo and the Canadian Club," *Second Words: Selected Critical Prose*, 84–85.
② 玛格丽特·阿特伍德：《生存：加拿大文学主题指南》，秦明利译，中国文联出版公司1991年版，第157页。
③④ Margaret Atwood, "Nationalism, Limbo and the Canadian Club," *Second Words: Selected Critical Prose*, 87.

最令人不安的是，我们认识到他们正在用同样的权力、同样令人难以置信的无知以及同样的满不在乎，在全世界各地指手画脚。①

阿特伍德指出了两种文化间的不平衡之处，它们体现了后殖民和新殖民关系。加拿大人对美国心存羡慕，处处学习模仿，试图了解美国的方方面面；然而美国却对加拿大文化不屑一顾，只想从经济上控制加拿大。阿特伍德对美国的批评坦率而直接，她从两个民族对彼此的态度出发，以讽刺的口吻表达出加拿大对超级强邻美国的防范心理。

在文章的结尾，阿特伍德讲述了她在哈佛大学做学生时的一段经历。她在一位朋友邀约之下前去参加"加拿大俱乐部"的活动，在活动快结束时，一位喝醉了酒的俱乐部成员走到电唱机前，播放起美国国歌《星光灿烂的旗帜》，还把音量调到最大。旁边的人身上潜伏的爱国主义立刻被激发出来，他们试图把唱片拿走，但他不干，固执地、忧伤地继续把唱片放回去。最后有个人叫道："停下来，你这该死的美国佬。"这使他很生气，大声喊道："我不是美国佬，我是加拿大人！"他喊了不止一次，然后又从头开始播放歌曲。

阿特伍德在文中写道："'他想告诉我们什么？'或许什么都没有；也或者是你赢不了，美国佬做得更好，你得承认《星光灿烂的旗帜》作为音乐比《啊，加拿大》更加成功——我的意思是，你知道的，把所有的地方偏狭观念都摆在一边，只是严格从客观的文化角度来说。"阿特伍德写下这段往事，是想表明加拿大人在崇美媚外

---

① Margaret Atwood, "Nationalism, Limbo and the Canadian Club," *Second Words: Selected Critical Prose*, 88.

的同时贬低自身文化的后殖民心态："打败我们的是我们自己的选择和自己的判断。"①

1981 年，阿特伍德就美洲国家之间的关系向哈佛财团做了一场题为《加美关系：挺过 80 年代》（"Canadian-American Relations: Surviving the Eighties"）的报告。她在报告开头指出了加、美两国的相似之处，这种相似可能会导致特别严重的不对称和激烈的冲突，就像家庭内部矛盾一样："这就使得加美关系有时略显棘手：它们是亲戚。没有什么比一个同辈表亲更能激起怨恨的了，尤其是一个开了辆劳斯莱斯的表亲。"② 阿特伍德强调，她在分析中针对的不是个人（"作为个体的美国人热情、大方且积极乐观，这是一般的加拿大人都没料到的"③），而是民族政策、集体信仰、心态和态度。阿特伍德在报告中声称加拿大人"比美国人更具国际视野……因为他们不得不这样……加拿大经验是没有中心的圆周，美国经验则是被误当成整体的中心"④。在报告结尾，阿特伍德对我们今天耳熟能详的全球化进行了预测："不管怎样，21 世纪将只有一个世界。"⑤ 阿特伍德暗示全球化可能与全球的美国化没有多大差别。因此，她在承认超越国家的价值和利益的同时，坚持边界存在的必要性，尤其是加美之间的边界，因为这涉及两国人民，"不仅仅是作为各自民族国家的公民，更重要的是作为这个正在迅速缩小、频频受威胁的地球的居民。这世上有分界线和边界，有精神上的，也有现实存在的，

---

① Margaret Atwood, "Nationalism, Limbo and the Canadian Club," *Second Words: Selected Critical Prose*, 88.
② Margaret Atwood, "Canadian-American Relations: Surviving the Eighties," *Second Words: Selected Critical Prose*, 371.
③ Ibid., 372.
④ Ibid., 379.
⑤ Ibid., 390.

篱笆筑得牢，邻居处得好"①。加、美两国之间有着一条号称"世界上最长的不设防的国界"②，国家边界的淡化和消失将不利于加拿大在国际社会谋求有别于美国的独特身份。边界的存在是一种牵制，但并不影响两国共谋跨地域的合作。

德国批评家保罗·戈奇（Paul Goetsch）在《玛格丽特·阿特伍德：一位加拿大民族主义者》（"Margaret Atwood: A Canadian Nationalist"）一文中指出，阿特伍德早期的文化批评可以被视为"后殖民驱动力"的反映，即"通过建构一致的文化或文学展现一种自主的民族身份"，他认为，阿特伍德的观点"在很大程度上由20世纪60年代和70年代的新民族主义和反美主义塑造"。③ 然而阿特伍德并非狭隘的民族主义者，她主张国与国之间的交往要拿捏住分寸，唯此才能保持长久的合作。她在《加美关系：挺过80年代》结尾处提出："国境线外有着各种各样的价值观，空气并不属于哪个人；我们都在呼吸它。"④ 由此可见，阿特伍德已将批评视角扩展至国家民族之外，她预见了即将到来的全球化时代各种价值观之间的冲突。当冲突来临时，不能简单地以某一国的价值观来压制或取代另一国的价值观，而是要充分尊重其他民族的独立与自治。

2003年4月，阿特伍德在美国最古老的周刊《民族》（*The Nation*）杂志上发表短文《致美国的一封信》（"Letter to America"）。此时离阿特伍德发表第一篇论加美关系的文章已有30余年，早期散

---

① ④ Margaret Atwood, "Canadian-American Relations: Surviving the Eighties," *Second Words: Selected Critical Prose*, 392.
② 王彤福、晓晨编著：《加拿大风情录》，知识出版社1990年版，第2页。
③ Paul Goetsch, "Margaret Atwood: A Canadian Nationalist," Reingard M. Nischik, ed., *Margaret Atwood: Works and Impact*, 168, 177.

文中时不时出现的后殖民心态似乎已成过去。在这封信里,加拿大人意识到了美国行动在全球各地造成的恶果,开始反过来向美国人提供建议。该信后来收录进了文集《移动的靶子:有意图地写作,1982—2004》(*Moving Targets: Writing with Intent*, 1982‑2004)。阿特伍德在文集介绍部分写道:"我写《致美国的一封信》的原因是——2002年夏天,我向《民族》期刊编辑维克多·纳瓦斯基(Victor Navasky)保证,要在人们提起(美国)入侵伊拉克之前写这么一个东西。这封信就是在入侵之前刊登的,并一再重印,在世界各地激起了强烈反响。"①

阿特伍德在信中首先对"亲爱的美国"列举了她"过去55年里"对其形象的积极看法,比如包括漫画、音乐和电影在内的美国流行文化——"你们有太多有意思的东西"②;比如美国文学——"你们写出了一些我最喜欢的书"③;比如美国的自由民主制——"你们维护自由、正直和公正;你们保护无辜者。我相信其中的大多数"④。接着,阿特伍德声称,她原先对美国的正面印象在过去几年里发生了改变,她已经不再能理解美国的政策。她带着"由适度的谦恭而带来的尴尬"⑤公开表明自己的观点,因为作为加拿大人,她很清楚美国对加拿大乃至全世界所产生的影响:"你们的事务不再只是你们的事务……至于我们,你们是我们最大的贸易伙伴……要是你们失败了,我们也得跟着失败。我们有充分的理由希望你们一切安好。"⑥ 阿特伍德基于以下三点原因批评美国:首先是对宪法权利

---

① Margaret Atwood, *Moving Targets: Writing with Intent*, 1982‑2004 (Toronto: Anansi, 2004), 230.
②③ Ibid., 324.
④⑤ Ibid., 325.
⑥ Ibid., 326.

的侵犯("你们在毁坏宪法"),其次是赤字开支("你们正在积欠破纪录的巨额债务"),最后是经济过热("你们在纵火焚烧美国的经济")。① 阿特伍德再次证明了她的先见之明,由美国短视造成的全球经济危机在 21 世纪的第一个十年之末全面爆发,阿特伍德在 2008 年出版的《偿还:债务与财富的阴暗面》(*Payback: Debt and the Shadow Side of Wealth*)第四章还对此专门进行了剖析。

从《民族主义、不确定状态和加拿大俱乐部》对加拿大后殖民心态和新殖民心态的揭示,到《致美国的一封信》中对美国一针见血的批评,阿特伍德对美国的评价虽然并非如瓦莱丽·伯罗格(Valerie Broege)所言"涉及了由崇拜到尖锐指责的全过程"②,但她通过加美之间的形象对比凸显了加拿大在世界民族中的弱势处境,表达了对美国图谋建立全球霸主地位的隐忧,同时强调了后美国时代世界力量分配的转移。在她心目中,一个相互制约、共存共荣的多极化世界正在形成,这是世界的大势所趋,加美关系也必将受到影响。

二、"幸存女"与加拿大梦

阿特伍德的作品世界闻名,却很少有人知道她是位成功的漫画家。迄今为止,阿特伍德出版的漫画有 40 多本,瑞因加尔德·M. 尼西科(Reingard M. Nischik)将之分为三组:"加拿大文化漫画/幸存女漫画"(Kanadian Kultchur Komix/Survivalwoman Comics)、"自传/书籍签售会漫画"(Autobiographical/Book Tour Comics)和"五

---

① Margaret Atwood, *Moving Targets: Writing with Intent*, 1982–2004, 326.
② Valerie Broege, "Margaret Atwood's Americans and Canadians," *Essays on Canadian Writing*, 22 (Summer 1981): 111.

花八门的漫画"(miscellaneous comics)。① 其中"幸存女漫画"主要关注民族主题，尤其是加美之间的关系问题。

1975 年，以评论加拿大政治和文化为主导的左翼期刊《这杂志》1—2 月刊登了"幸存女漫画"系列，直至 1980 年 1—2 月刊为止，该系列在 5 年内共刊出了 24 组漫画。20 世纪 70 年代是加拿大国内各界对民族身份和文化身份激烈争辩的 10 年②，这些漫画为研究当代加美关系话语和加拿大身份话语做出了特殊贡献。24 组漫画中有 17 组以"幸存女"作为加拿大的"女英雄/女主人公"，其名字与阿特伍德著名的论著《生存》相呼应。由于《生存》的广泛影响力，"生存/幸存"一词在加拿大家喻户晓。因此，当"幸存女"作为美国流行文化中"夸大狂"的代表人物"超人"的对立面出现时，立刻引起了大家的热烈追捧。为了达到幽默效果，阿特伍德戏谑地将"超人"(superman)更名为"超级火腿"(superham)。《幸存女遇见超级火腿》(*Survivalwoman Meets Superham*) 是阿特伍德最早关注加美关系的一组漫画，"幸存女"体态娇小，留着一头跟阿特伍德本人一样的卷发，T 恤衫上印着字母"S"，令人忍俊不禁地想起"超人"衣服上标志性的字母"S"。此外，"幸存女"穿着印有加拿大国旗和枫叶的长斗篷。她脚蹬雪地靴，即使大夏天也不脱下，表明自己来自更北的地方，和美国超人脚上的红靴子形成讽刺性的对比。尼西科认为，阿特伍德以自我嘲讽式的手法，向读者展现了一个具有加拿大典型特征的"幸存女"形象，使她"成了加

---

① Reingard M. Nischik, *Comparative North American Studies: Transnational Approaches to American and Canadian Literature and Culture* (London: Palgrave Macmillan, 2016), 108.
② Sherrill Grace, "Sociopolitical and Cultural Developments from 1967 to the Present," Reingard M. Nischik, ed., *History of Literature in Canada: English-Canadian and French-Canadian* (New York: Camden House, 2008), 285 - 290.

拿大的缩影"。①

在《幸存女遇见超级火腿》第一格漫画的介绍文字中,"世纪冲突"几个字以夸张的方式展现了加美之间的不确定关系。阿特伍德素来爱玩文字游戏,她用"超级火腿"替代"超人",因为"ham"一词在俚语中是"蹩脚的表演者"之意,指那些希望表现出超酷形象却又无法做到的人。读者看到"超级火腿",必然想起"超人"的健美体格,而阿特伍德画笔下的"超级火腿"却是正在走下坡路的"超人":油腻肥胖、胡子拉碴、表情呆蠢,跳蚤在脑袋上乱爬,一副邋邋遢遢却仍自鸣得意的样子。"幸存女"和"超级火腿"分别代表了加拿大和美国,两人有着相似的着装,表明他们同属一个大洲,作为女性的加拿大与作为男性的美国体型悬殊,暗指他们之间的巨大差异:谁强谁弱跃然纸上,凸显了两国之间的新殖民关系。用"超级火腿"的话来说,美国和加拿大文化没什么不同,因为加拿大基本不存在自己的文化,即便有,也在美国的霸权之下遁了形:"伙计,别吹牛了——我是说,我们都是同一种文化——我们看一样的电视剧、一样的电影、一样的漫画……我的意思是,你们没有自己的文化,伙计。"②"超级火腿"的话道出了加拿大民族主义者的噩梦:加拿大文化被归入了美帝国文化之中,或者更为糟糕的是,美帝国根本就不承认加拿大的文化自主。"超级火腿"满嘴俚语、说话随便,使"北美文化沦为了美国流行文化"③,对加拿大文化构成了威胁。

"幸存女"虽生得矮小,性格却刚毅果敢,恰如她的名字,"屡

---

①②③ Reingard M. Nischik, *Comparative North American Studies: Transnational Approaches to American and Canadian Literature and Culture*, 110.

败屡战，施展出最大的能力"，接受挑战，要使自己的文化在面对"南边友好的大个子邻居"时得以"幸存"。她不像"超级火腿"靠蛮力耍威风，而是用知识和智能进行辩驳。她列出了一长串加拿大著名人物的名字，如作家阿尔·珀迪（Al Purdy）和艾伦·麦克菲（Alan McPhee）、政治家路易斯·瑞尔（Louis Riel）和托马斯·达西·麦基（Thomas D'Arcy McGee）、历史人物白求恩（Norman Bethune）等，她列举了政治事件1867年英属北美法案（The British North America Acts of 1867）和文化事件"加拿大博览会"，除此之外，她还对一些娱乐人物、具有历史意义的日期以及加拿大品牌娓娓道来。"幸存女"将真正的加拿大文化呈现在读者面前，她的反击策略似乎颇为有效，她说话时的气泡对话框把"超级火腿"遮得只见一双靴子。"超级火腿"承认甘拜下风："你说得对，伙计……我啥都没听明白。"然而，"超级火腿"在飞走时说的一句话立刻把沉浸在胜利喜悦中的"幸存女"拉回现实："可大多数加拿大人也不明白……同一种文化的人嘛。"最后，弱小的"幸存女"沉默地叹了口气，"超级火腿"一语中的，加拿大人的确对自己的文化缺乏了解，这也是"幸存女"的原型文本《生存》一书出现的缘由：阿特伍德希望通过此书的出版使同胞看到加拿大拥有自己的文学，并能够区分"加拿大文学和其他常与之比较的、与之混淆不清的文学的不同之处"[①]，即加拿大文学独立于美国或英国文学的特征。

"超级火腿"的起飞无疑象征了美国的强大以及对加拿大的轻视，他有着超强的实力，可以想什么时候飞走就什么时候飞走，完全不顾"幸存女"正在一旁滔滔不绝地说话。从另一方面来说，这

---

① 玛格丽特·阿特伍德：《生存：加拿大文学主题指南》，第13页。

也暗示了美国人对美加边界的看法。对于两国之间的边界，加拿大和美国有着不同的观点和处理方式。对加拿大而言，通向美国的边界至关重要，它是自我认同的标志，因为"非美国人"（not American）对许多加拿大人来说是一种正面的自我评价，这种评价建立在对南邻的"积极抗拒"中。① 美国人则认为："加拿大是北部一个模糊的地方……没必要筑起边界，燃起美国的民族意识，因为在美国，害怕'变成加拿大人'的情况几乎不存在。"② "超级火腿"和"幸存女"之间的相遇将加美边界问题呈现在读者面前，一方面是"幸存女"拼命坚持两国之间的文化边界，另一方面是"超级火腿"傲慢地否认有这样的边界存在。

尽管邋里邋遢的"超级火腿"占了上风，阿特伍德却时刻不忘对他加以嘲弄。当他以"超人"特有的方式飞起——紧握双拳，手臂伸向天空，斗篷飘扬，如同一枚火箭或导弹，此时却煞风景地出现了一个象声词"噗"，伴以几条平行的蛇形声线，"超级火腿"显然是放了个屁。这样一个令人捧腹的结局是在暗示什么呢？恐怕读者是心知肚明的。

《幸存女遇见超级火腿》和"幸存女漫画"系列的其他漫画一样，与当时的历史语境紧密相关。20 世纪 70 年代中期，加拿大仍处在通向政治独立的最后时刻③，但彼时加拿大正致力于文化的非殖民地化，希望摆脱后殖民状态和后殖民心态——不再针对原先的母国英、法两国，而是把矛头对准了美国的新殖民主义影响。尽管

---

① Nicol Heather, "The Canada-U. S. Border after September 11th: The Politics of Risk Constructed," *Journal of Borderlands Studies*, 21.1 (2006): 48.
② Ibid., 61.
③ 1982 年，英国议会正式批准加拿大议会提交的《1982 年宪法法案》（The Constitution Act, 1982），该法案的签署宣告了加拿大殖民时代的结束，自此加拿大获得了完整的主权。

"幸存女"在争取文化独立的斗争中落败了,可她斗志昂扬,从未放弃,这一点与阿特伍德在《生存》中提到的第三种受害者态度基本一致:"承认你是个受害者,但拒绝接受这种角色是不可避免的假定。"① "超级火腿"和"幸存女"之间虽说体格相差悬殊,然而美国"殖民者"一副疲惫不堪的模样,早已过了人生的黄金时代。相比较而言,加拿大斗士看起来却是精力充沛、乐观友好、智勇双全,对自己的现状有着清醒的认识。尼西科指出:"美帝国对加拿大仍旧傲慢自大,但面对娇小年轻却又意志坚定且'勇敢无畏'的'幸存女',这个自大的时代正在慢慢走向终结。"② 对加拿大来说,最重要的反抗策略莫过于坚持文化自主,以软实力来对抗美国在政治、经济和军事方面的硬实力。在提高软实力的过程中,加拿大必须清醒地意识到,自己面临的挑战不仅来自外力(主要是美国的影响),还有来自内部的阻碍,即加拿大对自身文化的无知。

在《幸存女遇见超级火腿》刊登一年之后,阿特伍德又为读者献上了一组描述加美关系的漫画《幸存女与加拿大梦》(*Survivalwoman and the Canadian Dream*),再次表达了加拿大对美国新殖民主义的担忧。在该组漫画中,一位性感女郎登场,她像极了美国漫画女主角"神奇女侠"(Wonder Woman),穿着红白条纹的紧身上衣和饰满星星的蓝色紧身短裤,脚蹬红皮靴,不由让人想起美国的星条旗。这位"超女"替代了"幸存女",是加拿大人新认同的角色形象,被冠

---

① 玛格丽特·阿特伍德:《生存:加拿大文学主题指南》,第 29 页。阿特伍德在书中列出了四种"受害者"的基本态度,另外三种分别为:否认你是受害者这一事实(态度一);承认你是受害者这一事实,但把它解释为命中注定、上帝的意愿、生理的支配(如果是女人)、历史的必然、经济状况、潜意识或是其他别的更有力、更普通的原因(态度二);做一个有创造性的非受害者(态度四)。(参见秦明利译本,第 28—31 页)
② Reingard M. Nischik, *Comparative North American Studies: Transnational Approaches to American and Canadian Literature and Culture*, 112.

以"加拿大梦"的称号,与强大的"美国梦"相类比。在其中一格漫画中,弱小的"幸存女"抬头看着画板上象征"加拿大梦"的巨幅画像。一位"民族团结特别工作组"的男代表正在向她介绍这个古怪的"民族象征",话里话外透露出对"幸存女"作为民族象征的悲观态度,他认为加拿大需要采用张扬的市场营销方式,争取建立一个类似"加拿大梦"或"神奇女侠"的"更加积极乐观……更加性感的……形象"。当"幸存女"冷静地质疑为何要用美国偶像人物来代表加拿大时,"民族团结特别工作组"的这位官员根本不予理会,反而称之为"小细节",而且这些星条花纹"相当自成一体"。显然,他已经完全将新殖民主义的主体心态内化了,没有意识到引进美国流行文化取代加拿大文化和民族象征所带来的问题。阿特伍德画笔下的这位政客冥顽不化:他紧紧抱住一堆文件,咧嘴大笑,半闭的眼睛一动不动——无视自己建议中暗含的新殖民主义,愚不可及地为有一个性感的美国超级女英雄象征加拿大而兴奋不已。在他所代表的加拿大人眼里,美国处处皆是神话,加拿大则一直缺乏宏大叙事,因此需要有一个强有力的"民族象征"来承载国家形象。

C. 里昂斯(C. Lyons)在对"神奇女侠"的评论里称她是"受苦的莎孚①",她穿露肩上衣、紧身短裤和齐膝靴,戴束发带和金属手镯,看似威风凛凛,实则在创作者威廉·莫尔顿·马斯顿(William Moulton Marston)的最初设计中是一个"受奴役和控制"的人物。② 阿特伍德在《幸存女与加拿大梦》里采用类似"神奇女侠"的超级女英雄作为"加拿大梦"的象征有着多重意义:首先,

---

① 莎孚是公元前 6 世纪前后的希腊女诗人。
② C. Lyons, "Suffering Sappho! A Look at the Creator & Creation of Wonder-Woman," *Comic Book Resources*, 2006, accessed 8 November 2017, http://www.comicbookresources.com.

那位声称为"民族团结"而战的加拿大政客实质上是在拥护一个美国流行文化中的女性偶像作为加拿大的民族象征；其次，这个女性偶像和权力结构有着暧昧含混的性关系，享受着男性恋人的操控，依附于男人。这就意味着加拿大不仅深受美国流行文化吸引，而且将自己视作从属于美国的弱势一方。

在《幸存女与加拿大梦》中，阿特伍德再次提出了文化边界的重要性。加拿大有 3/4 的人口生活在离加美边境 150 千米的范围之内，包括 3 个最大城市多伦多、蒙特利尔和温哥华。罗杰·吉宾斯（Roger Gibbins）认为，不管从文化还是政治的角度来看，该边境线已经渗透到了 150 千米之外的"加拿大腹地"[1]："对于生活在边境线以北 500 千米处——如阿尔伯塔省埃德蒙顿市——的加拿大人而言，他们受美国电视、杂志、电影、消费品、音乐和商业的影响程度与生活在安大略的温莎或不列颠哥伦比亚的白石等边境社区的人没什么不同。"[2] 正是出于这个原因，吉宾斯将整个加拿大描述为"边境社群"（borderlands society）[3]，这样笼统的概括其实承担了很大的风险，因为边境是指：

> 由两个国家共享的一个区域，尽管两国之间横亘着政治边界，但生活在该区域的人们有着共同的社会特征。从更狭义的角度来讲，当该区域内共享的特征将它与容纳它的国家区分开来时，边境才可以说是存在的：居民分享区域内的特征，这使他们之间的共同点超出了与所属文化其他成员的共同点。[4]

---

[1] Roger Gibbins, *Canada as a Borderlands Society* (Orono: Borderlands, 1989), 4.
[2][3] Ibid., 6.
[4] Lauren McKinsey and Victor Konrad, "Introduction: Purpose and Significance," *Borderlands Reflections: The United States and Canada* (Orono: Borderlands, 1989), 4.

如果将整个加拿大称作"边境社群",这就意味着在由美国控制的北美大陆,加拿大在政治、经济尤其是文化上的独特性将不复存在。阿特伍德在《幸存女与加拿大梦》中担心的正是这一点,她通过这组漫画指出,一旦这两个北美国家之间的文化边界瓦解,加拿大以及加拿大文化可能会面临被超级强大的美国和美国文化吞噬的危险。"加拿大梦"的提出是件好事,然而任何梦想都离不开孕育它的土壤:"你来自某物,然后才朝各个不同的方向扩展,但那并不意味着切断你与自己的根及自己的土壤的联系。"① 唯有正视边界的存在,在学习他国长处的同时,努力建设自己的经济和文化,国家和民族才有振兴的希望。

三、从"交互民族主义"到"超民族主义"

阿特伍德曾称自己是一个"交互民族主义者(inter-nationalist),相信两国之间应该互惠互利"②。这从上文探讨的几篇短文中便可见一斑,尤其在《加美关系:挺过 80 年代》和《致美国的一封信》中,阿特伍德将加拿大视为北美大陆上一个不可或缺的组成部分:"就我的情况来说,我的祖国是加拿大,我所在的大陆是北美——与美国以及墨西哥共享。"③ 既然同属一块大陆,那么毗邻的国家与国家之间就如同亲眷,休戚相关、荣辱与共。从她的早期作品来看,恐美和反美情绪确实占了很大比例,特别是《浮现》和《肉体伤

---

① Jo Brans, "Using What You're Given," Earl G. Ingersoll, ed., *Margaret Atwood: Conversations*, 143.
② Valerie Broege, "Margaret Atwood's Americans and Canadians," *Essays on Canadian Writing*, 22 (Summer 1981): 130.
③ Earl G. Ingersoll, ed., *Waltzing Again: New and Selected Conversations with Margaret Atwood* (Princeton: Ontario Review Press, 2006), 207.

害》,它们展现了加拿大对美国(中央情报局)有可能控制加拿大的恐惧。然而,即便是在最能体现加美之间动态关系的小说《浮现》中,读者依然能够品味出作者对 20 世纪六七十年代加拿大随处可见的"反美主义"的排斥。阿特伍德描写了一群破坏加拿大生态环境的美国人,他们驾着独木舟在湖上钓鱼,"独木舟船头上插着一面满是星星的旗子"①。然而具有讽刺意味的是,这些所谓的美国人实则是土生土长的多伦多居民。阿特伍德敏锐地诊断出了加拿大境内普遍存在的美国化趋势,它就像一种疾病,侵袭着受身份危机困扰的加拿大人:

> 他们来自哪个国家无关紧要,我的大脑告诉我说,他们仍然是美国人。他们正把我们引向歧途,我们也会和他们一样。他们像病毒一样蔓延,病毒钻进大脑,取代细胞,细胞从内部发生变化,染上疾病的细胞不分是非。②

尽管某些小说人物对美国的批评偏向极端,但阿特伍德在《浮现》中解构了简单的二元对立观念,在民族主义和反美主义盛行的年代,这种思想令人赞叹、促人警醒。加拿大和美国并非有着不可调和的矛盾,它们更需要在彼此牵制的基础上互相合作、达成双赢。

从 20 世纪 80 年代开始,阿特伍德对加美关系的探讨逐渐减少,或者说她将其放到了全球化的宏大框架之中。她在《次要的话:散文评论选集》(Second Words: Selected Critical Prose)中写道:"回首这

---

① 玛格丽特·阿特伍德:《浮现》,第 131 页。
② 同上书,第 139 页。

一时期，我发现我对加拿大的描述少了些，更多的是放眼世界。"①
在经过了民族主义运动风起云涌的六七十年代之后，阿特伍德把关注的目光对准了超民族的主题，比如女性所受的压迫、宗教激进主义和宗教狂热在世界某些地区的蔓延，以及生物工程泛滥造成的危险。《使女的故事》《羚羊与秧鸡》《洪水之年》《疯癫亚当》仍然以美国为背景，但在这些未来小说里，由于科技的无限"创新"和无节制发展，美国已经不再是原先意义上的美国，而是全球化时代饱受生态环境危机困扰的极权社会的缩影。《使女的故事》受到了阿特伍德在美国期间学习的美国文学和美国历史启发：

> 美国研究传统颂扬清教主义的不妥协思想，认为它代表了典型的美国精神……阿特伍德将批判的锋芒指向研究美国问题的学者，谴责了他们最为珍视的民族理想：他们赞成建构一种具有"悲剧观"的毫不妥协的美国精神，这种美国精神热爱寓言、摩尼教冲突和道德绝对主义……试图打破传统信仰，彻底改造社会秩序。②

小说描绘了一幅令人震惊的未来图景，神权政治国家基列共和国将权力关系建立在性别、阶级和宗教差异的基础之上，在这个社会里，女性生存的意义只在于其所拥有的生育功能。尼西科在对《使女的故事》的评论中指出，小说批判了美国社会中根深蒂固的清教思想，"故事情节和主题使人联想起美国奴隶制"，与此同时，它

---

① Margaret Atwood, *Second Words: Selected Critical Prose*, 282.
② Sandra Tomc, "'The Missionary Postion': Feminism and Nationalism in Margaret Atwood's *The Handmaid's Tale*," *Canadian Literature*, 138-139 (Fall-Winter 1993): 80.

还"间接地驳斥了父权制基础"。① 因此,这部作品根植于对加美关系的讨论,却又"将(交互)民族主义和对性别意识的思考结合起来"②,一方面影射了加美之间长期存在的性别角色关系:"加拿大作为一个独立的国家却受到美国控制,就如同世界范围内的女性受到男性统治一样;从国家对国家的角度来看,他们对我们采取的唯一姿态便是男上女下式体位,我们不在上体位。"③ 从另一方面来说,小说中令人胆寒的人物关系使人不由将"加拿大民族主义及对女权的关注看作一幅包罗万象的图画中的一部分":

> 在着魔般地讨论民族主义及帝国主义时,我们有时会忘记以下事实:加拿大本身在面对他者时采取了错误的姿态,不管是在国内还是在国外;我们关注男性至上主义及男性对女性的虐待,而这又使我们无法看清男性在对待其他男性时的态度可以更加令人作呕(统计数据显示这种态度有上升趋势),女性虽然相对属于弱势群体,但她们作为某些特定的民族团体的成员,也经不起诱惑,为了自己的利益干出损害他人的行径。④

《使女的故事》在批判美国极权主义的同时,间接地表达了对加拿大日益增长的民族主义情绪的担忧。任何运动一旦走向极端未必是件好事,阿特伍德通过这部小说提出了警示:正如人与人之间需

---

① Reingard M. Nischik, *Comparative North American Studies: Transnational Approaches to American and Canadian Literature and Culture*, 106.
② Ibid., 105.
③ Laurier LaPierre, ed., *If You Love This Country: Facts and Feelings on Free Trade* (Toronto: McClelland and Stewart, 1987), 20.
④ Margaret Atwood, *Second Words: Selected Critical Prose*, 282.

要平等的相处模式一样，国与国之间更应该跨越文化藩篱，走向交流合作和互惠共通，否则等待人类社会的将是一场劫难。

从某种程度上说，《使女的故事》是阿特伍德从"交互民族主义"走向"超民族主义"（transnationalism）的转折点。自打20世纪90年代起，阿特伍德的作品主题越来越趋向"后国家时代"（postnational phase）[1]，此时的她"对通常属于后殖民语境下作家的民族身份的重要性持反对态度，认为加拿大人'早就放弃了试图将基因中的加拿大性脱离出来的打算'"[2]。尤其是在21世纪出版的小说中，阿特伍德对民族形象和民族归宿及其伴随的身份、自我和他者叙事着墨越来越少，她小说中经常出现的话题有生物工程泛滥造成的危险、人类居住的星球所受到的威胁以及星球上的生物继续生存的可能性等。尽管如此，阿特伍德依然被视为加拿大文化的领袖和代言人，尤其在加拿大之外的国土上，她堪称是加拿大文化和文学的象征。在劳拉·莫斯（Laura Moss）眼里，阿特伍德是加拿大走向世界的文化大使，"与其说代表了未开垦的广阔荒野……不如说是加拿大宣扬道德与伦理良知的全球化品牌的一部分"[3]。莫斯在论及阿特伍德及其创作的小说时提到了"更新版的民族主义"（updated nationalism）一说，并采用了"超民族的民族主义"（transnational nationalism）这一概念，她认为：所谓"超民族的民族主义""是一种伴同全球框架存在的民族主义……重点在于超民族，而非民族……阿

---

[1] Reingard M. Nischik, *Comparative North American Studies: Transnational Approaches to American and Canadian Literature and Culture*, 106.
[2] Margaret Atwood and Robert Weaver, eds., *The New Oxford Book of Canadian Short Stories in English* (Oxford: Oxford University Press, 1995), xiii.
[3] Laura Moss, "Margaret Atwood: Branding an Icon Abroad," John Moss and Tobi Kozakewich, eds., *Margaret Atwood: The Open Eye*, 29.

特伍德是一位'伟大的加拿大全球公民'"。[1] 尼西科则在对阿特伍德的评价中引用了奎迈·安东尼·阿皮亚（Kwame Anthony Appiah）的说法："有根的世界主义"（rooted cosmopolitanism）。[2] 所谓"有根的"是指扎根于某一特定的历史和文化，有着民族的坚强依托，"世界主义者"则宣称自己是世界公民，"有根的世界主义"与"加拿大全球公民"一样，看似是个矛盾的表达方式，实则是对立的统一，蕴含着特殊的意义："一个人可以忠于自己的国家，却依然设想自己具有全球性的身份或普遍价值。"[3] 换个角度来说，不管这个人在哪里活动，故乡的山川河流是永远无法从他/她基因中抹去的。

阿特伍德的成长经历与加拿大文学的发展壮大相伴相生：从年轻时候立志成为一名加拿大作家，向本国人民介绍加拿大文学，到后来跨出国门走向世界，她为加拿大文学和文化事业做出了杰出贡献。无论她走到哪里，无论她书写什么样的主题，她的根永远在加拿大，因为"拒绝承认自己从何而来……就是肢解自己，当然你可以四处漂游，当个世界公民（换了哪个别的国家，这可以称得上远大理想？），但你得付出你的腿和手，还有你的心。只有找到了你的归属，才能找到你自己"[4]。离开了自己的国家就如同切断了自己的手和脚，所谓的个体身份也将变得残缺不全。

---

[1] Laura Moss, "Margaret Atwood: Branding an Icon Abroad," John Moss and Tobi Kozakewich, eds., *Margaret Atwood: The Open Eye*, 28.

[2] Reingard M. Nischik, *Comparative North American Studies: Transnational Approaches to American and Canadian Literature and Culture*, 107.

[3] Jonathan Freedman, "'The Ethics of Identity': A Rooted Cosmopolitan," *New York Times*, 12 June 2005, accessed 7 November 2017, http://www.nytimes.com/2005/06/12/books/review/12FREEDMA.html.

[4] Margaret Atwood, "Travels Back," *Second Words: Selected Critical Prose*, 113.

第二节 论加拿大内部关系

从对阿特伍德众多作品的研究中可以发现,她对加拿大内部关系的关注明显少于对加美关系的关注。然而,加拿大内部关系却是一个不容忽视的话题。从民族构成来看,加拿大是个以移民为主的多民族国家,有 120 多个不同的民族。土著是加拿大土地上最古老的民族,约占加拿大总人口的 3%,主要包括北美印第安人(North American Indians)、梅蒂人(Métis)和因纽特人(Inuit)。加拿大有两大"建国民族"(Founding Ethnic Groups):英裔加拿大人和法裔加拿大人。自从 1867 年加拿大建国以来,英裔加拿大人一直在数量和文化上占统治地位,但法裔加拿大人在魁北克省保留了自己的语言和文化。此外,加拿大境内还生活着亚裔、非裔以及许多具有欧洲血统的非英裔或非法裔人口,他们散居在加拿大的各个地方,在各个领域从事生产劳动、开展文化活动。民族结构的复杂性一方面塑造了加拿大"马赛克"式的文化杂糅特征,另一方面也产生了不可避免的民族矛盾和冲突。

一、英裔与法裔民族矛盾

作为加拿大的两大建国民族,英裔加拿大人和法裔加拿大人共同生活在联邦制度下。然而,不同的历史和文化背景造就了两个民族之间的纠葛与纷争,也强化了各自的文化意识和民族认同。丹尼尔·弗朗西斯(Daniel Francis)在《民族梦:神话、记忆和加拿大历史》(*National Dreams: Myth, Memory, and Canadian History*)一书中指出,加拿大历史有两个对立面,或从英裔加拿大人,或从法裔加拿大人的角度叙述:"对魁北克人而言,历史描述了法裔加拿大人如何努力从英国多数人的同化意图中获得生存;对英裔加拿大人来讲,历史描述的则是奠基于英国正义和议会民主之上的政治自由的发展。"[1] 随着现代化乃至全球化进程的加快,加拿大英裔民族和法裔民族的同一化趋势越来越明显,但是根深蒂固的思想和文化差异始终存在。而且,法裔加拿大的分裂主义和民族独立意识从未消亡,两大民族始终处于博弈之中,这也构成了极富加拿大特色的政治意识形态和文化生态环境。

阿特伍德是民族团结的坚定支持者,她认为魁北克的情形在很多方面就是"整个加拿大的缩影"[2]。她曾在早期的一些采访中强调了英裔民族和法裔民族之间的分歧,在她看来,这种分歧比起加美之间的分歧要小得多。在 1972 年的访谈中,阿特伍德针对自己作品所受到的"非加拿大影响"答道:"我读过不少生活在魁北克的诗人所写的法语诗歌。比如,我在 1960 年很喜欢安·赫伯特(Ann Hebert)。从某些方面来说,那或许称得上非加拿大来源……"[3] 她接下去说道:"那里有你起跳的跳板,而来自纽约的东西却没法让你起跳。那不是我的地方。"[4] 读者从字里行间看到了她对魁北克的态度:一方面承认它有着不同于英裔加拿大的独特之处;另一方面却将它视为加拿大版图的一部分,是她生活的处所以及灵感的源泉。在 1978 年与美国作家乔伊斯·卡罗尔·欧茨(Joyce Carol Oates)的访谈中,阿特伍德虽然又一次将魁北克人与"加拿大人"区分了开

---

[1] Daniel Francis, *National Dreams: Myth, Memory, and Canadian History* (Vancouver: Arsenal Pulp Press, 2003), 105.
[2] 玛格丽特·阿特伍德:《生存:加拿大文学主题指南》,第 227 页。
[3][4] Christopher Levenson, "Magical Forms in Poetry," Earl G. Ingersoll, ed., *Margaret Atwood: Conversations*, 21.

来——"无论是女性、黑人、魁北克人还是加拿大人，没有人愿意遭受这般统治"①，但她眼里的魁北克人是弱势群体的一员，就如同在北美大陆，加拿大人与美国人相比是弱势方一样。同年，阿特伍德在与欧茨的另一次访谈中涉及了加拿大政治分裂的危险："险境一直在那里，尽管近来更加明显。我指的当然是魁北克形势和加拿大潜在的分裂。"② 由此可见，她虽然同情魁北克（人）的境遇，却对魁北克闹独立持保留看法。

阿特伍德对加拿大政治分裂的担忧一直持续到世纪之交。1995年，她在加拿大广播公司制作人多丽丝·杜马斯（Doris Dumais）的撮合下，与魁北克作家维克多-莱维·比利（Victor-Lévy Beaulieu）进行了互访，两人的对话在电台播出，并于次年出版了法文版书籍，1998年发行英文版，书名为《两位热心者：对话》(*Two Solicitudes: Conversations*)。该书分为两个部分，第一部分是阿特伍德对比利的采访，第二部分则是比利对阿特伍德的采访。书中一段对话反映了阿特伍德对魁北克分裂的态度：

> 维克多-莱维·比利：……魁北克人今年将举行全民公决，就独立问题进行投票。魁北克政府将提出这样一个问题："在魁北克与英裔加拿大有着经济和政治联盟的前提下，你是否支持它独立？"作为英裔加拿大人，你对魁北克有可能在来年向民众提的这个问题有何看法？
>
> 玛格丽特·阿特伍德：……目前，我认为甚至连魁北

---

① Joyce Carol Oates, "My Mother Would Rather Skate Than Scrub Floors," Earl G. Ingersoll, ed., *Margaret Atwood: Conversations*, 73.
② Joyce Carol Oates, "Dancing on the Edge of the Precipice," Earl G. Ingersoll, ed., *Margaret Atwood: Conversations*, 84.

克政府都无法确知它想对自己的人民提出何种建议。有关全民公决的问题必须清楚明白；得非常清楚要问些什么，问的话是什么意思。如果我是魁北克人，我想确切地知道提出的是什么样的体系。如果支持，我在支持什么？如果不支持，我不支持什么？对于正在提议中的变革，我们很难预测结果……未来对每个人都充满风险。我们所处的时代正在经历巨大变革。你们提议独立，可到底独立于什么呢？[1]

阿特伍德认为，一个国家内部的分裂必将导致各种各样难以预料的问题，因为"所有的一切都随着一场选举而改变，而另一场选举又可能改变一切"[2]。每个人投票的动机不同，但压力集团的出现会影响投票结果，这势必会破坏社会程序的公正性。所以，魁北克人必须明确地知道自己需要什么，而不是受某些集团左右。此外，阿特伍德指出，魁北克内部居住着不同种族的居民，包括原住民和英裔魁北克人，假设魁北克独立，魁北克政府无法逃脱与加拿大政府同样的命运，必须考虑如何处置民族关系："这永远涉及多数对少数的问题。魁北克印第安人无疑是少数族裔，比这里的魁北克人和英裔更古老，有着自己的语言和文化。魁北克人在加拿大是少数族裔。英裔魁北克人在魁北克是少数族裔。"[3] 总之，魁北克一旦分裂，将不可避免地面对复杂的族裔问题以及随之而来的政治纷争。

---

[1] Margaret Atwood and Victor-Lévy Beaulieu, *Two Solicitudes: Conversations*, trans., Phyllis Aronoff & Howard Scott (Toronto: McClelland & Stewart Inc., 1998), 110.
[2][3] Ibid., 111.

在阿特伍德的文学文本中，20 世纪 70 年代的两部作品——《双头诗》(*Two-Headed Poems*，1978) 和《浮现》最能体现加拿大境内英裔民族和法裔民族之间的错综关系。《双头诗》的同名诗歌一开始便用一则连体婴儿广告（"头连头，依然活"）来表明这两大建国民族间的纠纷：

> 有时候两颗头各自说话，有时
> 一起说，有时则在一首诗里交替着说。
> 像所有的连体婴儿，他们梦想分离。[1]

《双头诗》共分 11 节，读者在阅读时能听到两种声音——法裔加拿大人和英裔加拿大人的声音——在喋喋不休地争吵，抱怨各自的风俗、陈规陋习以及共享的历史。在阿特伍德的笔下，"我们的领袖"有两种声音和两颗脑袋，可是两个群体都不待见他，也不肯信任他：

> 大多数的领袖代表他们
> 自己说话，然后才
> 代表人民
> 我们的领袖代表谁说话？
> 你怎能使用两种语言
> 并以两者一起表意？[2]

---

[1] 玛格丽特·阿特伍德:《双头诗》，载《吃火》，第 323—324 页。
[2] 同上书，第 333 页。

加拿大实行双语政策，这显示出了加拿大的特点，同时使人感到"政治上的极度不稳定感以及正在深化的民族危机"。① 在阿特伍德看来，英裔民族和法裔民族之间的矛盾如同"头骨内部的/压力"，又如同岩石之间为"求得更多空间的斗争/是挤压和退让"，因此属于"吝啬之爱，是古老的憎恨"。② 语言是最主要的冲突之源。两个种族有两个梦，一个梦事关语言的自由——"一种对动词的/饥饿，一首/使液体飞升并毫不费力的歌"，而另一个梦则是"成为哑巴"。③ 然而这两种梦都是无用的，它们代表了两个极端，以其中一方的绝对胜利或失败告终。《双头诗》探讨了加拿大处于两种文化夹缝中所面临的尴尬境地，不管是加拿大英语区还是法语区的人们，他们都不愿意去聆听对方在说些什么，造成的结果是"一首二重奏/两位聋歌手"。④

在《浮现》中，经历创伤之后的无名女主人公带着几位朋友回故乡魁北克寻找失踪的父亲。当他们穿越边界进入魁北克的荒野时，女主人公不由感到一阵心酸："现在我们行驶在回家的路上。这是个陌生的地方。"⑤ 她看到了一块界标，一面写着法语"欢迎"，另一面写着英语"欢迎"，标牌上满是弹孔，仿佛诉说着英裔民族和法裔民族之间伤痕累累的过往。基利·卡普钦斯基（Kiley Kapuscinski）认为这块界标可以被视作"羊皮纸文化符号，承载着

---

① 约翰·曼塞尔：《生活在双语社会》，章士嵘、姜芃译，载《加拿大地平线》丛书编委会编《生活在双语社会》，社会科学文献出版社1999年版，第25页。
② 玛格丽特·阿特伍德：《双头诗》，载《吃火》，第334页。
③ 同上书，第339页。
④ Margaret Atwood, *Eating Fire: Selected Poetry 1965–1995* (London: Virago, 1998), 227. 周瓒译文如下："而是一首/两个聋子歌手的二重唱。"笔者认为略显冗长，因而此处未采用。
⑤ 玛格丽特·阿特伍德：《浮现》，第8页。

相互冲突的官方和非官方信息"[1]。法裔加拿大人信奉天主教，在英裔加拿大人眼里，"天主教徒都是些疯子"[2]。他们上不同的学校，各自界限分明。女主人公想起小时候包括哥哥在内的男孩们朝着信奉天主教的孩子扔石块、掷雪球的场景，孩童的行为模式里早就刻上了两大建国民族之间的敌对情绪。

《浮现》同样提到了英裔民族和法裔民族间的语言障碍。虽然生活在同一块土地上，但两个民族使用的却不是同一种语言，这为双方的交流造成了重重障碍。女主人公承认自己"事实上并不了解那些村民的所想和所谈论的东西，我和他们相隔遥远"[3]。她记得幼时曾和哥哥与邻居孩子们在一起玩耍，"但这类玩耍是暂时的，并且没什么言语游戏"[4]。她回忆母亲与保罗女人在一起时的场景：她们尴尬地坐在屋子里，由于"彼此掌握对方的语言不超过五个单词"，因此"在相互问好的开场白之后，两人都不自觉地提高了嗓音，好像对一个聋子说话"。[5] 这个比喻和《双头诗》里的"一首二重奏/两位聋歌手"有着异曲同工之妙。当女主人公在外漂泊几年再回到这个地方时，似乎一切都未改变。她去小卖部买肉，试着用法语交流，却因为口音问题遭到了营业员嘲笑，不由恍然大悟："我犯了一个错误，我该装扮成美国人才对……假如你在某个地方生活，你就该说当地的语言。"[6] 彼得·威尔金斯（Peter Wilkins）在评论中指出，叙述者为自己费力地对魁北克人讲法语感到尴尬，她"强烈地意识

---

[1] Kiley Kapuscinski, "Negotiating the Nation: The Reproduction and Reconstruction of the National Imaginary in Margaret Atwood's *Surfacing*," *English Studies in Canada*, 33.3 (2007): 114.
[2] 玛格丽特·阿特伍德：《浮现》，第56页。
[3][4] 同上书，第55页。
[5] 同上书，第18页。
[6] 同上书，第24页。

到自己与法裔加拿大人之间的关系存在问题,小说讽刺了她对统一的加拿大身份的理解是建立在无知基础上的"①。

在女主人公重新踏入的魁北克土地上,一切都笼罩着模仿的痕迹。酒吧里的风景画"是一幅模仿其他地方的绘画,南方特征更为浓重,被模仿的本身也是复制品"②。保罗夫妇的样子使女主人公感到非常不舒服,因为他们看起来如同"雕刻像,即是在手工艺品旅游商店里才出售的那种具有当地居民风格的雕刻像"③,与他们家门廊里挂的装饰性寒暑表中的一男一女极其相似:"穿长裙系围裙的女人……男人手里拎着一把板斧。"④ 卡普钦斯基认为,英裔加拿大人通过制造和推销这种居住者雕像"进一步否认了法裔加拿大人的真实经历,将他们想象为缺乏真实历史的具体物品"⑤。换句话说,英裔加拿大人拒绝为魁北克所受到的压迫承担责任,将魁北克(人)视为"既是'我们',又不是'我们'"⑥。阿特伍德通过女主人公之手,撕下了魁北克的一层又一层伪装,似乎是在揭示魁北克兼处"局外人/局内人"的尴尬处境,既无法摆脱过去的血泪史,又无法正视遭受否认和抛弃的现实命运。

2001年,阿特伍德与米歇尔·贝利(Michelle Berry)以及蒂莫西·芬德利(Timothy Findley)等12位作家合作的故事集《一个民

---

① Peter Wilkins, "Defense of the Realm: Canada's Relationship to the United States in Margaret Atwood's *Surfacing*," Brook Thomas, ed., *Literature and the Nation*, Vol. 14 of *REAL: The Yearbook of Research in English and American Literature* (Tubingen: Gunter Narr, 1998), 209.
② 玛格丽特·阿特伍德:《浮现》,第26页。
③ 同上书,第17页。
④ 同上书,第22页。
⑤ Kiley Kapuscinski, "Negotiating the Nation: The Reproduction and Reconstruction of the National Imaginary in Margaret Atwood's *Surfacing*," *English Studies in Canada*, 33.3 (2007): 115.
⑥ Carole Gerson, "Margaret Atwood and Quebec: A Footnote on *Surfacing*," *Studies in Canadian Literature*, 1.1 (1976), accessed 6 December 2017, https://journals.lib.unb.ca/index.php/SCL/article/view/7830/8887.

族的故事：历史中的决定性时刻》(Story of A Nation: Defining Moments in Our History) 出版。阿特伍德在其中的短篇故事《轰炸继续》("The Bombardment Continues") 中再次探讨了英裔加拿大人和法裔加拿大人之间的冲突史。她在故事之前的"投稿人按语"中指出，在整个 17 世纪，直到 1759 年魁北克陷落和 1760 年新法兰西的终结，在"新世界"的东北部，国家之间（法国对英国）以及宗教之间爆发了零星的战争；宗教之间的斗争尤为重要："因为它涉及民族和语言两种边界。"① 阿特伍德追溯了加拿大历史上罗马天主教（代表新法兰西）和新教（代表新英格兰）之间的争斗，《轰炸继续》就是以这一宗教冲突为背景。在这个故事里，阿特伍德将目光投向 1759 年，英军攻占新法兰西首府魁北克的那一刻。她通过法国女人玛丽写给孩子的日记（始于 1759 年 9 月 8 日，终于同年 9 月 18 日），展示了处于困境中的魁北克人的焦虑和恐惧：流血、绑架、饥饿、死亡……这是生活的全部主题。当魁北克战败，玛丽带着孩子前往新的土地定居："在那里，我将身处各种外国人之中；更糟的是，我将面对不可避免的悲伤现实——你们，我亲爱的孩子们，长大后将只会说英语，一种艰涩、顽固、死板的语言，我永远无法充分掌握，清晰地表达我的意思。"② 阿特伍德对此感叹道："这样的失去和获得，这样的折中与妥协，这样的跨文化联合，不仅仅是今天加拿大社会的符号，而在一开始就已伴随着我们。"③ 阿特伍德或

---

① Margaret Atwood, "In Canada, We are so Used to the Split along Linguistic Lines," Margaret Atwood et al., *Story of A Nation: Defining Moments in Our History* (Toronto: Doubleday Canada, 2001), 8.
② Margaret Atwood, "The Bombardment Continues," Margaret Atwood et al., *Story of A Nation: Defining Moments in Our History*, 22.
③ Margaret Atwood, "In Canada, We are so Used to the Split along Linguistic Lines," Margaret Atwood et al., *Story of A Nation: Defining Moments in Our History*, 11.

许是想通过这样一个虚实相兼的故事告诉读者:作为后人的我们无法改变历史,唯有记住历史留下的教训,并尽力弥补历史造成的民族创伤。

二、"缺场"的土著居民

早在几万年前,加拿大土著居民就开始了在北美大陆的生息繁衍,逐渐形成了自己的文明。然而,17世纪欧洲殖民者的到来打破了他们平静的生活。英法北美战争结束后,英帝国取得决定性胜利,殖民者为了得到土地和丰富的自然资源,开始由沿海地区向内陆大肆扩张,土著居民的生存空间越来越小,传统的生活方式日益受到威胁。作为加拿大土地上最早驻扎的民族,土著却最后获得选举权[1],很多时候他们都处于受忽视、被歧视的地位,就像有些学者所说的,这些土著只是"为加拿大历史提供了'背景'"[2],是可有可无的存在。而在加拿大文学中,"社会图腾柱上的下等人的位置是为印第安人保留的"[3],他们在大多数情况下都以"社会剥削和压迫的受害者的身份出现"[4]。

综观阿特伍德的作品,其中对加拿大土著的描写并不多,但读者依然能从她的文字中看出她对早期欧洲移民与土著之间关系的态度。在《苏珊娜·穆迪日志》里,《第一批邻居》(*First Neighbours*)是唯一与印第安人有关的短诗,诗中的欧洲白人刚刚踏上加拿大土

---

[1] 1960年,《加拿大权利法案》(The Canadian Bill of Rights) 实施,原住民的选举权才得到宪法保证。
[2] Robin Fisher, *Contact and Conflict: Indian-European Relations in British Columbia*, 1774-1890 (Vancouver: University of British Columbia Press, 1977), xi.
[3] 玛格丽特·阿特伍德:《生存:加拿大文学主题指南》,第91页。
[4] 同上书,第90页。

地，却并不认为自己是入侵者，反而试图歪曲土著居民的形象：

> 我周围的那些人呵，不可原谅
> 竟在我之前就来了，还怨恨
> 我呼吸他们的财产——空气
> 说了一通缠绕的方言，冲着我那
> 大异其趣的耳朵①

这些移民的语气里充满了嫌恶和恼怒，他们觉得土著居民愚昧落后，只会妨碍他们的生活。阿特伍德却认为，若不是土著居民帮忙，第一批移民加拿大的欧洲人很难活下来："冒险家们或许会被称为英雄，但他们总是得到印第安人的引路和指导，印第安人常常把他们从死亡线上拉回来，却不叫他们知道。……要是离开了印第安人，他们会像老鼠一样死去。"② 而付出慷慨与真心的土著居民却为此付出了惨重的代价。首先是疾病的传播，移民的到来将"旧世界"的病毒传给了毫无抵抗力的土著居民，致使大批印第安人死于疾病肆虐，人口骤减。印第安部落为了补充死去的人口，开始互相掠夺俘虏，造成了部落侵轧、内乱纷起。其次是酒精的诱惑，欧洲移民用烈酒换取土著的动物皮毛，许多土著因酗酒神经麻木、生活困窘，最后只得任由白人摆布。最后，由于欧洲移民的殖民扩张和工业发展，土著赖以生存的森林和土地遭到掠夺和破坏，不知该何去何从。

在另一首短诗《这一刻》(*This Moment*) 中，阿特伍德以更加

---

① Margaret Atwood, *The Journals of Susanna Moodie* (Toronto: Oxford University Press, 1970), 14.
② Margaret Atwood, *Strange Things: The Malevolent North in Canadian Literature* (New York: Oxford University Press, 1995), 40.

形象的语言揭示了早期移民对原住民生存家园的侵掠。该诗最早发表于 1976 年,并被收录在美国霍顿·米夫林出版公司于 1987 年出版的《诗选Ⅱ:1976—1986》(*Selected Poems* Ⅱ:*1976 - 1986*)中,1998 年,英国维拉格出版社的《吃火:诗选(1965—1995)》(*Eating Fire: Selected Poetry 1965 - 1995*)出版,《这一刻》又一次有幸入选。2002 年 1 月 14 日,总部位于多伦多的加拿大广播公司(CBC)制作了一档节目《诗歌档案》(*The Poetry Archive*),邀请著名诗人朗诵他们的诗歌,阿特伍德选择了《这一刻》[①]:

> 这一刻,经过多年
> 辛苦劳作和漫长的旅途
> 你站在你的房间中央,
> 屋子,半英亩,平方英里,岛屿,国家,
> 最终知道你如何来到那里,
> 说:我拥有这儿。
>
> 同一刻,树木松开
> 拥抱你的柔软臂膀,
> 鸟儿收回它们的语言,
> 峭壁开裂、坍塌,
> 空气如同波浪从你身边后退
> 你无法呼吸。

---

① 参见互联网上阿特伍德朗诵诗歌《这一刻》的音频:accessed 4 December 2016,http://www.poetryarchive.org/poetryarchive/singlePoem.do?poemId=100。

不，它们低语。你一无所有。

你是游客，无数次

爬上山岗，插下旗帜，发表声明。

我们从未属于你。

你从未找到我们。

事实始终与此相反。①

在这首诗里，阿特伍德从头至尾没有提到土著居民一个字眼，可以说他们是隐形的，但这种"缺场"的存在方式恰恰反映了原住民在加拿大社会中作为弱势群体的特征：在大多数情况下，他们只是以背景的方式存在，与欧洲移民眼里可怕的自然联系在一起。

阿特伍德在《生存》中指出，移民们经过艰难的长途跋涉，到达一块尚未耕耘的、看似混乱的土地后，首先想到的是"改变大自然的秩序……把它变成人类文明的形态"②。短诗《这一刻》的第一节描写了这些加拿大先驱者如何按照自己的理想建设新世界的进程。他们把这个进程看作贯彻一种正确的秩序：修建房屋、栅栏和院落，铺设道路，种植能够食用的植物，繁养牲畜。当他们最后向四周望去时，看到的是一派秩序井然："屋子，半英亩，平方英里，岛屿，国家。"阿特伍德在对这五个词的排列上费了一番匠心：屋子是拓荒者们刚到加拿大时必须拥有的一块遮风挡雨之地，随着时间的推移，他们的活动半径越来越大，由"半英亩"扩大至"平方英里"，而后将一个湖泊环绕、类似岛屿的"蛮荒"之地建造成了国家，甚至建

---

① Margaret Atwood, "This Moment," *Eating Fire: Selected Poetry 1965–1995*, accessed 4 December 2016, http://www.poetryarchive.org/poetryarchive/singlePoem.do?poemId=100.

② 玛格丽特·阿特伍德：《生存：加拿大文学主题指南》，第116页。

起了《生存》中所提到的"教堂、监狱、学校、医院和墓地"①。

但是,移民们在这么做的时候,可曾考虑过原先这块土地上的各种生物形态,包括它原先的主人——土著居民?从下面两小节来看,答案显然是没有。拓荒者们自始至终只是一厢情愿地把自己的意愿强加给在他们眼里混乱不堪的自然,把自己的想法投射到加拿大真正的祖先印第安人身上。弗莱曾在《缺乏幽灵的困扰》("Haunted by Lack of Ghosts")一文中写道:"人,指欧洲人,无法忍受环境不是主要为他而生的想法,或者说至少无法容忍环境的出现并没有参考他希望在里边看到秩序的想法。"②弗莱的话很好地阐释了《这一刻》里欧洲移民的心态:他们离开了母国的家园,来到加拿大这个不熟悉的地方,"既是被放逐者,又是侵略者"③。他们心怀恐惧,又有所不甘,所以才会"无法忍受",才会想方设法进行改造:改造环境,改造印第安人。至于在改造的过程中,土著居民及其赖以生存的土地会发生什么样的灾难性后果,这不是移民们思考的问题。因此,从这一点上讲,《这一刻》是对生态帝国主义(ecological imperialism)的鞭挞。

"生态帝国主义"这个概念由美国历史学家艾尔弗雷德·克罗斯比(Alfred Crosby)提出。克罗斯比在《生态帝国主义:欧洲生物扩张,900—1900》(*Ecological Imperialism: The Biological Expansion of Europe, 900-1900*)一书中描述了殖民者带到殖民地的外来物种给当地生态造成的灾难,其中包括对原住民土地的暴力侵占,以及未

---

① 玛格丽特·阿特伍德:《生存:加拿大文学主题指南》,第116页。
② Branko Gorjup, ed., *Mythologizing Canada: Essays on the Canadian Literary Imagination* (Ottawa: Legas, 1997), 121.
③ Margaret Atwood, *The Journals of Susanna Moodie*, 62.

经充分考虑就引进非家禽、非家畜和欧洲农俗等做法。在阅读《这一刻》时，读者完全可以想象阿特伍德隐藏在字里间的一些情节：古老的美洲大陆上，原住民和大自然和谐共处，突然有一天，从欧洲大陆来了一批拓荒者，往日静谧祥和的土地便失去了宁静与和平。这些殖民者在离开母国时也许无意中随身携带了一些谷物和鸟畜。他们踏上新大陆，看到的是莽莽丛林和荒野，于是，那些谷物和鸟畜便派上了用场。而在这些人之后到达的第二、第三批移民很可能通过各种渠道获得了这条信息，因此，更多的动植物被引入移民殖民地，它们成了当地物种的"自然的"替代。这些入侵的物种很快就在新的土地上繁衍开来，而原住民的生态系统却不可避免地遭到了破坏。在诗歌的第二节，本来生机勃勃的自然变得满目疮痍：或许是因为某种外来病菌，或许是因为殖民者带来的动植物中有它们的天敌——树木开始枯萎，松开了它们那柔软的臂膀；鸟儿们或病或死，再也不能放开歌喉，悠扬地鸣唱。悬崖峭壁更是因为欧洲移民的烧荒、伐木、狩猎、开矿等种种行为而遭到毁坏，空气里到处都是污染物。

在生态帝国主义行为的施动者眼里，原住民和自然是等同的，都属于"他者"，是被剥削和被压迫的对象，格雷厄姆·休根（Graham Huggan）和海伦·蒂芬（Helen Tiffin）在《后殖民生态批评：文学、动物和环境》（*Postcolonial Ecocriticism: Literature, Animals, Environment*）中指出：

> 后殖民研究开始认识到，环境问题不仅是欧洲征服计划和全球统治计划的中心，而且是帝国主义和种族主义意识形态所固有的……不仅其他人常常被视为自然的一部分——因此被当

作动物对待——而且随着时间的推移，他们受到西方环境观的强迫和同化……①

在《这一刻》里，当殖民者宣称"我拥有这儿"时，他们是在强迫作为弱势群体的原住民和自然接受来自欧洲的环境观；当殖民者无数次"爬上山岗，插下旗帜"时，他们是在不知羞耻地同原住民抢夺地盘，并希望通过改造这块地方，使它变得有利可图，最终能通过征服土地来征服土地上的人民。"旗帜"是一种象征，标志着主权和领土。在某个地方被插上旗帜之前，那里很可能曾经历过厮杀和掠夺，很可能曾血流成河。当被殖民的国家插上别国的国旗，那里的人民就丧失了民族尊严和人格尊严，沦为了"奴隶"，那里的土地成了肆意压榨的对象，原先人与人之间、人与自然之间的和谐生活就被打乱了。

在小说《浮现》中，女主人公回到了自己的出生地——魁北克荒野，这片广袤的土地上曾经生活着很多印第安人，它是原住民的家园。可是在女主人公幼年时，岛上的印第安人已所剩不多，尽管如此，"政府还是用车辆把他们集中在一起送往别处去了"②。"别处"一词道出了印第安人的血泪史。女主人公认为，无论是早期开拓者，还是后来的白人移民，他们都视原住民为自由之路上的绊脚石："他们初来之时，除了森林什么都没有，除了他们带来的思想没别的思想。他们说'自由'时，他们指的不是完全的自由，他们指的是不受干扰的自由。"③ 他们以胜利者的姿态，篡改加拿大的历

---

① Graham Huggan and Helen Tiffin, *Postcolonial Ecocriticism: Literature, Animals, Environment* (New York: Routledge, 2010), 6.
② 玛格丽特·阿特伍德：《浮现》，第92页。
③ 同上书，第60页。

史，试图建立一种"以牺牲历史真实为代价、强调非暴力的民族神话"①。然而，暴力其实被掩藏在了和平的表象下面。阿特伍德描写了留下来的一家印第安人，他们就像影子一样，无法走到阳光下面。在采摘浆果的季节里，"他们仿佛从天而降"，出现在湖面上，当"发现我们也要采摘浆果时，他们便继续向前……好像他们从未在这个地方出现过一样。谁也不知道他们冬天住在哪里"②。这些社会中的"隐形人"不得不漂泊流浪，过着居无定所的生活，在白人出现的场合自动消失，"用自己的'缺场'换来白人的'在场'"③。

女主人公的父亲受印第安石壁画吸引，在寻找石壁画的过程中失踪了。女主人公从父亲留下的画作和地图里找到线索，前往白桦林湖搜寻他的踪迹，据和父亲通信的专家称，"这些画的地点是伟大的庇护神灵的居所"④，可是当女主人公到达那里时，却发现曾经的神灵居所正在遭受现代文明的蹂躏："附近到处都是垃圾，橘子皮、空罐头，还有一堆油腻腻臭烘烘的纸，这是人类的痕迹。就像狗在篱笆上撒尿，这无名的水域和土地的无边无际促使他们要留下自己的签名，划出他们的疆界，垃圾是他们完成此举的唯一的东西。"⑤水湾边的森林里响彻发动机的轰鸣，那是链条锯的声音，"每隔一段距离就有一棵树倒向小湾，树干像被刀刮过一样干净"⑥。死去的苍

---

① Sandra Djwa, "Deep Caves and Kitchen Linoleum: Psychological Violence in the Fiction of Alice Munro," Terry Goldie and Virginia Harger-Grinling, eds., *Papers from the Conference on Violence in the Canadian Novel Since 1960* (St. John's: Memorial University of Newfoundland, 1982), 178.
② 玛格丽特·阿特伍德：《浮现》，第92页。
③ 袁霞：《生态批评视野中的玛格丽特·阿特伍德》，第174页。
④ 玛格丽特·阿特伍德：《浮现》，第111页。
⑤ 同上书，第119页。
⑥ 同上书，第122页。

鹭挂在林子里,"说不清楚它是怎么被杀死的,子弹射穿的,石头砸的,还是用棍棒打的"[1]。女主人公潜入湖底,发现了石壁画,同时得到了顿悟:"这里的神灵,无论在湖岸上或在水里,都未被承认或被遗忘……""印第安人没有被神灵拯救,但他们曾知道神的住所,他们的符号标志出神圣的居所,即你可以获得真理的地方。"[2] 然而,北美印第安人"由人变成了神灵"[3] 的过程并不是对这些原住民的美誉。社会学家希曼妮·班纳吉(Himani Bannerji)在对《浮现》的评论中指出,小说"追随了一种已然确立的文学和艺术传统",在这个传统中,"土著居民要么不在那里,要么与原始的、非人的自然力合为一体"。[4] 特里·戈尔迪(Terry Goldie)的见解则更加一针见血,他认为小说里"有印第安神灵却没有在场的印第安人",而且"该文本对文化编年进行了若有若无的陈述,原住民被定义为历史编造的产物,是黄金时代的残余,似与当代生活几无相干"[5]。因此,用基特·道布森(Kit Dobson)的话来说,原住民文化作为小说的背景,意在敦促人们认识到"加拿大在受美国殖民威胁的同时,它本身也保留了殖民国家的行为方式"[6]。阿特伍德通过《浮现》中"缺场"的印第安人批判了加拿大社会中的政治对立,揭示了残酷的殖民史以及印第安人所遭受的不公正待遇,以此敦促人

---

[1] 玛格丽特·阿特伍德:《浮现》,第 125 页。
[2] 同上书,第 157 页。
[3] Gina Wisker, *Margaret Atwood: An Introduction to Critical Views of Her Fiction* (Hampshire: Palgrave Macmillan, 2012), 22.
[4] Himani Bannerji, *The Dark Side of the Nation: Essays on Multiculturalism, Nationalism and Gender* (Toronto: Canadian Scholars' Press, 2000), 80.
[5] Terry Goldie, "Semiotic Control: Native Peoples in Canadian Literature in English," Cynthia Sugars, ed., *Unhomely States: Theorizing English-Canadian Postcolonialism* (Toronto: Broadview Press, 2004), 200.
[6] Kit Dobson, *Transnational Canadas: Anglo-Canadian Literature and Globalization* (Waterloo, Ontario: Wilfrid Laurier University Press, 2009), 33.

们思考:"思考从前的时光,思考所做过的事,思考这些土著民族。"① 但仅有思考是不够的。小说中女主人公从湖底潜回水面之后,将自己的汗衫叠好,作为祭品掷到峭壁的壁架上,因为她相信神灵就居住在那里,她要去亲近本地的土著诸神。潘守文曾在《民族身份的建构与解构——阿特伍德后殖民文化思想研究》中分析了"阿特伍德与加拿大土著文化",他指出,阿特伍德站在了白人殖民者的立场看待原住民和原住民文化,她一方面贬低原住民文化,另一方面又极力主张将其挪用过来。② 笔者认为这样的观点失之偏颇,阿特伍德通过女主人公由石壁画得到的顿悟,将她的成长与对地域和生命的尊重联系起来,这种尊重是土著民族的行为和价值模式中最重要的组成部分。阿特伍德认为,唯有了解土著民族的历史、传统、艺术和文化,人们才能真正理解加拿大土地上生活着的原住民,以及他们在当代社会中的真实状况。唯有这样,原住民才能走出边缘角色,从"缺场"走向真正的"在场"。

三、多元文化中的移民和外国人

加拿大是世界上移民率最高的国家之一,移民塑造了加拿大的文化和历史。1988 年,《加拿大多元文化主义法案》颁布实施,引发多方争议。一些评论家宣称这是加拿大社会成熟的标志,表明了它对英法之外文化的包容,加拿大也一度被称作"民族马赛克"。奥吉·弗莱勒斯(Augie Fleras)和吉恩·伦纳德·埃利奥特(Jean

---

① Margaret Atwood, *The Tent* (New York: O. W. Toad, Ltd., 2006). 参见笔者在《外国文学动态》2007 年第 2 期卷首页上的译文。
② 潘守文:《民族身份的建构与解构——阿特伍德后殖民文化思想研究》,吉林大学出版社 2007 年版,第 172—218 页。

Leonard Elliott)声称"多元文化主义是加拿大价值的精粹"①。唐娜·班尼特(Donna Bennett)认为多元文化主义"为移民提供了更多的文化自主权"②。但仍有很多批评家表示加拿大并不像它自我标榜的那样宽容,多元文化主义是一种很难实现的理想状态,甚而有人指出加拿大只不过是在利用"多元文化主义"这顶大帽子掩盖种族歧视的真相。泰勒·托卡瑞克(Tyler Tokaryk)表示,多元文化主义"提出并主张类似霸权的政治,在给予某些参与者特权的同时,使另外一些人边缘化"③。在丹尼尔·弗朗西斯看来,马赛克这一比喻"体现了对该国种族关系的一种温和观点,(却)忽视了加拿大社会存在的不平等和种族之间不公正的现实"④。

不管社会上对多元文化主义有多少争议,一个不容回避的事实是:在加拿大社会里,各民族间的不平等由来已久,不可能在短期内消失。与主流社会相比,作为加拿大人口重要组成部分的移民以及临时居留的外国人是社会弱势群体,他们面对的不仅有生存压力,还有如何融入社会的焦虑,随之产生的是各种冲突。需要说明的是,此处讨论的移民是指除白人精英(WASP⑤)以外所有移居加拿大的人。阿特伍德的作品里有着形形色色的移民和外国人,他们以各色各样的身份出现在读者的视野中,在这个貌似平等实则充满偏见的

---

① Augie Fleras and Jean Leonard Elliott, *The Challenge of Diversity: Multiculturalism in Canada* (Scarborough: Nelson, 1992), 125.
② Donna Bennett, "English Canada's Postcolonial Complexities," Cynthia Sugars, ed., *Unhomely States: Theorizing English-Canadian Postcolonialism*, 120.
③ Tyler Tokaryk, *Culture Difference: Writing, Canada, Multiculturalism* (Dissertation) (London, Ontario: University of Western Ontario, 1996), xxx.
④ Daniel Francis, *National Dreams: Myth, Memory, and Canadian History*, 83.
⑤ WASP 是 White Anglo-Saxon Protestant 的缩写,意为祖先是英国新教徒的北美白人,常用来指有权势的上流白人阶层。

社会中挣扎着、奋斗着。

《人类之前的生命》(*Life Before Man*, 1979) 是阿特伍德出版的首部展现加拿大多元文化主义的长篇小说。故事围绕一段三角恋展开：纳特与妻子伊丽莎白貌合神离，他希望和情人莱西娅组建新家庭，遭到伊丽莎白阻挠。小说以日记体的形式，交替呈现三位主人公的视角，反映他们真实的内心世界，体现其对外在世界和周遭事物的看法。纳特来自一个德国移民家庭，他的人生经历中几乎无时无刻不在遭遇种族歧视："在喧闹的60年代里，聚会上他常被人喊作白人佬、猪猡，更有甚者，由于他的姓氏，还常被人叫成法西斯德国佬。"① 伊丽莎白是纯种白人，她自信而强悍，在生活中时时处处想占上风，被人戏称为"伊丽莎白女王"。她之所以和纳特结婚，主要是为了嫁个律师。在她看来，律师这个行当可以弥补纳特出身的缺憾。但她又不满纳特偏安于一隅，于是找了个新欢克里斯。克里斯也是移民后代，他身上有着"四分之一法国血统……其余的是芬兰和英国血统"②。伊丽莎白将他玩弄于股掌之间，"我对待他的方式，就跟男人对待女人一样"③。克里斯不知道伊丽莎白仅仅视他为玩物，恳求她离开纳特，和他结婚，遭到无情拒绝，克里斯在心灰意冷中开枪自杀。

小说中最能体现加拿大移民"杂交"身份的是莱西娅。她是乌克兰和犹太移民后裔，两种文化的撕扯使她处于分裂的痛苦之中。无论是在家还是在社会上，她都没有归属感。她的犹太裔和乌克兰裔祖母都认为她"应该粉碎掉一半的染色体，然后用某种奇迹修复

---

① 玛格丽特·阿特伍德：《人类以前的生活》，郑小倩译，南京大学出版社2011年版，第236页。笔者认为，将小说标题译成"人类之前的生命"更切合语境。
② 玛格丽特·阿特伍德：《人类以前的生活》，第187页。
③ 同上书，第188页。

自身"①。她既不说犹太语,也不说乌克兰语,但这无法保证别人将她视作加拿大人。莱西娅身边的人经常"读不好她的名字,而且看她的神情仿佛在说,我们以为你跟我们是同类,可是现在发现根本不是"②。莱西娅的前男友威廉"来自安大略的伦敦市,出身良好"③,莱西娅有时戏称他为"威廉·瓦斯普"④。威廉与莱西娅交往只是因为她身上有着某种异国情调,"是他的奖杯,也是他洞察世事的明证"⑤,但他不会和她结婚生子,原因在于她不是"跟他同类的女人"⑥。威廉是个彻头彻尾的种族主义者,他与莱西娅的多次争吵都和种族问题有关。莱西娅提出分手后,威廉在狂怒中强奸了她。虽然他后来表达了歉意,但他潜意识里的种族优越感以及将女人视为战利品的殖民主义心态是根深蒂固的,不可能一下子消失。

莱西娅和朋友玛丽安的一段对话体现了加拿大多元文化主义给移民带来的困惑:

"有什么好担心的呢?民族问题现在可是讨论的热点。再改个姓氏,你就能拿得到多元文化补助金了。"

莱西娅对这种调侃只是笑笑,但笑得很勉强。她来自一个多元文化的背景,这点没错,可是并不是以拨款资助者所希望的多元方式。她父亲的家族至少改过一次姓氏,不过不是为了得到补助。那是 30 年代后期的事了。谁知道呢?希特勒随时可能入侵,就算希特勒不入侵,国内也有大批反犹太分子……因

---

① 玛格丽特·阿特伍德:《人类以前的生活》,第 73 页。
② 同上书,第 128 页。
③ 同上书,第 219 页。
④ 同上书,第 25 页。"瓦斯普"是 WASP 的音译,威廉姓 Wasp,拼写同 WASP。
⑤⑥ 同上书,第 27 页。

此莱西娅从此成了莱西娅·格林，不然怎么可能会叫这样的名字，但她得承认再也不可能叫莱西娅·艾特林了。有两年，她九岁、十岁时，她在学校跟老师说她叫艾丽斯。她母亲说过，莱西娅跟艾丽斯是一个意思，这是个很美的名字，还是一个著名的乌克兰诗人的名字。可莱西娅永远也没机会阅读她的诗篇了。①

莱西娅深受多元文化主义困扰，仿佛这是强加在她身上的：她并未受益于自己的少数种族渊源，相反，她只是得到了一个听起来不相称的姓以及她看不懂的名，族裔背景带给她的是彻头彻尾的孤立。莱西娅的故事告诉读者，多元文化主义只是政府加强统治的一种手段，掀开多元文化主义的面纱则会发现，出身依然是衡量个人价值的标准之一，不同种族之间的冲突并非一朝一夕就能解决。

读者和评论家对小说人物的接受也在某种程度上体现了加拿大社会中白人的种族优越感。阿特伍德在访谈中指出，虽然伊丽莎白性格里有些方面不符合道德规范，但"很多读者喜欢伊丽莎白。……伊丽莎白有不少追随者。……他们觉得伊丽莎白不错"②。芭芭拉·H. 瑞格尼（Barbara H. Rigney）认为莱西娅是"真正的恶魔"，因为她的牙齿太大，"显示出充满恶兆的饥饿"③。在贬低莱西娅的同时，瑞格尼对伊丽莎白大加赞赏：

> 伊丽莎白并非普通意义上的女主人公形象，但她在孤独时

---

① 玛格丽特·阿特伍德：《人类以前的生活》，第 104—105 页。
② Alan Twigg, "Just Looking at Things That Are There," Earl G. Ingersoll, ed., *Margaret Atwood: Conversations*, 125.
③ Barbara H. Rigney, "'The Roar of the Boneyard': *Life Before Man*," *Margaret Atwood* (London: Macmillan Education, 1987), 97-98.

非常坚强,心甘情愿面对极其不利的现实状况。她解决了阿特伍德早先作品中所有女主人公逃避的存在困境:她用自由意志与荒谬进行抗争,她幸存了下来。①

这种戴着有色眼镜的解读也出现在凯茜·N. 戴维森(Cathy N. Davidson)和阿诺德·E. 戴维森的评论中。他们认为,伊丽莎白在遭到丈夫抛弃时保持了坚韧不拔的生活态度,她是在"通过'流行而精美的 WASP'外表以及高傲的语气"②保卫自己,并因此赢得了读者的同情和泪水。知识精英阶层的阅读视角从一个侧面体现了加拿大主流社会对待 WASP 和移民的不同立场,也展示了多元文化主义的伪善和虚假。加拿大境内始终有一部分人患有"文化上的种族中心主义"症,他们对移民持否定态度,认为移民的加入会危害加拿大主流文化。在这一背景下,作为少数派的移民便成了受歧视和压迫的群体。对他们而言,为生存而付出的辛劳并不可怕,可怕的是心理上承受的重重压力,正如小说中的移民一样:莱西娅为了躲避现实,经常沉浸在侏罗纪的幻想空间里,"在史前时代中神游"③;纳特唯有在地下室制作木玩具时才能体会到一点快乐;克里斯则因为承受不了压力干脆自杀了。

《人类之前的生命》是一部现实主义作品,小说人物和故事与20 世纪 70 年代末加拿大多元文化主义下的社会形势相吻合。其实,在这部小说问世前两年,阿特伍德就已出版了另一部展现多元文化社会中移民和外国人众生相的短篇故事集《跳舞的女孩们》。阿特伍

---

① Barbara H. Rigney, "'The Roar of the Boneyard': *Life Before Man*," *Margaret Atwood*, 93.
② Cathy N. Davidson and Arnold E. Davidson, "Prospects and Retrospects in *Life Before Man*," *The Art of Margaret Atwood: Essays in Criticism* (Toronto: House of Anansi Press Limited, 1981), 217.
③ 玛格丽特·阿特伍德:《人类以前的生活》,第 13 页。

德以敏锐的洞察力,发现社会上存在着一群游离于主流社会之外的外来人员,他们居无定所,不得不忍受白眼和歧视,在夹缝中寻求生存。拉塞尔·布朗(Russell Brown)在评论该故事集时注意到一种现象:"《跳舞的女孩们》提到的住处只有寄宿公寓、出租屋和旅馆,所有这一切都传达出一种感觉,住户们'从未在这里住过';没有哪儿能让人安定下来;没有哪儿能摆下一个真正的'家'。"[①] 居住在这些临时庇护所里的人是"同样流落异乡的移民,同样在别处出现的外侨和游客"[②]。他们始终处于漂泊无依的状态,为了谋生从一个地方搬到另一个地方,毫无安全感,也融入不了当地社会。

《洗手间里的战争》(*The War in the Bathroom*)是短篇集里第一个故事。小说采用了第一人称和第三人称交叉叙事的手法。主人公"她"是一位白人女性,因为怀疑德裔房东太太背地里翻"她"的东西和邮件,便搬出去找了个新住处。"她"的房间靠近洗手间,和"她"共用洗手间的还有一个老头和一个女人,两人都是移民,出租屋是他们临时的家。根据叙述者"我"的叙述,老头和女人长相丑陋,而且行为处事令人讨厌。女人每次进洗手间都会自言自语,忽而窃窃私语,忽而大声讲话,搞出很大的动静。老头每天早晨九点必定一瘸一拐挪进卫生间,在里头待上整整半小时,发出剧烈的咳嗽和冲马桶声。"我"和"她"越来越厌烦那老头子,觉得他是故意"使劲儿弄出许多不愉快的噪声"[②]。她们甚至能感觉到"他在洗手间里的活动带着某种挑衅"[③],并且猜测"他不希望她住在这间屋子

[①②] Russell Brown, "Atwood's Sacred Wells," Judith McCombs, ed., *Critical Essays on Margaret Atwood* (Boston: G. K. Hall, 1988), 215.
[②] Margaret Atwood, *Dancing Girls and Other Stories* (London: Jonathan Cape Ltd., 1977), 3.
[③] Ibid., 7.

里:他想要她离开"①。她们断定"他那单纯的微笑下掩藏着某种恶意"②。"我"和"她"一致认为"得赶紧行动起来"③,教训那老头子一顿。于是,"她"在某天早晨九点之前进了洗手间,故意在里面待了半个多钟头,老头因为每天的生活习惯被打乱,痛苦地蹲在卫生间门口,失去了知觉。但是"我"和"她"并未因此感到内疚,"她"悠然自得地躺在浴缸里,"盯着浮在水面上的粉红色脚指头"④,"我"则扬扬得意地宣称:"这个洗手间现在是我的。它是我的领地。……从现在起我赢了。"⑤

　　故事里的"我"和"她"实质上是同一个人。读者在小说开端便可发现蛛丝马迹:"我"像幽灵似的时刻跟随着"她",对"她"指手画脚:"她"该吃什么,穿什么,买什么,什么时候睡觉、起床和洗澡全由"我"说了算。有评论者指出,小说同时运用第一人称和第三人称,"正体现出那个不信任他人的老妇人的'超我'与'自我'的对抗。作者在她思考时用第一人称,在她行动时用第三人称,戏剧性地表现出潜意识的行动与有意识的动机之间微妙的矛盾关系,可算作者巧妙运用叙事人称来强化主题的例证之一"⑥。笔者对这段评论的前半部分持不同观点,故事并没有展现那位白人女性"超我"与"自我"的对抗。相反,小说中的"我"代表了一种本能意识,是"本我",它无时无刻不在想着控制"自我",也的确做到了这点,小说中的"她"不管做什么事都是在"我"指挥下完成的。阿特伍德通过"我"这种"有意"的无意识强调了加拿大白人社会从无意

---

① Margaret Atwood, *Dancing Girls and Other Stories*, 7.
② Ibid., 8.
③ Ibid., 9.
④⑤ Ibid., 12.
⑥ 傅俊:《玛格丽特·阿特伍德研究》,第 403 页。

识层面对移民的压迫和歧视。移民住在租来的房子里，一个唯一能遮风挡雨的地方，却要忍受白人的种种指责和刁难。小说标题中的"战争"并非由移民挑起，他们压根就不想挑起任何形式的战争。阿特伍德试图通过这个故事说明：连小小的洗手间都能引发所谓的战争，就更不用提现实生活中白人与移民之间的战争了。故事里的"我"最后把洗手间看作自己的"领地"，这个情节颇具象征意义，反映了主流社会对外来移民的敌对情绪。他们中有一部分人认为移民的到来抢夺了本属于他们的地盘和工作机会，给他们的生活造成了极大困扰，因此有必要把失去的一切夺回来。

在《来自火星的男人》（*The Man from Mars*）中，阿特伍德通过描写一位亚裔男子的遭遇，再现了加拿大主流社会对东方人及东方文化的偏见和歧视。克莉丝汀是上流社会的白人女子，身高体胖，肌肉发达，在大学校园里根本吸引不了男同学的目光。她邂逅了一位个子矮小的黑发越南人，他对克莉丝汀穷追不舍，引起全校轰动。克莉丝汀开始对他产生了一丝兴趣，遂把他介绍给家人。可是有一次克莉丝汀家的保姆发现他那张"扭曲的脸"紧贴着她家玻璃窗向里张望，吓得报了警。男子先是被强制押送到蒙特利尔，最后又因整天跟踪一位修女被遣返越南。在小说中，克莉丝汀并不喜欢这位亚裔男子，顶多只是对他有着一点好奇：她不明白他脑子里在想些什么，为什么一天到晚跟着她，打电话给她却又一句话都不说。而且，因为从未有男人对克莉丝汀表示过好感，她把这个异域男子的行为解释为喜欢和爱，正是由于这位男子神秘的举止，她成了校园里的焦点人物，虚荣心得到了空前的满足。

这段令人唏嘘的"爱情故事"折射出了多元文化社会里的"多元"偏见与歧视。故事里的白人围绕这位亚裔男子进行了种种猜测。

有不少人认为他是疯子,克莉丝汀忍不住会想:"他是不是精神错乱?他是性欲狂吗?他看起来没有任何恶意,可那种人总在最后变得狂暴。"① 她甚至想象男子"粗糙的手放在她脖子上,撕扯她的衣服"②。警察也同意她的猜测,认为这个越南人是"疯子病例"③。其中一名警察对克莉丝汀说道:"那种人不会伤害你,他们只会杀了你。你该庆幸自己没死。"④ 克莉丝汀的母亲更是指出:"关于来自另一种文化的人,你永远不知道他们到底是疯子还是常人,因为他们的行为举止太过不同寻常。"⑤ 克莉丝汀的朋友也纷纷揣测起亚裔男子的动机,有人提议说他这么做纯粹是为了解决居留加拿大的身份问题,还有人则认为"东方男子喜欢体格健美的(西方)女人"⑥。母亲和朋友们的话代表了西方人对东方人和东方文化的偏见,他们的思维方式里明显含有"东方主义"色彩。西方对东方的虚构使得西方与东方之间具有了本体论上的差异,西方带着猎奇的眼光去看待东方,在此基础上创造出一个与自己截然不同的民族,使自己能最终把握"异己者",将"他者"的行为模式强行纳入自己的思维框架。阿特伍德在一次访谈中对类似问题进行了分析:"我们都习惯了对我们认为奇怪的或外来的事物进行非人化(dehumanize)处理。我们在傲慢自大中将自己视为标准,觉得其他人都违背了这一标准。"⑦ 在故事中的西方人眼里,那位亚裔男子的言行举止异乎寻常、匪夷所思,仿佛是来自外星球的生物。阿特伍德对此评论道:"当然,这位男子并非来自火星;他和别人一样是地球人。但是除了利用'火星'这个因素——不去把受害者看作完整的人,我们没办

---

①②③⑤ Margaret Atwood, *Dancing Girls and Other Stories*, 32.
⑥ Ibid., 34.
⑦ Joyce Carol Oates, "Dancing on the Edge of the Precipice," Earl G. Ingersoll, ed., *Margaret Atwood: Conversations*, 76.

法解释人们在他人身上制造的暴行。"① 说到底，亚裔男子只不过是种族歧视下的一名受害者。由于主流社会对外来人员的漠视和敌意，移民和外国人的情感得不到宣泄，只能用一些怪异的行为表达内心深处的渴望和想法。小说中一段文字真实地刻画出亚裔男子所代表的移民和外国人"人在异乡为异客"的心酸：

> 是不是他曾经遇到过什么事，仅仅因为身处这个国家所产生的无法容忍的紧张状态；她的网球服和裸露的大腿让他受不了，似乎到处都是肉体和金钱，可他每一次去接近时都会遭到拒绝，修女是某种最终扭曲的象征，在他那双近视眼的注视下，长袍和面纱令他回想起家乡的女人，那些他能够理解的女人？②

以亚裔男子为代表的移民远离故土，在陌生的国家独自打拼，不仅缺少亲情的避风港，而且由于生活动荡，一时难以找到情感归宿。在压力无法宣泄的情形下，又处在竞争激烈充满歧视的环境中，心理或多或少会出现问题。但是身处主流社会的白人不能或不愿去了解这些深层动机和因素，在他们的有色眼镜下，移民和外国人个人的心理问题折射出他/她的母国文化，如同"火星"一样令人费解。

与小说集同名的短篇故事《跳舞的女孩们》讲述了美国房东太太诺兰夫人与一名阿拉伯留学生之间的矛盾。阿拉伯留学生住进了一间出租屋，他很安静，进出房间时轻手轻脚，总是等别人做完饭

---

① Joyce Carol Oates, "Dancing on the Edge of the Precipice," Earl G. Ingersoll, ed., *Margaret Atwood: Conversations*, 76.
② Margaret Atwood, *Dancing Girls and Other Stories*, 35.

菜才用厨房，诺兰夫人对他颇为满意，觉得他很不错，看起来不像阿拉伯人：

> 他是从那些阿拉伯国家来的。虽然我以为他们戴穆斯林头巾，或者不是头巾，那些类似于白颜色的玩意儿。他只是戴着那顶有趣的帽子，像圣地兄弟会会员。我觉得他不怎么像阿拉伯人。他脸上有刺青。可这人的确不赖。①

在诺兰夫人这位西方白人心目中，阿拉伯人都是些身着奇装异服、行事莽撞之徒，可她家的这个租客虽然头戴奇怪的帽子，脸上有着刺青，性格却相当随和，极少打扰别人的生活，诺兰夫人喜欢他，因为他是个不像阿拉伯人的阿拉伯人。

然而随着时间的推移，诺兰夫人觉得阿拉伯男生的行为越来越怪异，简直超出了她的想象。他会在雨天斜倚在门廊里，点燃一支烟，呆呆地瞪着窗外的雨；他不大出门，有时会在夜里叫上几个脸上有着同样刺青的老乡进他房间；他时不时向诺兰夫人借吸尘器，到第二天才归还……诺兰夫人感觉受到了威胁，总以为阿拉伯人聚到一起是进行"宗教活动或什么的"②，就连原本觉得属于优点的"安静"也变成了一种潜在的危险："他让我感到紧张。……我不喜欢他下楼的方式，就那么静悄悄地潜进了我的屋子。"③终于有一天，他们之间爆发了真正的冲突。那位留学生邀请了几位阿拉伯客人，大家在房间里唱歌跳舞，音乐声开得很响，还叫了几个跳舞的女孩来助兴。诺兰夫人想当然地认为这些女孩是妓女，阿拉伯人正在进

---

① Margaret Atwood, *Dancing Girls and Other Stories*, 212 - 213.
②③ Ibid., 219.

行异教徒的"活人祭仪"①,她叫来警察,把他们轰了出去。

《跳舞的女孩们》在某种程度上反映了西方社会对阿拉伯国家的无知和成见。萨义德在《东方主义》(Orientalism)一书中指出:"一开始是将他们含糊地描述为骑骆驼的游牧民,这种偏见到后来演变成公开的讽刺,指责他们既无能,又屡屡失败,这些就是给予阿拉伯人的全部看法。"② 一些西方人还经常将阿拉伯人和恐怖分子联系起来,诺兰夫人之所以把阿拉伯留学生赶出门,是因为怕他们聚众策划恐怖活动。但笔者以为,阿特伍德更多是想通过这个故事敦促读者思考所谓的"多元文化"下移民和外国人的"失语"处境。他们只有在安安静静不妨碍白人生活的时候才被视为是安全无害的,才有权利在白人家中租到一个容身之处。他们的行为一旦触及白人利益,就会遭受被赶出"家"门的命运。阿特伍德透过一位小说人物之口道出了对这些阿拉伯人的同情和怜悯:

> 她不知道他被穿着平底拖鞋和花色家居服、一路大叫着挥动扫把的诺兰夫人在街上追赶之后去了哪里。对他来说,她至少也是个可怕的景象,让人费解,就像她眼里的他一样。为什么这个女人、这个肥胖的疯女人会突然咆哮着打断一场没有恶意的友好活动呢?他和朋友们本可以轻松制服她,可他们根本就没想去那么做。他们一定也吓坏了。他们违反了何种未言明的禁忌呢?这些冷漠而疯狂的人接下去会做出什么举动?③

---

① Margaret Atwood, *Dancing Girls and Other Stories*, 224.
② Edward Said, *Orientalism* (London and Henley: Routledge & Kegan Paul, 1978), 285.
③ Margaret Atwood, *Dancing Girls and Other Stories*, 226.

在移民和外国人眼里，白人世界充斥着"冷漠"和"疯狂"，虽然口口声声说要主张平等，但主流社会对外来文化自始至终抱着敌视态度，平等和宽容仅仅是针对他们自身而言的。从长篇小说《人类之前的生命》到短篇故事集《跳舞的女孩们》，阿特伍德为读者呈现了一幅幅不同民族和种族的人们在多元文化下的生活画面，展现了底层民众在后殖民社会里令人震惊和叹息的生存状况。

第三节 "我们是谁"：民族身份话语转向

1972年，阿特伍德凭借论著《生存》获得评论界广泛关注，她在其中谈及了加拿大独特的民族传统，认为"加拿大性"与加拿大的地理位置息息相关。与《生存》几乎同时间推出的小说《浮现》将故事背景设置在魁北克丛林地区，描写了荒野（wilderness）在加拿大民族身份建构中的重要作用。在民族主义风起云涌的20世纪六七十年代，这两部作品可谓一石激起千层浪，极大地激发了加拿大人的民族归属感，按照阿特伍德本人的说法，它们可以说是代表了"加拿大面对世界的姿态"[1]。

当历史的车轮驶入20世纪90年代，很多加拿大人发现，当年令人热血沸腾的文化民族主义已然成为过去时（passé），尤其是年轻的一代，他们有着全球化的文学视野，对"一切以民族为先"之说提出了挑战。[2] 作为曾经亲历过文化民族主义，而今"头发日渐花白"的一代，阿特伍德其实从未停止过跟踪记录"加拿大民族神话"

---

[1] John Thieme, ed., *The Arnold Anthology of Post-colonial Literatures in English* (London: Edward Arnold, 1996), 356.
[2] Robert Wright, *Hip and Trivial: Youth Culture, Book Publishing, and the Greying of Canadian Nationalism* (Toronto: Canadian Scholars Press Inc., 2001), 153.

的变化,她指出,加拿大作为一个民族国家若想在21世纪继续得以生存,就必须对这些神话加以修正。[①] 毕竟,加拿大荒野的概念掩盖了一个事实:加拿大民族的崛起是建立在对自然资源的开发、对"空旷"景观的殖民和种族灭绝之上的。阿特伍德在90年代出版的几部作品里对"加拿大性"进行了深入思考。在《荒野警示故事》(*Wilderness Tips*,1991)中,阿特伍德开始质疑"荒野"是否还能作为加拿大民族身份的象征;而在《好骨头》(*Good Bones*,1992)中,阿特伍德直言不讳地写道:"我已经对荒野这类素材厌倦。它不再适合我们当今社会的形象。让我们换换口味,来写一写城市。"[②] 随后出版的小说《强盗新娘》和《别名格雷斯》都将背景设在了多伦多,阿特伍德在这两部作品中将加拿大身份问题由原先的"这里是哪里"变为了"我们是谁"。[③]《别名格雷斯》通过侦探小说般的历史回溯,尝试着对加拿大民族身份话语进行修正。《强盗新娘》描写了20世纪晚期加拿大身处的国际大环境,以及跨国资本影响之下民众的生存状态,重新思考了加拿大身份问题。

一、文化记忆与身份建构

《别名格雷斯》是阿特伍德的第一部历史小说,以19世纪加拿大历史上发生的一起谋杀案(金尼尔-蒙哥马利谋杀案)作为故事背景,将真实的人物和虚构的情节互相交织,构成了一部虚虚实实、真假难辨的另类历史小说。迄今为止,关于《别名格雷斯》的评论

[①] Coral Ann Howells, "Margaret Atwood's Discourse of Nation and National Identity in the 1990s," Conny Steenman-Marcusse, ed., *The Rhetoric of Canadian Writing* (Amsterdam: Rodopi, 2002), 201.
[②] Margaret Atwood, *Good Bones* (Toronto: Coach House Press, 1992), 19.
[③] Margaret Atwood, "Survival, Then and Now," *Maclean's*, 1 (July 1999): 57.

主要围绕两个方面：一是女性主义视角，研究女性在社会、文化和心理层面所处的困境。如玛格丽特·罗杰森（Margaret Rogerson）从小说中的"缝被"意象入手，指出"'拼缝被子'是一种女性话语，赋予格雷斯力量，使她能够以自己的方式讲述故事"。[1] 二是后现代历史叙事学视角，探讨"历史与记忆的碎片特征和不可靠性"[2]。笔者认为，《别名格雷斯》不仅仅是一部女性主义作品，也不仅仅是一部"历史编纂元小说"（historiographic metaficiton）[3]，而是阿特伍德继续追求民族国家理念的经典之作。

（一）招魂：对官方历史版本的疑问

1843 年 6 月，多伦多北郊一位富有的农场主托马斯·金尼尔及其女管家南希·蒙特马利遭到谋杀。金尼尔的雇工詹姆斯·麦克德莫特以及 16 岁的女佣格雷斯·马克斯被指控为谋杀犯。麦克德莫特被处以绞刑，格雷斯则因尚未成年且又有精神方面的问题得以豁免死刑，被判终身监禁，于当年 11 月入金斯顿监狱服刑。这起案件因为涉及性、暴力以及阶级问题在加拿大及美英等国引起轰动，很多报刊都对其进行了连篇累牍的报道。格雷斯于 1872 年获释，随后去了美国，过起隐姓埋名的日子。她也自此从官方记录中消失，当年轰轰烈烈的事件成了一段尘封的历史。

阿特伍德曾在诗集《苏珊娜·穆迪日志》中描写过 19 世纪的加拿大历史，通过穆迪夫人——一位英国中产阶级女性移民的情感经

---

[1] Margaret Rogerson, "Reading the Patchworks in *Alias Grace*," *Journal of Commonwealth Literature*, 33. 1 (1998): 6.
[2] Gina Wisker, *Margaret Atwood: An Introduction to Critical Views of Her Fiction*, 118.
[3] Burkhard Niederhoff, "How to Do Things with History: Researching Lives in Carol Shields' *Swann* and Margaret Atwood's *Alias Grace*," *Journal of Commonwealth Literature*, 35. 2 (2000): 81.

历，切入英裔加拿大的身份问题。① 在《别名格雷斯》中，阿特伍德依然着眼于加拿大的身份建构，只不过采用了不同的视角，她不再讲述建国过程中荒野生存或拓荒者定居之类的英雄叙事，而是将目光投向一位来自完全不同社会阶层的女性移民的人生经历，通过"她的故事"探讨"我们是谁"的问题："我们如何知道我们是我们认为的我们，或者是 100 年前……我们所认为的我们？这些问题……随同加拿大历史一起出现，事实上随同任何其他历史一起出现。"② 卡罗尔·安·豪威尔斯认为，阿特伍德在此处采用集合名词"我们"不仅仅是因为她最初说这段话的对象是渥太华大学的听众③，而是旨在"打破所有基于历史和起源的关于民族身份的轻松假设"④。豪威尔斯接着指出，阿特伍德敦促人们注意过去与现在之间的关系，但她采用的方式"并非关注联系"，而是"指向了现在和过去之间的居间地带（inbetween space）"，由此"使人们对历史必然性产生怀疑，并向那些来自合法历史叙事的可靠民族身份观提出挑战"。⑤ 在阿特伍德看来，集体记忆和个人的主观记忆是不稳定的、有裂隙的："在我们生活的时代，各种各样的记忆，包括我们称之为历史的庞大记忆，都受到了质疑。"⑥《别名格雷斯》是阿特伍德从几乎遭人遗忘的案件中构建的一部小说。她之所以选择这种对官方

---

① 康尼·史汀曼-马卡斯（Conny Steenman-Marcusse）在《重写英裔加拿大文学中的拓荒女性》（Re-Writing Pioneer Women in Anglo-Canadian Literature）中对《苏珊娜·穆迪日志》进行了分析。
② Margret Atwood, In Search of Alias Grace (Ottawa: University of Ottawa Press, 1997), 8-9.
③ 1996 年 11 月，阿特伍德在渥太华大学进行了"查尔斯·R. 布朗夫曼加拿大研究演讲"（Charles R. Bronfman Lecture in Canadian Studies）。
④⑤ Coral Ann Howells, Contemporary Canadian Women's Fiction (New York and Hampshire: Palgrave Macmillan, 2003), 25.
⑥ Margret Atwood, In Search of Alias Grace, 7.

历史版本的反叙事，是因为她想就加拿大的文化传统和身份进行调查：

> 我们的遗产。呵，是的——这个密封的神秘盒子……可里面是什么？我们在学校里学不到的许多东西……为什么它们没被提及？对于我这一代作家而言，加拿大过去所带来的诱惑，在一定程度上涉及未被提及之事——那些神秘的、被隐瞒的、被遗忘的、被抛弃的、被封杀的事件。①（着重号为原文所有）

换言之，正是那些"未被提及之事"才会激起作家的好奇心，才是历史写作的兴趣所在。而豪威尔斯对上述这段话做了一个非常有趣的类比，她认为，如果从阿特伍德所说的视角来看，"加拿大历史就像是一部幽灵出没的哥特式小说"②。这个哥特式文本充斥着无法言说的秘密，或许只有找到过去和现在之间的关联，才能摆脱过去的重负。在《别名格雷斯》中，阿特伍德讲述了一个关于加拿大历史的哥特式故事，故事中有悬念丛生的谋杀疑云，有匪夷所思的招魂术，有叫人瞠目结舌的鬼魂附体。小说充满了不确定性，读者自始至终都无法确知事件的真相：格雷斯到底有没有罪？她是不是谋杀案的共犯？……直至小说最后一页，一切仍然是个谜。而阿特伍德的本意也并不是为了解决"格雷斯是否有罪"的历史争端，她只是想用一种类似招魂的方式，让被历史掩埋的死者复活，诉说自己的故事，使"作为个体的人物与周围的世界互相作用，或者被周

---

① Margret Atwood, *In Search of Alias Grace*, 19.
② Coral Ann Howells, *Contemporary Canadain Women's Fiction*, 26.

围的世界反作用",从而由个体的故事中窥探"一幅更大的图案"。①这幅"更大的图案"涉及加拿大历史和民族身份建构。由此看来,阿特伍德招魂的目的是挖掘潜藏在历史深处的"加拿大性",以及这种"加拿大性"随着时代不断演变的过程。为此,阿特伍德采用了"虚拟自传"(fictive autobiography)的体裁,用个体的女性作为故事叙述者,从全然不同的角度讲述传统上由男性操控的宏大历史叙事:"如果说民族国家是一个想象的共同体,那么这种想象完全是性别化了的(由男性主导的)。"② 从某种程度上讲,用女性讲述故事的效果与用哥特式来透视历史的效果可谓大同小异:"正如哥特式引入了神秘的(uncanny)他者作为威胁和破坏民族历史官方叙事的隐秘因素,那些被政治权力边缘化然而又与社会历史结构密切关联的女性叙述者的声音提供了另外一个视角,动摇了统摄一切的权威话语。"③ 当深埋的秘密在阿特伍德的招魂术中走到阳光之下,关于民族话语的官方版本也遭到了质疑。

(二)反遗忘:追踪民族话语中的"他者"

《别名格雷斯》中的西蒙·乔丹医生来自美国,专门从事精神病早期症状和创伤性神经症方面的研究,他受金斯顿一批革新人士之托,对格雷斯进行精神鉴定。他的任务是唤醒格雷斯沉睡的记忆,通过这种方式治疗她的精神疾病,顺便解开她是否有罪之谜。然而,西蒙始终无法接近问题的核心。格雷斯虽然对细节(自己的身世、移民的过程、做女仆的经历)有着惊人的记忆力,却对自己身卷其中的暴力行为避而不谈。她坚称已经记不得谋杀案发生时的情况,

---

① Margret Atwood, *In Search of Alias Grace*, 22.
② Ania Loomba, *Colonialism/ Postcolonialism* (London and New York: Routledge, 1998), 216.
③ Coral Ann Howells, *Contemporary Canadian Women's Fiction*, 28.

甚至还暗地里自言自语:"有些事情应该被人忘掉,永远不要再提起。"① 由此可见,有关格雷斯的故事是围绕着"记忆"和"遗忘"这两个关键概念展开的。阿特伍德在《寻找双面格雷斯》(*In Search of Alias Grace*)中清晰地表述了两者之间的关联:"对历史而言,正如对个人而言,遗忘就如同记忆一样便利,而且,记起曾经遗忘之事无疑是令人不舒服的。我们通常会记得加诸我们身上的可怕之事,而忘记我们曾做过的可怕之事。"② 这种个人与集体记忆/遗忘之间的联系将格雷斯的故事置于一个更宽广的历史语境,使"格雷斯的个人历史被拓展为加拿大起源和身份的广阔历史"③,在这样的历史语境里,那些"被遗忘的、被抛弃的、被封杀的事件"都成为民族身份建构过程中的决定性因素。霍米巴巴将民族文化生活中被压抑的阴暗面称作"遗忘的句法"(syntax of forgetting):

> 正是通过这种遗忘的句法——或者说是被迫遗忘——民众所不确定的认同才变得清晰……被迫遗忘——在民族国家建构当下的过程中——并不是历史记忆的问题;而是建构关于社会的话语,来履行对民族意愿不确定的统摄。④ (着重号为原文所有)

霍米巴巴还引用了恩斯特·勒南(Ernst Renan) 1882年的论文《何为民族国家》("What is a Nation")中的一句话:"遗忘,说得

---

① 玛格丽特·阿特伍德:《别名格雷斯》,梅江海译,译林出版社1998年版,第28页。
② Margret Atwood, *In Search of Alias Grace*, 7-8.
③ Coral Ann Howells, *Contemporary Canadian Women's Fiction*, 37.
④ Homi K. Bhabha, ed., *Nation and Narration*, 310-311.

更深入些，对历史错误的遗忘是民族国家建立过程中的主要因素。"[1] 霍米巴巴的意思是，民族国家建设过程中往往会刻意压制有关政治形态建构之初所犯暴行的记忆。然而，霍米巴巴没有提及的是，勒南在论文中将民族视为一种分裂自我的象征，这一看法与维多利亚时期医生眼中的格雷斯病例不谋而合："这可能是一例所谓'双重个性'的病例……有两个不同的个性共存于一个身体的先例。因为它们各自有自己的记忆系统，所以实际上是两个不同的人共存于一体……我们的记忆给自己下定义……在很大程度上，我们的遗忘也给自己下定义。"[2] "双重个性"中的两种不同个性一般不会同时展现在人们面前，通常其中的一种会对另一种进行压制，后者便成了被压抑的他者，若是从历史的角度来说，便是创伤性的过往。

《别名格雷斯》中的心理医生们热衷于研究分裂的自我与分裂的意识，他们围绕格雷斯尝试各种治疗方案，想要探究她那创伤性的过往，其做法与海登·怀特（Hayden White）眼中的当代历史学家有着异曲同工之处：

> 历史学家试图使我们重新熟悉因意外、疏忽或压制而被遗忘的事件。而且，最伟大的历史学家总是会去处理那些文化史中的"创伤性"事件，也会去处理那些在当代生活中仍然具有重要性却存在问题或意义过于武断的事件。[3]

---

[1] Homi K. Bhabha, ed., *Nation and Narration*, 11.
[2] 玛格丽特·阿特伍德：《别名格雷斯》，第412、413页。
[3] Hayden White, "The Historical Text as Literary Artifact," R. H. Canary and H. Kosicki, eds., *The Writing of History: Literary Form and Historical Understanding* (Madison: University of Wisconsin Press, 1978), 51.

阿特伍德将19世纪的谋杀案以小说的形式呈现在公众面前，不仅仅是因为她想用"招魂"的方式质疑官方历史，更重要的是，她希望能够像小说中的心理医生（或现代社会中的历史学家）一样，重拾加拿大民族话语中那些"被遗忘的过往"。

阿特伍德在《寻找双面格雷斯》中提到，在格雷斯事件发生前几年，加拿大历史上爆发了"1837年起义"，这是法裔加拿大人反对英国殖民统治的一场斗争，虽然规模不大，却在英属北美殖民地产生了不小的影响。《别名格雷斯》也提到了这次"大造反"："那是造贵族的反，也就是造那些掌管一切、占有钱和土地的人的反。"①对格雷斯·马克斯案件的判决是在起义的余波中进行的："加拿大西部仍未走出'1837年起义'的阴影，这影响了谋杀案发生之前格雷斯的生活，也影响到媒体对她的态度……1843年——谋杀案发生当年——关于威廉·莱昂·麦肯齐（William Lyon Mackenzie）是好是坏的社论仍时有报道，如此一来，那些诋毁他的亲英报刊也会诋毁格雷斯……但是赞扬麦肯齐的革新派报刊也倾向于对格雷斯持宽容态度。这种意见分歧一直存在。"②"1837年起义"最终遭到英国政府正规军和民兵镇压，而这次反映了"发展着的民族间、发展中的政治哲学以及不同生活方式之间的冲突"的"具有重创性的巨大事件"③却同格雷斯事件一样，在之后的岁月中被湮没在了历史的长河里。而类似的有意无意被遗忘的事件在加拿大历史上绝非个例，例如政府对原住民的镇压、路易斯·瑞尔的绞刑④、第二次世界大

---

① 玛格丽特·阿特伍德：《别名格雷斯》，第154页。
② Margret Atwood, *In Search of Alias Grace*, 34-35.
③ Joseph Schull, *The Rising in French Canada 1837* (Toronto: Macmillan of Canada, 1971), xi.
④ 路易斯·瑞尔出生于1844年，为混血儿群体争取权利做出了巨大贡献，1855年瑞尔因"叛国罪"被处以绞刑。

战时日裔加拿大人所受到的不公正待遇、充满歧视的排华法案等，它们绝不只是加拿大历史中"几个令人尴尬的时刻"[1]，而是需要揭开的伤疤，是文化话语中的他者。阿特伍德通过格雷斯个人的记忆缺失凸显了加拿大民族话语中被遗忘的历史，从而让那些身处阴影中的他者走到了前台。

（三）百衲被：建构民族国家身份

《别名格雷斯》中最重要的意象是"拼缝被子"，格雷斯最后为自己缝了一条百衲被，仿佛是在通过被子展现自己的人生经历。然而，这条被子的意义却远不止于此。正如伊莱恩·肖沃尔特（Elaine Showalter）所说，百衲被已"取代熔炉，成为美国文化身份的重要隐喻"[2]，格雷斯缝制的百衲被既是历史的记录，也是加拿大民族国家身份建构的象征。

加拿大文化俗称"马赛克文化"，马赛克同百衲被一样，也是一块一块拼凑而成。之所以称之为"马赛克文化"，这与加拿大政府自 20 世纪 70 年代起推行的"多元文化主义"政策分不开。而在格雷斯生活的年代，虽然尚未出现"多元文化主义"或"马赛克文化"之类的概念，但加拿大作为一个移民殖民地（settler-invader colony），彼时已然出现了"马赛克文化"的雏形。当格雷斯从北爱尔兰漂洋过海来到多伦多时，她第一眼注意到的便是这里形形色色的人种：

> 看上去什么样的人都有：有很多苏格兰人，一些爱尔兰人，

---

[1] Margret Atwood, *In Search of Alias Grace*, 19.
[2] Elaine Showalter, *Sister's Choice: Tradition and Change in American Women's Writing* (Oxford: Oxford University Press, 1991), 149, 169.

当然有些英国人,很多美国人,还有一些法国人;还有红印第安人,不过他们不带羽毛;还有些德国人。什么肤色的人都有,这对我来说很新鲜;很难分清这些人说的是哪种语言……总的说来,这城市像座巴别塔。①

《别名格雷斯》成书于20世纪90年代,从国家形象的转变来说,此时恰恰是加拿大历史上颇具特色的一段时期。2000年的《多元文化主义年度报告》(*Multiculturalism Annual Report*)指出:"过去10年里,自从《加拿大多元文化主义法案》实施以来,族裔的、种族的以及宗教的多样性以前所未有的态势在加拿大扩展,戏剧性地改变着加拿大社会的公共面貌。"②围绕着多元文化主义,人们产生了诸多争执,阿特伍德或许是想通过这样一部小说的出版来重新思考加拿大的"马赛克(百衲被)文化",百衲被这一日常家居用品便因此蕴含了深刻的历史和现实意义。

小说的结构就像是百衲被,是多种声音的拼合。其中有苏珊娜·穆迪《森林开发地的生活》(*Life in the Clearings*,1853)中的片段,有加拿大和英美报刊的新闻摘录,有来自监狱、精神病院的记录和病史档案,有医生、牧师和为格雷斯请愿人士的往来通信,有格雷斯和麦克德莫特的忏悔,甚至还有诗歌和歌词。这些碎片像百衲被一样被拼成整体,"过去的一小块一小块变成了如今有用的部分",如果说百衲被"能在病时和日常生活中提供温暖和舒适",那么以百衲被形式呈现的小说也能叫人"想起他们个人的、家庭的、

---

① 玛格丽特·阿特伍德:《别名格雷斯》,第130页。
② Coral Ann Howells, "Margaret Atwood's Discourse of Nation and National Identity in the 1990s," Conny Steenman-Marcusse, ed., *The Rhetoric of Canadian Writing*, 200.

社团的、族裔的、种族的甚至是国家的过往"①。

凯伦·R.沃伦（Karen R. Warren）认为，百衲被的功能之一在于"被子是历史的记录。它们捕获到多样化的或者独特的文化传统，帮助保存了过去，并且有益于未来的文化建设"②。《别名格雷斯》的15个章节全部以百衲被命名，比如"破碎的碟子"和"天堂之树"都是传统的百衲被图案，"天堂之树"是嫁娶时用的，"破碎的碟子"则承载了格雷斯远渡重洋的记忆："我记得的只是碎片，像是一个被打碎的碟子。"③ 通过格雷斯的回忆，读者看到的是一卷19世纪早期的加拿大移民史。格雷斯12岁时随父母离开爱尔兰，前往加拿大谋生，因为那里"免费赠送土地"④。他们所乘的船如同"移动中的贫民窟"，船上的人们"像生活在地狱里的受苦的灵魂"。⑤ 母亲在途中病逝，波林姨妈临别前赠送的一套瓷器茶具也在当晚摔碎。"被打碎的碟子"象征了移民过程的艰辛，也暗示了格雷斯与母国文化联系的断裂以及在陌生土地上艰难的求生之路。这是第一代移民都曾经历过的痛苦，既有肉体上的磨难，又有精神上的折磨，仿佛自己就是瓷器上的碎片，"总是有几块瓷片像是另外一个碟子上的；可是又有些空缺之处，你放哪块都不合适"⑥。在第一代移民中，爱尔兰裔移民是普遍受歧视的群体，尤以女性为甚。在19世纪

---

① Sharon Rose Wilson, "Quilting as Narrative Art: Metafictional Construction in *Alias Grace*," Sharon Rose Wilson, ed., *Margaret Atwood's Textual Assassinations: Recent Poetry and Fiction* (Columbus: The Ohio State University Press, 2003), 125.
② Karen R. Warren, *Ecofeminist Philosophy: A Western Perspective on What It is and Why It Matters* (Lanham: Rowman & Littlefield Publishers, Inc., 2000), 68. 此处转引自袁霞：《生态批评视野中的玛格丽特·阿特伍德》，第135页。
③⑥ 玛格丽特·阿特伍德：《别名格雷斯》，第110页。
④ 同上书，第117页。
⑤ 同上书，第123页。

中叶,"爱尔兰女性被捕及判罪的频率远远大于其他群体"[1],在送交疯人院的精神病人中,"爱尔兰女性的数量远远超过其他移民的总和"[2]。格雷斯的第一个雇主问她是不是天主教徒,"因为爱尔兰来的多半是天主教徒……天主教徒迷信,会造反,正在搞垮这个国家"[3]。谋杀案发生后,她的族裔背景成为公众关注的焦点之一:"保守党人似乎把格雷斯与爱尔兰问题混淆起来,尽管她是清教徒。他们还把谋杀一个保守党绅士的单个事件……与整个种族的暴乱混为一谈。"[4] 格雷斯·马克斯事件不再是一起单纯的谋杀案,而是具有了种族冲突的特征,格雷斯个人的经历也因此与"族裔的、种族的甚至是国家的过往"联系起来。在小说中,格雷斯对往昔的回忆和叙述大多是在缝被子的过程中进行的。由此看来,她不只是在简单地缝制百衲被,而是在将一个民族变迁的历史缝合进去,从而使百衲被成为"政治宣言……提高人们对政治事务的敏感意识"[5],认识到民族国家建构的曲折历程,为"未来的文化建设"做好铺垫。

《别名格雷斯》通过将历史事件小说化的方式,质疑"加拿大民族神话"的官方历史版本,开发了修正"加拿大性"修辞的可能性。阿特伍德从后现代叙事的视角,一方面承认历史叙述能够建立与过

---

[1] Hasia Diner, *Erin's Daughters in America: Irish Immigrant Women in the Nineteenth Century* (Baltimore and London: John's Hopkins, 1983), 111.
[2] Lorna R. McLean and Marilyn Barber, "In Search of Comfort and Independence: Irish Immigrant Domestic Servants Encounter the Courts, Jails, and Asylums in Nineteenth-Century Ontario," Marlene Epp, Franca Iacovetta and Frances Swyrpa, eds., *Sisters or Strangers? Immigrant, Ethnic, and Racialized Women in Canadian History* (Toronto: University of Toronto Press, 2004), 149.
[3] 玛格丽特·阿特伍德:《别名格雷斯》,第134页。
[4] 同上书,第84页。
[5] Karen R. Warren, *Ecofeminist Philosophy: A Western Perspective on What It is and Why It Matters*, 68. 此处转引自袁霞:《生态批评视野中的玛格丽特·阿特伍德》,第135页。

去的联系,另一方面提出"充满了真实与谎言、伪装与揭露"① 的历史完全可以重新加以阐释,以适应民族国家当下的意识形态。而那些被遗忘历史中的他者也有机会走出历史的阴影,在编织属于他/她们的故事的同时,为加拿大民族国家身份的建构提供新的空间。

二、加拿大性的重新界定

在 20 世纪 50 年代之前,加拿大是英联邦辖下的"'白种人'国家之一"②,60 年代移民政策的变化使得大量非欧洲裔移民涌入加拿大。面对人口结构的改变,政府从 70 年代开始推行"多元文化主义"政策,并在 1988 年颁布《加拿大多元文化主义法案》,承认族裔的、种族的、宗教的和文化的多样性是加拿大传统和身份的根本特征,从本质上修正了英裔和法裔占主导地位的加拿大殖民传统,打开了新的民族空间。出版于 1993 年的《强盗新娘》便是在这样的背景下诞生的,小说标题是对格林童话《强盗新郎》(The Robber Bridegroom)的戏仿,但它并不是一部简单地描写两性关系的小说,而是透过性别话语展开民族国家叙事:在关于加拿大民族传承的叙事遭到修改之后,面对"总在变化中的社会现实"③,加拿大身份有了怎样的改变?该如何重新定义"加拿大性"?这些都是阿特伍德在小说中思考的问题。

(一)无根:缺乏归属感的在家者

"无根"(rootlessness)是《强盗新娘》最重要的主题之一。小

---

① Margret Atwood, In Search of Alias Grace, 39.
② Coral Ann Howells, "Margaret Atwood's Discourse of Nation and National Identity in the 1990s," Conny Steenman-Marcusse, ed., The Rhetoric of Canadian Writing, 200.
③ Homi K. Bhabha, ed., Nation and Narration, 1.

说中的三位女主人公托尼、罗兹和克里斯都是在多伦多土生土长的英裔白人女性,但从孩提时代起,她们就觉得自己像是无家可归的外来者,是"母国中的外国人"①。托尼的母亲是英国人,作为战时新娘与托尼父亲结婚,第二次世界大战结束后跟随他来到加拿大,但她从未真正融入加拿大的生活:"被强制······住在这栋过于狭小的两层楼内,仿都铎式,半木质,尚未完工的屋子,在这个邻里关系沉闷、思想狭隘的乡间小城,在这个太大又太小、太冷又太热的令她憎恶的国家。"② 最后她带着这种憎恨离开了托尼父亲,离开了加拿大,前往美国生活。托尼在缺乏母爱的环境中长大,也感觉到了父亲对她的失望:"对她母亲来说,托尼是外国人;对她父亲来说也是,因为尽管他们说着同一种语言,她——他说得很清楚——不是个男孩。"③ 因此,在这片生养她的土地上,托尼必须"像个外国人那样,仔细倾听、翻译;像个外国人那样,密切注意突如其来的敌对态度;像个外国人那样犯错"④。

长大后的托尼与周围的世界格格不入。上大学时,她经常独来独往,和其他女孩没有多少共同语言,当别人假期可以回到温暖的家时,她却无处可去。随着时间的推移,情况并无多大改观。作为一个研究战争的历史学女教授,她觉得自己像是学术领域的闯入者:她与同事关系疏远,也很少参加学术活动。托尼多年来养成了写回文——倒过来拼写单词——的习惯,这是她创造的另一个世界,在这个世界里,她不再是托尼·弗雷蒙,而是蒙雷弗·尼托,这名字"有种俄语或者火星人的发音,让她觉得开心。这是个外星人或者间

---

① Shannon Hengen, "Zenia's Foreignness," Lorraine York, ed. , *Various Atwoods: Essays on the Later Poems*, *Short Fiction*, *and Novels*, 278.
②③④ Margret Atwood, *The Robber Bride* (Toronto: McClelland-Bantam, Inc. , 1993), 164.

谍的名字"①。只有在"回文"世界里，她才有家的感觉，她在其中"属于本国人"②。

罗兹的少年时代恰逢第二次世界大战，信奉天主教的爱尔兰裔母亲带着她靠出租房屋艰难度日。在她幼小的心中，父亲是一个缺席的概念。教会学校的同学常常取笑她："你爸爸到底在哪里？我妈妈说他是难民。"③ "难民"在当时是个污辱性的字眼，欧洲难民曾遭到加拿大民众的抵制："难民！难民！从哪里来，就滚回哪里去。"④ 当父亲在战后来到多伦多时，罗兹的心情可想而知。她先发现他的确是难民："她能从他说话的样子分辨出来。"⑤ 接着，她发现自己有一半的犹太血统。战时的加拿大一度反犹情绪高涨，战后虽然好一些，但罗兹的父亲仍会因为自己的姓氏（Grunwald）在深夜接到恐吓电话。父亲靠着精明强干在加拿大迅速积累起大笔财富，罗兹也恢复了战争期间出于安全考虑没敢用的姓氏，这"才是她真正的姓氏"⑥。尽管经历了身份的转变，罗兹却始终感觉像个外来者，在双重文化的夹击中分裂成两半："如果说罗兹曾经不是个十足的天主教徒，如今她也不是个十足的犹太人。她是个异数，一个混种，一个奇怪的半人。"⑦ 罗兹挣扎在两种文化之间，为了生存不得不"采用移民的策略：谨慎、模仿，甚至是学习一种新语言"⑧："她

---

① Margret Atwood, *The Robber Bride*, 155.
② Ibid., 168.
③ Ibid., 371.
④ Ibid., 365.
⑤ Ibid., 374.
⑥ Ibid., 387.
⑦ Ibid., 387-388.
⑧ Coral Ann Howells, "The Robber Bride; or, Who is a True Canadian?" Sharon Rose Wilson, ed., *Margaret Atwood's Textual Assassinations: Recent Poetry and Fiction*, 96.

模仿他们的口音、语调、用词;她为自己增添了一层又一层的语言,将它们粘贴在身上,就像是篱笆上的招贴画。"① 她活得非常用力,以证明自己比别的女人更聪明、更有趣、更富有。然而,事业上的成功并未让她在自己的社团中获得存在感。

罗兹与米奇的婚姻加剧了她作为外来者的感觉。英俊潇洒的米奇是多伦多旧贵族阶层的代表,仿佛时时在提醒她低贱的出身。两人的恋爱婚姻可以说是对多伦多社交界伪善和势利的极大讽刺:"罗兹是新贵,米奇是老贵族;或者说,要是他有钱的话,他就是老贵族。"② 即便在结婚20年之后,这种旧的阶级范式几乎未曾改变。面对丈夫的社会优越感,罗兹依然会底气不足,"感觉自己像是刚从外国来",还会想起自己的移民史:"她的祖先中有很多不同国籍的血统。她这一支的祖先都是从别的地方被赶出来的,要么因为太穷,要么因为政治上的古怪,要么因为不正确的形象,要么口音或头发颜色有问题。"③ 对罗兹而言,财富带来的社会身份仅仅是伪装,她的皮肤下面掩盖的是"一个无家可归的流浪儿"。④

如果说罗兹觉得自己仿佛"身处在外国,是个移民,一个难民"⑤,那么克里斯则是三人中错位感最严重的一位。她原名凯伦,也是战争婴儿,自小被母亲遗弃,在姨妈家生活,却遭到姨父强暴。每次被强暴时她都觉得生不如死,在绝望中强迫自己分裂成两个人:"最终她变成了克里斯,消失了,又在别处再次出现,打那以后她就

---

① Margret Atwood, *The Robber Bride*, 389 - 390.
② Ibid., 352 - 353.
③ Ibid., 344.
④ Coral Ann Howells, *Margaret Atwood*, 2nd edition (Hampshire and New York: Palgrave Macmillan, 2005), 137.
⑤ Margret Atwood, *The Robber Bride*, 388.

一直在别处。"[1] 有评论者认为,"在别处"指的是"不在那里,也不在这里"[2],象征了克里斯漂泊无依的精神状态。

克里斯在一个岛屿上暂时安了家,选择了冥想和草药治愈作为疗伤方式,她的自我疏离感却从未消失,因为不同的生活方式只是一种掩饰,"将大部分的克里斯隐藏了起来"[3]。凯伦的身体或许能够撕裂开来,让克里斯逃逸出去,可儿时的创伤性记忆却不会消失;它们只是被意识封闭住了,或者正如克里斯认识到的,她的"内心真实地存在着一个湖泊,凯伦就在那里。在深深的水底"[4]。只要凯伦和克里斯不能合为一体,她的灵魂就永远无家可归。

托尼、罗兹和克里斯的人生故事不仅体现了加拿大的战后历史特征,也反映了转变中的社会现实。通过三位出生在第二次世界大战期间、成长并一直生活在多伦多的加拿大白人女性的经历,阿特伍德试图揭示英裔加拿大身份叙事表层之下的真实社会状况:战后移民政策和人口结构的变动悄然改变了国家意识形态话语,加拿大已走出传统的英/法裔统治模式,文化和种族差异成为普遍趋势,时代的裂变、新旧传统的交替更迭导致"文化错置、分裂的主体、错位的身份、重新命名"[5] 等一系列现象,引发了无处不在的无归属感。

(二)游牧:自我放逐的越界者

托尼、罗兹和克里斯都是有着固定身份的加拿大公民,她们的

---

[1] Margret Atwood, *The Robber Bride*, 45.
[2] Katarina Gregersdotter, *Watching Women, Falling Women: Power and Dialogue in Three Novels by Margaret Atwood* (Umeå: Umeå University, 2003), 126.
[3] Coral Ann Howells, "The Robber Bride; or, Who is a True Canadian?" Sharon Rose Wilson, ed., *Margaret Atwood's Textual Assassinations: Recent Poetry and Fiction*, 99.
[4] Margret Atwood, *The Robber Bride*, 298.
[5] Coral Ann Howells, "The Robber Bride; or, Who is a True Canadian?" Sharon Rose Wilson, ed., *Margaret Atwood's Textual Assassinations: Recent Poetry and Fiction*, 95.

生活和工作大多在多伦多市展开。与之不同的是，小说另一位女主人公齐尼娅则是个"游牧式的主体"（nomadic subject）①，有着"多重身份，却没有固定的身份"②。罗西·布拉伊多蒂（Rosi Braidotti）认为："游牧主义……敏锐地意识到边界的非恒定性。这是一种对越界和超越的迫切需求。"③ 布拉伊多蒂关于游牧主义的理论强调了流动性（mobility）的重要性，但她同时指出，流动性未必是地理意义上的流动，从某个地理位置到达新的目的地：

>……这里所说的游牧主义指的是某种批判意识，该意识反对陷入思想和行为的社会编码模式。不是所有的游民都是世界旅行者；一些最了不起的旅行可以不必离开住处。界定游牧状态的是对固定习俗的颠覆，而非真正意义上的旅行行为。④

换句话说，游牧式的主体并不锁定在某一种特定状态或某一个特定地方，这就消解了关于中心以及真实身份的概念。

齐尼娅的故事与托尼、罗兹和克里斯息息相关，分成三个阶段出现在这三个女人的生命里。她和托尼相逢在20世纪60年代，据她所说，她母亲是白俄罗斯贵族，有三个可能的父亲，或许是希腊人，或许是波兰人，或许是英国人。母亲逃亡在外，不幸染病，最后客死他乡，她则被迫沦为雏妓。70年代，齐尼娅出现在克里斯身

---

① Rosi Braidotti, *Nomadic Subjects: Embodiment and Sexual Difference in Contemporary Feminist Theory* (New York: Columbia University Press, 1994).
② Coral Ann Howells, *Margaret Atwood*, 2nd edition, 130.
③ Rosi Braidotti, *Nomadic Subjects: Embodiment and Sexual Difference in Contemporary Feminist Theory*, 36.
④ Ibid., 5.

边，声称自己是罗马尼亚吉卜赛人和芬兰共产党的后代，不幸患了癌症，又受到男女虐待，逃出家门。80年代时，齐尼娅来到罗兹面前，告诉她自己出生在柏林，是犹太裔和罗马天主教混血儿，罗兹的父亲帮助她伪造了一份护照，将她从犹太人大屠杀中拯救出来，被作为难民送到加拿大，在滑铁卢长大。齐尼娅身上几乎集合了20世纪所有的苦难：纳粹迫害的受害者、第二次世界大战后的难民、暴力和性侵犯的牺牲者、癌症患者……三位女性无一不为她的身份着迷，或是向她敞开心扉，或是对她表示同情，或是张开了信任的双臂。在托尼眼里，齐尼娅"是一个谜，一个结：如果托尼能够找到打活结的那头，一拉，就可以使每个牵涉其中的人，也包括她自己，都得到解脱"①。克里斯把齐尼娅当作凯伦，认为凯伦回来了，长大了。罗兹则为齐尼娅的国际化身份惊叹不已："齐尼娅曾去过外面的世界，一个广阔的世界，比多伦多更广阔；一个深远的世界，比罗兹这只又大又受庇护的青蛙所待的小池塘要深得多。"② 齐尼娅以不同的角色和身份轻而易举地进入了三位女性的生活，她没有固定的身份，其行为和思想总是处在流动的状态。她甚至没有姓，根据托尼的调查，齐尼娅（Zenia）这个名字都有可能并不存在：

> 她试图追溯过它的意义——谢妮亚（Xenia），在俄语中表示好客，在希腊语中表示外来花粉对果实的作用；塞奈达（Zenaida），意思是宙斯之女，也是两位早期基督教殉道者之一的名字；齐拉（Zillah），希伯来语，阴影；季诺碧亚（Zenobia），

---

① Margret Atwood, *The Robber Bride*, 4. 此处参考了刘国香译本《强盗新娘》，上海译文出版社2016年版，第3页。
② Margret Atwood, *The Robber Bride*, 411.

奥勒良皇帝的手下败将；芝诺（xeno），希腊语，表示外来的，比如仇外症；齐那那（Zenana），印度语，闺房或内室；禅（Zen），一种日本冥想宗教；无神论者（Zendic），东方异教术士。①

没有人知道有关齐尼娅的真相："至少根据记录来看，她从没出生过。"② 所有关于她的故事都是在托尼、克里斯和罗兹的叙述中出现的，读者必须依赖她们的描述来获得关于齐尼娅的形象。即使在齐尼娅死后，她也像"破碎的马赛克"，没有形状："齐尼娅的故事似是而非，所有者缺位，只是谣传，从一张嘴漂到另一张嘴，在这漂流过程中不断改变。"③ 有关齐尼娅的方方面面，她的名字、她在别人口中的形象、她在别人世界中的多种存在形式、她变形的能力，都在表明她是"游牧式的主体"，在不断的自我放逐和不断的越界中建立与他人的相互依存关系。齐尼娅打破了三位女性"固定身份的虚幻稳定"④，使她们意识到"被割裂的多重状态"⑤。当她的故事和这些女性的故事结合起来时，她们的故事就具有了流动性，被赋予了与传统规范抗衡的力量。

阿特伍德在小说中安排了一位次要人物，"闪耀"水晶店的老板莎妮塔，克里斯就在这家店铺打工。她是个少数族裔，几乎每天都

---

① Margret Atwood, *The Robber Bride*, 517.
② Ibid., 518.
③ Ibid., 517. 此处参考了刘国香译本，第 505 页。
④ Rosi Braidotti, *Nomadic Subjects: Embodiment and Sexual Difference in Contemporary Feminist Theory*, 15.
⑤ Hilda Staels, *Margaret Atwood's Novels: A Study of Narrative Discourse* (Tubingen and Basel: Francke Verlag, 1995), 196.

在经历种族歧视,那是"每个白人都有的种族歧视"①。这些白人进店时常常会问她是打哪里来的,照莎妮塔的说法,他们的意思其实是她"什么时候离开这里"②。莎妮塔就像个大胆的探险家,通过不断变形的策略,顽强地生存了下来。她编造自己的出身,有时说自己是中国人和黑人的混血,有一个西部印第安人祖母。她还有很多其他祖母:"一个来自美国,一个来自哈利法克斯,一个来自巴基斯坦,一个来自墨西哥,甚至有一个来自苏格兰。"有时她又有奥吉布维德血统,或者玛雅人的血统……总之,"她想是什么人就是什么人"。③同齐尼娅一样,莎妮塔也是一个越界者,她明白身份建构并非恒定不变,而是会随着形势的改变发生变化,不断地融合,不断地变换边界。克里斯从莎妮塔身上学到了乐观生活的勇气,甚至决定"下辈子要做个混血,一个混种,一个精力旺盛的杂种"④。

齐尼娅和莎妮塔是第二次世界大战之后加拿大移民的代表,她们处在地方和文化同质性以及民族身份的张力之间,超越了民族国家的空间,位于一种居间状态,这种居间状态又因文化的、时间的、空间的以及政治的位移而变得复杂化。阿特伍德通过这些"游牧式主体"的越界行为,质疑了关于民族起源的神话,反映了多元文化政策下移民的生存策略,再现了加拿大作为民族国家身处的国际大环境,为加拿大身份的界定提供了参考。

(三)"我们"与"他们":自我中的他者

作为移民殖民地,加拿大在历史上自称为"移民国家"。除了为数很少的原住民,加拿大聚居了来自世界各地的移民,其中英裔和

---

①③④ Margret Atwood, *The Robber Bride*, 64.
② Ibid., 63.

法裔是主流族群，且英裔的影响远远大于法裔和其他族裔。移民被视为加拿大民族身份、民族繁荣和民族发展的源泉，但同时是造成民族矛盾的根源。

托尼、罗兹、克里斯与齐尼娅之间的纠葛从20世纪60年代开始，至90年代结束，跨越了30年的光阴，这30年可以说是加拿大历史上最为热闹纷呈的岁月：从60和70年代的民族文化复兴到90年代多元文化主义盛行，加拿大始终在为确立民族国家身份而努力。《强盗新娘》以族裔混杂、多元文化气息浓厚的多伦多为背景，更能突出加拿大无处不在的"移民问题"。罗兹对这一问题的困惑特别具有代表性："该允许多少移民进入呢？能承受多少呢？他们是怎样一些人呢？该在哪里划底线呢？……罗兹非常明白被认为'他们'是种什么滋味。但是现在，她属于'我们'。还是有些不一样的。"[①]阿特伍德试图通过"我们"（英裔白人）和"他们"（移民）的故事，折射出英裔加拿大对变化中民族身份表征的焦虑：20世纪60年代和70年代加拿大人所追求的统一的民族文化身份似乎正在消解，他们不仅困惑于"我们是谁"的问题，而且发出了"我们真的和别人那么不一样吗？如果是真的，不一样在哪里"[②]的疑问。

托尼、罗兹和克里斯都有着创伤性的过往，是阿特伍德笔下的"受害者"。尽管她们在成年之后有了新的社会身份，但无归属感和疏离感始终是挥之不去的阴影。齐尼娅在小说中从头至尾都是个谜，她跨越不同国家之间的边界、从一个故事漂移到另一个故事、在现实和超自然之间穿梭。她是个越界者，其经历对三位中产阶级白人女性而言是陌生的、极具威胁性的，她们的相遇相识是"我们"和

---

① Margret Atwood, *The Robber Bride*, 111.
② Margaret Atwood, "Survival, Then and Now," *Maclean's*, 1 (July 1999): 58.

"他们"之间的碰撞。豪威尔斯认为，齐尼娅代表了三位白人女性"最想要的一切和最害怕的一切"，因为"她象征了她们未曾实现的愿望，正如她象征了她们被压抑的、充满痛苦的童年时代的自我，这种自我在成年时又如鬼魅般回来缠绕她们"①。齐尼娅是具有哥特式神秘特征的他者，是与三位女主人公相对应的"非我"（not-I）②。

然而，齐尼娅不同版本的人生故事其实都是三位白人女性自身经历的回应。她"以一种放大的或扭曲的方式将她们的经历折射回去，如同一面魔镜"③，将那些极其熟悉却因压抑而疏离的事物显现出来。香农·亨津在《齐尼娅的异质性》（"Zenia's Foreignness"）一文中指出，齐尼娅的他者性迫使三位女性正视自己身上的他者特征。豪威尔斯更进一步，她认为，齐尼娅的威胁性"不在于她是这些女性的他者，而是因为她与她们是'双身同体'（double），迫使她们正视其内在他者性的被压抑的程度"④。小说充满了镜子意象，齐尼娅在镜子这一边，三位女主人公在镜子另一边，"她们都能在齐尼娅身上看到自己"⑤。托尼刚开始时并不接受齐尼娅，但在听了齐尼娅所讲述的经历后觉得两人是类似的，"托尼看着她，注视着她墨蓝色的眼睛，看到了自己的映像：她自己，她想成为的样子。蒙雷弗·尼托。她把自己的内里翻到了外面"⑥。信奉神秘主义的克里斯梦到自己和齐尼娅并排站在镜子前："然后齐尼娅如同雨中的水彩画，边界溶化开来，克里斯合并到她身体里……她穿过她的眼睛往

---

① Coral Ann Howells, *Margaret Atwood*, 2nd edition, 130.
② Eleonora Rao, "Home and Nation in Margaret Atwood's Later Fiction," Coral Ann Howells, ed., *The Cambridge Companion to Margaret Atwood*, 107.
③④ Coral Ann Howells, "Margaret Atwood's Discourse of Nation and National Identity in the 1990s," Conny Steenman-Marcusse, ed., *The Rhetoric of Canadian Writing*, 205.
⑤ Coral Ann Howells, *Margaret Atwood*, 2nd edition, 131.
⑥ Margret Atwood, *The Robber Bride*, 188.

外看。她看到的是她自己,在镜子里,富有力量的自己。"① 罗兹在镜子里见到的是自己笨拙的身体:

> 镜子,墙上的镜子,
> 谁是最邪恶的人?
>
> 减掉几磅,坚强的人儿,或许我能为你做点什么。②

罗兹渴望能够通过魔镜实现变形:"有时候——哪怕至少是一天,甚至一小时,如果其他条件无法达到,那就五分钟也行,罗兹想变成齐尼娅。"③ 从这个角度来看,罗兹透过镜子看到的其实是齐尼娅的幻象,即她自己想成为的样子。

以上的镜子意象都和齐尼娅密切相关,齐尼娅不仅令三位女性记起并讲述过去那些无法言说的秘密,也让她们看到了内心深处的渴望和缺陷,那是她们没有意识到的层面。索尼娅·麦卡克(Sonia Mycak)指出,齐尼娅的他者性是"重新定义个人身份的催化剂"④。她们通过齐尼娅认清了自身:托尼不再孤僻,开始正视自己的过去,与他人分享内心世界;克里斯对两性关系有了更多的了解,拥有了更多的自信;罗兹走出了丈夫背叛的阴影,积极地投入生活和工作中。三位女性在自身成长的同时了解到,"差异"是身份建构过程中的关键因素:"齐尼娅的异质性,她的不同之处正是三位主人公必须

---

① Margret Atwood, *The Robber Bride*, 449.
② Ibid., 442.
③ Ibid., 443.
④ Sonia Mycak, *In Search of the Split Subject: Psychoanalysis, Phenomenology and the Novels of Margaret Atwood* (Toronto: ECW Press, 1996), 212-242.

理解的,差异与她们生活中的任何其他势力一样强大。"① 差异不仅存在于个人身份之内,而且掩藏于民族身份之中。齐尼娅的异质性不仅反映了三位女性自身身份的不稳定,也是加拿大出生的加拿大人内部身份不稳定性的反映:"'他性'从来不在外部;它以一种强有力的方式……从文化话语内部产生。"② 换句话说,"他性"就在"我们"自身之中,"我们"要学会接受"他性",接受加拿大社会中被他者化的族裔和种族身份,唯有这样,"我们"和"他们"才能在同一个社会框架之内和谐共处。

《强盗新娘》通过"无根"和"游牧"主题突出了 20 世纪末全球化语境下加拿大面临的身份困惑,并在此基础上探讨了多元文化语境中的民族融合问题:"我们"和"他们"该如何相处。当权力关系随着主流群体和边缘群体的关系产生变化时,一个国家的政治选择也会发生改变。因此,加拿大推行多元文化主义的首要前提在于不能简单粗暴地将各个种族和民族类别囊括在民族国家的空间范围之内,而是要认识到文化之间的差异性,以及文化内部和自我内部的差异性。加拿大身份并不是单一的,而是包含了多种意义、多种话语以及多元阐释的可能性。

---

① Shannon Hengen, "Zenia's Foreignness," Lorraine York, ed., *Various Atwoods: Essays on the Later Poems, Short Fiction, and Novels*, 278.
② Homi K. Bhabha, ed., *Nation and Narration*, 4.

第三章 女性与家庭：信任伦理

家庭是社会的基本结构，具有不同于民族和国家的独特意义。毫不夸张地说，家庭建设是国家建设和社会发展的基石，因为家是个人的身心归属所在，人的情感归属和身份归属都离不开家庭，而家庭的和谐会为社会的和谐带来诸多有利因素。那么，建构和谐家庭的基础是什么？家庭成员该如何相处？伴侣之间该如何相处？作为家庭重要角色的女性该如何平衡家庭和事业？……这些都是现代家庭关注的核心问题。

哲学家安妮特·C.拜尔在针对人与人相处的关系时提出了"信任"说："自尊和尊重他者的美德、适度的骄傲和谦逊，可以被视作……对自身力量和局限性的认识，尤其是在与他人的力量和能力相比较时……这些美德对于创建一种信任的氛围至关重要。"[1] 拜尔的"信任伦理"提倡人际的相互鼓励和宽容，与此同时，它也为两性之间的相处以及家庭成员之间的相处模式提供了参考。

阿特伍德的笔下充满了男性和女性之间的对抗、家庭成员之间的摩擦和龃龉，以及社会成员之间的冲突……"信任"似乎是一个遥不可及的梦想，尤其是当我们将阶级、文化和种族等因素考虑进

---

[1] Annette C. Baier, "Demoralization, Trust, and the Virtues," Cheshire Calhoun, ed., *Setting the Moral Compass: Essays by Women Philosophers* (New York: Oxford University Press, 2004), 181.

去时。然而，正是这种"信任"的缺失促使我们去探寻人际关系的真相。本章试图从阿特伍德的文字中寻找"信任"的蛛丝马迹，或者换句话说，她描写那么多"不信任"的根源是什么？人与人之间有没有可能消除"不信任"，从而走向一种相对的和解状态，即相对的信任？

本章分为三个部分：首先讨论两性关系的平等框架，从谎言和欺骗、婚姻生活建构和女性成员对社会的参与出发，研究阿特伍德作品里体现的女性在社会中各种关系的本质，并像拜尔所说的"明确女性理想的社会价值的实现路径，即现代女性需要在伦理道德价值的基础上更加关注责任、强化自身在社会中的使命感"。[1] 其次探讨家庭成员间的伦理责任，从缺席的父亲、母女关系和姐妹关系分析女性伦理关注的焦点问题：如何对待和处理他人的痛苦？个人对他人、朋友和家庭的责任是什么？个人对自己的责任是什么？最后由阿特伍德作品中无处不在的迷宫意象入手，提出有关女性和家庭伦理的建设性意见，即如何通过诉说和倾听、对话和沟通的方式建立互动式的人际交往，达成家庭乃至社会各成员之间的动态平衡。

第一节 两性关系的平等框架

阿特伍德在2013年的一次访谈中提到了当今社会女性地位的变化："目前有两种趋势：一是女性受教育程度更高。事实上，许多大学会告诉你，现如今有60%的女性注册入学，而男性注册率是

---

[1] Annette C. Baier, "What Do Women Want in a Moral Theory?" *Noûs*, 19.1 (Mar. 1985): 56. 此处翻译参考龙云：《西方文学研究的"伦理转向"——功能类型及研究焦点》，《外国文学》2013年第6期，第104页。

40%，而且女性正在进入……并非公司高位，而是许多中等职位。因此这可以说是从 1956 年以来的巨大变化。"但她紧接着指出："另一方面，你也看到针对女性的暴力事件在呈上升趋势。"[1] 同阿特伍德刚出道时相比，当今女性的确进入了扬眉吐气的时代，她们在很多领域可以与男性平起平坐，甚至比男性做得更好，得到更优厚的待遇。然而，男性与女性之间的相处模式似乎并未得到改观，女性依然是各种暴力事件的受害者。许多人把批判的矛头指向男权中心主义，认为是男性霸权主义的阴魂不散导致了女性被奴役的命运，却忽视了女性自身性格中的"弱点"。作家玛丽琳·弗兰奇（Marilyn French）在对阿特伍德的作品深入研究后指出，"不管是男作家还是女作家，能把女性描述得聪慧活泼，有能力做出道德抉择并勘正品德纰缪的少之又少"，而阿特伍德则把女性"视作完完整整的人……她毫不避讳女性或软弱或犹豫或愚蠢的'黑暗'面"[2]。阿特伍德一方面指出，正视女性的"黑暗面"是维护正常两性关系的一大要素；另一方面，她主张打破现今社会中女性遭受的种种限制，为女性自由选择的正当性进行辩护，从而试图描绘一幅两性关系的平等框架图。

一、谎言和欺骗

信任是两性关系的基础，恋人或伴侣因信任而产生依恋，而谎言则会击碎信任。关于谎言和欺骗，达留什·加拉辛斯基（Dariusz Galasinski）在《欺骗的语言》（*The Language of Deception*，2000）一

---

[1] Gina Frangello, "The Sunday Rumpus Interview: Margaret Atwood," 20 January 2013, accessed 10 September 2017, http://therumpus.net/2013/01/the-sunday-rumpus-interview-margaret-atwood/.

[2] Reingard M. Nischik, ed., *Margaret Atwood: Works and Impact*, 309–310.

书中提出了一些有趣的看法。他先是强调，谎言是人类交际的一部分，是"一种对真实和虚假话语的操控"[1]。加拉辛斯基将欺骗视为有意的行为，他把谎言定义为一种故意误导性陈述。然而，在没有真实或虚假标准的介入时，许多陈述或许都带有欺骗性。例如，当欺骗采取省略的形式时，欺骗者什么都没说，却造成了有效的欺骗性交流。因此，对欺骗更精准的界定基于错误信念。当说话者提供一个意图造成错误信念的信息时，就产生了欺骗。加拉辛斯基这样界说欺骗："旨在通过操控信息的真实和虚假在接受者心中造成某种特定信念的交流行为。"[2] 这一定义没什么倾向性，但该现象最流行的解释通常涉及一系列负面含义，比如故意的欺骗目的。[3] 当谎言和欺骗进入两性关系时，其产生的消极意义更为明显，破坏作用更强。

阿特伍德曾在《强权政治》(*Power Politics*, 1971) 中呈现了爱情和权力之间的复杂关系，在这部诗集里，爱情是一场权力的争夺，充满了谎言和欺骗：

当然你的谎言
更为有趣：
你每一次都更新它们。

---

[1] Dariusz Galasinski, *The Language of Deception: A Discourse Analytical Study* (London: Sage Publications Inc., 2000), ix.

[2] Ibid., 20.

[3] 《当代英语朗文字典》对"欺骗"(deceive) 一词定义如下：通常为了某种不正当的目的，使"某人"将错的或坏的接受为对的或好的。参见 *Longman Dictionary of Contemporary English*, 6th edition (Harlow: Pearson Education Limited, 2014), 459。

> 你的事实，痛苦又烦人
> 一次次重复它们自己
> 也许恰恰因为你对它们
> 拥有得可怜①

诗中的"你"不断地对叙述者说谎，且每次都给出不同的理由，叙述者已然对"你"产生了信任危机，而信任感的坍塌必将会使摆在两人面前的道路变得更加艰难曲折。在阿特伍德的作品中，这类两性之间的谎言可以说比比皆是，说谎的有男人，也有女人，他们或是出于对生活的失望，或是为了达到某种目的而撒谎，结果无一例外，谎言对双方及身边之人都造成了难以弥补的伤害。

上述原因使人们对撒谎者不免会摆出道德审判的姿态，指责谎言带来的危害，却很少考虑谎言和欺骗背后的深层动机。阿特伍德笔下有不少会撒谎的女性角色，她也毫不避讳她们身上的种种瑕疵，而这些真实的人物形象更能传达作者的写作意图。

《可以吃的女人》中的女主人公玛丽安一直生活在自我欺骗中。她大学毕业后在一家市场调研公司工作，和朋友恩斯利租住在多伦多一栋大房子的顶楼，未婚夫彼得是律师，年轻有为。从表面上看，玛丽安拥有大多数年轻女子梦想的生活，但她的所作所为似乎为她戴上了一层面具。她利用谎言和欺骗模仿理想女性的举止行为，以便建立符合社会需求的女子形象。她平时穿的衣服大都是"伪装和保护色"②，显得低调内敛，这也是房东太太喜欢她的原因；在办公

---

① 玛格丽特·阿特伍德：《强权政治》，载《吃火》，第133页。
② 玛格丽特·阿特伍德：《可以吃的女人》，刘凯芳译，上海译文出版社1999年版，第4页。

室同事眼里,她安静不惹事;在彼得面前,她是个懂事听话的女友。玛丽安其实有着很多自己的想法,只是不愿表露出来,即使亲密如彼得也猜不透她的心思。因此,两人在一起时仿佛隔了一堵墙,无法达到心灵和肉体的交融。有一次彼得突发奇想,要在浴缸里做爱,玛丽安心里不情愿,却还是顺从地答应了,但她在做爱的过程中把浴缸想象成棺材,还联想到恋人淹死浴缸的诡异场景。

两人之间的隔阂和距离在彼得求婚时达到了高潮。玛丽安觉得自己像是被彼得操控的木偶,但为了迎合大众对妻子和家庭主妇的要求,她选择了压抑内心深处的烦乱,假装显得非常乐意。彼得让她选定婚期,玛丽安心想:"我的第一个冲动是想回答'土拨鼠日怎么样?'……这会儿,我却听见自己以软绵绵的口气说(那声音我听起来都不像是自己的):'还是由你来定吧。这些大事还是由你来做主好。'"① 玛丽安不断地欺骗自己和彼得,因为她缺乏安全感,只能认可男权社会强加给她的"温顺妻子"角色。而玛丽安家人对她结婚消息的反应则从一个侧面暴露出她自我欺骗的缘由:

> 与其说是大喜过望呢,还不如说是一种如愿以偿的轻松心情。他们心底里本来有些担心女儿在大学里会不会染上一脑袋的怪念头(这虽然没有明说,但却是看得出来),如今这份担心似乎终于烟消云散了。他们也许担心女儿将来会当个中学教师,成为老处女,或者吸毒成瘾,或者当上女主管,或者会在外形上有什么惊人的改变,例如练出一身硬邦邦的肌肉,声音粗粗的,体毛又浓又长。她可以想象得出两个老人边喝茶边忧虑重

---

① 玛格丽特·阿特伍德:《可以吃的女人》,第94页。

重地谈论着女儿时的样子。但如今,他们那宽慰的眼神表明,他们觉得女儿到底还是走了正路。①

阿特伍德以略带嘲讽的笔触揭示了社会对女性的普遍期待——"女人嘛,教育程度差不多就行了""千万不能那么好强,女汉子当不得""学得好不如嫁得好,女人的真正价值在于相夫教子"……在这种普遍期待的施压下,玛丽安失去了完整真实的自我:她并不真正憧憬准新娘的角色,其行为只是一种模仿,模仿理想的贤妻良母形象,以求得到大众认同。说到底,这是一种自欺欺人的态度。

一个谎言必然带来另一个谎言,谎言叠加到一定程度,说谎者会承受不了压力,说谎的对象也会受到牵连。玛丽安的不安最终以厌食的形式体现出来。她先是吃不下肉,"拒不接受所有露出一点骨头、腱子和肌肉纤维痕迹的商品"②,接着发展到什么都吃不下喝不下:"事情终于发展到这一步了。她的身体拒绝接受任何东西,圈子越来越小,终于缩成了一个小圆点,一切食物都被排除在外了。"③艾丽斯·M. 帕仑博(Alice M. Palumbo)指出,玛丽安患上的是"进行性厌食症",她"不断地认同消费对象(过度认同自己的受害者身份)导致她成为自己身体的受害者"。④ 豪威尔斯则认为,玛丽安的厌食症其实是诺伊尔·卡斯基(Noelle Caskey)所说的"思维

---

① 玛格丽特·阿特伍德:《可以吃的女人》,第 189 页。
② 同上书,第 165 页。
③ 同上书,第 285 页。
④ Alice M. Palumbo, "On the Border: Margaret Atwood's Novel," Reingard M. Nischik, ed., *Margaret Atwood: Works and Impact*, 74.

障碍"(thought disorder)①，身体以拒绝进食的方式构成歇斯底里式的话语，是"恐婚的隐喻性表达"，从而对社会化的女性身份提出抗议。② 玛丽安从潜意识里视彼得为社会体系的帮凶，不愿对他诉说自己的真实想法，而彼得想娶的玛丽安也只是他心目中希望她成为的样子，两人渐行渐远，以分手告终。

同玛丽安一样，《浮现》中的无名女主人公也一直生活在自己构筑的谎言世界里。小说一开始，读者就感觉到女主人公在尽力营造一副符合社会期待的女子形象：一个中规中矩的女人，在朋友和伴侣陪同下回到魁北克丛林的家中。然而，读者很快觉察到这个自我形象的欺骗性，尤其是在女主人公评价朋友安娜时："她是我最好的朋友，我最要好的女朋友；我认识她已有两个月了。"③ 女主人公似乎迫切地想要显示自己拥有正常的人际关系，但这样的关系又匪夷所思：将一个才认识两个月的人称为最好的朋友是否"正常"？是什么事件导致她摆脱了过去的生活及过去的朋友，还是她一直就很孤僻、不合群？随着情节的推进，读者发现，女主人公的确抛弃了从前的生活，那是段不堪回首的往事，她一直在两股力量的撕扯中挣扎：一方面她竭力想成为父母和社会定义中的正派女人，另一方面她却是一位已婚男子的情妇。摒弃过去意味着要创建一个新的自我，一个更能得到社会认同的新我，这就是故事开头读者看到的那个女主人公，只是这个新我中掺杂了太多虚假的成分。

---

① Noelle Caskey, "Interpreting Anorexia Nervosa," Susan Rubin Suleiman, ed., *The Female Body in Western Culture: Contemporary Perspective* (Cambridge: Harvard University Press, 1985), 181; Coral Ann Howells, *Margaret Atwood*, 1st edition (Hampshire and London: Macmillan Press Ltd., 1996), 47.
② Coral Ann Howells, *Margaret Atwood*, 2nd edition, 28.
③ 玛格丽特·阿特伍德：《浮现》，第6页。

为了编造出令人信服的过去,她不停地用新的谎言遮盖旧的谎言。在小说第二章,老邻居保罗问起女主人公的丈夫,她的答复前言不搭后语:

"……你丈夫也来了吗?"他问起了不相关的问题。
"是的,他来了。"我回答说。其实,就连我自己都感到这是一个谎话……当然,乔可以做替身。我的身份确实是个问题,他们显然认为我已结婚了。我戴着结婚戒指,这使我感到安全。我一直戴着戒指,因为这对女房客来说是很有用和必要的。婚礼之后,我给父母寄去一张明信片,他们大概对保罗提起,但他们绝不知道离婚的事情。这不是此刻要谈论的话题,我不该使他们再增烦恼。

我等待着保罗女人接着询问孩子的事情,我已做好准备,随时可以应付,我会告诉她我把孩子留在城里了……孩子和我的丈夫——前夫生活得很好。①

一会儿是"丈夫",一会儿又是"前夫",显然,女主人公对很多人隐瞒了自己的婚姻状况,包括乔,她只是把他当成替身,代替"丈夫"/"前夫"的位置,以免引起不必要的麻烦。从小说的发展来看,乔对她以前的事一无所知,两人没有心与心的交流,相处起来总是摩擦不断。而关于"丈夫"/"前夫"和孩子,女主人公的讲述总给人一种云山雾罩之感,甚至让人觉得恐怖:

---

① 玛格丽特·阿特伍德:《浮现》,第21页。

……有了一个孩子后,我再也不想要孩子了,白白地遭受痛苦却什么都得不到。他们把你关在医院里,给你剃毛,把你的手捆在下面,什么也不让你看见。他们不想让你了解,只想让你相信生孩子是他们的力量,不是你的。他们给你扎针打药,让你什么也听不见。你还不如就是头死猪,你的腿被搁在金属架上,他们俯身围绕着你,技师、机工、屠夫、见习生——笨手笨脚窃笑着在你身上见习,他们像从腌菜缸里取出咸菜一样用一把钳子把孩子取出来,然后他们往你的血管里注入红色塑料袋盛着的制剂。这是我亲眼所见,我看着它从管子里点点滴下。我再也不允许他们那样对待我了。

他当时没在那儿,我记不得为什么他没来;他本该来陪我的,因为那是他的主意,他的错。后来他还是来开车接我了,我没有不得已而乘坐出租车离去。[1]

在女主人公的叙述中,孩子的出生蒙上了一层非人道的暴力色彩,读者不由心生疑惑:这应该不是正常的生产,而是流产或堕胎。女主人公说起"丈夫"/"前夫"时的闪烁其词却又使读者无法确定到底发生了什么,但可以肯定的是,女主人公在掩饰一些她不愿面对的事实。由于过去造成的阴影无时不在,她对乔有一种抵触情绪,乔求婚时她没有立刻答应,这无形中加深了两人之间的误解。

真相的到来有点突如其来。当女主人公潜入湖中,发现父亲的尸体时,记忆的闸门终于打开:

---

[1] 玛格丽特·阿特伍德:《浮现》,第86页。

他没有与我一起去他们对我施暴的地方;他的孩子们,真正的孩子们,正在举行生日聚会。可他后来还是开车来接了我……没有举行婚礼……

"一切都过去了,"他说,"感觉好点儿了吗?"

我被掏走了什么,我被切掉了什么……①

"他"就是女主人公一直挂在嘴边的丈夫/前夫,早已成家,有儿有女。原来女主人公在前面所提到的"结婚"和"离婚"根本是没影儿的事。她做学生期间与身为美术老师的他发生了一段婚外恋情。得知她怀了身孕后,他骗她将腹中的孩子打掉,说这样对两人都好。当她在手术台上饱受折磨时,他却没有陪伴在她身边,只是因为自己的孩子正在过生日。虽然手术结束后他去医院门口接她,但她心里的创痛再也弥合不了,不只因为她失去了孩子,更因为心灵上的无所归依。这段没有结果的恋情对她的婚恋观冲击很大,也是后来她不断使用谎言和欺骗的缘由。

《神谕女士》中的琼不知道自己一路走来总共撒了多少谎。小时候,由于父母关系冷淡,家庭气氛压抑,她发展出了双重人格:在家安静,在外却热情似火。后来她利用路姑妈去世时留下的钱到外面闯荡,成功地减了肥,隐瞒了过去,结了婚。她用路姑妈的身份创作哥特式小说,同时是公认的诗人,丈夫却被蒙在鼓里。最后她选择假死前往意大利,逃避枯燥乏味的生活……

琼在生命中遇到的男人多多少少都喜欢她扮演听话恋人/妻子的角色。第一个男人波兰伯爵保罗是她离家出走后认识的,从一开始

---

① 玛格丽特·阿特伍德:《浮现》,第155页。

便暴露出家长式年长男子的所有特征。他把她视为未成年人，他态度温和，却是居高临下式的，仿佛琼是个异常笨拙的孩子。而且，他经常替她做决定，而不在乎她本人的意见。琼发现保罗其实和她是一类人，都需要依靠谎言来寻得社会认可。当他向琼诉说自己冒险抵达英国的经历时，她评论道："听完他的生平，我的第一反应是我遇到了一个和我一样撒谎成性、浪漫的骗子。"[1] 琼的话暗示了他们在加拿大社会中的他者地位，只能通过欺骗和模仿等手段来寻找自己的位置。后来，琼尝试着写起哥特式浪漫小说，居然大受欢迎。保罗对她的态度却逐渐起了变化，时不时诋毁她的作品，因为保罗不喜欢她挣得比他多，在潜意识里觉得女人的成功是对男性权威的挑战。

这时琼遇见了未来的丈夫阿瑟，开始与他交往。阿瑟同保罗一样是个大男子主义者，在她的描述中，他不了解她的个性、喜好或情感，还喜欢对她的穿着打扮发表意见，把她当成孩子："'你是聪明女人。'他总是以这句话开场，随后说明我的失败之处，但他确实相信我冰雪聪明。他对我的气恼，就像收到聪明孩子的烂成绩单的父亲。"[2] 当琼决定筹划假死事件，好摆脱阿瑟的束缚时，她非常开心，觉得终于有机会表达自我了：

> 恐惧、愤怒、笑与泪，一场令群众痴醉的表演。我想这是他对我内心世界的看法，只是他不曾明言。在这一片吵嚷骚动中，他在哪里？他坐在第一排正中央，纹风不动，几乎不笑，要满足他可不容易。他不时做出那个决定生死存亡的小动作；

---

[1] 玛格丽特·阿特伍德：《神谕女士》，谢佳真译，文汇出版社2022年版，第141页。
[2] 同上书，第29页。

拇指向上或向下。我心想,现在你得独挑大梁,拥有自己的情绪。我已经厌倦在人前演出喜怒哀乐。①

然而,即使是在这时,琼仍然一心想着取悦阿瑟,获得他的称赞,希望阿瑟知道她有多聪明,能安排如此复杂的计划,因为"他向来认为我太缺乏条理,连穿过屋子、走出家门都成问题,更别提出国了"②。

琼接着透露,她当初隐瞒了自己哥特式女作家的身份,主要是怕阿瑟接受不了:"我和他首次邂逅时,他大谈希望伴侣拥有值得他敬重的心灵,我知道如果他发现我写了《莫葛罗夫庄园的秘密》,他便无法尊重我……这些书必定会被他视为最低级的垃圾。"③ 婚后,琼把手稿藏在以"食谱"命名的文件夹里,以防丈夫看到。琼的心情十分矛盾,她一方面希望开诚布公,坦露心声,告诉阿瑟一切,另一方面又担心阿瑟知道实情后会抛弃她。为了维持阿瑟对她的错觉,她一次又一次地克制自己说实话的欲望,他们之间从不谈重要的事,她总是在迎合他,因为"能救我的不是更多的坦率,而是更多的欺瞒。根据我的经验,为人诚实、抒发个人情感只有一个下场:酿成灾祸"④。在这样的想法支配下,琼只好不停地说谎:自己的家庭、出身以及成长经历,都是她编造出来的。在两人举行结婚典礼时,谎言也达到了顶点,阿瑟把婚礼地点放在了琼的家乡,由于害怕会被认出,她像往常一样试图逃避现实,打算一有情况就假装晕过去。替他们主持婚礼的牧师是一位熟人,牧师建议琼将真相告诉

---

① 玛格丽特·阿特伍德:《神谕女士》,第15页。
② 同上书,第22页。
③ 同上书,第28—29页。
④ 同上书,第32页。

阿瑟，琼拒绝了，自此以后，她在谎言的道路上越陷越深、无法自拔："我能说的话统统令人难以置信。因此，我捏造自己的人生，一次又一次说谎，只因为真相难以服人。"[①] 有学者认为："琼建立的多重身份，她在日常生活中喜欢欺骗的习惯，她将自己视为下等人、受害者或弃儿的经常性行为，这些都表明阿特伍德在利用欺骗强调女主人公在……社会中的属下地位。"[②] 琼的"不可靠叙事"、她关于自己人生故事的"多种版本"令人困惑，然而，读者却从中看到了那个时代里女性深深的无力感。[③]

从《可以吃的女人》中的玛丽安，到《浮现》中的无名女主人公，再到《神谕女士》中的琼，阿特伍德笔下这些女主人公的谎言和欺骗里渗透着无奈，从中透露出20世纪六七十年代女性的人生境遇。与此前的女性相比，她们的地位确实有了大幅提升，比如可以出去工作，有独立的经济，但社会对她们的期待并未有多大改观。这些看似独立的女性为了使自己的行为"像一个女人"，采用了谎言和欺骗，以满足社会需求：玛丽安想要别人认可她会是个完美的妻子；无名女主人公把欺骗当成掩盖"他者性"的手段；琼的欺骗形式较为复杂，她建构出个性不同的自我，一次又一次地模仿刻板的女性形象……这一切表明，她们已经在心理上接受了社会赋予自己的性别角色，并将它内化为自己的行为标准，谎言可以说是她们生存的方式。在这几部作品中，女主人公的谎言和欺骗虽说并没有产生社会危害，但她们身边的家人和朋友或多或少受到了影响。阿特

---

① 玛格丽特·阿特伍德：《神谕女士》，第143页。
② Christel B. Kerskens, *Escaping the Labyrinth of Deception: A Postcolonial Approach to Margaret Atwood's Novels* (Thesis) (Bruxelles: Universite Libre De Bruxelles, 2007), 180.
③ 袁霞：《玛格丽特·阿特伍德：加拿大文学女王》，华中科技大学出版社2020年版，第143页。

伍德之所以描写这些有着"黑暗面"的女人，倒不是想控诉撒谎者的道德低劣，而是希望读者思考谎言和欺骗下掩盖的社会文化因素，同时在一定程度上挑战了事实与谎言之间的伦理界限。

二、婚姻生活建构

当爱情走过风花雪月，进入实质性阶段，即婚姻生活时，伴侣之间的关系也在悄然发生变化。原先卿卿我我你侬我侬的世界被锅碗瓢盆柴米油盐所替代，日复一日单调沉闷的家务劳作渐渐消磨了恋爱时期的诗意浪漫，许多人甚至开始哀叹婚姻是爱情的坟墓。此外，伴侣双方不同的生活背景和成长经历，不同的生理状态和情感认知也是影响婚姻生活的重要因素。因此，有人把建构婚姻生活当成一门艺术，认为它需要伴侣双方的全身心投入。

阿特伍德眼中的婚姻是什么样的呢？她在短诗《住所》（*Habitation*）中写道：

婚姻不是
一间房，更不是一顶帐篷

它早于房子和帐篷，更寒冷：

在森林边缘，
在荒漠边缘
未粉刷的楼梯
我们蹲在楼梯后
在外面，吃爆米花

在消退冰川的边缘

痛苦、惊奇

幸存下来,甚至

走这么远

我们在学习生火。①

这首总共13行的短诗信息量非常大,首先它指出,婚姻并不只是一处"住所"(一间房或一顶帐篷),而是包含了很多其他东西;其次,叙述者透露了婚姻的严肃性和残酷性,阿特伍德在诗中使用了简单的意象,如森林、荒漠、未粉刷的楼梯以及冰川,来隐喻婚姻的脆弱,身处其中的人或许一不小心就会从"边缘"摔落;再次,婚姻存续期间有许多不确定因素,会出现不稳定的状况,需要付出大量的努力和关注;最后,婚姻是漫长的旅途,伴侣双方经历了无数痛苦,相携走过一生,甚至连自己都感到惊奇。这首诗总体而言比较乐观,尤其最后一行诗总结了婚姻的真谛:婚姻是一个逐步建构的过程,伴侣之间要学习从零开始相处,风雨同舟,共进共退。

中国古代智慧中的"伴侣关系"指阴阳之间的结合,阴阳分别对应女性和男性特征,两者并不是绝对排他的,在每一个男子身上都有阴的特征,在每一个女子身上亦都有阳的特征,阴阳互为依存,"'善'的获得需要寻找自身内部两者之间的正确平衡"②。《住所》中的伴侣能够有好的结局,正是因为他们找到了两者的平衡。

---

① Margaret Atwood, "Habitation," *Procedures for Underground* (Toronto: Oxford University Press, 1970), 60.
② Robert Kane, *Through the Moral Maze: Searching for Absolute Values in a Pluralistic World* (New York & London: North Castle Books, 1996), 188.

"伴侣关系"的英文 partnership 也可译为"合作关系",它精准地道出了维系伴侣关系的实质:唯有伴侣双方互相合作、互相信任,才有可能达到和谐圆满的状态。弗朗西斯卡·M. 康西安(Francesca M. Cancian)在《美国爱情:性别和自我发展》(Love in America: Gender and Self-Development)中区分了三种关于爱的主要概念:"传统婚姻(依附)""独立""相互依存"。她主张第三种爱,并称之为"自我发展式的爱",将它与爱的合作观相联系。①

阿特伍德自出道之日起,便在作品中追求合作式的、"平等之爱"(egalitarian love)② 的理念,因为她"不主张用一种权力代替另一种权力"③。这种"平等之爱"是对 18 世纪和 19 世纪浪漫爱情观④的疑问和挑战,德国哲学家彼得·斯洛特迪克(Peter Sloterdijk)称其为"去神秘化的情感"(de-mythologized passion)和"同等地位的爱"(love on the equal footing)。⑤ 从 20 世纪 60 年代开始,热衷女权运动的文化批评家和其他社会活动者就揭示了非对称的性别关系以及与性别相关的权力结构是如何附加在浪漫爱情准则中的。这是对浪漫爱情去神秘化的第一步,从此将它融入了性别政治话语。

---

① Francesca M. Cancian, *Love in America: Gender and Self-Development* (Cambridge: Cambridge University Press, 1987), 3, 4, 8-10.
② Reingard M. Nischik, *Engendering Genre: The Works of Margaret Atwood*, 38.
③ 沈睿:《玛格丽特·阿特伍德其人》,《外国文学》1993 年第 4 期,第 6 页。
④ 尼西科在《营造体裁:玛格丽特·阿特伍德的作品》中引用了德国浪漫主义者费希特(Fichte)关于浪漫爱情特征的论述:"贞洁的女人是不会有性本能的;她一点都不会显示出来。相反,她充满了爱,这种爱是女人满足男人需求的本能。然而,它是一种不顾一切想要得到满足的本能,但这种满足并不取决于女人的感官满足,而取决于男人。"这句话透露出了 18 世纪和 19 世纪浪漫爱情的两个陷阱:性激情是男人的事,女人的贞洁被理想化为爱情和婚姻的先决条件。参见 Reingard M. Nischik, *Engendering Genre: The Works of Margaret Atwood*, 39。
⑤ Peter Sloterdijk, "Entgöttlichte Passion: Interview zur modernen Liebe," *Focus*, 52 (2000): 146-148.

《强权政治》就体现了阿特伍德对这种浪漫爱情观的反拨,诗中伴侣之间的情感被卷入了一场又一场权力游戏,他们始终无法克服对立情绪,总在争执、埋怨和指责对方,这倒不是说阿特伍德是个悲观主义者,更确切地说,她揭开了所谓浪漫爱情充满腐朽气息的面纱,同时表达了婚姻生活中合作意识的重要性,以及对"平等之爱"的向往:只有打破固定的二元权力结构,建立开放互信的关系,伴侣之间的相处才有希望。

平等和对称是合作式爱情和婚姻的基本目标。这一概念中最重要的一点是性别平等,此外,人与人之间不存在谁支配谁,个体之间的自我表达、理智和情感的协调都是其中的要素。《可以吃的女人》中玛丽安的好友克拉拉可以说是当时社会理想女性的典范:一毕业就结了婚,生儿育女(一连生了三个),操持家庭,但丈夫乔却对她颇有微词。阿特伍德写道:"……她就让自己的丈夫接管了她的内核。等到孩子出生之后,有一天她突然发现自己内心已经空空荡荡,什么也没留下,她再也不知道自己是怎么回事,她的内核给毁掉了。"[①] 究其原因,是克拉拉在婚姻中不自觉地将自己摆在了家庭主妇的位置,过于依附丈夫,致使两人之间关系失衡。《神谕女士》中的琼与丈夫阿瑟在一起时很少有机会表达自己的观点,从第一次见面开始,她便属于那个"被支配"的人,甘愿被阿瑟驱使,做一些违背本心的事。最后她迷失在自己虚构的哥特式小说世界里,甚至把自己当成哥特式小说中的女主角,造成了理智和情感之间的失调。

《强盗新娘》中的三位女主人公托尼、罗兹和克里斯都是传统婚

---

① 玛格丽特·阿特伍德:《可以吃的女人》,第261页。

姻/情感的受害者。托尼刚认识韦斯特时，他还在与齐尼娅交往。和齐尼娅分手后，韦斯特一度意志消沉，托尼担当起了照管他的责任。托尼的精心照料很快使韦斯特恢复正常，两人走进了婚姻殿堂。十年之后，齐尼娅再度出现，韦斯特抵挡不住诱惑，离开了托尼，托尼深受伤害。后来，韦斯特再一次被齐尼娅抛弃，当他像丧家犬似的出现在托尼家门口时，托尼心一软，又收留了他。韦斯特虽然回来了，但托尼一直生活在焦虑中，担心他哪天又会离她而去。她知道他并不爱她，只是习惯了她不求回报的爱，习惯了在受伤害后回到她身边疗伤。

克里斯的伴侣比利为了躲避兵役，从美国来到加拿大。他心安理得地住在克里斯家，一点都没发现自己给本来生活并不宽裕的克里斯增加了额外的经济负担。克里斯每天为了两人的生活辛苦操劳，她的善良与隐忍却换不来比利的半点真心。他一味索取，还脾气暴躁、喜怒无常，克里斯却总为他开脱，觉得是因为他压力太大。就连克里斯怀孕，他也几乎不闻不问，仿佛与他无关，最后抛下六个月身孕的克里斯，和齐尼娅私奔了。即使在这个时候，克里斯仍然认为比利是无辜的。

罗兹是成功的女企业家，丈夫帅气，儿女可爱，从表面上看，她似乎是天底下最幸福的女人。然而，外表的光鲜遮盖不住底子里的衰朽，她与米奇的婚姻处于风雨飘摇之中，这场"金钱"与"贵族"的联姻基础很不牢靠。婚后米奇纵情声色，却常常要罗兹来替他收拾残局。罗兹在米奇一次次的背叛中由痛苦逐渐变为麻木，到后来反而很享受和丈夫之间"猫抓老鼠"的游戏。米奇遇到齐尼娅后，一下被她俘虏，甚至为她不惜抛妻弃子，最后反而惨遭抛弃。齐尼娅离开之前卷走了公司一大笔钱，还编造了自己假死的消息，以躲避米奇的追踪。米奇无奈之下向罗兹求助，希望她能像以前一样帮他拾掇烂摊子。但罗兹的忍耐到了尽头，她拒绝了，米奇在绝望中自杀。米奇死后，罗兹仿佛觉得自己的世界坍塌了，她整日借酒浇愁，甚至用安眠药麻醉自己，差点为此丧命。

托尼、罗兹和克里斯三人有着相对较高的社会地位，但在婚姻/伴侣关系中却都处于劣势，究其原因，她们的婚姻并非合作式的，也就是说她们和丈夫/伴侣之间的关系是不平等、不对称的。她们的男人只是把女人当作婚姻照料者；她们则为了维护"家中天使"的形象，对自己的男人一味地包容和忍让，最终却使自己越来越陷于被动的境地。三个家庭中有两个分崩离析，只剩下托尼和韦斯特还在勉强维系情感，但可以看出，两人之间缺乏最基本的信任和沟通，他们的婚姻危机四伏，随时有崩塌的危险。

在阿特伍德的所有作品里，《人类之前的生命》是作者眼中"最具家庭生活气息的一部小说"[①]，或许是因为与之前出版的作品相比，它更着眼于从细微处描摹个人在家庭中的情感体悟。故事发生在1976年10月至1978年8月期间，围绕主人公纳特、伊丽莎白和莱西娅之间的情感纠葛展开，从这些小人物的日常琐事中发掘人类的生存困境，体现作者对家庭婚姻伦理的探究。纳特和伊丽莎白是夫妻，婚姻生活并不幸福，各自都有婚外恋，纳特的情人莱西娅和伊丽莎白是安大略皇家博物馆的同事。阿特伍德指出："故事中的人物关系，如一个等边三角形。端点上站着两个女人，一个男人，从任意一人的角度看，另外两人都是行为失当的。但你可以绕这三个

---

① 佚名：《阿特伍德：世人面对的暴力，远比他们所熟知的更加触目惊心》，《上海译文》2017年9月28日，http://www.chinawriter.com.cn/n1/2017/0928/c404091-29565516.html。

人物一周，全方位地统揽整个三角关系。"① 小说开始时，伊丽莎白的情人克里斯刚刚自杀，伊丽莎白和纳特分别在同一屋子的两个房间里，她在心里无声地呼喊："我不知道我应该怎么生活。也不知道别人应该怎么生活。我只知道我现在怎么活的。现在的我活得像只剥了壳的蜗牛。"② 从伊丽莎白绝望的独白可以看出她内心无限蔓延的孤独感。读者不由发出疑问：她和纳特的婚姻是如何走到今天这一步的？

笔者曾在第二章简要提起过伊丽莎白的性格，她是个强势又独立的女性，喜欢控制别人，却不喜欢被别人操控。在她的心目中，爱是一种控制力，会让人失去自我，因此她不愿投入真正的爱情，只想浮光掠影般地体验一段又一段"情爱"。她之所以和纳特结婚，也是因为"她很讨厌别人管着她，向她施压。纳特没有这种力量，从来也没有过。她轻而易举地嫁给了他，跟试穿鞋子一样容易"③。说白了，伊丽莎白觉得和纳特结婚是安全的，她可以占有主动权，不用受任何道德束缚，这种对婚姻的儿戏态度注定了两人的悲剧性结局。

纳特身上有一种阴柔气质，与伊丽莎白的强硬构成反差。结婚之后，性格原因使他辞去律师工作，待在家里制作一些木玩具贴补家用，然而微薄的收入根本无法养家糊口。伊丽莎白觉得他很无能，开始到外面找情人寻乐子。纳特忍气吞声，操持家务。克里斯自杀后，伊丽莎白心情低落，对纳特越发不满，觉得他胆小如鼠、不思

---

① 佚名：《阿特伍德：世人面对的暴力，远比他们所熟知的更加触目惊心》，《上海译文》2017年9月28日，http://www.chinawriter.com.cn/n1/2017/0928/c404091-29565516.html。
② 玛格丽特·阿特伍德：《人类以前的生活》，第3页。
③ 同上书，第20页。

进取。

家不再是温暖的港湾,而是带给人荒漠般的凄凉。对于一段死去的感情来说,每天挂在嘴上的爱已没有任何意义,纳特"不知道现在'爱'对他们来说意味着什么,但他们一直彼此称呼亲爱的。为了孩子们。他已经不记得从什么时候开始进门之前先敲门,什么时候不再认为那也是他房间的门。是他们让孩子们单独住一个房间而他睡那张空床的时候。那张空床,她那时候是那么说的。现在她叫它多余的床"①。被妻子冷落的纳特渐渐把感情转移到莱西娅身上,两个孤寂的灵魂走到了一起,但他们过得并不幸福。伊丽莎白虽然不爱纳特,可当纳特提出离婚时她又觉得很伤自尊。她搬出两个孩子作为借口,希望纳特能回心转意;她找了威廉做新男友,以此报复莱西娅,还把莱西娅请到家中,从言行上压制她。面对强悍的伊丽莎白,纳特犹豫了。莱西娅颇为苦闷,一方面是因为纳特的拖泥带水,另一方面她觉得自己在很多地方都不如伊丽莎白。虽然故事结尾时莱西娅怀孕了,纳特来到她的工作单位接她回家,但是小说的语调有些压抑,读者能隐约感到纳特、莱西娅和伊丽莎白之间的纠葛仍在继续。

玛丽恩·怀恩-戴维斯(Marion Wynne-Davies)在对《人类之前的生命》的评论中指出,这部作品首次展现了一个与阿特伍德之前出版小说中的男性角色不同的人物形象,试图探讨"男性或许也会陷入社会传统困境"②的命题。纳特优柔寡断、缺乏机变,他夹在妻子伊丽莎白和情人莱西娅之间,活生生把日子过成了一团乱麻。

---

① 玛格丽特·阿特伍德:《人类以前的生活》,第7页。
② Marion Wynne-Davies, *Margaret Atwood* (Horndon, Tavistock, Devon: Northcote House Publishers Ltd., 2010), 27.

两个女人都希望他能朝符合她们期待的方向发展，她们在他性格上的投射表明，"在 20 世纪 70 年代的北美，男性身份正在失去稳定性"。① 这一方面表明了时代的发展，女人在婚姻中有了更多自主权和决策权；另一方面男女双方却还没有为这种变化做好准备。当婚姻关系中的权力关系被抛弃时，取而代之的应该是平等的沟通形式，如协商、交流和说服等。朱莉·H. 卢比奥（Julie H. Rubio）把婚姻生活建构三要素归结为"亲密关系"（intimacy）、"谅解"（forgiveness）和"解决冲突"（conflict resolution），② 这是合作式婚姻关系的另一种延伸，指出了伴侣之间需要相互磨合，直至达到灵与肉的契合。在此过程中，一方不能盲目地将自己的期待投射到另一方身上，也不能过分张扬自身个性而忽视对方的存在；此外，重视伴侣双方的共同成长能够培养稳定长久的婚姻。反观伊丽莎白和纳特的婚姻，他们从一开始就缺乏亲密关系，一旦对方出现问题，他们不是试着谅解，而是一味指责，在婚姻关系陷入僵局的时候，也没有积极地协商解决。可以想象，不管是纳特还是伊丽莎白，如果他们带着这种心态走入下一段婚姻，悲剧依然会重演。

综观阿特伍德的作品，我们看到的大多是处于婚姻和情感困境中饮食男女，他们在生活的旋涡里挣扎，内心充满迷惘和困惑，有恐婚者和逃婚者，有心甘情愿踏进婚姻殿堂者，也有在离婚边缘徘徊的夫妻。矛盾、争执、和解……循环往复、周而复始，而这些都是婚姻的真实状态。阿特伍德以平静的笔触描写普罗大众的生活，作为读者的我们能在里面找到自己的影子，更重要的是，可以从中

---

① Marion Wynne-Davies, *Margaret Atwood*, 28.
② Julie H. Rubio, "Just Peacemaking in Christian Marriage," *INTAMS Review*, 17（2011）: 144–146.

窥探婚姻伦理的真正内涵。

三、女性对社会的参与

我们所生存的世界总体而言是男性主导的,这从生物学及社会进化学角度来讲有其必然性。早期的人类生存状况恶劣,男人承担了更多资源获取者的角色,使女人有较多时间和精力怀孕、分娩及养育孩子。由此男人从人类社会发展肇端便拥有了掌握资源的权力,这也是以男人为主导的男权社会逐步形成的原因。到了近现代,避孕技术的普及以及社会资源的极大丰富使女人有了更多选择权和支配权,她们能够和男人一样参与到各个领域,但男权社会绵延千年的传统不可能一下子消失,女性在众多场合仍处于配角地位。

阿特伍德曾在一次访谈中指出:"当今社会里,男性的确拥有与女性类型不同且为数更多的权力。"因此,她认为在一段情感关系中,女性所要面对的问题是"如何在与男性相处时,始终保持自身的完整性和个体能量"。她建议男女双方"跨越彼此那道自我屏障……收获一种'宇宙共生的意识'"。[①] 阿特伍德没有详述何为"宇宙共生的意识",但她在另一次访谈中说道:"女性如果在考虑自身时将视野放大到两个人的天地之外,创造性地与世界接触,她们的境况将会大为改善。最终我们都必须为自己担起责任,因为我们手中唯一把握的是自己的命运。"[②] 综合阿特伍德的两段话可以看出,由于受传统和客观条件影响,女性发展受到制约,但女性的世界并非局限于家庭范围,她们应该拥有更广阔的社会空间,打破固

---

① 佚名:《阿特伍德: 世人面对的暴力,远比他们所熟知的更加触目惊心》,《上海译文》2017年9月28日, http://www.chinawriter.com.cn/n1/2017/0928/c404091-29565516.html。
② Rosemary Sullivan, *The Red Shoes: Margaret Atwood Starting Out* (Toronto: Harper Flamingo, 1998), 255.

有的不平等和限制，去"创造性地"参与社会文化的发展和建构，担负起个体、家庭、民族、国家、世界乃至宇宙的责任，培养同"宇宙共生的意识"。这个观点与南希·霍多罗夫（Nancy Chodorow）有关女权主义者的看法有着共通之处：

> 我们女权主义者认识到：关于差异的思想体系，亦即将我们定义为女人和男人的思想体系，以及不平等的形成涉及社会、心理和文化，是由生活在社会、心理和文化世界并创造这一世界的人建构而成，这一点至关重要。女性参与这些世界和思想体系的建构，即使我们最终的权力以及对文化霸权的接触比不上男性。①

《肉体伤害》就是这样一部探讨"女性参与社会"的小说。女主人公瑞妮是杂志记者，在大学时对城市规划弊端以及单亲家庭缺乏日托服务等课题感兴趣，那时她的新闻报道多为反对滥用权力，为弱势群体代言。但毕业后迫于市场压力，她逐渐放弃了"对政治和社会的参与"②，开始写一些女性浪漫情怀和时髦生活方式之类的文章，整个人也失去了锋芒和棱角。一次出差加勒比岛国的机会使她无意间卷入一场政治暴力事件，瑞妮仿佛从多年的沉睡中苏醒，"重拾遗失的社会责任感"③。阿特伍德在关于这部小说的访谈中说道："在我们的社会里，人们最关注的是你的长相、你的家具、你的工

---

① Nancy Chodorow, "Gender, Relation, and Difference in Psychoanalytic Perspective," Hester Eisenstein and Alice Jardine, eds., *The Future of Difference* (New Brunswick: Rutgers University Press, 1980), 16.
②③ Jackie Shead, *Margaret Atwood: Crime Fiction Writer: The Reworking of a Popular Genre* (Surrey: Ashgate Publishing Limited, 2015), 65.

作、你的男友、你的健康，其余的世界离你相距甚远，我想把某个人（像瑞妮这样的）从我们的社会中提取出来……将她置入那个社会，引起共鸣的力量。"①(着重号为原文所有) 属于女性的世界是如此琐碎，仿佛与宏大的社会图景沾不上边，阿特伍德的这句话道出了整个社会对女性期待的本质（对女性不信任，认为她们做不得大事），而她利用小说叙事构成的一张紧密联结的网络，不仅使身陷其中的瑞妮体会到了"个人的和政治的不可分割性"，② 也激发起女性参与社会的热情。

小说开始时，瑞妮回到多伦多的公寓，发现两位警察正在厨房等她，原来有个陌生男子闯入她家并在床上留下了一卷绳子。这样的开头有点侦探小说的味道，读者可能会在心里暗暗发问："那个身份不明的闯入者是谁，是性变态吗？瑞妮是否和此事有关？"然而小说并没有朝着破案的方向发展，而是开始讲述瑞妮的故事。

瑞妮出生在安大略省一个叫格里斯伍德的小镇上，"与其说是背景，不如说是次背景……你一点都不想进入这样的地方"③。她由孀居的祖母和母亲带大，从小所受的是非常保守严苛的教育。小镇的女性世界自有一套陈腐的行为准则：凡是与肉体或本能相关的行为都是禁忌，身体的需求和动物性特征是可耻的。女人们都穿宽大没形的衣服，以遮盖自己的性征。由于长期压抑的生活，她们对自己越来越没信心，总是梦见失去了手——"用来感知的手"④。瑞妮因无法忍受格里斯伍德清教徒式的生活和各种条条框框，逃往了多伦

---

① Bonnie Lyons, "Using Other People's Dreadful Childhoods," Earl G. Ingersoll, ed., *Margaret Atwood: Conversations*, 227.
② Coral Ann Howells, *Margaret Atwood*, 2nd edition, 80.
③ Margaret Atwood, *Bodily Harm* (Toronto: McClelland and Stewart Limited, 1981), 18.
④ Ibid., 57.

多。在小镇人的眼里，像瑞妮这样背弃传统之辈必然不会有好下场：
"在格里斯伍德人人都会遭报应。在格里斯伍德人人都会遭最坏的报应。"①

身体的逃离并不意味着挣脱精神的枷锁，在所谓思想开明的多伦多，大多数人的思维模式与小镇人其实并无多大差别。瑞妮骨子里还是个小镇女人，格里斯伍德的道德准则于无意识中塑造了她最初关于身体和性的概念，并在不经意时影响着她的处事方式，她时不时透露出的对女性身体的态度体现了与传统父权话语体系的共谋。公寓入侵事件发生时，恰逢瑞妮因患癌症刚做完单侧部分乳房切除术不久，她对自己的身体充满愤怒，好像"亲密好友背叛了她"②。瑞妮对身体保养和营养保健一直颇为关注，她控制体重、保持体型、关注健康，因为她相信一个相对完美的身体不仅能为女性增添魅力，而且能增加社会接受度。米歇尔·福柯（Michel Foucault）认为，妇女之所以沦为身体保养的奴隶，是社会压力将她们推向不断自我完善的过程。他在《规训与惩罚：监狱的诞生》（*Discipline and Punish: The Birth of the Prison*）中将不间断的监视作为规训权力的核心办法。监视也可以用来规训身体，由控制身体转而控制思想，诱导人们产生一种"有意识的、永久可见性"的心理状态。③ 苏珊·鲍德（Susan Bordo）认可福柯的这一论点，指出身体是现代社会权力争夺的主要场域，并以此为基础，分析社会通过身体和性达到操纵女性的目的："对女人而言，与身体相关，并在很大程度上局限于以身体为中心的生活（包括对身体的美化、护理和保养……）文化对身体

---

① Margaret Atwood, *Bodily Harm*, 18.
② Ibid., 82.
③ Michel Foucault, *Discipline and Punish: The Birth of the Prison* (1975), trans. A. Sheridan (London: Penguin, 1977), 201.

的掌控是日常生活中永恒的事实。"① 瑞妮想要控制自己的身体以便完善它，在此过程中却使自己沦为了奴隶，受制于父权社会对女性气质的塑形和要求。

在听到患癌消息时，瑞妮无法描述自己震惊的心情，对身体的看法也发生了改变，不再视它为统一的整体，仿佛身体内部正在叛乱，血细胞"在黑暗中沙沙作响着分裂"②。从某种程度上说，她对手术的恐惧甚至超过了对癌症死亡风险的恐惧，因为她害怕手术中的暴力，害怕身体遭到肢解。手术之后，当疼痛消失时，瑞妮觉得这辈子完了，她的身体被毁了，"她不想朝下看，看自己缺失了多少"③。索尼娅·麦卡克认为，瑞妮的状况涉及肉体和心理两重创伤，并称之为"碎裂和解体的可怕身体感觉"，她还利用茱莉亚·克里斯蒂娃（Julia Kristeva）的精神分析概念"贱斥"（abjection）来解释瑞妮错位和偏离中心的进程。④ 瑞妮不再相信皮肤下的自己，时而害怕疤痕会像钱包拉链般裂开，里面的东西撒得到处都是，时而害怕身体被"侵占"，怪物会从缝合的伤口爬出："怪物看起来像极了她噩梦里出现的玩意儿；她胸口的伤疤如同有病害的水果般裂开，那玩意儿爬了出来。"⑤ 手术带来的身体变化造成了自信心的坍塌，她发现自己一直依赖于别人对她身体的看法，而当下的痛苦是因为她早已将社会对"合格身体"的期待内化为思想行为的一部分。

小说中不时出现镜子意象，瑞妮透过概念中的身体凝视镜子里

---

① Susan Bordo, *Unbearable Weight: Feminism, Western Culture, and the Body* (Berkeley: University of California Press, 1993), 17.
② Margaret Atwood, *Bodily Harm*, 100.
③ Ibid., 32.
④ Sonia Mycak, "Divided and Dismembered: The Decentred Subject in Margaret Atwood's *Bodily Harm*," *Canadian Review of Comparative Literature*, 20.3-4 (1993): 469-478.
⑤ Margaret Atwood, *Bodily Harm*, 60.

的映像，发觉自己的形象总是有所缺失、模糊不清。残缺不全的乳房令她羞惭，她发誓远离镜子，却一而再再而三地站到镜子面前。约翰·伯格（John Berger）——阿特伍德在小说卷首的题词中引用了他的话——将传统的镜子主题视为女子虚荣心的象征，指出"镜子的真正作用是……纵容女子成为其同谋，着意把自身当作景观展示"。[1] 波伏娃在诊断类似瑞妮的症状时指出，女性视自己的身体为他人凝视的对象，这一现象与"教育和环境"有关。[2] 瑞妮所受的教育、她身处的环境，无一不在强化社会对女人的"规训与惩罚"，"凝视"是社会监督的一种有效手段。瑞妮对镜子里映照出的自己的身体感到厌恶，她担心会吓走男人，从此无法正常地恋爱结婚，说到底，这是对"凝视"机制的顺从。瑞妮的前男友杰克是个有窥视欲的人，他喜欢在墙上挂裸体女子画像，门把手的形状是女人脑袋。他会替瑞妮设计各种奇形怪状的装束："他喜欢为她买那些玩意。品位不高。吊带袜、快乐寡妇装、金色亮片的红色比基尼裤……真正的你，他会说，含着讽刺和希望。"[3] 他在亲热时将瑞妮的双手捆住，享受着掌控全局的感觉。杰克在做这一切时，瑞妮都很配合，心甘情愿地将自己的身体展示为可供愉悦和消费的对象。

作为人生中最大的危机，乳房切除术虽然给瑞妮带来了沉重打击，却也让她开始反省：她在小镇的生活、她与杰克的相处、她的新闻报道……作为报道时尚趋势的新闻记者，瑞妮似乎选择了一种"审慎规划的与政治无关的立场"[4]，她的社会评论局限于微不足道的小

---

[1] 约翰·伯格：《观看之道》（第三版），戴行钺译，广西师范大学出版社 2015 年版，第 71 页。
[2] Simone de Beauvoir, *The Second Sex* (1949), trans. H. M. Parshley (New York: Vintage, 1989), 307.
[3] Margaret Atwood, *Bodily Harm*, 20.
[4] Coral Ann Howells, *Margaret Atwood*, 2nd edition, 87.

事:"我观察当下,仅此而已。表面的事物。没那么多可挖的。"① 这是一种有意边缘化的状态:"瑞妮视自己为站在边上的人。她喜欢待在那里。"② 然而,她真的喜欢这种平庸沉闷的生活吗?还是说这一切都是表象,也许生命中某起突发事件、某个突如其来的机遇便能打破幻象?对瑞妮来说,手术是促成她审视自我的催化剂,接下去发生的事则是她生命的转折点,激发起她内心深处强烈的道德热忱和使命意识。

杂志社分派瑞妮写一篇"色情乃艺术形式"的文章。20 世纪 70 年代起,一些激进的妇女杂志陆续刊出不少反色情文,但瑞妮所在的杂志社主编认为这些文章过于沉重,毫无幽默感。当瑞妮称"该主题或许和男性幻想的生活有更多关联"③ 时,主编却希望她能从女性视角来撰写。瑞妮开始做调研,她先是去了一个色情艺术家的工作室,观看了他用人体模型制作的桌椅,全部是做成女子屈从的姿态形状。它们让她想起杰克墙上的裸女画,以及他俩之间的性爱游戏。她接下去参观了大都会警察局的色情收藏品,在那里见识了暴力色情的真面目。这些被称为"素材"的藏品揭示了男性施虐狂幻想施加在女性身上的暴力,它们所产生的视觉冲击令人震惊:女体被捆绑和被切割的图片,最可怕的是一部电影短片,上面赫然出现一个黑人女子的骨盆,一只老鼠正从她的阴道内探出脑袋……瑞妮看后一阵恶心,差点把五脏六腑都吐出来。她放弃了这篇文章,因为"让一个有见识的女人去写女人和色情,她怎么可能会给出'客观'的看法?……她已经深深地牵连其中"④。瑞妮所看到的这

---

①② Margaret Atwood, *Bodily Harm*, 26.
③ Coral Ann Howells, *Margaret Atwood*, 2nd edition, 207.
④ Mary Ann Caws, "Ladies Shot and Painted: Female Embodiment in Surrealist Art," Susan Rubin Sulieman, ed., *The Female Body in Western Culture* (Cambridge: Harvard University Press, 1985), 263.

些图像都没有把女人视作主体，而仅仅将她们展现为男性幻想的客体。色情暴力和带有性别属性的"凝视"一起，构成了性统治的权力政治话语，"个人的"和"政治的"已然无法区分。

瑞妮申请去加勒比岛国出差，逃亡似的离开加拿大。飞机降落在圣安托万，一个完全陌生的地方，扑面而来的是岛国动荡不安的政治氛围。在所谓民主与独裁的交锋中，个人的力量显得如此渺小，就像她新认识的男友保罗的评论："民主和自由，一大堆的骗局。那些玩意儿在很多地方都行不通，没人能确保什么是行得通的。没有好人和坏人之分，你什么都没法指望，再没什么是永恒的，很多都是即兴表演。争论的问题只是借口。"① 在暴动造成的混乱中，新当选的总理遭到枪杀，有人指控瑞妮是间谍，她被投入监狱。虽然没受刑，但她目睹了同处牢室的女友劳拉被暴打的经过，也透过牢房窗户看到了院内警察的暴行，这一次，他们施暴的对象不是女人，而是男人，其本质却与色情暴力类似，带有施虐狂的特征：

> 院子里静悄悄的，静得怪异，正午的太阳明晃晃直射下来，亮得刺眼，男人们脸上油光锃亮，满是汗水、恐惧和努力压抑的仇恨，警察的脸也油光光的，他们在拼命忍耐，他们喜欢这样，这是仪式……手拿刺刀的男子把满手头发塞进包里，在衬衫上蹭了蹭手。他上瘾了，这是致瘾的麻醉品。很快他会需要更多。②

阿特伍德在上面一段文字中采用了色情修辞，但与性没有多大

---

① Margaret Atwood, *Bodily Harm*, 240.
② Ibid., 289.

关系，读者看到的只是暴力之下人体的脆弱，不管是男人还是女人的身体。瑞妮看着牢房院子里发生的一切，顿悟色情话语和权力政治是一家子："在这里没有什么是不可思议的，没有老鼠出现在阴道里，那只是因为他们还没想到。"① 小说开头那位留下绳子的"身份不明的闯入者"开始一次又一次出现在她梦境里，尾随着她，仿佛在伺机而动，仅仅是一个影子，看不清真面目，却让她产生一种熟悉的恐惧感。

小说进入尾声时读者已经发现，这是瑞妮讲述的自己的故事，她将癌症在她体内造成的"暴力"与色情暴力及政治暴力糅合在一起，阐释了"个人的即政治的"概念。阿特伍德用了一个与癌症相关的词"大面积扩散"（massive involvement）来隐喻小说主人公对社会的参与，因为在这样的文化语境下，"没有人能豁免"②。当瑞妮将生命中的碎片一点一点地拼凑起来，她的叙述便成了重新建构和重新阐释："试图在劳拉被摧毁的身体和她手术后的身体之间找到关联，在加勒比岛国见到的公开的暴力与她在多伦多未见过却知道一直存在的隐藏的暴力之间找到关联。"③ 绳子背后的闯入者究竟是谁无关紧要，它其实是一个符号，象征了整个社会无处不在的暴力。豪威尔斯认为，瑞妮努力地讲述故事，就像她努力地救助劳拉一样，是一种"道德想象实践，因为她开始从更宽广的人性视角看待自己的苦难"④。在经历过这一切之后，她将以更敏锐的洞察力去阐述，告诉别人到底发生了什么："不管怎么说她是个颠覆者。她过去不是可现在是了。一个记者。她会选择最佳时机，然后她会去报道。"⑤

---

①② Margaret Atwood, *Bodily Harm*, 290.
③ Coral Ann Howells, *Margaret Atwood*, 2nd edition, 91.
④ Ibid., 92.
⑤ Margaret Atwood, *Bodily Harm*, 300-301.

这将会是她身为记者"对社会和人类最终的、不能撤回的承诺"①，这也是写作和叙述的道德功能，不仅仅是把社会事件报道出来，让大家都知道，更是去想象，去燃起希望的火苗，使每一个个体承担起应尽的社会责任。

阿特伍德通过《肉体伤害》表明，"个人的即政治的"。作为个体的人，女性同男性一样有责任和义务去参与社会活动，承担社会职责，并利用"个体能量"，言说自己以及周遭人们的不幸，向压迫性的力量发起挑战，为构建一个平等和谐的思想体系而努力。

第二节　家庭成员间的伦理责任

家庭是以婚姻关系为基础、以血缘关系为纽带、以亲情关系为桥梁而建立的社会生活单位。广义的家庭是指家族，以各种家庭利益集团形式存在，狭义的家庭是由一夫一妻制构成的社会单元。一个家庭的幸福不是天生的，而是家庭成员共同努力的结果。每个家庭成员都有需要承担的责任和义务：经济责任、情感责任、抚养责任、赡养责任……这是和谐家庭构建的要素。有学者认为，在当今社会，技术的发展和进步使人们在家中的技能几乎丧失殆尽，但无论如何，家庭成员仍需要一项主要"技能"，即缔造、加强和修复关系的能力："在通常情况下，照管家庭成员间关系的职责包括关注、承认和体谅各自的情感，平息争吵，并且安抚受伤的情感。"② 这项技能说起来简单，做起来却极为不易。

---

① Barbara H. Rigney, *Margaret Atwood* (London: Macmillan Education, 1987), 121.
② Arlie Russell Hochschild, *Time Bind: When Work Becomes Home and Home Becomes Work* (New York: Henry Holt, 1997), 209-210.

阿特伍德作品中的家庭基本上都是有缺憾的。除了本章第一节中提到伴侣之间的不对等关系，父母情感冷漠对孩子的影响、兄弟姐妹之间的隔膜都是她着意刻画的内容。阿特伍德笔下的家庭很少承诺恒久，也并不总是心灵的港湾，偶尔风平浪静，只是为酝酿更多的风暴，因为在阿特伍德看来，生活本就充满风风雨雨，苦乐、悲欢、得失、离合是生命永恒的交响曲。透过这样交错复杂的旋律来反思家庭伦理建构，或许才是解读阿特伍德作品的有效方式。

一、缺席的父亲

约翰·沃尔（John Wall）曾以"童年时代的视角"对伦理进行思考，指出了童年时期伦理建构的重要性。在这个阶段，孩子们可以想象何以为人（"参与对有意义的世界的不断建构"）、获得满足感（"用越来越丰满的叙事建构自己或被动或主动的故事"）、形成道德观（"向他者的不可化约性敞开心扉"）、培养人权意识（"对人的多样性负有社会责任"）。[①] 在伦理建构的过程中，父母的位置和作用无可替代。家长通过与孩子的相处，使孩子得到教养，获得越来越多的能力，并感受到人与人之间的相互依赖，从而建立与他人的联系，得以成长。沃尔认为，家庭的存在不仅仅是传递传统和道德，而且是允许所有成员"体验与他人一起生活的充实性"[②]。而身为传统家庭顶梁柱的父亲对于道德和伦理的传递负有不可推卸的责

[①] John Wall, *Ethics in Light of Childhood* (Washington: Georgetown University, 2010), 57, 86, 110, 138.
[②] Ibid., 165.

任。在家庭中，父亲作为"积极的男性角色模式"① 能够教会孩子成熟的行为方式，尤其在孩子的恋母情结时期，父亲的存在对孩子的自我和个性发展具有重要影响。用南希·霍多罗夫的话来说，"'恋母情结'时期专注于获得稳定的性别身份……正是在这个时期，父亲，以及一般的男性，开始在孩子最早的客观物质世界里变得重要起来"②。他们的理性和信任感能帮助引导孩子在情感学习和社会学习方面朝着正确的方向发展。

对于父亲这个角色，阿特伍德的描写大多带有批判性质。她在半自传式的小说《猫眼》中写道："除了我爸爸，所有的爸爸白天都是看不见的，白天是属于妈妈的。爸爸通常在晚上才出场。爸爸在黑暗中回家的时候，拥有无法形容的巨大能量。他们的能量不是肉眼可以看清楚的。"③ 这是以孩子的视角看到的父亲形象，他们多数时候是缺席的，或许是去上班了，或许有其他重要的事；对爸爸们而言，家似乎沦为了旅馆。由于对家庭关心得少，他们在孩子眼里显得神秘莫测、难以亲近。这样的"影子式"爸爸，无论在情感陪伴还是在问题解决方面，他们并没有在孩子的成长过程中承担应尽的职责，而是主动或被动地成了家庭里的"隐形人"。

笔者将阿特伍德作品中"缺席的父亲"进行了归纳，将他们基本归为三类。第一类是"工作狂"父亲，这类父亲受制于"男主外女主内"的传统家庭观念，认为父亲的职责就是赚钱养家，他们更多地扮演了"供养者"的角色，忽略了父亲应当承担的责任和发挥

---

① Peter Wood and Simon Brownhill, "'Absent Fathers', and Children's Social and Emotional Learning: An Exploration of the Perceptions of 'Positive Male Role Models' in the Primary School Sector," *Gender and Education*, 30.2 (2018): 178.
② Nancy Chodorow, *Feminism and Psychoanalytic Theory* (Cambridge: Polity Press, 1989), 50.
③ 玛格丽特·阿特伍德：《猫眼》，黄协安译，河南文艺出版社 2022 年版，第 169 页。

的作用，导致孩子产生一些心理障碍，偏离正常的成长轨道，进而影响他们的世界观、人生观和价值观。

《强盗新娘》中罗兹的父亲是一个"影子"般的人物，总是游走在法律边缘，做一些秘密生意。根据罗兹两个叔叔的说法，她父亲本事很大，有好几个情妇，能挣大钱，护照都有好几本，出入边境如家常便饭。然而，如此神通广大的父亲对她而言却是个巨大的未知空白。罗兹的童年时代是跟母亲相依为命度过的，在她幼小的心灵里，父亲的缺席是永远无法弥补的遗憾。在别的孩子都有父母陪伴时，她只能牵着母亲的手去教会做礼拜；当她为自己的身份困惑时，却没有父亲在身边答疑解惑。即使父亲在战后回到家中，他依然没有担负起养育者的职责。甚至因为他的归来，罗兹必须面对"难民"女儿的身份，受尽同伴嘲笑。罗兹感觉到自己在社会中无所适从，像个"怪物"。的确，罗兹的父亲为家庭创造了大量财富，却并未意识到陪伴孩子一起成长的重要性。如果他在这个阶段放下手头的活计，少挣点钱，多与女儿相处，了解她的喜怒哀乐，或许能帮助罗兹更积极地面对性格中的"他者性"，也能更好地面对今后的情感和婚姻挫折。

在《神谕女士》里，琼五岁时父亲才从战场回来，重新出现在她生命中，"在那之前，他只是一个名字，是一个我母亲会告诉我的故事的主人公，而故事内容差异颇大"[1]。在他回家的那天，琼既害怕又兴奋，脑子里冒出了关于父亲的无数想法：他会不会带什么礼物？他会怎么对待她？他是坏人还是好人？……父亲跨进家门的那一刻，琼却只是看到了一个再普通不过的"陌生人"[2]，疲惫而

---

[1] 玛格丽特·阿特伍德：《神谕女士》，第62页。
[2] 同上书，第63页。

沉默。

父亲是多伦多综合医院的麻醉师,在女儿心目中形象高大,但他大多数时候仅仅是一个缺席的存在。琼试着去亲近他,问一些母亲回答不了的问题,可他对女儿的态度却很疏远:

> 我希望他告诉我生命的真相,因为母亲不愿告诉我,而父亲必然对生命略知一二,毕竟他是医师,而且打过仗、杀过人,也让人起死回生。我不断等待他给我忠告、给我警告、给我指示,但他从没做过那些事。也许他觉得我不是他真正的女儿……他对我的态度不像父亲,更像同事或同谋。①

在上面这段文字里,读者几乎看不到至亲血缘之间的骨肉亲情。在父亲眼中,或许只有战场上的拼杀和医院的工作才能体现人生价值,天伦之乐并不是他追求的生活。从女儿的疑问可以看出,父亲对家庭的贡献可以说是微乎其微。他把工作中的强势带到了与女儿的相处中,甚至把女儿当作同事来对待,这种距离感无疑会使女儿不知所措,给她的成长带来阴影。如此恶性循环,以至于日后的生活,父爱越来越缺失,所谓的血浓于水只是心灵上的泛泛之交。长大后的琼对父亲有着一种本能的排斥和微微的敌意。她从不去父亲工作的医院,只在离家出走前去找了他,算是道别。那天父亲身穿正式制服,"戴着白帽,披着长袍,下半张脸被口罩遮住,而他正在拉开口罩。他拥有在家中从未有过的架势,像位高权重的人"②。父亲给她的是近在咫尺却远隔天涯的感觉。母亲过世后,琼发现父亲

---

① 玛格丽特·阿特伍德:《神谕女士》,第70页。
② 同上书,第130页。

变得越发遥远和陌生，并再次感受到了他性格中薄情寡义的一面：

> 他已将母亲的衣物送给"跛足公民"……他打破了全部的家规……眼神恳切地求我相信他、参与共谋、别走漏风声。忽然间，我依稀看见他从医院悄悄溜走，戴着白色口罩开车回家，以防被人认出。回到家后，他用自己的钥匙开门、进屋，脱掉鞋子，穿上拖鞋，鬼鬼祟祟地到她背后。他是医生，他曾是地下工作人员，他杀过人，他必然知道如何扭断她的脖子，并将现场布置得像意外。①

琼又用到了"共谋"一词，显然是对父亲的品质产生了怀疑。当然，不可否认这里面有幻想的成分，琼本身是个哥特式作家，擅长天马行空地想象，但是换个角度来说，如果不是因为父亲在她情感生命中的缺席，他们之间的关系不至于如此充满猜忌和防备，最后形同陌路。

第二类缺席的父亲生活失意，或是婚姻不幸，或是遭时代淘汰，他们有的将自己对生活的失望投射到孩子身上，有的把生活的重担转移给孩子，致使有些孩子敏感懦弱，长大后无法与人正常相处，有些孩子性格冷漠，对人缺乏信任，未来的情感生活坎坷艰难。

在《强盗新娘》中，托尼母亲因为怀了孩子，才匆忙和托尼父亲结婚，因此，这是一场草率的战时婚姻。两人关系冷淡，经常吵架争斗，家里如同硝烟弥漫的战场。父亲一直希望有个儿子，托尼的出生让他很是失望。托尼每天都有弹琴任务，但如果母亲不在家，

---

① 玛格丽特·阿特伍德：《神谕女士》，第 172 页。

父亲总是待在后屋搞自己的研究,对托尼有没有弹琴根本不管不顾,因为"钢琴……是她妈妈的好主意"①。每天晚饭时分,托尼的任务就是去屋里叫父亲吃饭,照母亲的说法,就是"把爸爸挖出来"②。母亲离家出走后,托尼开始自己做饭,自己上学,她曾尝试着做些蛋糕来打动父亲,却"没能得到想要的效果"③。父亲常常不在家,和新女友吹了之后,开始酗酒。醉得厉害时,他会在屋子里追赶她,家具被推得东倒西歪;有时候则想去抱她,把她当作孩子。托尼开始躲避他:

> 她不想听他说什么,她知道一定是某种歉意,请求谅解,感情脆弱之类。否则就是控告:如果不是托尼,他根本不会娶她妈妈,而且如果不是他自己的话,托尼不可能出生。托尼是他生命中的灾难,他的牺牲全为了托尼——到底牺牲了什么呢?他自己也不知道。④

这段生活在托尼心里留下了难以磨灭的创伤,以至于她在情感方面一度像个长不大的孩子,不愿意交朋友,不愿意投入感情。托尼在别的女孩眼里是个"怪人",因为她几乎不出去约会,也没有谁愿和她出去约会。

在《盲刺客》中,父亲诺弗尔在战场上受了伤,一条腿跛了,虽然回国时受到英雄般的欢迎,但他的心理从此产生了问题。由于第一次世界大战以及20世纪30年代的大萧条影响,诺弗尔接管的

---

① Margaret Atwood, *The Robber Bride*, 160.
② Ibid., 161.
③ Ibid., 175.
④ Ibid., 177. 此处参考了刘国香译本,第169—170页。

家族企业经营状况每况愈下,他的脾气变得越来越古怪,在日常生活中,妻子总是对他百般迁就。艾丽丝和劳拉的童年时光就是在这样的家庭氛围中度过的,外表气派的宅子,里面却冷冰冰的。在成长的过程中,父母很少对她们表达爱意,爱被视为理所当然的事物——"父母应该爱他们的孩子",艾丽丝心想。[1] 母亲在早产下一个未成形的婴儿之后撒手人寰,丢下了两个女儿。在艾丽丝的记忆里,父亲是一个难以亲近的人,她和劳拉更喜欢跟保姆瑞妮在一起。诺弗尔对两个女儿基本上不闻不问,连生日是哪天都不知道。在这个所谓的家里,她们尝到了被父亲遗弃的感觉。有一段时间,诺弗尔开始要求两个女儿和他一起吃早饭,她们却倍感折磨:"我们俩坐在长餐桌的一头,而他坐在另一头。他很少与我们说话:他看他的报纸,而我们俩出于敬畏也不敢去打搅他。(我们自然是崇拜他的。如果不是崇拜,那就是恨吧。他从来没让我们产生过平和的情绪。)"[2]

艾丽丝13岁时有了发育的迹象,这时的她"突然之间处在父亲的监管之下"[3],原因是诺弗尔觉得她被放任了太久,是时候收收心了。她成长的速度似乎令诺弗尔有些恼火,他对她的姿势、谈吐、仪态和着装定下规矩:"他要我达到的要求是根据军队的标准:整洁、服从、安静、无明显的女性特征。"[4] 诺弗尔不知道该怎么和青春期的女儿相处,除了下命令和接受命令,父女之间基本上是零交

---

[1] 玛格丽特·阿特伍德:《盲刺客》(第二版),韩中华译,上海译文出版社2016年版,第107页。
[2] 同上书,第103页。
[3] J. Brooks Bouson, "A Commemoration of Wounds Endured and Resented: Margaret Atwood's *The Blind Assassin* as Feminist Memoir," *Critique: Studies in Contemporary Fiction*, 44.3 (2003): 256.
[4] 玛格丽特·阿特伍德:《盲刺客》,第165页。

流。诺弗尔对女儿的管束很大程度上是为了家族面子,并非情感使然。

诺弗尔曾希望艾丽丝继承家业,最终接管工厂,他可以自此摆脱烦恼。然而,工厂濒临倒闭,工人罢工、厂房起火……一连串的变故使他焦头烂额。为了家族利益,诺弗尔把18岁的艾丽丝许给年纪大了近一倍的实业家理查德,指望理查德能帮助家族渡过难关。艾丽丝在听到这个消息时,觉得自己被父亲出卖了:

"我想,他可能会向你求婚的。"父亲说道。

这时候,我们已经到了大堂。我坐了下来。"嗯。"我说。我突然对这些天来明摆着的事恍然大悟。我想笑,感觉像中了个圈套。我还感到胃口一下子没了。不过,我的声音依然很镇静。"我该怎么办?"

"我已经同意了,"父亲说道,"所以,现在看你的了。"接着,他又补充说:"有些事要靠你了。"①

诺弗尔的意思是,他这么做是在为两个女儿的将来考虑,万一他出什么意外,艾丽丝和劳拉没有能力照顾自己。除此之外,他还要考虑工厂和生意,不想使祖上留下的产业毁在他手里。他考虑了很多,恰恰没有考虑女儿的感受,艾丽丝只觉得自己"被逼到了墙角,看起来我毫无选择余地了"②。事实确实如此,自从嫁给理查德后,艾丽丝没有过过一天幸福日子,劳拉则多次被理查德奸污,最终自杀身亡。

---

① 玛格丽特·阿特伍德:《盲刺客》,第240页。
② 同上书,第241页。

艾丽丝在回忆录中记下了母亲临终前几周对她说过的话:"你们的父亲在内心深处是爱你们的。"① 当时的她没有细想,只是单纯地以为她的父亲和其他人的父亲一样,外表冷漠,内心充满对孩子的爱。然而,几十年过去,艾丽丝再回想起这句话时,却有了不同的见解:

> 它可能是一个警告,也可能是一个负担。即便爱是藏于内心深处的,它上面还有一大堆东西;当你挖掘下去的时候,又会发现什么呢?不会是一件简单的礼物,纯金做的,还闪烁着光芒;相反,它也许是某种古老而又可能有毒的东西,就像枯骨上那锈迹斑斑的铁制护身符。这样的爱是某种护身符,却很沉重;它如同一个重物,把铁链套在我的脖子上,压得我难以前行。②

当父亲把家庭的希望建立在女儿身上,将她推上"献祭台"时,他不知道女儿承受了巨大的痛苦,像是风雪地里的迷途者,找不到回家的路;像是被黑色苍穹中的某个神灵"满怀恶意地注视着";又像是悬在天空,正要骤然跌落,"掉进无底深渊"。③ 这种虚假的父爱是一把枷锁,锁住了女儿一辈子的幸福。

第三类是长不大的父亲,他们的精神世界属于过去,在现实生活中往往寻求他人的保护,对象大多数情况下是妻子或伴侣。对于孩子们来说,他们只是生理上的父亲,而不是精神上的父亲。这些身为人父者不知道也不想知道,他们扮演着孩子生命中第一个也是

---

①② 玛格丽特·阿特伍德:《盲刺客》,第107页。
③ 同上书,第243页。

最重要的男性角色，是他们在孩子的心灵播下一颗种子，呵护它成长，教会孩子如何自处，以及如何与他人相处。

《人类之前的生命》中的纳特是两个孩子的父亲，他于20世纪60年代以难民身份移民加拿大，却在70年代的多元化浪潮中迷失了方向，由一个充满理想主义的律师变成了愤世嫉俗者，沉溺于对青年时代往事的追忆。他在家做饭、打扫卫生、照看孩子，什么活儿都干，却没有属于自己的真正的"家"，因为他住的房子是妻子伊丽莎白的，他在加拿大也没有根。伊丽莎白不在家时，他会播放哈里·贝拉方特60年代的老唱片，回忆过去。他时时刻刻缅怀的"家"是一个不可能的幻影——"一种和爱人分享的平静生活，好像40年代的圣诞卡上的图片一样，一堆炉火、放毛线的编织篮，凝固的落雪"①。纳特为自己筑了个茧，他躲在茧内，不肯走出来。对于热爱政治的母亲，他是个失败的律师，不能为受压迫者代言。对于妻子，他是个失败的丈夫，一直赶不上她的步伐，"他想象自己朝她跑过去，而她却不断后退，手里举着一盏灯，好似弗洛伦斯·南丁格尔"②。对于孩子，他是个失败的爸爸，只尽到了照顾的义务，却没有关心她们的成长："她们以前长什么模样？她们什么时候学会走路的？她们说过什么？他又是什么感觉？他只知道他经历过，经历过很多如今已经完全不记得的重大事件。"③

当纳特与伊丽莎白的婚姻走到尽头时，他面临两难的道德困境："到底是离开孩子们，摆脱破裂的婚姻，还是为了孩子们维持婚姻。"④ 两个女儿即将成年，他知道她们终将离他而去："她们已经

---

① 玛格丽特·阿特伍德：《人类以前的生活》，第274页。
② 同上书，第54页。
③ 同上书，第193页。
④ Jo Brans, "Using What You're Given," Earl G. Ingersoll, ed., *Margaret Atwood: Conversations*, 145.

坐着火车或是飞机,不知道去哪儿了,光速一般飞快地离他而去。"① 他不指望她们能原谅他:"她们会评论他的穿着,他的工作,还有他的用语。""不管是哪种结果,她们都会对他评头论足。没有母亲,也失去了孩子……孤零零的流浪者。"② 孩子们已经长大,而他似乎还在原地踏步,在生活的旋涡里晕头转向。他就像自己制作的玩具,仿佛"被分割、被截肢"了一样:"身体是一圈圈环线,绕着一根中轴,从头部用螺丝固定住整个身体……脊柱和螺丝钉脑袋把各个部分固定起来,这就是他的身体。"③ 这样一个由"碎片组成的人"④ 没有任何主心骨,焉能在生活中为孩子们遮风挡雨?

具有讽刺意味的是,小说结尾时,纳特即将再次成为父亲,这一次他是否做好了准备?他是否"变得成熟,接受父亲的角色",或者"仍是个孩子,不能全心全意地对待一个人、一件事"?⑤ 阿特伍德并没有给出答案,但读者似乎看到了纳特被困在生活里的模样。

与纳特一样,《强盗新娘》中的米奇也是没长大的父亲。米奇靠着英俊的长相获得罗兹芳心,不用奋斗便过上了富足的日子。作为两个孩子的爸爸,他几乎从头到尾都缺席了他们的成长。在整部小说中,读者几乎看不到米奇和孩子在一起的场景,更不用提他们之间有何互动了。是因为米奇有忙不完的工作吗?完全不是,事实上,他把大量时间花在了追女人方面,在家里做起甩手掌柜,将养育孩子的任务留给了罗兹。罗兹就像只老母鸡,她尽最大的努力体贴孩子,教养孩子:"展开隐形的翅膀,她温暖柔软的天使羽翅,她鼓动

---

① 玛格丽特·阿特伍德:《人类以前的生活》,第193页。
② 同上书,第342页。
③ 同上书,第287—288页。
④ 同上书,第288页。
⑤ Barbara H. Rigney, "'The Roar of the Boneyard': *Life Before Man*," *Margaret Atwood*, 87.

着的母鸡翅膀,这翅膀的作用虽然被低估了,却是必不可少的,她将他们裹住。安全,是她希望他们感觉到的。"① 在米奇看来,罗兹付出这一切理所应当:"在米奇的宇宙观里,罗兹的身体代表了财产、稳定和家庭美德,家和家庭生活,使用期很长。他孩子的母亲。巢穴。"② 米奇骨子里是个孩童,他需要强大的罗兹庇佑,罗兹一次又一次将他从危及家庭的婚外恋中拽回,就好像母亲在挽救迷途的孩子。也许是因为"缺失了某些东西"③——缺少父爱的引导——儿子拉里的成长比较艰难,后来发展到了具有同性恋倾向,而年幼的双胞胎女儿在听母亲讲故事时总是要把故事里所有的主角都改成女性,罗兹曾担心这是因为他们对米奇以及"他的缺席的反应,否认他的存在的某种企图"④。米奇或许至死都没有懂得,比起出于客观原因不能陪伴在孩子左右,更让人沮丧的是,人虽在身边,却感觉不到他的关爱。

通过分析阿特伍德作品中三种"缺席的父亲"形象,我们可以看到父亲在孩子成长和教育中的作用,而真正的在场是参与到孩子的生活中,给予他们正确的人生导向。哲学家让-雅克·卢梭(Jean-Jacques Rousseau)在《爱弥儿》(*Émile*)里写道:"一个男人……如果不能履行父亲的职责,他就没有权利成为父亲。贫穷、职业压力、错误的社会偏见,这些都不能成为男人的借口,以摆脱支持和教育孩子的职责。"⑤ 为了确保家庭所有成员的幸福,男人同女人一样需

---

① Margaret Atwood, *The Robber Bride*, 341.
② Ibid., 335.
③ Ibid., 93.
④ Ibid., 330.
⑤ Jean-Jacques Rousseau, *Émile*, trans. Barbara Foxley (London: J. M. Dent and Sons, Ltd., 1974), 17.

要对家庭做出承诺。父子/女之间唯有建立互爱信任的关系，才有助于家庭的健康发展。

二、疏离的母女关系

孩子的行为可以追溯到他们和父母的交流和互动中，客体关系理论家认为，婴儿受到父母的极大影响，尤其是母亲，因为母亲"在照管婴儿方面承担主要责任，与婴儿和孩童在一起的时间比男人多，维系与婴儿的主要感情纽带"，母亲不仅成为婴儿的照管者，她们还是每个婴儿遇到的第一个"爱的对象"。[1] 在阿特伍德的家庭伦理作品中，母女关系是除两性关系外着墨最多的话题，《神谕女士》《人类之前的生命》《强盗新娘》《洪水之年》中都有大量母女关系的描写，它们反映了母亲对孩子伦理建构的引导作用，同时从一个侧面折射出女性在社会文化层面所受到的规范和制约。在这些作品里，尤以《神谕女士》中的母女关系最具典型特征。阿特伍德在小说出版当年接受了加拿大广播公司的采访，访谈中便称这部作品"其实描写的是她（指女主人公琼）和母亲之间的关系"[2]。

琼少年时代异常肥胖，而她的母亲苗条美丽，是个优雅的西方中产阶级女性。母亲控制欲极强，一直试图左右女儿的成长过程。她给女儿取名琼，与美国电影明星琼·克劳馥同名。名字通常表达了父母对孩子的期望，琼的母亲以好莱坞巨星为女儿命名，是希望她能长成一个魅力四射的姑娘，吸引众多男子，"美丽、有抱负、铁

---

[1] Nancy Chodorow, *The Reproduction of Mothering: Psychoanalysis and the Sociology of Gender* (California: University of California Press, 1987), 20.
[2] Margaret Atwood, "The Cult of Margaret Atwood," *Margaret Atwood: Queen of CanLit*, CBC Archives, Toronto, 3 October 1976.

面无情、有能力摧毁男人"①,或许有朝一日能步入上层社会。琼却对母亲替自己取的这个名字感到困惑不已:"是希望我像她(克劳馥)在荧幕上所扮演的角色一样……还是因为她希望我出人头地?……母亲赋予我别人的名字,是要我永远不能拥有自己的名字吗?"②

母亲一心想把琼塑造成一个理想女孩的形象,按照当时社会的性别角色审美,苗条的女人才能跟漂亮沾边,肥胖是丑陋的代名词,因此她逼迫琼学芭蕾舞,逼迫她减肥。学校要举办芭蕾舞表演会,琼特别想扮演蝴蝶。母亲和舞蹈老师密谋,把她的角色从蝴蝶换成了一粒圆圆的樟脑丸,使她毫无准备地暴露在聚光灯下。琼的表演非常成功,她在舞台上比其他女生更引人注目,但那并不是琼想要的注目。扮演樟脑丸所换来的如潮般的掌声和笑声成为琼在公开场合受到的第一次羞辱,永远刻在了她的记忆深处。自我的受挫使琼越发在意自己的外表,这种心理逐渐影响到她与同龄人的交往,她开始孤立自己,并且变本加厉地从食物中寻找安慰。

母亲看着琼巨大的胃口,看着她的身体像面团似的发起,心里的恼怒可想而知,两人之间爆发了战争:"争议的焦点是我的身材。"③ 母亲严厉地批评她,威胁她如果不减肥,就不会有男人娶她。琼则反其道而行之,以吃更多的巧克力、更多的薯条来向母亲抗议:"在餐桌上,我的身体一寸寸向她逼近,至少我在这方面所向无敌。"④ 琼甚至毫不讳言"母亲是怪物"⑤,她经常做关于母亲的噩

---

①② 玛格丽特・阿特伍德:《神谕女士》,第36页。
③ 同上书,第63页。
④ 同上书,第63—64页。
⑤ 同上书,第61页。

梦，梦中的母亲是三头怪。撇开母女俩的紧张关系不谈，母亲的表现与波伏娃在《第二性》中所描写的母亲的行为何其相似：

> 母亲用自己的命运约束孩子……就连那些慷慨的母亲，一方面真诚地为孩子谋取福利，一方面却照例认为将她打造成"真正的女人"更为明智，因为如果这么做的话，她将更容易被社会接受……她的耳朵里灌满了女性智慧之类的真知灼见，以及女性美德方面的规劝，她被教导要会做饭、缝补、家务，除此之外还要照管好身体、要端庄有魅力。①

J. 布鲁克斯·布森（J. Brooks Bouson）认为，琼的母亲关于女性身体的价值观体现了根深蒂固的父权思想对她的影响："（她）敦促女儿接受女性气质。她是男性文化的代理人，代表了从传统上讲严重削弱女性的压迫性社会力量。"② 在小说的第二章，母亲采取了很多行动来对付女儿的肥胖，试图使她拥有符合社会建构的女性气质，除了送女儿去舞蹈学校，还带她去看心理医生，在巧克力蛋糕里混入泻药，给她买一些不会引人注意的衣服、一些专为肥胖人士设计的衣服。

很多读者觉得琼饮食失调的主要原因是母亲的强势，却忽略了另一个关键因素，即父亲缺席所带来的家庭关系的失衡。家庭的主要关系包括夫妻关系和亲子关系，女性是这些关系中不可或缺的存在。已婚女性承担着母亲和妻子双重身份，对家庭的稳健发展起着

---

① Simone de Beauvoir, *The Second Sex*, 309.
② J. Brooks Bouson, *Brutal Choreographies: Oppositional Strategies and Narrative Design in the Novels of Margaret Atwood* (Amherst: University of Massachusetts Press, 1993), 66.

至关重要的作用。然而,当丈夫或主动或被动地成为家庭里的隐形人,女人便会将感情和注意力从丈夫身上抽离,放在孩子身上。而孤军奋战中的女人难免陷入孤独感和不安全感,这种感觉又会不自觉地投射到孩子身上。于是,家变成了令人痛苦的场所,母亲和孩子之间会被一种焦虑感包围,甚至发展为争执和冲突。南希·霍多罗夫认为:"家庭结构和处事方式,尤其是父母养育的不对称安排,影响了无意识的心理结构和建构过程。"① 换句话说,家庭中不平衡的养育模式会影响孩子的心理发展,影响他/她未来的人格。琼曾无意中听到父母的谈话,得知了母亲对为人妻母的感触:"'你不晓得我受过的苦,自己一个人拉扯她长大,你却在外面快乐逍遥。'……'又不是我想生下她的。又不是我想嫁给你的。依我看,我只是尽人事、听天命。'"② 丈夫奔赴战场,她独自带着孩子生活,在一个以男性为主导的社会,她始终挣不脱男权社会性别规范的束缚,在生活中没有多少选择的机会,无论是结婚还是怀孕都非心甘情愿。丈夫从战场回来之后,却依然对家庭疏于照顾,几乎很少跟她说话,导致她的心理越来越失衡,失望、愤怒、不甘、冲突、矛盾、焦虑……一切的负面情绪都表现在与女儿的相处中。

琼在偷听到父母谈话后,产生了惊慌感,这种惊慌感再次以"吃"的形式体现出来:"我用吃反抗她,但我吃也是因为惊慌。有时我很害怕我不是真正存在,我只是个意外;我曾经听到她说我是意外。我是不是想变成坚固的实体,一个像石头的实体,好让她无法摆脱我?"③ 琼一方面用暴饮暴食来激怒母亲,表示抗议;另一方面又害怕母亲弃她不顾,使用大吃大喝的方式获得母亲关注。有学

---

① Nancy Chodorow, *The Reproduction of Mothering: Psychoanalysis and the Sociology of Gender*, 49.
②③ 玛格丽特·阿特伍德:《神谕女士》,第 71 页。

者认为，琼越是感觉恐慌，越是感觉"基础不稳固"，便越是想要在特别丰盛的食物中寻求庇护。① 另有学者指出，琼除了用食物来抵消自己的担忧之外，还利用衣服吸引母亲的注意。换言之，服装的选择与暴饮暴食的行为类似，成为她试图证明自己存在的方式："她不想穿上母亲要她穿的没有任何明显特征的衣服，因而'被缩小，被中和'，她选择'特别具有攻击性的、难看的、色彩斑驳的横条衣'。"② 甚至有研究者提出，琼的暴饮暴食是对母爱的渴求："相互敌对变成了依恋的唯一形式。在琼的观念中，激怒母亲比激不起母亲任何情绪要好，因为只有通过这种方式，琼才能依附于母亲，避免遭到可能的遗弃。"③ 尽管这种独特的"示爱"手段引起了母亲的极大不满，对琼来说，却好过受冷落的滋味。从心理学的角度来看，琼的行为是可以理解的。弗洛伊德认为，孩子的强烈感情会触发"强烈的攻击性倾向"，换句话说，孩子对"目标"的爱越是炙热，认同渴求越是浓烈，"目标"心中的负面情绪——确切地讲，便是"失望和沮丧"——就越容易被激发；此外，弗洛伊德关于每一种母女关系"特殊性"的描写表明，"累积的敌意"往往导致"对孩童之爱的摧毁"。④ 虽然世上母女关系千变万化，但弗洛伊德的这一观点用来阐释琼和母亲之间的关系可谓再贴切不过了。

阿特伍德在刻画琼对母亲既反抗又暗含渴望的矛盾心态的同时，

---

① Shuli Barzilai, "'Say That I Had a Lovely Face': The Grimms' 'Rapunzel,' Tennyson's 'Lady of Shalott,' and Atwood's *Lady Oracle*," *Tulsa Studies in Women's Literature*, 19. 2 (2000): 235.
② J. Brooks Bouson, *Brutal Choreographies: Oppositional Strategies and Narrative Design in the Novels of Margaret Atwood*, 67.
③ Wanchun Chuang, *Mother-Daughter Relationship and the Daughter's Search for an Integrated Self: An Object Relations Reading of Margaret Atwood's* Lady Oracle (Thesis) (Taipei: Fu Jen Catholic University, 2006), 42.
④ Marianne Hirsch, *The Mother/Daughter Plot: Narrative, Psychoanalysis, Feminism* (Bloomington: Indiana University Press, 1989), 168.

向读者展现了母亲对琼既失望又不愿放手的复杂内心。母亲这一角色初看上去非常强势，但仔细研读之下便会发现，她其实是一个毫无力量的女性，屈服于父权制的威势，"依照习俗将家庭视为她的事业"①，为家庭奉献自己，丈夫和女儿却完全不是她所期待的样子，是她生命中的败笔。生活的空虚、自我的缺失使她在与女儿的相处中逐渐走入死胡同：她无法理解琼的所作所为，逼迫琼朝着她所理解的女性角色发展，却换来琼的抵制，最终把琼推向了情感丰富的路姑妈身边。路姑妈满足了琼对母爱的需求，当她去世时，琼悲痛欲绝，决定向过去的自己告别。她成功地减了肥，准备离家出走，去追求属于自己的生活。这一切惹恼了母亲，两人之间的冲突达到了高潮：

> 我不该透露我的计划。她看着我，满脸愤怒，怒火旋即化为恐惧……她从厨房台面上拿起水果刀……刺进我的上臂。它穿透了我的毛衣，戳进肉里，再弹出落到地板。我们都不敢相信她会出此下策。②

母亲之所以会产生歇斯底里的行为，是害怕琼会离她而去。由于她"作为女性角色的空间已缩至家庭领域"③，改造女儿肥胖的身体成了她唯一的人生目标，一旦女儿脱离掌控，她便觉得无法容忍。

琼毅然决然地离开了母亲，之后，她恋爱，结婚，成了小有名

---

① 玛格丽特·阿特伍德：《神谕女士》，第 172 页。
② 同上书，第 117—118 页。
③ Fiona Tolan, *Margaret Atwood: Feminism and Fiction* (Amsterdam: Rodopi, 2007), 80.

气的作家。然而，母亲时不时会在梦中出现，跟她诉求着什么。在潜意识里，琼也已把母亲的思想内化为自己的思想，尤其是母亲对男人的观点，它或多或少影响着琼与男人的相处模式。她和波兰伯爵保罗在一起时，由于两人年龄相差悬殊，保罗扮演了父亲的角色，有绝对的主宰地位，而她则像个顺从的情妇或女儿。保罗并非真正的绅士，他一开始时显得彬彬有礼，但随着时间的推移，大男子主义便暴露无遗。他嫉妒琼的成功，对她冷嘲热讽，批评她的哥特式小说肤浅透顶，向她收取租金，指责她不忠贞，甚至对她进行性虐待……保罗的行为举止其实跟琼的一味忍让不无关系，是她的屈从在某种程度上纵容了保罗得寸进尺。在与阿瑟的婚姻中，琼变得更加唯命是从，为了阿瑟，她可以尝试任何事情，希望"将自己变成阿瑟认知中的模样，或者说是变成他认为我应有的样貌"[1]。安德里亚·塞尔邦（Andreea Șerban）认为，琼孩提时代从母亲那里耳濡目染了"支配权和意识形态"，这些思想在成长的过程中得以内化，使她成为永久的"受害者"。[2] 阿瑟和琼的母亲一样，都喜欢从琼的失败和挫折中获得乐趣："阿瑟喜欢看我受挫。这能令他开心……我的失败是一场表演，而阿瑟是我的观众。"[3] 与此同时，阿瑟也喜欢对琼的生活指手画脚。琼恍惚间觉得母亲又回到了身边，于是，她在压力之下又开始了暴饮暴食。社会对女性气质的期待已经不自觉地

---

[1] 玛格丽特·阿特伍德：《神谕女士》，第204页。
[2] Andreea Șerban, "Cannibalized Bodies and Identities, Margaret Atwood's *The Edible Woman*, *Lady Oracle*, and *Cat's Eye*," Dragutin Mihailović et al., eds., *Environmental, Health and Humanity Issues in the Down Danubian Region* (Singapore: World Scientific Publishing, 2007), 350.
[3] 玛格丽特·阿特伍德：《神谕女士》，第203页。

成为琼行为处事的标准,造成了她对男人"病态的依恋"[1],因为害怕失去男人,她在两性相处中下意识地贬低自我,心甘情愿受男人操控。

阿特伍德通过《神谕女士》中母女间道德伦理关系的描写,展开了对女性气质的思考。在一个倡导男权的社会里,有关女性气质的神话削弱了女性的力量,破坏了女性的自我,就像小说中的母亲和女儿一样:母亲在指引女儿成长的过程中,却在不自觉地助推社会大力弘扬的女性气质,从而对女儿的行为进行着规范和约束。因此,这对母女之间的冲突从某种意义上凸显了父权制的权威和统治。母亲在屈服于文化和社会建构的性别角色的同时,试图塑造琼的女性气质,试图操纵她,迫使她遵循性别规范。琼则用不同寻常的胃口加以抵制,向社会期待的女性气质发起反抗。琼的饮食失调一方面表明了她在男权社会的尴尬处境和饱受挫折的内心世界,另一方面反映了她拒绝成为受害者的心路历程。

三、道德捆绑下的姐妹情

家庭中的姐妹关系既简单又复杂,血缘将姐妹紧密地联系在一起,使她们享有与别人在一起时体会不到的骨肉亲情,但她们同时生活在具有众多规约的社会中,受到诸多牵制,这些规约作用于她们身上,对她们产生着影响,由此衍生出各种各样的爱恨情仇。在阿特伍德的作品里,有关家庭中姐妹关系的描写不多,长篇小说《盲刺客》是其中颇具代表性的。但在讨论这部小说之前,有必要先

---

[1] Karen Horney, *Neurosis and Human Growth: The Struggle Toward Self-Realization* (New York: W. W. Norton, 1950), 247.

提一下《道德困境》(Moral Disorder) 中的第二个短篇故事《烹调和持家的艺术》(The Art of Cooking and Serving)。这两篇（部）作品虽然时代背景完全不同，但都有一个共同的特点，即母亲功能的弱化或消失，导致家庭中母亲的责任转移至大女儿身上，由大女儿承担起女性的照管者角色，接管对妹妹的照顾。

《烹调和持家的艺术》情节比较简单，讲述了无名女主人公在妹妹出生后的性格转变过程。故事开始时，她11岁出头，整个夏天都在默默忙着编织婴儿全套服装，因为她的母亲怀孕了。由于母亲是高龄孕妇，身体虚弱，女主人公需要承担起家务劳动："至于我，我应该在广义上有帮助。为了以示鼓励，父亲又加了一句，比以前'更'有帮助。"[①] 在女主人公编织衣服的空余时间里，她会扫地、泵水、担水回家；她去河边盥洗衣服，再拎到山上晾干；她还给花园除草，把木头搬进屋内……妹妹出生后，整天哭闹不休，母亲因缺乏睡眠越来越消瘦，为了让母亲休息，女主人公担负起照看妹妹的责任：有时她边做作业边用脚轻轻推动摇篮；有时她从学校回家，给妹妹换上厚衣服，用婴儿车把她推出去；有时她一手拿本书，一手抱着妹妹来回走动；有时她把妹妹抱进房间，一边晃动一边唱歌……

在妹妹两岁时，女主人公进入青春期，她班上的女生开始跟男生约会，她们在电影院和溜冰场上结识了一些男友，或是一起去路边电影院，边看电影边吃爆米花，或是穿上无肩带连衣裙，在黑暗的体育馆跳舞，或是在录像厅的沙发上拥吻。女主人公在午饭时间听着同学们交谈，却参与不进去。她躲开了试图接近她的男生，因

---

① 玛格丽特·阿特伍德：《道德困境》，陈晓菲译，河南大学出版社2015年版，第20页。

为她必须回家帮母亲照看妹妹。她的脾气变得乖张起来,原先对母亲和妹妹的种种关心和担忧不见了,开始逃避责任,每天一吃完晚饭,便尽快溜下餐桌,把自己关进房间,对父母的问话则爱搭不理。一天晚上,她和母亲同在卫生间,母亲正从洗衣篮里拿脏衣服,这时妹妹哭了起来。母亲像往常一样说道:"你能不能过去看看,哄她睡觉?"女主人公却脱口而出:"为什么是我?她又不是我的小孩。我没生她。是你。"母亲听后猛地扇了她一记耳光,两人都为自己和对方的行为感到震惊。母亲的一巴掌既使女主人公感到受伤,又使她松了口气,因为"咒语被解除,我获得了自由。我不再强迫自己做家务。表面上,我还帮着做事——我无法改变这部分自我。但内心深处,一种更为隐秘的生活像一块黑布在我面前铺开"①。

《烹调和持家的艺术》中对姐妹关系的叙述只有寥寥数笔,大多展现的是女主人公(大女儿)出于责任对妹妹的照顾。那么,这是一种什么样的责任,推动着一个十岁出头的孩子坚持不懈地做着本属于母亲的工作?我们可以将之归因于她对母亲和妹妹的爱。然而,小说中的一个细节不容忽视,那便是女主人公沉迷其中的一部与小说标题同名的书籍《烹调和持家的艺术》。这本烹饪书陪伴着女主人公,成为她在妹妹出生之前那些充满孤独和焦虑的日子里最喜欢的书。她感兴趣的倒不是书中的食谱,而是书的前两个章节《没有家仆的房子》和《拥有家仆的房子》,它们涉及正确的生活方式,颂扬了家务劳动,并对完美的家务劳动提供了来自往昔时光的严谨忠告。这本强调传统女性知识的烹饪书对家庭领域做出了明确的安排,而这正是女主人公在经历巨变、困惑和忧惧时所需要的。新生儿的即

---

① 玛格丽特·阿特伍德:《道德困境》,第30—31页。

将出世与书里宣扬的梦幻般的生活构成了强烈反差：它仿佛是一个不速之客，后面跟着一连串的危险和麻烦……但烹饪书能让人心情平静，相信正确的家务劳动可以应对一切问题，把最不整洁的房子变成迷人的家。这本书可以说是"一本行为手册"[1]，也是"一个令人宽慰的童话故事，向她许诺母亲（般）的家务劳动是解决所有麻烦和痛苦的神奇手段"[2]。

烹饪书的第二章《拥有家仆的房子》讲述了如何将毫无经验的女仆变成"一个穿着得体的称职家仆"[3]。作者提供了女仆的两幅照片，她仿佛经历了某种神奇的蜕变，女主人公为之深深吸引，并表达了嫉妒之意："她已经完成转变了，不再需要做决定。"[4]关于自己的成长，女主人公心想："我想转变吗？或者被转变？我将成为和善的持家能手，还是前面的邋遢女仆？我不知道。"[5]女主人公对自己的人生之路只看到了两种选择：女仆和家庭主妇，这两种身份强调的都是女性的顺从，需要女性去付出，去奉献，在某种程度上与女主人公所承担的母亲（般）的养育角色重合。由于社会上长期存在的偏见，女人多数时候都被认为是弱者、不适合做需要体力的工作，她们通常会被分配做些家务活儿，或者"食物采集、食物准备、手艺活、服装加工、照顾孩子等"[6]诸如此类的活动，过去如此，现在仍是如此。这些活动通常在家里或家附近进行，女孩们要参与或帮助母亲及家中的女性成员。在参与的过程中，她们就是在"接受

---

[1] Ellen McWilliams, *Margaret Atwood and the Female Bildungsroman* (Farnham: Ashgate, 2009), 130.
[2] Tammy Amiel Houser, "Margaret Atwood's Feminist Ethics of Gracious Housewifery," *Partial Answers: Journal of Literature and the History of Ideas*, 11. 1 (January 2013): 113.
[3][4][5] 玛格丽特·阿特伍德：《道德困境》，第 26 页。
[6] Nancy Chodorow, *Feminism and Psychoanalytic Theory*, 25.

训练，朝着成人角色努力"①。瑞因加尔德·M. 尼西科在对《烹调和持家的艺术》的评论中指出，这个故事"以有问题的方式表现传统的性别角色，这些角色妨碍了独立和自由的选择，尤其是女性的选择"②。虽然故事结尾时女主人公"拒绝再为他人（家人）服务，抛弃了成为好客家仆的女性负担"，并对"女性作为照顾者的角色发起了反抗"③，但她或许一辈子都无法摆脱对妹妹的责任和关爱④，妹妹一旦有所需求，做姐姐的就必须出于责任做出回应，就像烹饪书中的女仆一样身不由己、有求必应。一方面是威胁吞没她的家庭责任，另一方面是独立存在的身份追求，女主人公深陷对他者的"道德困境"，无法自拔。阿特伍德通过这则故事告诉我们：强加于女性身上的角色期待充满了削弱性的力量。人活在世上，担负起一定的责任无可厚非，然而，当我们的社会有意无意将"责任"的帽子扣压在女性头上，过度强调女（母）性责任时，它无形中是在绑架女性的人生。

《烹调和持家的艺术》聚焦于妹妹出生之前和刚出生不久之后的这段日子，对姐妹关系的描写是蜻蜓点水式的，如同姐妹关系的前传。《盲刺客》则将时间跨度延展为童年和成年的漫长岁月，阿特伍德通过年长叙述者艾丽丝的忏悔回忆录，详述了她与妹妹劳拉毕生的纠葛，以及她对妹妹早亡的歉疚，再次引出了《烹调和持家的艺术》中涉及的"强制责任"话题。虽然有评论者认为艾丽丝的自传

---

① Nancy Chodorow, *Feminism and Psychoanalytic Theory*, 28.
② Reingard M. Nischik, *Engendering Genre: The Works of Margaret Atwood*, 86.
③ Tammy Amiel Houser, "Margaret Atwood's Feminist Ethics of Gracious Housewifery," *Partial Answers: Journal of Literature and the History of Ideas*, 11. 1 (January 2013): 112.
④ 除了《烹调和持家的艺术》，短篇集接下去的两个故事《无头骑士》（"The Headless Horseman"）和《白马》（"White Horse"）延展了这种姐妹之间的关系。

式回忆录融入了民族史的广阔潮流，反映了20世纪二三十年代加拿大的政治经济面貌，①但不可否认的是，小说的着眼点一直是艾丽丝和妹妹的关系。故事以艾丽丝的回忆录以及对50年前劳拉之死的叙述开始："大战结束后的第十天，我妹妹劳拉开车坠下了桥。这座桥正在进行维修：她的汽车径直闯过了桥上的'危险'警示牌。汽车掉下一百英尺深的沟壑，冲向新叶繁茂的树顶，接着起火燃烧。"②是什么原因导致了劳拉的自杀？艾丽丝与劳拉之死有着何种关联？她的死产生了什么影响？阿特伍德引领着读者，穿过时空的隧道，拨开层层笼罩的云雾。

艾丽丝的母亲是一个大家闺秀，在艾丽丝小的时候，母亲就教育她要做个天使般的女人，给她灌输女子气质以及姐妹情谊的概念，因此，她小小年纪便知道了女人的"三从四德"：年幼时做个驯顺的女儿，长大后成为善解人意的女友，然后服从命运安排，当个尽职的妻子和体贴的母亲。母亲临终前叫她"做一个乖女孩"："我希望你成为劳拉的好姐姐，我知道你在尽力这样做。"母亲的托付让她觉得自己受到了不公平的对待："为什么总要求我做劳拉的好姐姐，而不是要求劳拉做我的好妹妹？"③但她无法反驳母亲，也不知道母亲对她的看法将伴随一生："（我）并不知道她要求我具有的美德像徽章一样别在我胸前，再也没有机会扔还给她。"④

母亲去世后，父亲接管起抚养两个女儿的重任，然而，饱受战争伤害的父亲经常酗酒，又缺乏跟孩子相处的经验，等于把照顾劳拉的责任丢给了艾丽丝。尚未成年的艾丽丝在日趋破败的哥特式大

---

① Coral Ann Howells, *Margaret Atwood*, 2nd edition, 159.
② 玛格丽特·阿特伍德：《盲刺客》，第1页。
③ 同上书，第97页。
④ 同上书，第98页。

宅里和妹妹相依为命，其性别、阶级和角色决定了她的身份是"劳拉的好姐姐"，她作为女性的命运之路早已铺开：身为旧式英裔家庭的长女，她的职责是嫁个好人家，恢复家族财富，同时维护劳拉的利益。艾丽丝向往着外面的世界，可她总是被家庭需要着，被不谙世故的妹妹召唤着，没有多少自由可言。艾丽丝曾不止一次表达出对照顾劳拉的厌倦："我老是要看住劳拉，感到烦透了，而她又不领情。我总是要对她的闪失负责，包容她的过错，这我也烦透了。我厌倦了担负责任，到此为止吧。"① 艾丽丝就像是被判了无期徒刑的囚犯，在死气沉沉的大宅里度过一天又一天，既要面对父权制家庭强加给她的种种限制，又要与妹妹之间保持着并非自愿的纽带关系，小说由此向读者呈现了一幅"主体性受到他者性入侵"②的画面，就像列维纳斯所说的，主体"被束缚在一个结里，对他者的责任使他/她无法挣开这个结"③。作为长女，作为姐姐，艾丽丝挣脱不开的"结"是对家族的责任和义务，她在小说中反问自己的一句话——"我是我妹妹的监护人吗"④——道出了她对于"好姐姐"所担责任的无法承受之重。

艾丽丝年满 18 岁时，成了父亲的献祭品，一件交易的商品，被"卖给"野心勃勃的生意人理查德："（父亲）说除非我和理查德结婚，否则我们就没钱。"⑤ 她屈服于社会文化秩序，受制于父亲所代

---

① 玛格丽特·阿特伍德：《盲刺客》，第 182 页。
② Tammy Amiel Houser, "Margaret Atwood's Feminist Ethics of Gracious Housewifery," *Partial Answers: Journal of Literature and the History of Ideas*, 11.1 (January 2013): 114.
③ Emmanuel Levinas, *Otherwise Than Being or Beyond Essence*, trans. Alphonso Lingis (The Hague: Martinus Nijhoff, 2000), 105.
④ 这句话影射了该隐和亚伯的故事。该隐出于嫉妒杀死了弟弟亚伯，在面对上帝的质询时，该隐反问道："我是我弟弟的监护人吗？"
⑤ 玛格丽特·阿特伍德：《盲刺客》，第 240 页。

表的律法，不得不摆出一副自我牺牲的高贵姿态。艾丽丝在回忆中将这场上层社会的婚姻视作对她身份的抹除："我之所以称'她'，因为我不记得自己在场；我的心并不在，在场的只有我的躯体。"①艾丽丝没想到，她的牺牲换来的并非幸福生活，而是惨痛的代价。她自己步入了一场无爱的婚姻，劳拉则多次遭到理查德奸污，怀孕后被他送到精神病院，而这一切艾丽丝都被蒙在鼓里。

劳拉从小在别人眼里就是个与众不同的小姑娘，有点"古怪"。她身上的这种"古怪"或许"与别人原本就是相同的，只是大多数人内心一些古怪的、错位的东西藏而不露，而劳拉却表露无遗——这就是劳拉为何会吓着他们……在某种程度上让他们感到担忧。随着劳拉年龄的增长，她给人造成的这种担忧自然有增无减"②。劳拉身上最明显的特征是她的同情心，她不舍得伤害别人，甚至不舍得吃掉自己做的面人，最后把它们葬在了花园里。保姆瑞妮认为劳拉过于轻信他人，随便哪个人都能轻易把她带走，因此需要家人时刻紧盯着。母亲的去世对劳拉是个打击，从此她更加蜷缩进自己的世界。有一次她故意滑进河里，想用自己的死换回母亲的生命。她害怕失去姐姐，看到艾丽丝第一次来月事时流血，便以为她要死了，伤心地哭起来。敏感脆弱的她在成为理查德的泄欲对象后，选择了沉默，只是用画画来表达内心的感受。多数评论者认为艾丽丝是家庭的照管者和牺牲者，劳拉又何尝不是？她是在用自己的方式保全家人，即便沦为受害者，也不愿姐姐为难。

艾丽丝和劳拉唯一的联手合作是藏匿工会积极分子亚历克斯。在家族工厂关闭之后，随之发生了工人抗议以及厂房被焚事件，亚

---

① 玛格丽特·阿特伍德：《盲刺客》，第 255 页。
② 同上书，第 93 页。

历克斯是主要嫌疑人。14岁的劳拉将他偷偷带回家,藏进地窖,省下自己的食物给他吃。艾丽丝发现后加入了救援行动,将亚历克斯转移至阁楼,照顾他。姐妹俩的所作所为是对父权制规范的反抗:"从家庭层面讲,是挑战了父亲的权威;从公共层面讲,则是对追捕亚历克斯的国家权威的挑战。"① 营救亚历克斯彻底改变了姐妹俩的生活,她们对他共同的依恋完全模糊了两人之间的界限。在故事的故事里,读者有时会分不清和亚历克斯发生性关系的究竟是艾丽丝还是劳拉,小说中反复出现的三人合影更是混淆了两姐妹的身份。或许她们一直就是各自的"左手"②,不分彼此。

"盲刺客"是亚历克斯讲述的科幻故事中的人物,但是从比喻意义上讲,艾丽丝也与"盲刺客"无异。在举办婚礼之前,劳拉劝她放弃这场婚姻,她却对劳拉说"我眼睛睁着呢",她就像劳拉所说的,"像个睁着眼睛的梦游人",③ 看不清事实的真相,看不清劳拉对她的爱。一直以来,艾丽丝都觉得是自己在出于责任照顾劳拉,却不知她们是在互相照顾、互相依赖。当她同意和理查德结婚时,她的人生道路就偏离了正常的轨迹,面临着危险,即"刺杀"(牺牲)内心自我。艾丽丝也是姐妹关系的杀手,她无法接受劳拉与她分享对亚历克斯的爱,最后当着劳拉的面讲述了自己与亚历克斯之间的风流韵事,并告知她亚历克斯已经死去,从而导致了劳拉的自杀。艾丽丝从劳拉的日记本中得知了理查德强奸她的秘密,不由悲愤交加:"一切都清楚了。这事一直是在我的眼皮底下进行的。我怎

---

① Tammy Amiel Houser, "Margaret Atwood's Feminist Ethics of Gracious Housewifery," *Partial Answers: Journal of Literature and the History of Ideas*, 11.1 (January 2013):126.
② 玛格丽特·阿特伍德:《盲刺客》,第547页。
③ 同上书,第253页。

么会如此视而不见?"① 艾丽丝是父权制"强制责任"的受害者,她在反抗这种责任的同时,却无形中成了它的帮凶,使劳拉独自背负枷锁,并直接造成了她的死亡。

有意思的是,《盲刺客》里也提到了一本古老的烹饪书——出版于1896年的《波士顿烹饪学校食谱》,这本书是艾丽丝的祖母留下的,保姆瑞妮做菜时会用来参考,艾丽丝有时也爱翻翻。食谱的卷首引用了英国作家、哲学家、艺术评论家和社会改革家约翰·拉斯金(John Ruskin)的一段话:"烹饪是一种集公主美狄亚、女巫锡西、美女海伦和示巴女王所有的知识之大成……它是你祖母的节俭加上现代药剂师的科学……最终它意味着你日趋完美,成为永远的贵妇人——布施者。"② 这段对烹饪的赞美出自拉斯金1866年出版的《尘埃的伦理:小主妇养成要素十讲》(*The Ethics of the Dust: Ten Lectures to Little Housewives on the Elements of Crystallization*),拉斯金在书中指导年轻女孩,对生活答疑解惑。拉斯金认为,烹饪这种家务劳动本质上是女性的领域,给女性作为持家者的传统角色披上一层道德合法性的外衣,认为将"淑女"等同于"布施者"具有伦理意义。拉斯金关于"完美……贵妇人"的观点与维多利亚时代"天使般的女性气质"看法类似,宣扬了女性作为"好客家仆"的责任,以道德的名义将女性束缚于家庭内部。这本书由祖母传到艾丽丝手里,它所传达的思想被几代女性消化吸收,已经内化为女性行为的宝典。《波士顿烹饪学校食谱》中拉斯金的这段话强调了以男性为主的关于女性家庭角色的假定,以及"女性作为营养提供者和慷慨行

---

① 玛格丽特·阿特伍德:《盲刺客》,第532页。
② 同上书,第192—193页。

为一方的典型形象"①，阿特伍德在小说中对它的引用并非随意而为，她认为在家庭的私人空间里也存在着压迫性的霸权力量，这种力量是造成艾丽丝和劳拉两姐妹悲剧命运的根源。

阿特伍德通过《烹调和持家的艺术》和《盲刺客》中有关姐妹关系的描述，批判了传统的"女性照顾者"形象，提出了一个被大家所忽略的话题，即女性的"强制责任"。毋庸置疑，女性有义务承担家庭的职责，养育子女，照顾家人，但是，任何责任和义务都是有限度的，我们的社会不能也不应该将"责任"作为紧箍咒，安在女人头顶，心安理得地享受女性无底线的自我牺牲。对于女性个体而言，对他人/家人的道德关怀不应以牺牲自己的空间和自由为代价，因为"对自身界限的明确意识是合理关怀他人的前提"②，唯有自身获得成长，才能更好地照顾他人/家人。

第三节 走出迷宫，面对困境

阿特伍德把漫漫人生之路视为一座迷宫，一场"不愉快却真实的旅途"③。在《可以吃的女人》《浮现》《神谕女士》《肉体伤害》以及一些诗歌中，主人公们徘徊在人生的迷宫里，有时会感到迷惘、恐惧、担忧，不知该何去何从。在这种情形之下，社会成员之间需要相互扶持。人是一种社会动物，既独立于世界，又依赖与他者的联系，人的身份就产生于人与人之间的关系。凯利·奥

---

① Reingard M. Nischik, *Engendering Genre: The Works of Margaret Atwood*, 64.
② Alisa Carse, "Facing up to Moral Perils: The Virtues of Care in Bioethics," Patricia Benner, Suzanne Gordon, and Nel Noddings, eds., *Caregiving: Readings in Knowledge, Ethics, Practices and Politics* (Philadelphia: University of Pennsylvania Press, 1996), 104.
③ Frank Davey, *Margaret Atwood: A Feminist Poetics*, 114.

利弗（Kelly Oliver）认为，依赖与独立矛盾地交织在一起，一方产生另一方：

> 主体性取决于认识到世界和他人的独立。除此之外，一个人的独立需要承认他/她对世界和他人的义务……与主体性的依赖基础相伴相生的是对世界和他人的伦理责任。依赖不是缺乏自由或缺乏力量的标志；独立并非与他人和地球脱离关系。只要主体性是在我们与世界和他人的联系中产生，并受到这种联系的支持，那么伦理责任就处于主体性自身的核心。[1]

具体到家庭范围，家庭成员之间的关系也是既独立又依赖。在家庭里，对"他人的伦理责任"便转化为家庭成员之间相互的伦理责任。从前面一节的分析可以看出，每一位家庭成员都是照顾者和被照顾者，在岁月的长河里承担家庭义务并收获家人的照顾，夫妻之间如此，家长与孩子之间如此，兄弟姐妹之间亦如此……唯有这样，人们才能在迷宫里行进得更加顺畅。

一、迷宫意象

阿特伍德的作品中经常出现迷宫意象，迷宫可以是建筑物，如诗歌《安大略皇家博物馆之夜》（*A Night in the Royal Ontario Museum*）中如同动物墓地般的博物馆，也可以是大自然，如短篇故事《死于风景之畔》（*Death by Landscape*）中广袤无垠的丛林湖泊。迷宫有着

---

[1] Kelly Oliver, "Subjectivity as Responsivity: The Ethical Implications of Dependency," Eva Feder Kittay and Ellen K. Feder, eds., *The Subject of Care: Feminist Perspectives on Dependency* (Lanham: Rowman, 2002), 324-325.

双重象征:"它是死亡之地……也是新生命的入口。"① 迷宫是一个未知世界,它是神秘的、令人感到恐怖的,人们穿行在迷宫里,有可能迷失方向,有可能葬身于此,也有可能探寻到生命的价值,洞悉人生的真谛。

在《可以吃的女人》里,女主人公玛丽安三次进入"迷宫"。第一次是由她在做市场调研时认识的文学研究生邓肯带着参观博物馆,他们攀上"螺旋式楼梯"顶端"形状像碗一样的空间",穿过"走廊和大厅,拐来拐去的就像个迷宫",② 来到埃及木乃伊室,看到了一个木乃伊孩童可怜的骨架。这个"迷宫"让人感受到的是扑面而来的死亡气息。第二次是在彼得举办的订婚派对上,玛丽安喝了点酒,带着醉意游荡在走廊和房间,"长长的走廊,大大的房间"③,和博物馆的迷宫相似。在其中一个房间内,玛丽安仿佛看到了45岁的彼得,挺着啤酒肚站在那里,她觉得自己迷路了:

> 不,她想,一定是走错了地方,肯定还有其他的房间。现在她又看到在花园另一边的树篱上还有一扇门。她穿过草地朝那里走去,在经过那个纹丝不动的人影身后时,她看到他另一只手上拿着一把砍肉的大刀;她上前推开门走了进去。④

她很快发现自己站在一群无聊的客人中间,他们正叽叽喳喳地道着晚安。"她又跑到下一扇门前,猛地将门拉开。"这是最后一个

---

① Frank Davey, *Margaret Atwood: A Feminist Poetics*, 116.
② 玛格丽特·阿特伍德:《可以吃的女人》,第199、204页。
③ 同上书,第269页。
④ 同上书,第270页。

房间，迷宫的中心，"再没有别的门了"，她在这里再次遇见了散发着死亡气息的男子形象，这一次是她的未婚夫彼得，他举着照相机对准她，"张开嘴巴，露出了满嘴的牙齿"。①

玛丽安第三次走进"迷宫"是在罗斯代尔山谷的黏土采石场，"一个巨大的近似圆形的深坑，圆坑的边上是一圈圈的路，螺旋形地通往坑底，坑底是一大片积雪覆盖的平地"②。这里的"圆形"和"螺旋形"几乎和博物馆迷宫的描写如出一辙。这次同样是邓肯做向导，他称大雪天躺在采石场的地上"同绝对零度十分接近""离一无所有的状态可算是最近了"。③玛丽安在采石场再一次嗅到了死亡和毁灭的气味。"迷宫"的中心是一片虚空——"茫茫的天空""空无一物的深坑"，④就像玛丽安的胃一样空无一物。

玛丽安的三入"迷宫"对应了她人生之旅的三个时期：第一个阶段是初入职场之时，无论是工作还是情感，她都处于依附地位，无法收获成就感，生活就像那一段盘旋而上的楼梯，令她辨不清方向。第二个阶段是在和彼得订婚之后，她感到茫然无措，毫无准新娘的兴奋，只想逃离叫人窒息的生活，她在迷宫般的房间里左冲右突，却始终逃不脱桎梏。第三个阶段是她最绝望的时候，她的身体抵制食物，几乎什么都吃不下去，身处采石场令她直面生活中最深层的绝望，就像邓肯所说的，她需要利用这样一个空间"采取一些措施……是你自己走进了这个死胡同，你创造了它，你得自己想办法走出来"⑤。这一阶段可以说是她思考人生的转折点。在这之后，

---

① 玛格丽特·阿特伍德：《可以吃的女人》，第 270 页。
② 同上书，第 291 页。
③ 同上书，第 293 页。
④ 同上书，第 294、295 页。
⑤ 同上书，第 294 页。

玛丽安重拾了勇气,开始以全新的姿态面对生活的窘境。

《浮现》中的迷宫是女主人公从小生活的荒野:"……离此四十英里的前面还有一个村庄,在此之前我们得通过一条弯弯曲曲的水路:低矮的山丘浮出水面逶迤前伸,小小水湾嵌进水域,岛屿以及那些变为诸多小岛的半岛和狭窄的陆地伸向其他湖区。若在地图或水域图上,它们的分布就像一个个蜘蛛,但在船上你只能见到其中很小的一部分,即你所在的那一小部分。"[①] 女主人公进入了迷宫般的荒野,去寻找失踪的父亲,父亲却已沉于湖底,他的小屋也只是通往"迷宫"心脏的一段路标。读者发现,女主人公真正寻求的是失落的自我,她最终逃离了小屋,逃离了同伴,几乎衣不蔽体地藏在茂密的丛林里:"我靠近树丛向前划着……湖水在我身后合拢,未留下任何痕迹。陆地转弯,我们也随之转弯,进入一个狭窄地带后,便是一片开阔地。我安全了,我隐藏在岸边的迷宫中。"[②] 彼得·克洛文(Peter Klovan)在对《浮现》的分析中指出,小说总共5次出现"迷宫"(labyrinth)一词,他视之为"里和外之间的界限,是阻隔之所,同时是一扇门、一个入口"[③]。从小说第四章的描写来看,这个"迷宫"是不祥之地:湖水淹死了女主人公的父亲,灌木丛无法提供生命之源,因为"这儿没有足够的食物"[④]。然而,从另一方面来说,"迷宫"又极富教育意义,它的存在不仅使女主人公与死去的父亲实现了精神上的沟通,同时让她收获了对他者的同情,以及对自身的责任感。

[①] 玛格丽特·阿特伍德:《浮现》,第30页。
[②] 同上书,第183页。
[③] Peter Klovan, " 'They Are Out of Reach Now': The Family Motif in Margaret Atwood's *Surfacing* ," *Essays on Canadian Writing*, 33 (Fall 1986): 8.
[④] 玛格丽特·阿特伍德:《浮现》,第208页。

如果说《浮现》初次将"迷宫"意象与"潜入地下/水下"相联系，那么在《神谕女士》中，这种联系得到了进一步深化。阿特伍德曾在接受琳达·桑德勒访谈时指出，《神谕女士》里的迷宫类似于埃涅阿斯的冥府之旅：

> 在哥特式故事中，迷宫仅仅是吓唬人的手段。一座古旧的大宅，弯弯曲曲的通道，中间蹲着个怪物……可我笔下的迷宫是潜入地下。我发现维吉尔的《埃涅阿斯纪》里有个特别有用的段落，埃涅阿斯前往冥府，了解自己的将来。他是在西比尔指引下到达的，并从死去的父亲那里了解了该了解的一切，然后回到家里。①

在《神谕女士》中，女主人公琼的"潜入地下/水下"之旅起始于她在安大略湖的假自杀，接着她坐飞机前往特瑞莫托②，在那里撰写哥特式小说，并让故事的女主人公进入邪恶不祥的花园迷宫，得到顿悟。《神谕女士》里担任西比尔之职的是路姑妈和母亲，她们在某种程度上指引着琼的人生方向。小说多处强化了"潜入地下"主题，包括她被绑在深谷的一棵树上，她在自动书写时进入一面镜子，"走下狭窄坡道……找到我追寻的东西，得到始终在等待我发掘的真相"③，她和丈夫穿过"宛如迷宫的罗马街道……走进地下墓穴"④，以及她不愿公开的多重地下身份。

---

① Linda Sandler, "A Question of Metamorphosis," Earl G. Ingersoll, ed., *Margaret Atwood: Conversations*, 47.
② 特瑞莫托的英文是 Terremoto，有"地震、地面晃动"之意。
③ 玛格丽特·阿特伍德：《神谕女士》，第214页。
④ 同上书，第127页。

地下世界的经历使埃涅阿斯从个人冒险家转变为公众人物,其身份将他与他的后代以及他们建立和统治的城市融合在一起。可以说,潜入地下之旅令埃涅阿斯获得了新生,他超越了狭隘的个人主义,成了社会人。琼同样如此,她一开始的行为是自私的,为了逃避丈夫,她假装自杀,却令两位好友玛琳和萨姆身陷囹圄。她一心想着保全自己,最终的确"消失得不留痕迹"①,抛弃了过去(朋友和丈夫),但同时受到良心谴责。小说最后,她决定让自己的身份走到阳光之下,重新担负起责任,"首要之事是让萨姆和玛琳出狱,这是我亏欠他们的"②,然后去照看被她打伤的记者,"我无法一走了之,任凭他孤零零地待在医院"③。此外,琼打算抛弃以前写的哥特式小说,转而说出自己的主张,发出自己的声音,她已经获得了诉说/书写自己的力量。

在《肉体伤害》中,维吉尔式的迷宫再次出现。这次是在"福特企业"的走廊里,在它的中心摆着一台极为特殊的装置:

> 明诺医生打开尽头的门,他们面对着一个围起来的小院,有一部分地面铺了石子儿。小院长满野草;院子的一个角落里,三头肥猪正在拱食。
>
> 另一个角落里摆着台奇怪的装置,由木板搭建而成,粗糙地钉在一起。台阶通向平台,平台由四根柱子支撑着,但没有墙,有几根横梁。装置建成时间不长,却显得很破旧;瑞妮心想,这是某个孩子尚未完工的游戏房,不知它在这里有什么用。

---

① 玛格丽特·阿特伍德:《神谕女士》,第3页。
② 同上书,第341页。
③ 同上书,第340页。

"这是好奇之人都想看的。"明诺医生嘟哝道。

瑞妮一下明白她看到的是什么了。这是绞刑架。①

后来，瑞妮被抓进监牢，她的牢房恰好可以俯瞰这座绞刑架。她在牢里目睹了狱友劳拉被打得遍体鳞伤，她犹豫着要不要去"抚摸"她、帮助她。也正是这个地方唤起了她孩童时代一段无意识记忆：她曾失去（被夺走）抚摸的能力。这座监狱迷宫同阿特伍德其他作品中的迷宫一样，其核心也包含了死亡和教育两重含义。人们在此逗留，生命受到威胁，但就像埃涅阿斯经历了转变，肩负起社会责任感，瑞妮通过无意识的回忆恢复了手的功能，最终伸出手去帮助劳拉：尽管她不喜欢劳拉，尽管"除了身处同一地方，她们没有任何共同之处"②，瑞妮仍然选择了"握住那双手，一动不动，用尽全力。假如她尽力尝试了，它一定会挪动，会再次活过来，重生"③。小说最后几页不断重现劳拉之手的意象，提醒着瑞妮对他者的义务：就像"她手中那只手的轮廓……就像火柴熄灭后的余光。它永远都将在那里"④。这是无法逃避的、永无止境的伦理责任："她永远不会得到赈救。她已经得到了赈救。她无法得到豁免。"⑤这里的"无法得到豁免"表明了一种相互关联性，人与人之间永远无法摆脱这种联系，它是主体性的存在不可或缺的因素之一。

人的一生总会遇见困境，这时就如在迷宫之中穿行，似乎总也找不到出口，就像阿特伍德笔下很多女主人公一样，她们有过困顿、

---

① Margaret Atwood, *Bodily Harm*, 131.
② Ibid., 271.
③ Ibid., 299.
④ Ibid., 300.
⑤ Ibid., 301.

彷徨和绝望，也曾退缩过，也曾害怕过，也曾想逃避，但庆幸的是，她们终于在绝境中觅得一线希望之光。她们寻求身份，追求主体地位；她们努力成为独立的个体，在学习对自己负责的同时，在学习如何对社会和对他人承担相应的责任。当然，阿特伍德并未在作品中提供完满的结局（这是她的作品特色之一），这些女性人物的生存只是预示着一个新的开端，她们"对自我的全新认识为主体和社会之间未来的协商创建了基础"，因此尽管"其结局跳出了文本界限"，[1] 我们依然可以从她们身上看到走出人生迷宫的伦理出路。

二、诉说与倾听

迷宫并不可怕，可怕的是身处迷宫中的人半途放弃。在遭遇"死路"时，人与人之间的相互帮助、鼓励和扶持是走出迷宫的精神动力，因为每一个人既是个体的又是社会的，追求主体性与承担伦理责任并不矛盾。凯利·奥利弗在专著《见证：无法辨认》（*Witnessing: Beyond Recognition*）中将"responsibility"（责任）一词稍稍做了变形，成为"response-ability"，指出"主体性和人性"依赖于"response-ability"，即"回应与被回应的能力"，从而使"response-ability"一词具有了"双重意义"，"既产生回应的能力……又从伦理上迫使主体凭借其主体性自身做出回应"。[2] "回应与被回应的能力"包含了"诉说与倾听的能力"，任何正常的人际交往和家庭生活都缺少不了这种能力，通过诉说与倾听，人们才能达成对话与沟通。

短篇小说集《道德困境》的第五个故事《在别处》（*In Another*

---

[1] Rita Felski, *Beyond Feminist Aesthetics: Feminist Literature and Social Change* (Cambridge: Harvard University Press, 1989), 133.
[2] Kelly Oliver, *Witnessing: Beyond Recognition* (Minneapolis: University of Minnesota Press, 2001), 91.

Place)讲述了一个"诉说与倾听"的故事。女主人公渴望独立，不想承担责任，她独自在温哥华生活，从一个地方到另一个地方，"没有方向"[1]。她缺少朋友，情感关系都很短暂，因为她不喜欢"陷入捆绑、停滞"[2]的生活，也躲避任何形式的依赖。她想尽办法逃避家庭生活，却发现自己"向往无欲无求"，却又"有一个与之相反、更可耻的欲望"，即对家庭生活的渴望，她也希望能够拥有属于女性的家庭承诺。[3]后来，一位朋友的朋友出现在她生活中，这个叫欧文的男人将女主人公拽回了"关系的世界"（a world of relationality）[4]，迫使她接受他沉默的存在："他对我既不要求什么，也不曾给予什么。"[5]然而，女主人公慢慢发现，自己的观察并不正确，欧文也是一个有期待的人，他期待她的做伴，期待她的关注，而且，他的沉默寡言"比任何谈话更让人精疲力竭"[6]。就这样经过了一个又一个沉默的夜晚，欧文终于开口说话了，女主人公成为他的听众，他孩提时代创伤叙事的"非自愿证人"[7]。他讲述了三个哥哥如何把他关进废弃的冰箱，试图害死他的事。女主人公"感到自己有必要深表同情，立场坚定鲜明，伸出援助之手"，可她仅仅咕哝了句："这太可怕了。"在这之后，欧文再也没有回来，女主人公觉得自己被当作了情绪垃圾桶："……他已经达到目的了：像卸下包裹一样卸下他的苦闷，把它留给我，以为我知道该拿它怎么办，可是他错了。"[8]

---

[1] 玛格丽特·阿特伍德：《道德困境》，第99页。
[2][3] 同上书，第100—101页。
[4] Amelia Defalco, *Imagining Care: Responsibility, Dependency, and Canadian Literature* (Toronto: University of Toronto Press, 2016), 67.
[5][6] 玛格丽特·阿特伍德：《道德困境》，第110页。
[7] Shoshana Felman and Dori Laub, *Testimony: Crises of Witnessing in Literature, Psychoanalysis, and History* (New York: Routledge, 1992), 4.
[8] 玛格丽特·阿特伍德：《道德困境》，第111页。

欧文的创伤故事一直附着在女主人公身上，她发现他的痛苦以一种出乎意料的、令人不安的方式与她的生活交会在了一起。"有个小孩正在窒息，或者快要窒息了"，这是一种深切的、几乎是致命的孤立状态，是一种同世界切断联系的状态，而这一状态与女主人公自己成年早期阶段的记忆"不可分离"，①那是一段孤寂不安的时光，它所产生的阴影仍在困扰着她。在那"另一个地方"，她"继续流浪，没有目的地，没有家，一个人"。②寻求独立所产生的孤寂成了可怕的陷阱，那种永久的孤独威胁着她："这就是我不得不生活于其中的地方，梦里我还在思考。我要独自生活，永远。我会怀念应该属于我的其他生活。那里的大门已经对我关闭了。我不爱任何人。某个角落，我还没去过的房间，有个小孩被关在里面。它没有哭，也没有哀号，只是一声不响地待在那里，但我可以感觉到它的存在。"③在女主人公的幻象中，没有交流，没有责任，没有"回应与被回应"，只有对遥远的、似乎不可避免的痛苦所怀有的若有若无的意识，如此一来，对自主和独立的幻想演变为了无助与监禁的噩梦。

欧文和女主人公是并非成功的诉说者与倾听者，他们要么有交流障碍，要么不愿意与他人沟通。虽然欧文等于是将"见证创伤"的角色强加给了女主人公，但他却在不经意间重新将她带入了互相牵连的人类世界。至于他的这一举动能产生多大的影响，单从这个故事来看读者不得而知，但可以期待的是，女主人公或许能因此回归正常的家庭生活，去尝试诉说和倾听。阿特伍德试图通过这个关于"诉说与倾听"的故事传达一种关怀伦理观：人与人之间是相互

---

① 玛格丽特·阿特伍德：《道德困境》，第111页。
② 同上书，第112页。
③ 同上书，第113页。

关联的，回应与被回应（或者给予和接受关怀）对身份的确立以及个人的生存至关重要。这一联系一旦断裂，人们将永远被困"在别处"，就像故事中的女主人公一样，成为孤立无援的他者。

《在别处》标志着叙事声音的转变：它以及之前的四个故事都是第一人称叙事，而它之后的四个故事则是第三人称叙事。前几个故事里的"我"渴望拥有自主权、无牵无挂、不投入任何情感，然而造成的结果是可怕的孤立，正如第三个故事《无头骑士》中女主人公的感受，她对自己拒绝依赖和责任所带来的影响进行了反思，继而认为，正是对自主权的坚持导致她产生了疏离感，那是一种悬浮着的、冷漠的存在："当时我还没有意识到自己生活在一个透明气球里，飘浮在世界之上而不与它发生任何真实的接触。我看待别人的角度和别人看待自己的角度很不一样，反过来也一样。我自以为老成，可在别人看来飘在气球上的我还稚嫩着呢。"[1] 由此可见，当女主人公远离"关系的世界"时，她的身份也变得含混不清起来。在接下去的四个故事里，主人公有了名字"奈尔"，她不再是孤独的，而是身处关系网之中。奈尔与他人打的交道越多，她所承担的责任就越大。尽管她对他人的需求一直持有矛盾心理，但她不再逃避责任。

《道德困境》中的这些故事有着成长小说的发展轨迹，展示了奈尔从无知和以自我为中心向成熟和责任过渡的历程，在"回应与被回应"的过程中学会了诉说与倾听。埃伦·麦克威廉姆斯（Ellen McWilliams）称之为"阿特伍德迄今为止最精心打造的成长小说"[2]，虽然奈尔在某种程度上依然把无法逃避的责任视为困扰，但

---

[1] 玛格丽特·阿特伍德：《道德困境》，第35—36页。
[2] Ellen McWilliams, *Margaret Atwood and the Female Bildungsroman*, 129.

她的成长不容忽视：从自我中心主义走向了"将关爱视作解决人类关系冲突最充分指导方式的反思型理解"①。

三、见证衰老

在所有的人类困境中，衰老是回避不了的话题。从出生那一天起，每个人都在不断地老去，但大多数人都不愿正视衰老这个话题，或者说因为恐惧衰老而对它有一种本能的拒斥。波伏娃认为，衰老是"不可逆的、令人不快的变化；是生命的衰退期"②；她还指出，比起衰老，西方/欧洲文化更容易接受死亡：人死之后，我们消失了，却保持了最本质的身份，然而，对老年的思考"却意味着把（我们）视作（我们）之外的他者"③。因为不想去面对这个窘迫的问题，我们一厢情愿地沉浸在自我欺骗中，觉得衰老只会发生在他人身上。阿特伍德曾在诗歌《在布鲁特》（*At Brute Point*）中写道：

> 莫非我们已是
> 老年人？
> 当然不是。
> 老年人不会戴这种帽子。④

不管愿不愿意承认，衰老的脚步一天天临近，韶华的飞逝不是

---

① Carol Gilligan, *In a Different Voice: Psychological Theory and Women's Development* (Cambridge: Harvard University Press, 1982), 105.
② Simone De Beauvoir, *La Vieillesse*, (1970), trans. Patrick O'Brian, *Old Age* (London: Penguin, 1977), 17.
③ Ibid., 11.
④ Margaret Atwood, *The Door* (Toronto: McClelland & Stewart Ltd., 2007), 114.

一顶帽子就能遮掩得住的。早在短篇故事《维多利亚滑稽歌舞剧》（*The Victory Burlesk*）中，阿特伍德便将人们对衰老的感受刻画得淋漓尽致。年轻的女叙述者回忆自己去观赏一场滑稽剧表演，她特别喜欢其中的戏剧风格——灯光、颜色以及表演者的技巧。开场是由一位舞女跳脱衣舞，她背对观众，身体曲线玲珑有致，极尽挑逗之能事。然而，当她最后转过身来时，人们却发现她已年老色衰：脸上涂了厚厚的脂粉，嘴唇抹着鲜亮的色彩，"但她确已春老人归"[①]。女叙述者最直接的感受是耻辱，她的表达体现出一种已经内化了的嫌恶之情："我虽非台上的那个女人，却觉得活活地被暴露和羞辱了。"[②]短短几页纸的故事呈现出身体衰老时的荒诞不经，尤其在一个充满情色的语境里，这具身体就显得更不协调，更令人难堪。在舞女转身的这一时刻，女叙述者感觉自身和她之间的距离崩塌了，她意识到了她们共有的困境——"台上的身体是那么真切，一具老去的身体""像我们一样，静止在了时光中"[③]。她不由得想象起自己未来身体的模样：年迈衰朽，暴露在嘲笑和厌恶中。故事最后，剧场里一片寂静，"没人出声"[④]，这种沉默意味着观众和女叙述者一样，无法或不敢设想自我和站在他们面前的老女人之间具有某种相互关联性。阿特伍德在这则故事里不光阐述了女性体验中的主体性问题，也开始关注衰老的"他者性"特征。

阿特伍德作品中的老年绝大多数以身体衰退的方式体现出来，在不可避免的衰老过程中，身体变得越发奇形怪状，并且越来越出卖自我。《盲刺客》中的艾丽丝这样来阐述身体和思想的不一致：

[①②] 玛格丽特·阿特伍德：《黑暗中谋杀》，曾敏昊译，上海译文出版社2010年版，第19页。
[③] 同上书，第19—20页。
[④] 同上书，第20页。

"这简直是对我们的一种侮辱。膝盖无力、关节炎、静脉曲张、虚弱、不体面——这些都不是我自己的,我们从来没想要过,也从来没承认过。在我们内心,我们还保持着完美的形象——还处在最佳年龄和最佳状态。"① 小说集《石床垫》将老龄化问题摆在了读者面前②。在同名短篇小说中,弗娜通过一只乌鸦的眼睛往下看,"看见了一个老女人——因为,面对现实吧,她现在是个老女人了"③,幽默中透着无限忧伤。《阿尔芬地》(Alphinland)中的康斯坦斯在雪地里踟蹰而行,每一步都艰难无比。丈夫死后,她独自一人生活在大房子里,整日里形单影只,甚至出现了幻听,会听到丈夫在跟自己说话。《亡魂》(Revenant)中的加文虽然娶了年轻漂亮的妻子,却感觉越来越力不从心,不管是体力还是精神,都与年轻时不可同日而语,于是,回忆便成了他日常生活的重心。在最后一则故事《点燃尘埃》(Torching the Dusties)中,女主人公威尔玛患有眼疾,记忆力日渐下降,只能住到老年之家,与同住在此的男子托拜厄斯慢慢建立起了友情。对于这份情谊,威尔玛丝毫没有年轻时的浪漫想法,因为她心里清楚:

> 你相信自己变老时能超越身体……你相信你能不受其影响,到达一个宁静的精神领域。但你只能在迷幻中达到这一状态,而迷幻是通过身体自身获得的。如不能以骨骼和肌肉为翼,就无法飞翔。没有了那种迷幻,你只能被身体越拽越远,拽入它的组织之内。它的生锈的、嘎吱作响的、充满报复心的、残忍

---

① 玛格丽特·阿特伍德:《盲刺客》,第330页。
② 参见袁霞:《一部"协商"之作——评玛格丽特·阿特伍德新作〈石床垫〉》,《外国文学动态研究》2015年第6期,第84—92页。
③ Margaret Atwood, *Stone Mattress: Nine Tales* (New York: Nan A. Talese, 2014), 219.

的组织。①

在日渐衰老的过程中，身体便成了最终的背叛者，切断了通往精神世界的通道，这是个体无法控制也无力控制的。

到了 2023 年出版的短篇小说集《林中老宝贝》里，阿特伍德更是让读者体会到了死亡的阴影。开篇中的蒂格和奈尔是对老夫妻，即便是在人生的最后时光，他们依然在学习急救知识，希望帮到他人。但是，死亡距离他们如此之近，邻居之死、朋友之死、猫咪之死……读者似乎能预见到他们接下来的命运。到了第三部分"奈尔和蒂格"，蒂格已经过世，他留下的踪迹无时无刻不在，但形单影只的奈尔徒剩悲伤：

> 而我，最后，独自前行，
> 在我周围，日子变得暗淡，一年又一年，
> 在陌生的人群里，奇怪的面孔，不同的思想……②

日渐老迈的奈尔还得面对生活中的危机四伏：作为独居老人，她得自己铲雪、去地下室搬东西、费力地开天窗……所有这一切都可能让她摔断脖子直面死亡。她不得不时刻提醒自己，要小心小心再小心。

年老的过程令人沮丧，克里斯托弗·吉勒德（Christopher Gilleard）等人认为，衰老是文化进程，它是"发生在（每个）人身

---

① Margaret Atwood, *Stone Mattress: Nine Tales*, 252.
② Margaret Atwood, *Old Babes in the Wood* (New York: Doubleday, 2023), 48.

上的事",更确切地说,是"个人必须适应的事"。① 如果说衰老对于未老之人来说是难以想象的,那么作为未老之人,在面对衰老时,该持有何种心态?作为未老之人,又该如何面对正在步入老年或已经步入老年之人?从这个角度来看,阿特伍德的作品代表了某种自我反思,那是一种本质上的伦理努力,让读者将自身代入年老时的情境,带着同理心去感悟衰老的滋味,从而对衰老有更清醒的认识,也能更好地陪伴照顾身边的老人。上文提到的短篇小说集《道德困境》是一部家庭现实主义小说,也是一部"见证衰老"的故事。

《道德困境》由十一个小故事组成,每个故事都自成体系,但总体来看,它们构成了环状(cycle)叙事模式:在第一个故事《坏消息》(Bad News)中,女主人公和丈夫刚刚步入老年,日常生活重心就是看看报纸,讨论讨论外面发生的事。接下去的几个故事则是按时间顺序讲述了女主人公从童年到老年发生的事件,可以说是女主人公对人生的回顾。其中前五个故事由无名叙述者用第一人称进行叙事,紧接着四个故事的叙述者变成了奈尔,最后两个故事又回到了第一人称叙事,无名女主人公担负起照顾年迈父母的责任。从叙事结构来看,这些故事形成了一个生命的循环,其实述说的就是奈尔的人生经历。敏锐的读者会发现,在这部短篇集里,"故事与故事间的时间裂隙、变化的叙事视角、某些故事里的复杂年表、片段之间时而出现的事实差异",它们都与小说试图呈现的叙事衔接性相对立,不过,所有这些表象的对立似乎"都指向了短篇集名字中的

---

① Christopher Gilleard and Paul Higgs, *Cultures of Ageing: Self, Citizen and the Body* (New York: Pearson Education, 2000), 13.

'困境'一词"。① 人类的终极困境或许就是:在碎片化事件堆砌而成的生命长河里一步步老去和死亡。女主人公在小说中的一段话道出了人们在面临衰老时的无力感:"这是同一扇门——我曾经从此间进进出出,年复一年,身着我平日的衣装或者各种各样的套装,伪装,不曾有片刻料想有一天我会站在门前,身边的小妹妹灰发苍苍。但是所有日常进出的门都通往死后的世界。"② 时光如白驹过隙,无奈也罢,悲伤也罢,该面对的总要面对。

《坏消息》里的女主人公和丈夫进入了老年的初级阶段,他们身上偶尔会犯些小毛病,但总体不影响生活,阿特伍德以这个故事为开篇,一方面是在含蓄地保证,奈尔和丈夫在整个叙事过程中都会健在——坏消息尚未降临,但同时给接下去(中青年时代)的故事蒙上了一层死亡的阴影:老年时期终会到来。奈尔这样想象自己未来的光景:"黑暗中徘徊于大屋,身着白色睡衣,为失落的但不记得是什么的东西哀泣。"③ 厄休拉·K. 勒古恩(Ursula K. Le Guin)在分析《道德困境》时指出:"没有把这则故事(《坏消息》)放在最后是明智的,因为最后两篇是关于临终和末日的,这一篇不是,快了——还没有。"④

在最后两则故事《拉布拉多的惨败》(*The Labrador Fiasco*)和《实验室里的男孩们》(*The Boys at the Lab*)中,阿特伍德把视角转向了两位走到生命尽头的老人,即女主人公的父母。女主人公这样

---

① Fiona Tolan, "Aging and Subjectivity in Margaret Atwood's Fiction," *Contemporary Women's Writing*, 11.3 (November 2017): 347.
② 玛格丽特·阿特伍德:《道德困境》,第63页。
③ 同上书,第7页。
④ Ursula K. Le Guin, "Eleven Piece Suite," *The Guardian*, 23 September 2006, accessed 28 August 2018, https://www.theguardian.com/books/2006/sep/23/fiction.margaretatwood.

来描述自己的母亲:"对着她的耳朵说话就像对着一条狭长隧道的出口,我无法想象穿过黑暗将会抵达的地方。她整天在那儿做什么?彻日彻夜。她是怎么想的?会无聊吗,难过吗,到底发生了什么事?"[1] 这样日渐虚弱的母亲不由令人想起《门》(*The Door*)里的一首诗《我的母亲在缩小……》(*My Mother Dwindles...*):

> 我握住她的手,我低语,嗨,嗨,
> 假如我说的是再见,
> 假如我说,放手,
> 她会怎么办?[2]

疾病缠身、缺乏行动能力使两位老人离身处的世界越来越遥远,女主人公没有对他们"说再见",相反,她来到他们身边,承担起了"故事讲述者"的角色,对着体弱多病的父母述说陈年旧事,这是些父母早已知晓并珍藏于心底的故事。传统家庭生活中多是父母给孩子讲故事,而在这两个短篇里,阿特伍德将角色反转,由孩子给耄耋之年的父母讲故事,通过这种方式来确证他们的过去以及他们当下的存在。女主人公所讲的故事是她在孩提时代听父母讲过的,她详细地叙述这些自己从未目睹、只是通过照片和对话得知的事件。《拉布拉多的惨败》是一个结局悲惨的探险故事,父亲喜欢一遍又一遍地聆听,因为这可以证明他自身的林地专业知识。父亲也把自己当成了探险故事中的一员,担心会在毫无准备的情况下进入未知状态。在给父亲讲故事时,女主人公会伸出手去安慰他,让他别发愁:

---

[1] 玛格丽特·阿特伍德:《道德困境》,第259页。
[2] Margaret Atwood, *The Door*, 17.

"我们知道该做什么……无论如何我们会没事的。"① "实验室里的男孩们"曾经是母亲记忆中非常突出的一些人物,以母亲的身体状况,过去发生的事已在她脑海里模糊一片,女主人公试图通过讲述这些实验室男生的故事来唤起母亲残存的回忆,维系她的主体性。有学者认为,通过讲述与父母主体性息息相关的故事,女主人公"实现了见证的角色,用讲述故事来看护(父母)"。② 她陪伴父母直至他们生命的尽头,见证了他们人生中最后一段时光,讲述故事因此成为"一种关爱的方式",这些故事未必能让垂死的老人恢复健康,但它们"能够使受关爱的对象恢复主体性"③。故事中的父母对成就过他们的叙事做出了回应。女主人公也意识到了"见证"的保护效果:"仅仅是被看就能产生保护性的效果,因此我也要盯住他们。这能令我安心。"④ 读者只有在读完最后两个故事时,才能回味过来第一个故事中奈尔对自己未来的想象原来是因为见证了父母的衰老。阿特伍德用这种环形叙事结构展现了生命的永无休止,人类精神的代代相传。如果见证衰老是一种看护,"能保护和尊重他者(老年人)的主体性"⑤,那我们何不将它作为可以传承的伦理精神?假如我们作为未老之人希望在年迈时依然保持主体性,那么我们在未老之时便应该拿出自己的实际行动。

当然,阿特伍德的作品很少提供完美的结局,《坏消息》里奈尔想象中的老年模样是整部文集的基调,令人恐惧却又充满了真实性。奈尔不起眼的平凡生命里的点点滴滴使读者感同身受:她预

---

① 玛格丽特·阿特伍德:《道德困境》,第251页。
②③ Amelia Defalco, *Imagining Care: Responsibility, Dependency, and Canadian Literature*, 72.
④ 玛格丽特·阿特伍德:《道德困境》,第262页。
⑤ Amelia Defalco, *Imagining Care: Responsibility, Dependency, and Canadian Literature*, 73.

想的命运或许就是我们的命运。当她直面即将来临的人生最后阶段——依赖他人的阶段——她和我们一样只能希望：就像她见证了父母最后的时光，某个人未来也能对她怀抱同情之心，去见证她的衰老。

第四章　人类与动物：关怀伦理

从 20 世纪下半叶开始，现代文明进入了飞速发展时期，人们不再认为自然是无穷无尽的宝藏，并开始意识到这个世界的渺小和脆弱。到了 21 世纪，自然资源即将被消耗殆尽，世界已然成为工业文明掠劫之后的废墟，在这块土地上生活的人类和动物的关系也在发生巨变，随之变化的是有关动物的叙事。有学者认为，最近的动物叙事聚焦于"幽闭恐怖的以及去自然化的环境，动物的生活——包括人类动物的生活——都被监禁于其中，受到威胁"[1]。在这种情况下，如何处理人类与动物之间的关系变得至关重要。1996 年，生态女性主义学者卡罗尔·亚当斯（Carol Adams）与约瑟芬·多诺万（Josephine Donovan）在编著《在动物权利之外：用女性主义关怀伦理对待动物》(*Beyond Animal Rights: A Feminist Caring Ethic for the Treatment of Animals*) 中将女性主义的"关怀伦理"引入哲学领域，探讨如何对待动物问题。两位学者认为，彼得·辛格（Peter Singer）和汤姆·雷根（Tom Regan）等主流哲学家在分析动物权利时拒绝诉诸情感，显示出带有偏见的男性主义视角；与之相对的则是以同情为基础的伦理观，它是"一种复杂的智力和情感活动"，会唤起人

---

[1] Philip Armstrong, *What Animals Mean in the Fiction of Modernity* (London and New York: Routledge, 2008), 170.

们的同情心，对处于剥削环境中的动物及其福利展开解放行动。[1]在生态女性主义学者看来，人类应该关心自然大家庭里的动物成员，不仅因为人类与动物具有相似之处，更因为有些动物的确有资格得到关怀，它们在建构我们性格的过程中扮演了举足轻重的角色。

阿特伍德虽不是生态女性主义阵营的一员，但她对自然和动物的喜爱却是发自肺腑的。阿特伍德的父亲是昆虫学家，她童年的大部分时光是在丛林里度过的，因此熟知各种动植物小知识。少女时代的阿特伍德极其钟爱阅读加拿大作家欧尼斯特·汤普森·西顿（Ernest Thompson Seton）的动物小说《我所知道的野生动物》（*Wild Animals I Have Known*），书中动物的悲剧结局震撼着她的心灵，培养了她对动物无法割舍的同情和热爱，并将这份关怀通过文字传达出来。在阿特伍德的作品中，动物是反复出现的意象：它们在人类的生活中可谓无处不在，然而，其存在似乎只有痛苦和死亡两种方式。人类作为动物家庭的一分子，该如何对待非人类动物，这是阿特伍德一直在思考的问题。

本章分为三个部分：首先通过早期的诗歌，如《彼国动物》和《变形者之歌》（*Songs of the Transformed*）中的几首动物诗来呈现人类对动物的暴行；其次通过实验室动物、餐桌上的动物以及"被吞噬"的人类动物这几个方面，将正在现代废墟中苦苦挣扎的动物难民形象展现出来，分析了包括人类在内的动物的"他者"地位；最后提出人类与动物再协商的话题，突出不同物种之间相互依存的关系以及人类对动物负有的道德义务。

---

[1] Carol Adams and Josephine Donovan, eds., *Beyond Animal Rights: A Feminist Caring Ethic for the Treatment of Animals* (New York: Continuum, 1996), 149.

第一节 动物之"歌"

早在《生存》中,阿特伍德便提出"动物被害"是加拿大文学最重要的主题之一:"英国的动物小说是揭示'社会关系'的,美国的是杀戮动物,而加拿大的则是动物被杀戮……"① 阿特伍德在职业生涯的早期写过不少动物诗,其中最具特色的便是《彼国动物》和《变形者之歌》。在这些诗里,不论是家养动物还是野生动物,它们皆以受害者形象出现。人类为了自身利益,肆意破坏动物的栖息地,对动物的生命毫无怜惜之意。阿特伍德的动物之歌是动物们的哀歌,这是些从动物的视角讲述的关于动物自己的故事:它们或是控诉人类亵渎自然的不公,或是展现其在自然世界的个体特征,或是象征了神圣的荒野精神。

一、饲养场里的悲歌

猪和鸡是饲养场里最普通的动物,虽说其存在是为人类提供蛋白质营养,但人与它们的关系其实是互为依赖的。然而,很多家养动物在生前往往遭到人类的极端羞辱。《猪之歌》(*Pig Song*)和《母鸡头之歌》(*Song of the Hen's Head*)分别从猪和母鸡的角度揭示人类对非人类动物的轻视和侵犯。

《猪之歌》以猪对人类的控诉开始:

这是您把我变成的样子:

---

① 玛格丽特·阿特伍德:《生存:加拿大文学主题指南》,第65页。

>一棵粉灰色的蔬菜，鼻涕虫的
>
>眼睛，半个屁股
>
>成形，展现如一根迟钝的萝卜①

同吃草类植物的野猪不同，家猪的生存环境越来越恶化。人类为了经济效益，在最短的时间内以最低的成本获取利润，不断给家猪喂食垃圾和废料。从经济角度来看，这也是处理食物垃圾最为简便的方式，因为餐厨垃圾的处理成本实在太高②。这类废物中含有大量微生物和各种细菌，如果被动物食用，产生的危害毋庸置疑，尤其是在炎热的天气里，食物垃圾会影响到动物健康。

家猪本该"公平分享环境资源"③，却被剥夺了健康成长的机会。为了充饥，它们别无选择，只好吞食起污秽不堪的垃圾。最终，这个可怜的家伙长得像"一粒腐臭的/肉瘤，一颗巨大的血色/块茎""它大声咀嚼/并膨胀"。④家猪失去了活着的乐趣，它在这世上的唯一功能就是咀嚼和长肉。"肉瘤"和"块茎"象征了家猪的困境。两者都是身体上的异物，就好比家猪是人类世界里的异物一样。家猪远离自然栖息地，无法获得健康的饮食，"成了比喻意义和字面意义上的疾病"⑤：由于吞下了大量垃圾食物，家猪的身体变成了疾病之源，吃下猪肉的人类也会因此得病。

身处饲养场的家猪喊道："我拥有这天空。"它向往着纯粹的自

---

① ④ 玛格丽特·阿特伍德：《你快乐》，载《吃火》，第225页。
② M. L. Westendorf and R. O. Myer, "Feeding Food Wastes for Swine," *University of Florida IFAS Extension*, University of Florida 2012, Web. 16 September 2013: 1.
③ Brian Baxter, *A Theory of Ecological Justice* (London: Routledge, 2005), 73.
⑤ Inas S. Abolfotoh, *The Essential Ecocritical Guide to Margaret Atwood's Ecopoetry* (Great Britain), 23.

然世界和广阔的天地,然而实际情况却是,它被圈在农场里,"仅占半个猪圈"。虽然如此,家猪仍然坚称:"我有属于我的杂草丛。"家猪对自然栖息地的怀旧之情溢于言表。为了忘却当下的悲苦境地,家猪说道:"我让自己一直忙碌,唱着/我的根茎和鼻子之歌。"① 家猪用自然赋予的深沉的喉鼻音吟唱起了自然之歌和根茎之歌。尽管它的话里有逃避现实之嫌,但比起第一小节的悲观情绪以及疾病意象,又多了一线希望。然而,这是一份过于微弱的希望,在以贪婪著称的资本主义世界里,家猪的悲惨命运早已注定。

在短诗结尾,家猪从短暂的白日梦中醒来,对着主人说道:"女士……/我是您的。如果您喂给我垃圾,/我终将唱一支垃圾之歌。"这是"粪之歌……/这支歌冒犯了您,这些呼噜声"②。"歌"一词隐含了令人愉快之意,在此处被重复使用,却又与"垃圾"一词并置,这是一种矛盾修辞法,揭示了家猪的生存窘境。这里的"粪之歌"与早先的"根茎之歌"形成强烈对比,暴露了人类内在的财富欲望。在贪念的驱动下,人类对大自然馈赠的礼物缺乏最起码的尊重:家猪是自然赋予人类的礼物,人类却对它们极尽压榨之能事,竟然连最基本的食物都无法保证。殊不知,正是这种短视行为给人类的健康埋下了隐患。给猪喂食物垃圾被视作 2001 年英国暴发口蹄疫的直接原因。口蹄疫是一种致命传染性疾病,为了遏制这一疾病,需要销毁成千上百万头动物。③《猪之歌》发表于 1974 年,阿特伍德早在口蹄疫大规模暴发的 27 年前就预见到了这场灾难。彼时的诗人告诉世人,如果喂给猪垃圾,猪便会唱一支垃圾之歌。可惜的是,无

---

① 玛格丽特·阿特伍德:《你快乐》,载《吃火》,第 225—226 页。
② 同上书,第 226 页。
③ Jonathan Arzt, et al., "The Pathogenesis of Foot-and-Mouth Disease I: Viral Pathways in Cattle," *Transboundary and Emerging Diseases*, 58.4 (2011): 291.

论是个人还是政府都没有对此加以重视,任由猪变成了"肉瘤"和"血色块茎",而人也因食用有病毒的猪肉而成为受害者。

《母鸡头之歌》再次让读者看到了饲养场里自然生命所受到的伤害。该诗的主题较为简明扼要:一只母鸡在谷仓或农庄后院被宰杀。被宰的母鸡头与身子分离,却依然拥有意识,它在痛苦和不甘中诉说着自己无足轻重的死亡之旅。就是这么一首简单的诗,作者却赋予了深刻的道德寓意,以母鸡临死时的悲鸣唤起人们对非人类动物的同情和怜悯之心。

诗歌的开头充满了血腥:"与刀片儿突然/碰撞之后。"当锋利的刀片突然割开母鸡的喉咙,母鸡头"便安息在这块木头/砧板上"。母鸡的眼睛"缩回到它们蓝色透明的/壳儿里,如软体动物"。① 作者将母鸡的眼皮比作软体动物的壳儿,就像软体动物在遇到危险时会缩进壳里一样,母鸡的眼睛缩回蓝色透明的组织内,寻求保护。然而,眼睛的逃避行为是挫败的表现。透明的眼皮是如此脆弱,根本无法抵御暴力的袭击,在"碰撞"发生之时,母鸡就已注定了死亡的结局。

在母鸡头从身体上剁下之后,悲剧还在继续:

> 当我的其余部分
> 那从不那么很好地由我
> 控制,又总是不善
> 表达的部分,依然胡乱
> 奔跑穿过草地②

---

① 玛格丽特·阿特伍德:《你快乐》,载《吃火》,第238—239页。
② 同上书,第239页。

为了增加鸡肉产量,饲养场里采用了激素喂养法,所以母鸡活着时根本无法控制自己快速增长的体重。被宰杀后,它的头躺在砧板上,身体笨拙地在草地上乱窜。有学者指出,农庄里宰杀禽类通常是"以斧子砍掉脑袋",这比用刀切开喉咙要容易得多,"不会有很多血从动物尸首上涌出"。① 屠宰工具和方式的选择完全以屠夫方便为宜,根本不会考虑待宰动物的苦痛。母鸡被宰杀后,身体仍在狂奔,在向屠夫发出"怜悯的请求"②。诗人恳请读者站在这只垂死的母鸡立场上,对它抱有体恤和同情:在被视作一件商品之前,母鸡首先是一个有血有肉有灵魂的生命体。宰杀母鸡的行为不该是无情、冷血和机械性的,它的痛苦应该被感知。如果人类拥有这份慈悲和怜悯之心,便能听到母鸡头"咕哝着生命/用它变浓的红色的声音"③。

剥夺了母鸡生命的人类被称作"食腐动物/热衷于掠夺"④。母鸡身上的一切都是人类"掠夺"的对象,或被食用,或卖出一份好价钱。母鸡的身体不再挣扎,它一动不动地躺在草地上,等待人们"随意享用它"⑤。在诗歌最后一小节,母鸡头一直在专注于"这个词":"'这个词'是一个O……我说出的最后的词,这个词是'不'。"⑥ "O"和"不"是"无用的母鸡头的大声疾呼"⑦,仿佛在抗议它的惨死,母鸡以此方式告诉人类,它以充满血腥的死亡方式滋养了人类的生命,人类在宰杀时至少应该给予它最起码的尊重。

在文明高度发达的今天,这首写于20世纪70年代的诗读来依然发人深省。鸡们的境遇非但没有得到改善,反而每况愈下,饲养

---

① Melvin L. Hamre, "Home Processing of Poultry: Killing and Dressing," University of Minnesota, n. d. Web. 26 September 2013.
②③④ 玛格丽特·阿特伍德:《你快乐》,载《吃火》,第239页。
⑤⑥⑦ 同上书,第240页。

场成了大型工厂的生产线，鸡们不仅失去了生存空间，连活在世上的时间都是计算好的，它们生时受尽折磨，死后不得不沦为超市冰冻柜台里的商品。阿特伍德写《母鸡头之歌》的目的并不是想发起一场禁止宰杀母鸡的运动，她只是提醒人们，人类的生命是以消费其他生命为代价的，"动物不是毫无感觉的物体，也不是切碎的肉块"[①]，它们和人一样，也是有感知、有生命的独立的存在。

二、表演场上的哭泣

饲养场里的动物生活条件恶劣，但比起被迫进行表演的动物，它们至少无须做出违背自然天性的动作和行为，去娱乐人类。动物表演主要分为两种形式：模仿人类动作及表演高难度高风险的杂技动作。在动物训练过程中，驯兽师有时会采取惩罚的方式，例如鞭打、不提供食物等措施，迫使动物完成取悦人类的动作。长此以往，从事表演的动物处于精神高度紧张的状态之中，有时甚至会发狂。

实际上，人们比较熟悉的动物园也是动物表演的场所之一，只是动物们在这里的表演相对平和，没有那么刺激。阿特伍德曾在《别指望熊跳舞》（"Don't Expect the Bears to Dance"）中指出：

> 传统动物园是马戏团怪诞表演和博物馆小室里并列排放的动物"展览"的杂交体。这种动物园本质上是一个维多利亚收容所，维多利亚人是伟大的收集家和分类者；他们把所有的猫科动物都置于猫馆内，所有猴类动物都放在猴馆里，所有的鸟儿都安置在鸟馆中，诸如此类。不幸的是，动物倒还不如被填

[①] 玛格丽特·阿特伍德：《洪水之年》，陈晓菲译，上海译文出版社2016年版，第93页。

充了摆在玻璃容器内；你能看到的只是它们的长相，因为它们很少有机会展示各种形式的自然行为。这种安排对人有利——所有动物都挤在一起，不用操心它们会到处乱跑——但对动物而言就比较惨了。①

动物园里的动物是被迫进入人类社会体系的，它们离开了栖息地，远离同类，被驯养在逼仄的空间里，展示人类希望见到的动物特性。人们蜂拥而至，只为观看理想中的动物形象——自由的、野性的动物。殊不知，这里的动物早已失去了自然天性，是被囚禁的玩物、被观赏的符号。

在所有动物娱乐项目中，最残酷的当属斗牛表演。这是一种斗牛士和猛兽之间的竞技比赛。《牛津高阶英语词典》将它解释为"一项传统的公共娱乐活动，在西班牙尤为流行，在这一活动中，公牛往往被击败，最终被杀"②。尽管斗牛表演场面血腥残忍，一些比赛追随者却认为"观看活生生的动物走向死亡的过程乃罪过"③ 的说法毫无道理。阿特伍德曾两次用诗歌描写斗牛表演，第一次是诗集《彼国动物》中的同名诗，她在诗里写道：

> 公牛，用鲜血绣花
> 死亡也被赋予了
> 一种优雅，像一些喇叭，他的名字

---

① Margaret Atwood, "Don't Expect the Bears to Dance," *Maclean's*, 88.6 (June 1975): 68.
② "Bullfight," *Oxford Advanced Learner's Dictionary of Current English*, 6th edition (Oxford: Oxford University Press, 2000), 155.
③ Alexander Fiske-Harrison, "To the Spanish Bullfighting is much more than a Sport," *Daily Telegraph*, 25 November 2011, Web. 22 May 2014.

被印在身上，如纹章标记①

诗中关于斗牛比赛的描写正是某些追随者的观点，他们将这项运动归结为文化习俗，公牛的死亡是"优雅"的，因为"当他在沙地上／翻滚，刺刀插入心脏"的那一刻，"他真是一条汉子"。② 《彼国动物》里有关斗牛比赛的描述较为简短，却透露出一丝讽刺意味。公牛在围观者的呼喊和掌声中死去，但这些人到底在欢呼些什么？是死亡，还是一种"真汉子"精神？其实这已跟公牛无关。公牛死了，这才是最残酷的真相。

如果说在《彼国动物》里，阿特伍德对斗牛表演的描写还略带些情感上的疏离，那么到了《公牛之歌》（Bull Song）时，她基于亲身观看表演的经历，表述起来便有了目击者那种直击事实真相的勇气和力量。《公牛之歌》是阿特伍德"黑色写作"③的典型代表，将当代人类历史上最残忍的动物表演刻画得淋漓尽致。

《公牛之歌》不同于《猪之歌》：在后一首诗中，读者尚能隐隐看到一线希望，觉得猪有可能会得到更好的照料，而公牛则永远无法摆脱其宿命——被戏弄性地虐杀。《公牛之歌》的总体气氛是消极的，诗人采用了严肃的语气来表现公牛遭受的痛苦。全诗共分为六小节，从始至终镜头都聚焦于斗牛场馆：喧闹的人群、疯狂的公牛、死亡的到来缓慢却充满刺激。在诗歌开头，公牛说道："对我来说，没有观众，／也没有铜管乐。"④ 公牛在上场比赛之前会被关进黑箱：

---

① 玛格丽特·阿特伍德：《彼国动物》，载《吃火》，第51页。
② 同上书，第51—52页。
③ Val Ross, "Atwood Revisits the Deep and the Scary," *Globe and Mail* (30 January 1995): C1.
④ 玛格丽特·阿特伍德：《你快乐》，载《吃火》，第226页。

耳朵被湿报纸堵上、双眼被涂上凡士林、鼻子被棉花堵住、腿被碱性溶液浸泡、食物里放了泻药……从黑箱里放出来的公牛虚弱不堪，精神崩溃，视力和听觉都模糊不清，根本看不见斗牛场里的人群，也听不到比赛开始时喇叭里播放的音乐，实际情况是，它根本无力关注那些花钱来看它受折磨的人，只感觉得到脚底下"潮湿的灰尘"①。与此同时，观众们兴高采烈地看着它被刺死的过程，他们发出欢呼，"嗡嗡地围着我像苍蝇，/苍蝇般喧闹"②。这句诗中采用了象声词，而且重复了"苍蝇"一词，以此强调观众人数众多，却又像苍蝇一般叫人讨厌，他们已完全失去了理智和人性，只剩下狂热的喧闹。此外，"苍蝇"意象往往令人联想到腐烂的死尸，象征了公牛即将面临的死亡。

比赛开始时，公牛遭到斗牛士连刺几剑，颈部肌肉被切断了，它"站在阳光/与愤怒带来的晕眩中"③，感觉鲜血正从被砍伤的肩膀汨汨流出。"愤怒"一词放在此处别有深意。在大多数人心目中，公牛的愤怒通常和斗牛士手里挥舞的红色斗篷有关，他们认为这种颜色能激怒公牛，使之癫狂，随之攻击手拿红斗篷的人。实际情况却相反，公牛本是温顺的动物，它所表现出的狂怒归因于之前所受的折磨以及场上来自斗牛士的不断挑衅和刺杀，这一切造成了它不可承受之痛。

公牛内心无比彷徨，它觉得场上的一切都不合情理，它喊道："谁把我带到这里来/让我跟墙壁、毯子/……搏斗？"④ 通常来说，搏斗有其合理的原因，必须有明确的对手，双方得势均力敌，结局有胜有负。然而，本诗中的公牛被莫名其妙地拉进一场毫无意义的比赛，同墙壁、毯子以及"那些有着鲜红和银色的肌腱/舞动并闪避

---

①②③　玛格丽特·阿特伍德：《你快乐》，载《吃火》，第 226 页。
④　同上书，第 227 页。

的战神搏斗"①,搏斗的结局早已板上钉钉,最终都是公牛战败而亡。诗人在此处将人比作神,掌握特权,漫不经心地折磨非人类动物,毫不在意地结束动物的生命。

最后的时刻到来了,喇叭声响起,"苍蝇飞动而后停留"②。这里又一次出现了"苍蝇"一词,与第一小节相呼应,宣告了公牛的死亡。此时,人群喧哗,大家纷纷站起身,观看还在流血的公牛让马匹拖着绕场一周:"我退场,被拖走,一大包/肉块。"③刚刚还活生生的公牛变成了"一大包肉块",鲜血尚未凝固,便被"拖"着下场,这种死亡充满了羞辱。而对人类来说,公牛的死无非"是一场游戏"④。剥夺生命在人类世界里变成了一项娱乐,人们并未意识到自己的行为已经失去人性,还以为这是一份荣耀、一种"慈悲"。殊不知,所谓的荣耀和慈悲均是"伪装",是替人类"开罪"的借口,⑤隐藏在斗牛比赛背后的动机非常简单:商业和经济利益。在利益驱动下,公牛饲养场和斗牛场老板联起手来,乐此不疲地组织一场又一场比赛,还利用各种宣传渠道激发人们观看的热情。在金钱至上的世界里,人们只听到钱币碰撞的声音,却对公牛的悲鸣和哭喊充耳不闻。

阿特伍德通过对马戏团里和表演场上的动物描写,反映了它们恶劣的生存环境。这些动物的自然天性早已被磨灭,它们不仅行动受到限制,毫无自由可言,而且必须面对残酷的训练手段,在没有任何保障措施的情况下从事高危表演,不得不承受痛苦完成各种违背天性的动作。动物表演实则是人类中心主义的产物,传递了"动物生来就由人类奴役"的错误观念⑤,这种思想值得每个人警惕。

---

①②③④⑤ 玛格丽特·阿特伍德:《你快乐》,载《吃火》,第 227 页。
⑤ 佚名:《动物表演》,参见"百度百科",https://baike.baidu.com/item/动物表演/15836942?fr=aladdin。

三、捕猎场里的哀鸣

捕猎曾经在人类历史上起过非常重要的作用，人们通过这种方式摄取蛋白质，为自身提供营养，保证了种族的绵延。当人类社会进入现代化阶段时，捕猎已不再是人们获取食物的最主要渠道，然而不少地方依然盛行捕杀动物。我们不排除一些原住民因传统习俗离不开狩猎的生活方式，或者一些贫困地区的人只能靠捕猎赖以为生，但有些捕猎行为纯粹是为了商业利润，或为了取乐，或是想赢得征服的快感……[1]在这些情况下，捕猎就是不道德的，因为该行为体现的是猎人"对于自身和自身利益的需要"，而不是"出于动物需求与利益的考虑"。[2]《狐狸之歌》（*Song of the Fox*）和《捕兽者》（*The Trappers*）便突出了这种不道德的狩猎行为。

《狐狸之歌》是以狐狸的口吻唱响的针对猎狐运动的怨歌。猎狐运动曾经在英国、美国和加拿大风靡一时。每到秋天，猎狐者踊跃出动，"缓慢地跟随在以嗅觉灵敏著称的狐群后面，保持一定的距离"，[3]享受追逐和追踪的乐趣。因猎狐过程过于残忍，目前许多国家已正式颁布了禁猎狐狸的条令。但由于狐狸会对农民的庄稼和畜

---

[1] 马蒂·基尔（Marti Kheel）在《生态女性主义和深生态：关于身份和差异的思考》（"Ecofeminism and Deep Ecology: Reflections on Identity and Difference"）和《捕杀许可：关于猎人话语的生态女性主义批评》（"License to Kill: An Ecofeminist Critique of Hunters' Discourse"）中对六种不同的（北美）猎人进行了区分："雇佣猎人"屠杀动物是出于商业利润的目的；"饥饿猎人"是为了食物；"敌对猎人"的目的是消灭"邪恶"动物；"快乐猎人"捕猎是为了娱乐和自身发展（心理需求）；"整体论猎人"在山林中捕猎是出于维持自然界平衡的目的（生态需求）；"神圣猎人"捕猎是为了达到一种精神状态（宗教需要）。前三种猎人的划分出现在环境保护运动开始之前，后三种出现在环境保护文学中。归根到底，这些都是白人猎人试图使捕猎动物合理化的辩护理由。此处参考格里塔·加德：《素食生态女性主义》，刘光赢译，《鄱阳湖学刊》2016年第2期，第26页。

[2] 格里塔·加德：《素食生态女性主义》，刘光赢译，《鄱阳湖学刊》2016年第2期，第26页。

[3] Derek Birley, *Sport and the Making of Britain* (Manchester: Manchester University Press, 1993), 132.

禽造成危害，因此有些地方仍将猎狐视为驱除害兽的有效办法。

在诗中，狐狸将一路追踪而来的猎人称作"有着精准的黑手党/眼神和狗伙伴的男人"，① 热衷于有组织的杀戮。追逐对猎人来说或许是一件好玩的事，对狐狸而言却是在以命相搏，因此它感到厌烦透顶：

> 关于这块栅栏的领地
> 和隐藏的洞穴的争论
> 永远也不会有输赢，让我们
> 彼此互不干扰。②

"永远"一词表明猎人不会终止猎狐运动，与此同时，由于饥饿所迫，狐狸对家禽的偷袭也不会停歇。即使牧民用高高的栅栏围住农庄，拒绝狐狸入内，牧民和狐狸之间的争斗也不可能结束。因此，狐狸希望双方互不干扰的呼声显得如此苍白无力。事实上，饥肠辘辘的狐狸是在恳请人类休战，作为自然生灵的一员，狐狸有权享用自然界的食物，而人类只想到了自己的权利，却忽视了其他生命的存在。

在第二小节，狐狸称猎人为"另一个神"③。它勾勒出一位友好仁慈的神的形象，和狐狸一起玩耍嬉戏。狐狸为神"表演象形文字/用我的牙齿和灵敏的双足"④。神在游戏中的职责是弄清狐狸表演中隐含的意思。阿特伍德指出，大自然的语言纷繁复杂，涵盖了多种分类，每一种生物都有属于自己的语言。狐狸表演的象形文字是一

---

①②③④ 玛格丽特·阿特伍德：《你快乐》，载《吃火》，第237页。

门古老繁杂的语言,不易破译。被尊称为"神"的猎人不懂狐狸的语言,也无法破解狐狸用牙齿和双足画出的神秘文字。由于对大自然的语言缺乏领悟力,"神"将那些"死去的母鸡"——在狐狸眼中是"无害而快乐的"——视为"侦探小说中的尸体"。①

第三小节用"但"字开头,一扫第二小节尚显轻快的语调:"但你是严肃的,/你戴着手套,步履缓慢。"② 从此刻开始,游戏变成了严肃的追逐和杀戮。狐狸的行为被定义为对母鸡的攻击和侵犯。在牧民眼里,狐狸不是同类,而是"寄生虫""一个戴着毛舌帽的骗子"。③神成了可怕的暴君,一心想取狐狸的性命:"你瞄准我的命运/不是通俗文学。"④当狐狸被猎人射中,它就不再是侦探小说中的尸体,而是被剥夺了生命权的动物。

在最后一小节,狐狸向射杀它的猎人哀告:

> 哦你误会了,
> 一场游戏不是一项法律,
> 这支舞蹈不是一次心血来潮,
> 这个被杀者不是一个敌手。⑤

狐狸并非想和人类为敌,也并非为了获取"利润",它只是想求得一条生路。作者在此处用了"太阳/……燃烧又燃烧"的意象,⑥象征了无尽的生命轮回。太阳是地球生命的能量之源,生命的整体是互为依存的,世上每一样东西都依赖另一样东西。狐狸作为生物链的一部分,需要捕食其他生物才能生存下去。在诗歌结尾,狐狸

---

① 玛格丽特·阿特伍德:《你快乐》,载《吃火》,第237页。
②③④⑤ 同上书,第238页。

似乎接受了人类高高在上的地位,它的舌头从人的"身体上舔过",变得像家养宠物那样顺从。貌似和平的相处方式却令人心存疑虑:这该不是狐狸的一厢情愿吧?人类会因为狐狸的顺从而放弃杀戮——从而放弃经济利益吗?答案不言自明。

《捕兽者》是《彼国动物》里收录的一首诗,阿特伍德在诗中批判了人类在捕杀野生动物过程中的野蛮行径。在诗歌开头,作者点出了捕猎者的处境——他们用陷阱捕捉野兽,却不料自己也陷入了困境:

> 捕兽者,被困于
> 钢制钳口,没有答案的
> 窘境……①

到底是什么样的窘境,作者并未马上提及,只是告诉读者,陷阱里的猎物已经死亡,"冰冷的眼/缠在毛皮间"②。第二小节描写了被困动物惨死的场景:"每一次都重复/白色上的殷红。"③诗人用简练的词语谴责了人类的冷酷无情,他们不断重复着同样的行为,致使白色的冰面上一次又一次留下动物鲜红的血迹,捕猎者的"足印"与动物的"鲜血"形成强烈对比,印证了悲剧的"不可避免"。更为可怕的是,如果这只不幸的动物处于"奄奄一息"的状态,它就得"被棍棒击打",直至死亡,场面极为暴力。④在捕猎过程中,猎手的表现并不是非理性的,一切都井然有序,"他们留下几只/活口,让

---

①②③④ Margaret Atwood, *The Animals in That Country* (Boston: Little, Brown and Company, 1968), 34.

其繁殖，待来年/捕猎"。[①] 作者并未明确说明被捕捉的是何种动物，而是提到了捕兽工具"锁链/钢圈"[②]，这是为了让读者关注于捕猎本身的残忍。

在第三小节里，作者描述了严酷的自然环境，天寒地冻，大雪肆虐，直往捕兽者脸上扑去。在这块贫瘠的土地上，人和兽都在为生存挣扎，但双方的地位注定是不平等的，最终以动物之死和捕兽者的胜利宣告结束："森林闭合/在他们身后，如同喉咙。"[③]作者在此处将森林比作喉咙，可说是意味深长。在《圣经》中，喉咙意象传递出强有力的信息，因为它是"人体最敏感的区域之一，任何利用该象征的意象都会引起读者或听众强烈而鲜明的回应"，它象征了"敞开的坟墓"或是"受威胁的生命"。[④] 如此一来，森林成了被困动物的坟场，留下的那些活口是受威胁的生命，等待着来年的死亡宣判。诗中的自然——具体体现为森林和生活于其中的动物——是无助的，它无力抵御强大而危险的捕兽者。在捕兽者离开之后，森林才终于闭合，树枝上沾满了动物们"冰冷的血"[⑤]。

在森林里，暴力猎兽的事时有发生，第四小节解释了其中的缘由："饥饿"是捕兽者残杀动物的动机，他们以饥饿为借口，"设下陷阱，猛击/动物"，这一举动就像"挤压/位于中心的血红太阳"。[⑥]太阳是地球上一切生命的源头，用鲜血玷污生命之源说明杀死那些动物是在破坏生命的神圣本质。一些捕猎者甚至把自然世界看作私有财产，他们希望：

[①②③⑤] Margaret Atwood, *The Animals in That Country*, 34.
[④] Leland Ryken, James C. Wilhoit and Tremper Longman III, eds., *Dictionary of Biblical Imagery* (Illinois: InterVarsity Press, 1998), 868.
[⑥] Margaret Atwood, *The Animals in That Country*, 35.

在雪地做记号，用野生动物的

知识，进入狭窄的

令人浮想联翩的头骨，使每一棵

树，每一个季节，成为所属的

版图。①

由此可见，捕猎者的动机并不单纯，他们的真正意图是掌握自然界生命的奥秘，进而达到支配自然的目的。人类对动物凶狠，部分原因是对毛皮动物的"不变的恐惧"，害怕严酷的冬天永远不会离去。②人类便是这样陷入了诗歌开头提及的"窘境"：难以获得新知识，找不到其他的解决办法。作者在最后两小节中写道："他们深怀负罪感，因为/他们不是动物。""他们深怀负罪感/因为他们是。"③人类归根结底是动物大家庭的一员，他们的命运同陷在"钢圈"里的猎物一样，被困在了自己设置的罗网之中。"钢圈"无法被打破：杀戮还将持续下去，负疚和自责不会终结。

通过描写捕猎场上的哀鸣，阿特伍德试图敦促人类回归自然，而非回归野蛮。这些诗歌旨在引导读者思考人类与动物在地球上古老的血缘关系，并且含蓄地提出了"'生态'捕猎"的伦理议题——一种"理性"捕杀与"有责任心的猎手"对"个体动物的认同"相结合的捕猎方式。④人类在捕杀动物时，如果仅是为充饥，或是为自我保护，或是为"良好的道德理性"⑤，这些是可以理解的，但前提是在捕猎时表现出应有的尊重，不能随意蛮杀，并且要正视动物

---

①②③ Margaret Atwood, *The Animals in That Country*, 35.

④ Axel Goodbody, *Nature, Technology and Cultural Change in Twentieth-Century German Literature: The Challenge of Ecocriticism* (New York: Palgrave Macmillan, 2007), 206 - 207.

⑤ Brian Baxter, *A Theory of Ecological Justice*, 62.

生命的神圣性，这是猎手应负的道德责任。

第二节 现代废墟中的动物难民

以现代科技为支撑的人类活动造成了动物物种的大量灭绝，有学者指出，在人类世语境下，物种灭绝的速度令人震惊："几个世纪以后，地球上75%的物种都会绝迹。"[1] 阿特伍德也曾对此表达出深切的担忧："正在加速的物种灭绝——确实不仅是加拿大，而且是整个行星面对的最大问题。"[2]《疯癫亚当三部曲》（亦称《后启示录三部曲》）描写的便是现代科技发展到极致状态之后的境况，在阿特伍德笔下，整个星球如同鲁宾孙身处的荒岛，与其说是受保护的圈占地，不如说是座监狱，时时处于自然耗尽的危险之中；抑或像小人国，现代文明就是巨人格列佛，拥有巨大的胃口和可怕的排泄量，产生了惊人的破坏力。在这样一片废墟中，动物失去了栖身之地，如同"难民"一般，四处流浪，甚至失去生命，而作为动物的人类也无处栖身。

一、实验室动物

现代医学、生物学和心理学的发展都离不开动物实验。人类为了获得新知识、解决疑难杂症，在研究中大量使用动物。实验室里的动物常常要面对血淋淋的事实：它们被囚禁起来，喂食包括迷幻

---

[1] Damian Carrington, "The Anthropocene Epoch: Scientists Declare Dawn of Human-Influenced Age," *The Guardian*, 29 August 2016, accessed 15 May 2017, https://www.theguardian.com/environment/2016/aug/29/declare-anthropocene-epoch-experts-urge-geological-congress-human-impact-earth.

[2] 转引自袁霞：《生态批评视野中的玛格丽特·阿特伍德》，第184页。

剂在内的药物，施行放射性烧伤和枪击试验，甚至遭到活体解剖……从某种程度上讲，动物替代人类承受了痛苦和死亡。当人类受益之时，动物却成了科学献祭台上的"受害者"。

阿特伍德对动物实验并不陌生，她父亲所在的学校就有实验室，父亲和学生有时会在家中讨论实验进展。《猫眼》里的女主人公每周六都去父亲工作的动物学大楼玩耍，那里的实验室比较传统，养了些做实验用的蛇、海龟、家鼠和蟑螂等动物。《使女的故事》中的女主人公奥芙弗雷德在《心理学入门》上读到实验室里的笼中鼠和鸽子的章节，前者"为了找点事干，竟不惜电击自己"，后者在人们的训练下学会了"啄击按键，让玉米粒跳出来"。[①] 在《浮现》中，女主人公的记忆深处始终保留着对高中时青蛙解剖课的印象："青蛙像小垫布一样平展地被大头针固定在上面，首先把它开膛剖腹，仔细观察探究一番，然后把它的内脏用钳子夹出来，分离的心脏像喉结一样缓慢地收缩……"[②] 多年以后，历经创伤的女主人公再次回想起这些实验室动物时不由感慨万千："我们对动物所做的一切也可以施用于我们自身：我们得先在动物身上实验。"[③]

在《羚羊与秧鸡》中，人类利用动物进行实验的尺度更是达到了极致。小说里的奥根农场、荷尔史威瑟大院、沃特森-克里克大学、雷吉文-埃森思等机构都以研究转基因为工作重点。工作人员和学生以创造各种转基因动植物为荣：蛇鼠、浣鼬、蝴蝶、兔子、器官猪、狼犬兽等。蛇鼠是蛇与老鼠的混合；浣鼬是奥根农场生化实验室某位高手业余爱好的产物；大如烙饼的蝴蝶在雷吉文-埃森思大院的灌木丛里翩翩起舞；兔子会发光，这是某次实验时从一种深海

[①] 玛格丽特·阿特伍德：《使女的故事》，陈小慰译，译林出版社2001年版，第80页。
[②][③] 玛格丽特·阿特伍德：《浮现》，第130页。

水母的虹膜中盗用的有点发绿的光亮；器官猪是一种能够培植各种人体组织器官的转基因猪；狼犬兽外表举止都像狗，却极其凶恶，会对人发起攻势……

在上述转基因动物里，有些纯粹是科学家觉得好玩制造出来的，另一些则与人类毫无节制的贪欲有关。各个大院为了在全球范围的商业竞争中获胜，不惜一切代价，视自然为可以利用的工具，将地球变成了一个"巨大的、无节制的试验场"[1]，为消费至上的社会提供生产物质和原材料。奥根农场和荷尔史威瑟大院都在实施器官猪计划，一只器官猪一次可长出五六只肾，把多余的肾割下之后，它还能继续生长出更多的器官。荷尔史威瑟还利用器官猪研发与皮肤相关的生物技术，通过在动物身上试验种植人体细胞的方式达成人类彻底换肤的梦想。除此之外，大院甚至计划在器官猪里植入真正的人类大脑皮层组织，美其名曰"对中风病人……给予希望"[2]。此时的动物成了人体部件和细胞的载体，其存在的价值是为了实现精英阶层的利益。这种从动物到人体的"异种器官移植"（xenotransplantation）表明了人对待动物的矛盾看法：动物与人有足够的相似处，可以为人提供有用的生物体物质，但它们又与人有诸多不同之处，因此在科学实验中遭到杀戮并不构成伦理问题。

在资本全球化对自然的操控过程中，伦理遭到了肆意践踏。小说主人公之一"秧鸡"是一位少年天才科学家，人类灭亡的始作俑者——所在的沃特森-克里克大学是培养科学精英的摇篮，学生们可以在这里随心所欲地运用基因技术创造"自然"。有学者指出，《羚羊与秧鸡》出版于詹姆斯·沃特森（James Watson）和弗朗西斯·克

---

[1] 玛格丽特·阿特伍德：《羚羊与秧鸡》，韦清琦、袁霞译，译林出版社2004年版，第236页。
[2] 同上书，第58页。

里克（Francis Crick）发现 DNA 双螺旋结构 50 周年之际，因此，该大学的名字可以说是阿特伍德对滥用科学知识的一种讽刺和警告：只关注于对生命构成材料的转变和重塑，却无视自然的伦理建构。①小说另一主人公吉米在参观该大学时发现了那种硕大的蝴蝶，便问好友"秧鸡"它们是不是"新品种"。"秧鸡"则反问道："你的意思是，它们是在自然状态下生成，还是经人手创造出来的？换句话说，它们是真的还是假的？"接着，"秧鸡"继续阐明自己的看法，蝴蝶是如何创造出来的这一点无关紧要，因为"做了之后就跟真的一样了。中间的过程并不重要"。②

吉米在参观过程中还看到了一种状如大球的物体，上面覆了一层有许多小点的黄白色皮肤，里面伸出二十根肉质粗管，每根管子的末端各有一个球状物在生长：

"是什么鬼玩意儿？"吉米说。

"是鸡，""秧鸡"说，"鸡的各个部分。这一个上面只长鸡脯。还有专门长鸡腿肉的，一个生长单位长十二份。"

"可是没有头呀。"吉米说。他明白过来了——他毕竟是在多器官生产者中间长大的——但这玩意儿也太过分了。至少他小时候见到的器官猪还是有脑袋的。

"头在那儿，中间，"那个女人说，"嘴巴开在最上面，营养饲料从这儿倒进去。没有眼睛、喙什么的，不需要。""真可怕。"吉米说。简直是场噩梦，就像一种动物蛋白块茎。

---

① Jayne Glover, "Human/ Nature: Ecological Philosophy in Margaret Atwood's *Oryx and Crake*," *English Studies in Africa*, 52.2 (2009): 53.
② 玛格丽特·阿特伍德：《羚羊与秧鸡》，第 207 页。

"想一想海葵的机体构造,""秧鸡"说,"那有助于你理解。"

"但它会怎么想呢?"吉米说。

女人又像啄木鸟一样滑稽地笑起来,并解释道他们已去掉了所有与消化、吸收和生长无关的脑功能。

"就好比是一种鸡钩虫。""秧鸡"说。

"不用添加生长激素,"女人说,"快速生长已成为内嵌机制。两周就可以拿到鸡胸脯——这比迄今所设计的出产率最高的低照明高密度营养鸡提前了三周。而那些鼓吹动物福利的疯子对此无话可说,因为这东西感觉不到痛苦。"[1]

在这里,让人坐立不安的并非后文提到的鸡的怪异口味,而是鸡作为动物主体的意识正在科学家的操纵下遭到瓦解。动物福利论主张动物具有感受苦乐的能力,这是它们获得道德关怀的充分条件。彼得·辛格曾指出,如果某一存在物能感受苦乐,那么拒绝关心它的苦乐就不具备道德上的合理性。反过来说,如果我们发现某一存在物被剥夺了感受苦乐的能力,那么对其道德关怀就会趋向微薄。因而鸡肉球一方面体现了对动物尊严的凌辱,另一方面也是在为剥削动物寻找邪恶的依据。这种以基因嫁接方式肆意玩弄动物的行为是蔑视生命的表现。

然而具有讽刺意味的是,由于生长快速,这样的"鸡"最终获得了外卖特许经销权,并以低廉的价格被推向国际市场。在利益驱动之下的全球化经济废弃了动物正常的饲养过程,使活生生的动物失去了存在价值,并"从本质上在消费者头脑中将动物降格为部

---

[1] 玛格丽特·阿特伍德:《羚羊与秧鸡》,第 209—210 页。

件"①。有学者在分析《羚羊与秧鸡》中的"技术、消费与超现实"时指出:"人工产品不但架空了现实,而且创造了一个完全独立的具有自身生存逻辑的世界,因此完全取消了自然存在。"② 总之,技术征服了自然,自然成了人造的自然,在资本主义全球化体系中沦为可供买卖的商品。罗西·布拉伊多蒂在一篇探讨"后现代主义之后的女性主义认识论"的文章中对这些靠经营基因和生物获利的跨国公司的活动方式进行了解构,声称"生物权力(bio-power)已经转变成一种生物剽窃(bio-piracy),以剥削妇女、动物、植物、基因和细胞的生殖力为目的。生命物质的自我复制力是以消费和商业盘剥为目标"③。以"秧鸡"为代表的科学家以工具主义的态度对待自然,他们根本就不相信自然,"或者说不信带大写 N 的自然"④。在他们眼里,实验室里制造的动植物与自然世界中真实的动植物没什么区别,其行为恰恰是剽窃了真正动植物的生命力,"由于对界限的混淆,'秧鸡'在某种程度上想当然地以为,自然世界(包括人类在内)是他有权操控的巨大实验室的一部分"⑤。"秧鸡"将动物视为"物"——商品、资源、原材料以及研究对象,也正是在这种将动物"物化"的思想引导之下,以"秧鸡"为首的科学家们才会肆无忌惮地利用动物进行各种基因试验,最终导致了人类的大灭绝。

可怕的是,在大灾变之后,这些实验室动物纷纷逃离,它们在

---

① Beth Irwin, "Global Capitalism in *Oryx and Crake*," *Oshkosh Scholar*, 4 (2009): 48.
② 丁林棚:《技术、消费与超现实:〈羚羊与秧鸡〉中的人文批判》,《解放军外国语学院学报》2017 年第 2 期, 第 116 页。
③ Rosi Braidotti, "Feminist Epistemology after Postmodernism: Critiquing Science, Technology and Globalization," *Interdisciplinary Science Reviews*, 32.1 (2007): 70.
④ 玛格丽特·阿特伍德:《羚羊与秧鸡》, 第 213 页。
⑤ Jayne Glover, "Human/Nature: Ecological Philosophy in Margaret Atwood's *Oryx and Crake*," *English Studies in Africa*, 52.2 (2009): 53.

遍地残骸的荒地上游荡。大绿兔疯狂繁殖、泛滥成灾,凶猛的狼犬兽是可怕的夜间猎手,狡诈的器官猪成了幸存人类的大敌……尤其是器官猪,它们拥有人的大脑皮层组织,能像人一样思考。这些器官猪拥有记忆,会策划伏击、部署侦察兵。它们本不该长獠牙,但灾难过后,或许是因为体内具有快速成熟基因,它们很快便开始长出白色獠牙,"正迅速地恢复其野生状态"[①]。这种返祖现象可以被看作视觉符号,器官猪的进化已经完全超出发明者的初衷。阿特伍德以极具讽刺的笔触揭示了人类对动物所做的科学实验所导致的恶果。数目众多的实验室动物与剩下的人类竞争有限的自然资源,这恐怕是当初那些盲目自信的科学家始料未及的结局。

二、餐桌上的动物

阿特伍德在短篇集《帐篷》里收集了一篇短文《吃鸟》(*Eating the Birds*),描写了人类面对动物时的贪婪。在作者笔下,人吃鸟的动机可笑极了:仅仅是为了像鸟一般高高飞翔,唱出婉转动听的歌,孵出漂亮可爱的小鸟,人便"用枪射,用棍击,用胶粘它们的脚,用网捕,用烤肉钎将它们叉住,将它们扔到煤块上"[②],还美其名曰"一切为了爱,因为我们爱它们。我们想和它们融为一体"[③]。在另一个短篇《炖袋狼肉》(*Thylacine Ragout*)中,科学家想方设法克隆出一头袋狼,获得了各种奖项。之后,这只袋狼却神秘地失踪了,原来科学家将它贩卖给了一位喜好尝鲜的富人,后者则把它做成炖肉,吃下了肚。《洪水之年》里有一家名叫"生珍"的美食连锁餐厅,在其私人宴会厅里,客人可以吃到濒临绝种的动物。"利润惊

[①] 玛格丽特·阿特伍德:《羚羊与秧鸡》,第40页。
[②][③] Margaret Atwood, *The Tent*, 127.

人；光是一瓶虎骨红酒就值一条钻石项链。"① 从这些描述可见，有些人把吃看作身份、地位和权力的象征。人们为了吃，可以巧立名目，不择手段，毫无底线。越是稀缺的动物，其符号价值就越强，越能激发人们的占有欲。如此一来，餐桌上的动物便成了欲望的载体，承载了人类的野心和贪念。

《母鸡头之歌》中的母鸡最终被端上了餐桌，这是前工业化时代大多数家养动物的命运：在农场度过或长或短的一生，最后被杀，成为人们的腹中美食。随着人口大量增加，肉的消耗量与日俱增。传统的饲养方式已经难以满足需求，于是出现了工业化养殖场——一种"动物产业综合体"（the animal industrial complex）②。露丝·哈里森（Ruth Harrison）在《动物机器：新型工业化养殖场》（*Animal Machines: The New Factory Farming Industry*，1964）一书中揭示了动物在养殖场所受的种种非人道待遇。动物们被圈禁在狭小的空间之内，没有活动的自由，也不能与同类接触。有学者指出："工业化农场否认'存在'感，否认与自然的联系……人类饲养的肉食动物的所有基本需求和本能都遭到了拒绝；没有阳光，没有同伴，没有立脚的土地，没有新鲜的空气。"③ 鸡的食物中添加了激素，以加快生长速度；公乳牛生下来之后禁止运动、禁吃母乳，以便成为合格的小牛肉；母猪则被整日关在圈里，不断地通过人工授精的方式产出可供食用的猪……就是因为人类想吃肉食，动物们便不得不遭受被剥削、被奴役的命运。在很多人的观念里，动物生来就是要

---

① 玛格丽特·阿特伍德：《洪水之年》，第33页。
② Qtd. in Anna Bedford, "Survival in The Post-Apocalypse: Ecofeminism in *MaddAddam*," Karma Waltonen, ed. *Margaret Atwood's Apocalypses* (Newcastle upon Tyne: Cambridge Scholars Publishing, 2015), 78.
③ Patricia Denys, "Animals and Women as Meat," *The Brock Review*, 12 (2011): 44-50.

被吃的,比如"猪生来就要成为猪肉""鸡生来就要成为鸡肉"。在《可以吃的女人》中,玛丽安和彼得坐在餐桌前吃饭,彼得将盘子里的牛排切成整整齐齐的小方块,玛丽安的脑子里却浮现出烹饪书上画的一条牛的图案:

> 牛身上打着格子,加上标签,说明你用的肉来自牛身躯的哪个部分……她眼前似乎看到了屠宰培训班里的景象,在一个大房间里,一排排身穿雪白的大褂学习屠宰的人,手上拿着幼儿用的剪刀,坐在桌子旁边,从一叠叠硬纸板画的牛身上把牛排、肋条和用来烤的肉剪下来……
>
> 她低头望了望自己那份已经吃掉一半的牛排,忽然意识到这是厚厚的一块肌肉。它血红血红的,来自一条活牛的身上。这条牛能动能吃,最后被宰杀,它像人们在等候电车那样排队站着,随后头上挨了重重一击就死掉了。[1]

人们把吃肉看成自然而然、理所当然之事,是为了补充身体营养,促进健康需要,却早已忘记"肉"其实是一种文化建构。肉来自死去的或被屠宰的动物,可有多少人吃肉时会想到其来源和出处,会想起自己是在和个体的动物打交道?在大多数情况下,人们根本不会去考虑这个问题。"在超级市场里,肉都用塑料薄膜包得严严的,上面粘贴着名称和价格的标签,买肉就像买花生酱或者豆子罐头一样。就连你到肉店去买的时候,店主也手脚麻利地把肉包扎得干干净净,整整齐齐。"[2] 超市的肉类脱离了他/她曾经的存在主体

---

[1] 玛格丽特·阿特伍德:《可以吃的女人》,第163页。
[2] 同上书,第164页。

"猪""牛""鸡"。在凯西·B.格兰（Cathy B. Glenn）看来，这种给动物贴标签的方式掩盖了肉类工业屠杀动物的过程，"这些委婉语的使用隐瞒了一个事实：我们购买和消费的身体部位是曾经的主体被客体化之后的碎片"①。客体化（objectification）是第一步（将动物变为物），紧接着是将之碎片化（fragmentation，真正意义和本体论意义上的碎片化），最后碎片被消耗（consumption），这个"三部曲"造成了曾经存在的生命的隐没。

卡罗尔·亚当斯在《肉的性政治学：女性主义-素食主义批评理论》一书中探讨了动物如何在漫长的进化史中被高度物化，进而在日常生活里沦为"缺席的指称对象"（absent referents）：

> 在食肉主义（carnivorism）的文化话语里，"吃肉"就是一种文本，在这个文本中，"肉"就是能指，而"动物"则是缺席的指称对象。动物在文本中不在场；其存在被能指肉统治并且省略，这就削弱了动物的生命力，使她或他变成一个它（It）。②

亚当斯分析了活生生的动物是如何在我们的文化中让位给"肉"的概念的："有人宰杀了动物，我可以把尸体当作肉来食用"转变为"动物被宰杀作为肉来食用"，然后是"供食用的动物肉"，最后变成"肉"。③ 可以推断，如果动物活着，他/她就不可能成为肉。因此，

---

① Cathy B. Glenn, "Constructing Consumables and Consent: A Critical Analysis of Factory Farm Industry Discourse," *Journal of Communication Inquiry*, 28.1 (2004): 69.
② Carol Adams, ed., *The Sexual Politics of Meat: A Feminist-Vegetarian Critical Theory* (New York: Continuum, 1990). 转引自格瑞塔·嘉德、帕特里克·D. 墨菲主编：《生态女性主义文学批评：理论、阐释和教学法》，蒋林译，中国社会科学出版社2013年版，第96页。
③ Carol Adams, "Ecofeminism and the Eating of Animals," *Hypatia*, 6.1 (1991): 137.

死尸替代了活着的动物,动物变成了"缺席的指称对象"。还可以推断,如果没有动物,就不可能有食肉的行为,但动物却消失在了食肉行为背后,因为他/她被转化成了食物(It)。约瑟芬·多诺万认为,这一过程"贬低了动物的本体地位,省略了动物的存在主体性;这样一来,符号(肉)统治了指称对象(动物),这反映了支持食肉主义的统治本体论"[1]。

在后工业时代,人们已经不满足于工厂化养殖动物,一些科学家开始在实验室里炮制"人造肉"。大院为了推广"人造肉",不惜摧毁真正的动物。《羚羊与秧鸡》开头焚烧染病动物尸体的场面令人震撼:"火里面烧的是很大的一堆牛、羊和猪。它们的腿挺直而僵硬地伸出来;它们身上给浇了汽油;火焰冲天而起,黄色、白色、红色和橙色,一股焦肉味弥漫在空气中。"[2] 年幼的吉米为那些"被点燃、正在受罪的动物"[3] 心痛不已,却不知导致动物死亡的病毒出自大院,公司为了获取更多利益,设计出一种病毒,致使大量动物死亡,好哄抬肉价,为"人造肉"替代真正的肉类开路。

吉米在沃特森-克里克大学看到的鸡肉球就是一种典型的"人造肉",或称"离体肉"(in vitro meat)。"离体肉"概念的出现源自三种需求:管理方便、道德便利、经济效益。首先,人们不需要把动物控制起来,因为"离体肉"不会随便乱跑;其次,可以在不杀生的前提下收获肉食,就像《洪水之年》里的描述,它们"长在茎上,没有脸"[4],因此可以规避伴随吃肉而来的道德困境;最后,除非遇

---

[1] 约瑟芬·多诺万:《生态女性主义文学批评:阅读橘子》,载格瑞塔·嘉德、帕特里克·D. 墨菲主编《生态女性主义文学批评:理论、阐释和教学法》,第 96 页。
[2] 玛格丽特·阿特伍德:《羚羊与秧鸡》,第 17 页。
[3] 同上书,第 19—20 页。
[4] 玛格丽特·阿特伍德:《洪水之年》,第 131 页。

到竞争公司的生物恐怖主义袭击,这种"离体肉"会无限制地生长,效益惊人。出于以上几点原因,鸡肉球成了《疯癫亚当三部曲》中最常见的"人造肉"。吉米虽然刚见到它时觉得异常恶心,后来却慢慢地习惯了,时常会在加班时拿出一份油腻腻的鸡肉球快餐来啃食。林赛·E. 凯利(Lindsay E. Kelly)在谈及《羚羊与秧鸡》中艺术、食物和生物科技的关系时指出,人们会经历"遗忘的过程:忘记你正在吃的食物的来源,忘记是什么样的变化导致了基因工程食品的存在"[①]。对吉米这样在食肉文化中左右摇摆的人而言,"离体肉"为他们提供了一个借口,他们在吃肉的同时可以暂时抛开食用动物背后蕴含的道德复杂性,心理上获得些许安慰,从而得到道德上的解脱。

与利用动物组织材料进行培养的鸡肉球不同,器官猪是基因嫁接品种,它体内有人类的基因,从某种程度上说是人类的亲戚。尽管如此,器官猪还是沦为了餐盘上的肉食。奥根农场对外宣称器官猪死后不会被做成腌肉和香肠,但在肉类越来越紧缺的大环境下,"加拿大熏猪肉、火腿三明治和猪肉馅饼仍频频出现在员工餐厅的菜单上"[②]不能不叫人怀疑这些肉是来自实验室废弃的器官猪。在小说中,员工们甚至开玩笑地把餐厅称作"猪肉铺",把吃进嘴里的东西叫作"器官猪肉馅饼"和"器官猪肉爆米花"。[③]实验室里的器官猪在作为研究对象期间受到种种保护——预防细菌侵袭、防止偷盗、防范生物破坏……然而,当它们失去研究价值时,却被做成了花样百出的肉食,以另一种方式为资本主义体系服务。

[①] Lindsay E. Kelly, *The Bioart Kitchen: Art, Food and Ethics* (Dissertation) (California: University of California, March 2009), 259.
[②][③] 玛格丽特·阿特伍德:《羚羊与秧鸡》,第 26 页。

无论是鸡肉球、器官猪还是《炖袋狼肉》中的克隆袋狼，都涉及动物的"牺牲"，是对动物生命价值的漠视。此外，它们的存在违背了"食物来自自然的观念"[1]，只能说是为某些人创利的"肉类加工机"（meat machine）[2]，反映了人在动物向肉食转化过程中所体现出的傲慢、残忍以及毫无必要的浪费。

三、"被吞噬"的人类动物

在资本市场的指挥棒下，工具主义大行其道，动物被当成了可利用、可开发的资源和商品，其身体任人屠戮宰割，而作为动物大家庭一员的人类也难逃厄运。《可以吃的女人》里的玛丽安订婚之后，发现自己得了厌食症，她一开始吃不下肉类，紧接着是鸡蛋，后来发展到连蔬菜都难以下咽，因为她觉得自己就如同盘子里的食物一样，正在遭受未婚夫的"吞食"，同时是被社会"消费"的对象。[3] 餐桌上的动物让玛丽安联想到肉生产背后的种种暴力，而她也是暴力制度的受害者。玛丽安最后烤了一个女人形状的蛋糕，送给未婚夫。这个"可以吃"的人形蛋糕象征了消费社会中"被吞噬"的女性。

当我们身处的社会为了维护占统治地位的资本主义体系，在对待人类和动物身体方面缺乏伦理约束时，其结果是所有单个的身体都会被视作工具，为生产出更多的商品服务，而那些身处边缘的群体是最先被"肉化"（meatify）[4] 的目标。《疯癫亚当三部曲》展现

---

[1] Beth Irwin, "Global Capitalism in *Oryx and Crake*," *Oshkosh Scholar*, 4 (2009): 49.
[2] Traci Warkentin, "Dis/integrating Animals: Ethical Dimensions of the Genetic Engineering of Animals for Human Consumption," *AI & Society*, 20 (2006): 97.
[3] "吞食"和"消费"的英文表达均为"consume"。
[4] J. Brooks Bouson, "'It's Game Over Forever': Atwood's Satiric Vision of a Bioengineered Posthuman Future in *Oryx and Crake*," Harold Bloom, ed., *Margaret Atwood* (New York: Bloom's Literary Criticism, 2009), 96.

了各种形式的食肉主义,除了食用拥有人类基因的器官猪、组织培养的"离体肉","肉化"的对象甚至一度延伸到了人类自身。在《疯癫亚当三部曲》里,消费资本主义越发猖獗,资本的权力化导致公众利益遭到无情践踏,民众的身体成了资本觊觎的目标。身处底层的百姓被视为"不太强大、本身没有内在独立价值者……直接参与最原始的生产,是原材料或劳力"①。换言之,他们是依附于资本的从属群体,被排除在社会、政治和经济活动之外,其身体和动物的躯体一样,是工具,是"被吞噬"的对象。

《疯癫亚当三部曲》中出现的各个大院相当于超级跨国公司,它们是资本主义发展到极致状态下的产物。大院之间竞争激烈,都想争抢经济领域的霸权地位。大院人是新技术和市场的缔造者和开发者,他们生活的地方如同城堡,有高墙环绕,有持枪的公司警把守大门。围墙之外是破旧不堪的杂市(另译"废市"),下层人集中居住在这一区域。大院和杂市在地理上的鸿沟"强化了特权阶层和其他阶层之间的界限"②,而资本主义的贪婪本性决定了各类竞争者在掠夺市场的过程中必然不会放过这些杂市里的等外公民,后者因此就成了垄断集团利益争夺战中的受害者。在大院人眼里,杂市居民跟动物差不多,是一群"有智力缺陷"③ 的人,只能充当科技领域的试验品,除此之外别无价值。荷尔史威瑟大院为了说服人们接受换肤试验,采用措辞"华丽而谨慎"④ 的宣传手册和促销材料,很

---

① Anupam Pandey, "Globalization and Ecofeminism in the South: Keeping the 'Third World' Alive," *Journal of Global Ethics*, 9.3 (2013): 347.
② Benjamin R. Barber, *Jihad vs. McWorld: How Globalism and Tribalism are Reshaping the World* (New York: Ballantine, 1995), 271.
③ 玛格丽特·阿特伍德:《羚羊与秧鸡》,第 298 页。
④ 同上书,第 25 页。

多人经不住诱惑，不惜卖掉公寓、别墅甚至是孩子来换得大院宣传的青春和健康。这些"无法从技术上获得经济利益的人选择了通过购买的方式实现身体上的获益"[1]，实则沦为了资本市场的牺牲品。大院专门研究了一种有害生物体，植入维生素药丸，投放到杂市，然后研制出相应的抗生素，并"囤积居奇，用短缺经济来获取巨额利润"[2]。托比的母亲经营着一家特许经营加盟店，为荷尔史威瑟大院推销各种药品，是公司产品的死忠用户。为了保持身体健康，她每天都要吃大院生产的高蛋白核心维生素 E 补充剂。然而，她越来越虚弱，没有哪个医生可以确诊病因，但是大院诊所却对她异常感兴趣，为她派出专门的医生，并做了一系列测试，可她依然不治身亡。托比后来得知了母亲的真正死因：

> "告诉我，"皮拉说，"她吃的是哪种补充剂？"
> "她是荷尔史威瑟经销商，所以吃那家的产品。"
> "荷尔史威瑟，"皮拉说，"没错。我们以前听说过这家公司的事情。"
> "听说了什么？"托比问。
> "同样的病，同样服了那些补充剂。难怪荷尔史威瑟公司的人一定要亲自治疗你母亲。"
> "什么意思？"托比说。尽管艳阳高照，但托比心底蹿起一阵凉意。
> "想过没有，亲爱的，"皮拉说，"你母亲有可能成了小白鼠？"

---

[1] Beth Irwin, "Global Capitalism in *Oryx and Crake*," *Oshkosh Scholar*, 4 (2009): 50.
[2] 玛格丽特·阿特伍德：《羚羊与秧鸡》，第219页。

以前托比确实没想过这个问题，不过现在想到了。①

被当成"小白鼠"的人与实验室里的动物有何区别？资本主义的工具理性忽略了某物或某人的"内在价值"（inherent value），只关心其"使用价值"（use-value）②。权力精英追求物质财富的积累，无视底层民众或非人类动物的利益。在工具主义的主导之下，人也和动物一样，变为了商品，被客体化了。

比起当"小白鼠"更可怕的是同类相食（cannibalism）。在《疯癫亚当三部曲》所描写的末日之前的未来社会里，手无寸铁的民众没有任何反抗之力。他们生前被当作实验对象，死后也不得善终。在肉类日渐稀缺的年景里，杂市的"秘密汉堡"店却开得风生水起。人们不知道这种"秘密汉堡"用的究竟是何种动物蛋白质，但有时却会在自己吃的汉堡里找到一簇猫毛，或者一段老鼠尾巴，甚至还发现了人类的指甲。杂市黑帮和公司警沆瀣一气，或是把尸体上的器官割下来留待移植，或是将尸体作为"垃圾油"的给料，更有甚者，他们把"掏空内脏的残躯塞进'秘密汉堡'的绞肉机里。最糟的流言就这样传开了。在'秘密汉堡'生意兴隆的日子里，空地上连尸体的影子也见不到"③。然而，即便人人都对此心知肚明，公司警却始终睁一只眼闭一只眼，因为那些被送进绞肉机的大多是没什么利用价值的人。公司警唯一的介入是某个上层人物失踪了：

---

① 玛格丽特·阿特伍德：《洪水之年》，第107页。
② Anna Bedford, "Survival in The Post-Apocalypse: Ecofeminism in MaddAddam," Karma Waltonen, ed., *Margaret Atwood's Apocalypses*, 76.
③ 玛格丽特·阿特伍德：《洪水之年》，第35页。

一位公司警的高层官员走访潟湖，结果有人发现他的鞋穿在一个"秘密汉堡"绞肉机操作工的脚上。之后公司警查封了"秘密汉堡"。一时间迷路小猫们在夜里可以松口气了。然后没过几个月，烤肉房再次响起了熟悉的嘶嘶声，毕竟谁能对这种原料几乎免费的买卖说不呢？[1]

"秘密汉堡"对进入绞肉机的肉类不加选择，几乎是来者不拒。当人吃人现象开始流行时，最先被处理/吃掉的是那些身处底层的人，因为在当权者眼里，他们是"可牺牲"（expendable）的原料。于是，弱者的身体再次被开发出了用途，直至被权力阶层"吃"得连渣滓都不剩下一点。

也正是在"秘密汉堡"店这种令人作呕的地方，才会出现弗兰克这样的超级恶魔。弗兰克是"秘密汉堡"零售店经理，性情狂暴，姿色稍好些的女店员大多逃不过他的魔爪。凡被他盯上的女人都惨遭蹂躏，甚至不得好死。托比刚到"秘密汉堡"店上班时，便目睹了一位女同事被迫成为弗兰克的情人，被折磨得形销骨立，最终横尸街头，"脖子断了，身体被砍成碎块"[2]。女人的身体被弗兰克当作工具，就像肉块，一旦被榨干油水便失去了价值。弗兰克后来因犯事被送入彩弹场，这是一种竞技场，重犯进去后必须想尽办法干掉对手，幸存者最后能从彩弹场获释。彩弹场安装了摄像头，场外的人可以通过网络观看彩弹手的一举一动。为了活命，彩弹手之间可谓无所不用其极，经常将对手"割头，剖心，挖肾脏……如果食

---

[1] 玛格丽特·阿特伍德：《洪水之年》，第36页。
[2] 同上书，第39页。

物短缺也会吃掉一部分"①。彩弹场的生存游戏完全是弱肉强食的丛林游戏的再现。弗兰克几进几出彩弹场,成了连公司警都发怵的魔头。在大灾变之后的世界里,弗兰克同另两个彩弹手幸存了下来,但依然本性不改,他们杀器官猪做食物,奸污被俘获的女人,视女人为"既能吃又能操的玩具"②,将其折磨到不成人形,然后当作"盘中餐",因为"他们可喜欢腰子了"③。阿特伍德将彩弹手的食人行为与他们对性的贪得无厌联系起来,揭示了各种压迫之间的关联:包括女性在内的弱势群体和动物一样,是强势群体剥削和吞食的对象。

同类相食说到底与权力密切相关,它是一种统治行为,其动机是"主体/客体的对立观,将被吃者视作社会中的'他者'"。④ 阿特伍德在《疯癫亚当三部曲》中用"被吞噬"的人类动物影射垄断资本主义的道德沦丧,当人类开始同类相食时,大灭绝是迟早的事。

第三节 人与动物的再协商

从进化史看,动物早于人类出现,人类是动物进化到最高阶段的产物。就这一意义而言,人类与动物的关系密不可分。但是,自启蒙时期以来,工业发展、人类活动日渐增多,这些都深刻影响了动物的地位,动物被视为有别于人类的低劣物种,和机器一样缺乏理性。类似的观点使"动物受苦"得到合理化和合法化,不少人认

---

① 玛格丽特·阿特伍德:《洪水之年》,第101页。
② 同上书,第429页。
③ 玛格丽特·阿特伍德:《疯癫亚当》,赵奕、陈晓菲译,上海译文出版社2016年版,第11页。
④ Emma Parker, "You Are What You Eat: The Politics of Eating in the Novels of Margaret Atwood," Harold Bloom, ed. , *Margaret Atwood* (Philadelphia: Chelsea House Publishers, 2000), 127.

为针对动物的压迫和剥削乃是理所应当,动物成了受难的灵魂,在农场、猎场、娱乐场所、实验室乃至餐桌上沦为人类蹂躏的对象,动物权益和动物尊严受到了严重侵害。时至今日,科技狂飙猛进,生态环境日益恶化,地球面临着无法承受之重,《疯癫亚当三部曲》中描写的大灭绝正悄然逼近,很多物种已经消失不见,现存的物种危机重重,转基因物种却有抬头之势。

人类与动物在技术和哲学方面的崭新关系将德里达所说的"动物问题"(the question of the animal)[1] 的学术研究推到了前台。这是人类与"所有他们不承认是自己同伴、邻居或兄弟的生物"[2] 之间的界限问题。对德里达而言,这个界限是哲学的根基。然而,关于动物认知和德里达自己对哲学话语的解构性分析的最新研究显示,"追踪一般的人与一般的动物之间的这样一个界限"是有问题的,由此"对所有的责任、每一种伦理以及每一个决定提出了疑问"。[3] 技术文化(technoculture)已深深卷入对人类/动物相互作用的重塑之中,此时此刻,我们更有必要重新思考人类的责任和伦理观。

一、动物的主体性

在历史的长河里,人类身侧一直有动物陪伴,人类依赖动物,因为它们是食物、工作、交通和服饰的来源,反过来,人们通过驯养的方式使大多数动物依赖他们。菲利普·阿姆斯特朗(Philip

---

[1] Jacques Derrida, " 'Eating Well,' or the Calculation of the Subject: An Interview with Jacques Derrida," Eduardo Cadava, Peter Connor and Jean-Luc Nancy, eds., *Who Comes After the Subject?* (New York: Routledge, 1991), 105.

[2] Jacques Derrida, "The Animal That Therefore I Am (More to Follow)," 1997, trans. David Wills, *Critical Inquiry*, 28.2 (Winter 2002): 402. 着重号为原文所有。

[3] Jacques Derrida, "And Say the Animal Responded," Cary Wolfe, ed., *Zoontologies* (Minneapolis: University of Minnesota Press, 2003), 128. 着重号为原文所有。

Armstrong)认为:"动物——甚至包括野生动物在内——同人类一样,不能置身于历史之外,事实上其存在是在提醒我们与它们的相似性:我们的体内凝聚了历史,我们的血液里背负着过往。"① 人类与非人类动物有着诸多相似之处,然而由于缺乏共同的语言,或者说由于动物不会讲话,人和动物之间存在着无法弥合的鸿沟,从过去到现在,这条鸿沟始终存在。也正因为如此,阿特伍德的作品中出现了一个又一个深入人心的动物受害者形象:《可以吃的女人》里在彼得手中挣扎的血淋淋的野兔、《浮现》里那只倒挂在树上的被猎杀的苍鹭、《变形者之歌》中哀哀哭泣的各种动物……它们都是沉默的他者,摆脱不了被人类践踏的命运。

约翰·伯格在《看》(About Looking)中指出,动物的沉默"必然导致它们与人的距离,它们与人的不同,它们受到来自人的排斥"②。但伯格紧接着道出了人与动物共生共存的关系:"然而正是由于这种不同,动物的生命才不会和人的生命相混淆,动物的生命和人的生命并行不悖。"③伯格关于动物生命的观点不由使人联想起汤姆·雷根的动物权利论,后者在《动物权的实例》(The Case for Animal Rights,1983)中提到动物和人一样拥有不可侵犯的权利,因为它们具有"内在价值",是"有生命的主体"(subject-of-a-life),由此突出了动物的主体性④。人类只有将动物视为主体,而不仅仅是工具、对象或象征,才有可能跳出自以为是的想象空间,更加包容周围的世界。在此基础上,人类与包括动物在内的其他生物才能

---

① Philip Armstrong, *What Animals Mean in the Fiction of Modernity*, 169.
②③ John Berger, *About Looking* (New York: Vintage International, 1980), 6.
④ Tom Regan, *The Case for Animal Rights* (Berkeley: University of California Press, 2004), 243.

形成一个"行动者网络"(Actor-Network)体系[1],消弭主-客体对立,共同构建相互依存的"网络"世界。

在《疯癫亚当三部曲》所描写的世界里,动物开始萌生自我意识,动物主体性不再是可有可无的点缀之笔。动物的"凝视"是《疯癫亚当三部曲》中经常出现的意象,它们会"看",会"回应",拥有"坚定的凝视","那种凝视或仁慈,或无情,或透出惊讶,或透出了解"。[2] 这些会"凝视"的动物并不普通,它们是科学家实验室里的产物。疫情大暴发时,托比匆匆赶往父母家,"一只小山猫从她面前经过时转过头,用发出柔光的眼睛凝视着她"[3],仿佛是在提醒她即将到来的灾难。深受公司警喜爱的狼犬兽会摇晃着尾巴,"用友爱的目光盯着"[4]人看,激起人内心的保护欲,但它们友好的表象下掩盖着好勇斗狠的本性。它们向人类示好,试图用欺骗的手段获得人的信任,这何尝不是一种自我防护的生存手段?

吉米小时候跟随父亲去参观器官猪,那些成年猪"流着鼻涕,长着白色的睫毛和淡粉红色的小眼睛。它们抬头瞧他时好像看见了他,真的看见了他,也许日后要打他的主意呢"。[5] 孩提时代的吉米对器官猪的态度是矛盾的,他喜欢它们,却又微微觉得不安。器官猪的"凝视"甚至令吉米感到一丝耻辱:"他很高兴自己没有生活在猪栏里,要不然他就得躺在屎尿中了。器官猪没有厕所,随处拉撒;

---

[1] 在科学研究中,行动者网络理论(ANT)已经成为思考非人类和杂交性的一种突出手段。参见:Owain Jones, "Non-Human Rural Studies," Paul Cloke, Terry Marsden and Patrick Mooney, eds., *The Handbook of Rural Studies* (London: SAGE, 2006), 185 - 200。
[2] Jacques Derrida, "The Animal That Therefore I Am (More to Follow)," 1997, trans. David Wills, *Critical Inquiry*, 28. 2 (Winter 2002): 372.
[3] 玛格丽特·阿特伍德:《洪水之年》,第 22 页。
[4] 玛格丽特·阿特伍德:《羚羊与秧鸡》,第 212 页。
[5] 同上书,第 28 页。

这使他有了一种隐隐的羞耻感。不过他好长时间没尿床了，或者说他觉得自己好久没有了。"① 器官猪的"凝视"一方面使吉米感到欣慰，觉得自己是有别于动物的特殊存在，另一方面又无法忽视自己与动物的相似之处。动物的目光如同一面镜子，照见了人类灵魂最深处的自我，正如德里达所写："来自动物的凝视深不可测……让我看到了人类无可救药的局限性。"② 阿特伍德用"凝视"来表明人类对"外部世界"（重新）伸张主体性的焦虑，以及对新创造的转基因物种之不可预测性的无奈。

　　大灾变之后，这些没有了束缚的器官猪成了行动者，开始抗拒人对它们的控制。当托比被困在安诺优美容中心的屋顶时，器官猪试图钻进楼下的菜园。托比对着它们大吼，它们却只是"朝她瞪了一眼，毫不理会"③。有些时候，它们会"乜着眼朝她这边看"，那黑豆似的眼睛"一直在观察她：仿佛等着目睹她的不幸"。④ 泽伯带着几个同伴出去搜寻物资时，在药店外遇到了一群器官猪。它们找到一箱土豆片，拖到外面大开派对，但整个过程一直盯着人类，仿佛在炫耀，因为它们知道人类很饥饿。泽伯建议数一下器官猪的数量，"以防它们兵分几路，一拨负责吸引我们的注意力，另一拨准备偷袭"。⑤ 当吉米在烈日之下前往"天塘"搜寻食物时，器官猪一直尾随在他身后，盯着他前进的方向，似乎在盘算着什么。后来，器官猪对他发起了袭击，显然是事先经过了谋划：

---

① 玛格丽特・阿特伍德：《羚羊与秧鸡》，第 28 页。
② Jacques Derrida, "The Animal That Therefore I Am (More to Follow)," 1997, trans. David Wills, *Critical Inquiry*, 28. 2 (Winter 2002): 381.
③ 玛格丽特・阿特伍德：《洪水之年》，第 20 页。
④ 同上书，第 327 页。
⑤ 玛格丽特・阿特伍德：《疯癫亚当》，第 173 页。

它们已用鼻子把门顶开了，现在它们已进了第一间屋子，有二三十头，公的母的都有，但公猪居多，它们挤进房间，发出渴望的嘟哝声，嗅着他的足迹。现在其中一只透过窗户看见了他。又是一阵嘟哝：现在它们都在看他……最大的两只，两只长了……尖利獠牙的公猪并排冲向门，用肩撞击着。懂得团队合作，这些器官猪。它们有的是肌肉。

如果推不开门它们就会等他出来。它们会轮流上阵，有的在外面吃草，其余的看守着门。它们将一直坚守下去，会饿得他没法不就范。它们能闻出里面有他的气味，闻出他的肉香。①

疫灾后的器官猪没有被动地接受自己的处境，它们开始用智慧为种群寻觅一条生路。器官猪的"看"是内心想法的对外投射，是动物主体性的外在表现。在动物的"凝视"下，一向自负的人类却显得狼狈不堪。

在《疯癫亚当三部曲》的最后一部《疯癫亚当》中，器官猪的主体性更是发挥得淋漓尽致。刚开始时，幸存下来的人类和日益扩张的器官猪群摩擦不断：器官猪继续跟踪并威胁离开营地的人类，还常常闯进园子里偷吃东西；人类则会为自保射杀偷袭的器官猪。但是，当几个彩弹手残忍地屠杀器官猪并吃掉小猪时，器官猪开始转向人类和秧鸡人寻求帮助。一天，一大群器官猪浩浩荡荡地往幸存者的营地走来，"猪和猪之间在低声呼噜着……你会以为是人群在呢喃。肯定是在交流信息"②。秧鸡人代表队走上前去和器官猪会合，他们跪下身，和器官猪一般高，头对着头，双方开始对话。起

---

① 玛格丽特·阿特伍德：《羚羊与秧鸡》，第 278 页。
② 玛格丽特·阿特伍德：《疯癫亚当》，第 296 页。

初，托比不理解为什么器官猪需要人类帮忙，却不直接和人类沟通，后来她终于反应过来："哦，她想。当然了。我们太笨了，不懂它们的话。所以非要翻译不可。"① 在人类和转基因物种共存的世界里，人类似乎成了局外者，人类所拥有的语言也失去了优势，这意味着"人类权力的旁落，一个更加公正的制度正拉开序幕。人类不再是至高无上的——他们不再统治语言——而是必须和其他动物协商并分享权力"②。经过谈判，人类和器官猪达成了休战协议：人类帮助器官猪杀死彩弹手，作为回报，器官猪将不再偷袭人类。

针对彩弹手的战役打响了，器官猪显示出了超凡的智商和组织能力。它们事先安排好所有的细节，比如搜集新鲜树叶给秧鸡人当早餐，留下几头年轻的器官猪负责替人类放牧狮羊。它们编排了侦察猪、侍从和先头部队，并给人安排了器官猪保镖。会使用喷枪的人类在器官猪身边"蠢得跟木桩子一样"③。在行进过程中，器官猪"会不时抬头看看人类同盟，但它们在想些什么就只能靠猜了。和它们相比，直立行走的人肯定显得很迟钝"④。托比不由为器官猪复杂的思维和领悟力暗叹不已："它们生气了吗？焦虑吗？不耐烦吗？有武器补给开心吗？无疑，都有，因为这些器官猪有人类脑部组织，所以能同时玩转不同的矛盾体。"⑤ 拥有人体细胞组织的器官猪表现出一些人类特质丝毫也不奇怪，因为人类遗传物质使它们能够进行这些活动。但从另一角度来说，作为一种为满足人类需求而创造的商品，它们以创造者无法预见的方式抵制了所谓的起源说。即便是

---

① 玛格丽特·阿特伍德：《疯癫亚当》，第 297—298 页。
② Richard Alan Northover, "Ecological Apocalypse in Margaret Atwood's *MaddAddam* Trilogy," *Studia Neophilologica*, 88 (2016): 93.
③ 玛格丽特·阿特伍德：《疯癫亚当》，第 369 页。
④⑤ 同上书，第 376 页。

人类脑组织激发了器官猪的一些行为,最异乎寻常之处却在于它们与人类的相异性,尤其是它们在日常生活中表现出来的非等级制体系。有学者指出,"'热衷团队合作'的器官猪驳斥了笛卡儿关于动物是机器的理论"。[①] 器官猪与其他物种相互合作的方式突出了其主体性,它们与幸存的人类以及秧鸡人构成了一个"行动者网络",开启了后人类时代的物种生存新模式。

二、素食主义的悲悯

动物受苦在今天已是广为人知的事实,人类对动物实施的暴行招致了不少道德谴责,身为受害者的动物也引来无数同情。因此,有些人提出了素食观,主张将食素作为一种生活方式,把对非人类动物的同情和怜悯转化为饮食选择。素食主义者的观念受到彼得·辛格的动物解放论和汤姆·雷根的动物权利论影响,除此之外,阿尔贝特·史怀泽(Albert Schweitzer)的敬畏生命理念也是其思想来源。史怀泽将伦理学的范围从原先的处理人与人之间关系扩展至一切动物和植物,他认为生命之间存在普遍联系,我们不仅要对人类的生命,而且要对所有动植物的生命保持敬畏态度。

在素食主义者看来,动物与人类共存于自然界,和人类一样有意识、有感知、有欲求,是拥有生命的主体,从这个意义来说,选择素食表明了人类对生命的尊重和敬畏。在此基础上,素食主义者又进一步表明看法:既然动物和人一样是有生命的主体,那么它们就应该享有自然赐予的平等权利,即在道德上受到尊重的权利。《可

[①] Marcy Galbreath, "A Consuming Read: The Ethics of Food in Margaret Atwood's *Oryx and Crake*," *Sustainability in Speculative Fiction* (Humanities and Sustainability Conference, Florida Gulf Coast University, October 2010), 5.

以吃的女人》里的玛丽安将性别压迫与食肉现象联系起来，觉得自己与未婚夫彼得开膛剖肚的猎物类似。玛丽安一度放弃肉食，打算做素食主义者。她认为自己身体采取的这一立场"完全基于道德的理由，它只是拒不接受任何曾经有生命的或者仍然是活生生的东西"①。《浮现》的女主人公认识到暴力深植于自己所在的文化之中。她和同伴在湖上钓鱼，然后把鱼残忍地杀死、烹煮，充当食物，可她却无法为这种暴力找到正当理由，她为鱼感到不公平："鱼钩鱼饵只是替代物，空气中不是鱼儿生活的领域。"② 言下之意人类是超级猎食者，借助于工具捕获鱼类，实际上并未将自己和鱼放在平等的位置较量。鱼儿的死亡虽不像挂在树上的苍鹭那样毫无意义，但人类仍无法证明杀鱼吃鱼行为的正当性。女主人公认为人类没有权利杀死动物，也不应该把动物作为食物，因为这是对动物权利的侵犯："动物死去而我们就可以存活下来，它们是人的替身……我们吞食动物，罐装的或别的什么形式的肉食。我们是食死亡者，死亡的耶稣肉体在我们的体内复活，让我们活下去"③。女主人公最终远离社会，隐遁于丛林，以野果和罐头为生，她的身体开始发生变化："我体内的生物，植物形的动物，在我身体内长出细丝；我让它在生死之间安全地摆渡，我正在繁殖。"④ 阿特伍德通过人体内的物质循环来类比自然界的生命循环，人与非人类物种唯有平等相处，才能达成一种生生不息的平衡状态。

阿特伍德并非素食主义者，但 2009 年《洪水之年》出版之后，

---

① 玛格丽特·阿特伍德：《可以吃的女人》，第 193—194 页。
② 玛格丽特·阿特伍德：《浮现》，第 136 页。
③ 同上书，第 151 页。
④ 同上书，第 168 页。

她在图书签售巡回活动中发起了"素食誓愿"(veggie vows)。[①] 在接受赫普齐巴·安德森(Hephzibah Anderson)的采访时,阿特伍德谈起了自己的素食倾向:"的确,我给自己定了规矩,不过我不应该用素食主义这个词,因为我允许自己吃腹足类和甲壳类动物,偶尔也食用鱼。但我不吃兽类和禽类。"[②] 阿特伍德的"素食誓愿"或许在某种程度上是表演,是为了售书活动需要,但它将《洪水之年》里"上帝园丁"复杂且矛盾的素食立场推到了大众视野中。

"上帝园丁"是一个绿色宗教组织,园丁们崇尚极简生活,推行素食主义。他们早在文明崩溃前便预见到一场瘟疫(园丁称之为"无水的洪水"[③])不可避免,于是建起阿拉腊(Ararats)仓库,储存物资,以备不时之需,同时学习生存技能,希望在文明毁灭时能够自力更生,使人类得以延续。在"上帝园丁"的教义中,人类并非生来就比其他物种优越;每一种生物都是地球生命团体的成员,是地球生命系统不可或缺的成分,大家是相互联系、相互依存的关系。在"关于上帝造人的方法"布道中,亚当第一说道:

> 为何我们竟相信世上万物属于自己,而事实上我们属于世上万物?我们背叛了动物的信任,玷污了神圣的管理员工作。上帝命令我们将生命覆盖大地并不意味着用我们自己的骨肉充斥地球,而将其他生命从大地上抹去。迄今为止有多少物种被

[①] Anon, "She Took 'Veggie Vows'," 30 August 2009, accessed 21 January 2010, https://www.theguardian.com/theobserver/2009/aug/30/margaret-atwood-novel-ecology.
[②] Laura Wright, "Vegans, Zombies, and Eco-Apocalypse: McCarthy's *The Road* and Atwood's *Year of the Flood*," *Interdisciplinary Studies in Literature and Environment*, 22.3 (Summer 2015): 518.
[③] "无水的洪水"是"上帝园丁"使用的术语,用来描述生物形式的种族灭绝,其目的是消灭人类。

我们灭绝了？

……

让我们祈祷不要跌入骄傲的陷阱，以为自己在有灵的造物中是独一无二的。不要自以为超乎万物之上，听凭一时喜好草菅生命，还妄想能逃避惩罚。

神啊，我们感谢你。你以这等样式造就我们，令我们意识到自己不仅比天使微小，更通过 DNA 和 RNA 的锁链将我们与动物同胞们紧紧相连。①

根据亚当第一的宣讲，生物个体的福祉和利益与整个地球的生命体系息息相关，人类不能将自身的利益凌驾于其他物种之上，而是需时刻牢记"莫以动物血脉为耻，也不看轻灵长类根脉"，因为人类具有"动物内在"。② 而且，人类本是食素的，只是后来无法经受诱惑，"由素食堕落到食肉"③。亚当第一原先是无神论的肉食者，相信人类乃万物的尺度。有一天，他在大快朵颐一只"秘密汉堡"时，仿佛听到有个声音从天而降："放过你的生物同胞吧！但凡长脸的都不要吃！不要毁灭自己的灵魂！"④ 之后，他听从心灵的召唤，创建了"上帝园丁"组织，居住在屋顶花园，为"无水的洪水"到来做积极的准备。当托比在"秘密汉堡"店饱受弗兰克欺凌陷入绝境时，亚当第一带着一支队伍来到店门口，他们手捧印有标语的石板，上书："园丁属于上帝花园！不要吃死尸！动物就是我们！"并

---

① 玛格丽特·阿特伍德：《洪水之年》，第 54—55 页。
② 同上书，第 56 页。
③ 同上书，第 194 页。
④ 同上书，第 42 页。

反复吟唱:"别吃肉!别吃肉!别吃肉!"① 亚当第一力劝托比离开"秘密汉堡"店,不要再"出卖上帝挚爱造物的残体"②。园丁的宣教与当下一些素食主义者的观点类似,他们选择素食是出于"对屠宰的极端厌恶、对挣扎在死亡线上的动物的恻隐、对动物朋友的追念,以及不忍目睹大型动物变为汉堡,觉得是在肆意糟蹋"③。"上帝园丁"通过反复宣讲重申上帝与"一切活物"的盟约,敦促人类遵守约定,和"凡有血肉的"物种一起,共同守护地球家园。④

阿特伍德在《洪水之年》里以大量笔墨刻画了"上帝园丁"这个严格的素食主义团体及其思想理念,除了提醒读者关注动物遭受的剥削和压迫、对食肉主义文化的统治本体论提出疑问,也是在警示肉生产和肉消耗过程造成的一系列环境灾难和社会不公。肉生产和消耗的过程与集中式动物饲养经营密切相关。《疯癫亚当三部曲》对这种工业化饲养模式着墨不多,但那几乎是毋庸置疑的存在。在《羚羊与秧鸡》中,沃特森-克里克大学鸡肉球实验室工作人员提到的"迄今所设计的出产率最高的低照明高密度营养鸡"⑤ 便是指向工厂化农场里动物的悲惨境遇。首先,工业化养殖会导致巨大的资源消耗,为了建立远离大众视线的封闭式饲养场,需砍伐大片森林,养殖场喂养方式导致无数粮食被浪费;其次,集中饲养的动物排放出大量废物,致使能源、水源、土地和作物受到污染,工业化养殖甚至是全球变暖的罪魁祸首之一,它"比地球上全部交通所释

---

① 玛格丽特·阿特伍德:《洪水之年》,第41—42页。
② 同上书,第43页。
③ Brian Luke, "Justice, Caring, and Animal Liberation," Carol Adams and Josephine Donovan, eds., *Beyond Animal Rights: A Feminist Caring Ethic for the Treatment of Animals* (New York: Continuum, 1996), 82.
④ 玛格丽特·阿特伍德:《洪水之年》,第93页。
⑤ 玛格丽特·阿特伍德:《羚羊与秧鸡》,第210页。

放的热量要多出 40%"①；最后，饲养过程中大剂量使用的抗生素会对人类健康造成严重隐患，尤其对社会上的弱势群体更为不利。从某种程度上说，这也是《疯癫亚当三部曲》中各家大院在实验室生产"人造肉"的一大原因，毕竟当时的环境污染、资源紧缺以及气候恶化已到了叫人无法忽视的地步。当然，大院生产替代肉不排除经济利益的诱惑，以最少的投入获得最大的收益是垄断集团考量某一行为的标准。与大院不同的是，"上帝园丁"组织则主张完全放弃食肉行为，希望从根本上杜绝食肉文化背后的道德混乱。

然而，"上帝园丁"的素食主义思想有着自相矛盾之处，比如园丁反对人类食用动物，却认为动物之间的捕食是正常的；比如园丁严令不得杀生，却又说死亡是一个自然过程；比如园丁认为"动物的蛋具有成为生物的潜力，但还不是完全体"②，因此不反对别人吃蛋。除了园丁自己，其余社会成员对这种素食理念不是特别感兴趣，不少人甚至把该组织当作怪物，称园丁为"环保疯子"③。吉米在玛莎·格雷厄姆学院时的室友伯妮斯是个极端素食主义者，总穿同一系列的"上帝园丁"T恤衫，她讨厌用化学合成品，还抢走了吉米的皮鞋并拿到草坪上焚烧，因为她反对他的"食肉习性"④。在吉米眼里，伯妮斯是个不折不扣的狂热分子，是喜欢"挑战现实"⑤的怪人。托比刚加入"上帝园丁"时，不时会冒出离开的念头，其中一个原因便是动物蛋白质的诱惑。她明明知道"秘密汉堡"成分不明，却依然十分渴望能吃上一个解解馋。

---

① Jonathan Safran Foer, *Eating Animals* (New York: Little, Brown and Company, 2010), 58.
② 玛格丽特·阿特伍德：《洪水之年》，第 137 页。
③ 同上书，第 42 页。
④ 玛格丽特·阿特伍德：《羚羊与秧鸡》，第 195 页。
⑤ 同上书，第 196 页。

当"无水的洪水"真正来临时,"上帝园丁"的素食理念便走到了尽头,亚当第一似乎早已预见了这一天的到来:

> 假如恐怖的饥荒催逼,
> 假如我们屈从于肉食勾引,
> 求上帝宽恕我们背弃誓言,
> 赐福被我们吃掉的生命。①

食物储备飞速耗尽,人类连生存都成了问题,此时坚持素食已失去意义。托比意识到园丁教义并非一种普适的道德理论建构,而是生态危机境况下的激励方式。灾难发生后,打破素食誓言并没有花费幸存下来的"上帝园丁"太多时间。托比起初还能坚持食素,但后来迫于饥饿,开始按照亚当第一布道中所说的从食物链的最低等级开始食用动物,并做好了转变成彻底的肉食者的心理准备。到了《疯癫亚当三部曲》结尾,人类恢复了食肉,托比在日记里写道:"鹿在繁殖:作为动物蛋白来源,可以接受。它们比猪肉瘦多了,虽然没有那么好吃。"② 仿佛有了肉,人类便有了生的希望。

素食主义是复杂的概念,它对动物的悲悯值得提倡。我们可以把素食主义当作一种道德理想,但它并非绝对的道德准则。阿特伍德通过对"上帝园丁"的描写,旨在引导人们分析我们吃的是什么,我们的食物来自哪里。未来的素食主义应该采用多元性和包容性的思维方式,一方面将动物视为有道德地位的生命主体,给予它们关爱和同情,另一方面必须注意素食主义的情境性,避免跌入绝对论

---

① 玛格丽特·阿特伍德:《洪水之年》,第356页。
② 玛格丽特·阿特伍德:《疯癫亚当》,第408页。

的窠臼。

三、共生动物

2003年,女性主义学者唐纳·J.哈拉维(Donna J. Haraway)在《伴生物种宣言:狗、人以及他者的重要性》(*The Companion Species Manifesto: Dogs, People, and Significant Otherness*)一书中首先提出了哲学领域的"伴生物种"(companion species)概念。[1]哈拉维以狗为例,指出狗与人是互相形成的,是伙伴物种的关系,并通过狗-人关系探究他者的重要性,从而对自然和历史文化进行反思。在2008年出版的另一部专著《当物种相遇》(*When Species Meet*)里,哈拉维又提出了"共生动物"(becoming-with animal)的概念,她有力地挑战了人类例外论(human exceptionalism),认为人类是"地球上众多相互纠缠、共同塑造的物种"之一。[2]她想象了一个"共生"的世界,在这个世界中,存在——也就是说,人的存在——是人类与许多其他伴生物种"共生"的过程。[3]哈拉维的"共生动物"与一些学者提出的"生成动物"(becoming-animal)[4]有所不同,后者把重点放在某个人"生成"的经历上,忽略了"生成"动物可能对动物本身产生的影响;换句话说,它的确是一个具有建构性的空间,是重新认识人文主义的一种方式,但因为专注于"生成"的过程,

---

[1] Donna J. Haraway, *The Companion Species Manifesto: Dogs, People, and Significant Otherness* (Chicago: Prickly Paradigm Press, 2003).
[2] Donna J. Haraway, *When Species Meet* (Minneapolis: University of Minnesota Press, 2008), 5.
[3] Ibid., 4.
[4] "生成动物"的概念首先由法国哲学家吉尔·德勒兹(Gilles Deleuze)和菲利克斯·加塔利(Félix Guattari)在《千高原》(*A Thousand Plateaus*)中提出;大卫·阿布拉姆(David Abram)在《生成动物:地球宇宙》(*Becoming Animal: An Earthly Cosmology*)中也使用了"生成动物"这一概念。"生成动物"强调了人类应当感知动物、理解动物,从而达到一种人与动物和谐共存的境界。

从而加深了"成为者"和动物他者之间的鸿沟。哈拉维的"共生动物"则意味着多个生物之间不断转变和合作,这个术语本身需要不止一个主体或行为者,因此比起"生成动物"更强调互惠互利的关系。从"伴生物种"到"共生动物",哈拉维始终认为非人类动物是意义建构过程中的积极合作者。

有意思的是,《疯癫亚当三部曲》前两部的出版时间与"伴生物种"和"共生动物"概念的提出时间非常接近,不知是不是巧合,《疯癫亚当三部曲》除了描写疫灾之前的社会困境,还用大量笔墨刻画了大灭绝之后的世界,人类如何与其他物种"共生"的故事:幸存下来的为数不多的几个人必须与秧鸡人、各种实验室动物以及各类植物共享地球,人类与非人类物种都参与了"共生"的复杂过程。

在大灭绝之前,"上帝园丁"便一直在宣扬敬畏生命、避免生态破坏的"共生"理念,这是一种将基督教神学和环境保护主义结合起来的精神实践。在"上帝园丁"的教义中,自然界是和谐统一的有机体,人类"与成千上万的生物同生共存"[①],都是受到神之庇佑的天使。所有生命在自然世界里各得其所:"桃李花开繁枝绕,/争芳斗艳春色漫。/更有小鸟蜜蜂蝙蝠花前闹,/长久啜饮甘蜜。"[②] 人类与其他动植物构成了生命的整体,整体与每一个个体紧密相连,"是多音位创世协奏曲中不可或缺的组成部分"[③]。正是这种"相互依存观"(interdependence)使部分"上帝园丁"成员躲过了"秧鸡"的生物恐怖主义。"无水的洪水"之后,世界满目疮痍,从环境角度来讲,人与其他物种是在"同一艘船"上,机会均等,也正是这种"相互依存观"使幸存者开始了与其他生物的"同生共存"。当《洪

[①][③] 玛格丽特·阿特伍德:《洪水之年》,第166页。
[②] 同上书,第284页。

水之年》接近尾声时,面对贫乏的资源,"幸存下来的园丁已运转起一个社区,正打算采取下一步行动"①。他们狩猎采集、利用有限的技术从事耕作,同其他动物(包括转基因物种)共享地球。

菲利普·阿姆斯特朗和劳伦斯·西蒙斯(Laurence Simmons)在《认识动物》(*Knowing Animals*)一书的引言中对人类与动物的相互关系有过这样一段表述:

> 那些在我们的分类学中占有一席之地的生物从来不是纯粹的非人类。它们从未脱离我们。它们的身体、习惯和生活环境是由人类设计塑造的;它们受到我们的哲学、神学、表征、兴趣、意图的深刻影响,同时在抗拒着这种影响。从另一方面来说,我们的观念和实践无疑从不属于纯粹的人类。因为我们未曾摆脱身上的动物性,尽管我们所栖身的人文主义传统的废墟承诺我们应已摆脱了动物性。②

人类塑造着/了动物,而动物也塑造着/了人类,人类与动物是相伴相生的。即便是在大灭绝之后人类文明遭受重创的情况下,人与动物的伙伴关系也丝毫没有终结的迹象,甚至可以说联系反而比之前更加紧密。

托比是《疯癫亚当三部曲》后两部的主要人物之一,有过多年在"上帝园丁"组织的生活经历。托比对动物的主体性有比较清醒的认识,认为动物有着超出她理解的内在生命。她在加入"上帝园

---

① Andrew Hoogheem, "Secular Apocalypses: Darwinian Criticism and Atwoodian Floods," *Mosaic: A Journal for the Interdisciplinary Study of Literature*, 45. 2 (2012): 65.
② Philip Armstrong & Laurence Simmons, "Bestiary: An introduction," Laurence Simmons and Philip Armstrong, eds., *Knowing Animals* (Leiden: Brill, 2007), 2.

丁"后,便师从夏娃第六皮拉,学习蜜蜂和菌菇知识。皮拉是养蜂专家,她带领托比去参观蜂巢,并将蜜蜂的名字一一介绍给托比,并告诫道:"如果它们蜇你,不要拍打,把刺拔出来就好了。但它们一般不会蜇人,除非被吓到了。因为蜇人对它们来说意味着死亡。"[1] 皮拉认为人和蜜蜂是可以交流的,只要大声说出自己的想法,蜜蜂就能听懂,因为"它们传递着词语幻化的空气",而且"如果你不把发生的每件事告诉蜜蜂,它们会觉得受伤,可能会成群结队飞往他处。也可能会死"。[2] 托比把几乎所有的时间都用来帮助皮拉照顾蜜蜂:种植蜜蜂所需的荞麦和薰衣草、采集并储存蜂蜜⋯⋯在与蜜蜂相处的过程中,托比和它们成了好朋友,也逐渐忘却了伤痕累累的过往,获得了新生:"到了晚上,托比将自我吸入体内,一个崭新的自我。她的皮肤闻起来像蜂蜜和盐。也像土地。"[3] 皮拉死后,托比遵照指示将她死亡的消息传递给蜜蜂:"停在托比脸上的蜜蜂迟疑了一下:也许它们察觉到她在颤抖。但它们懂得恐惧和悲伤的区别,因为它们没有伸出尾刺。没过多久,它们升到空中飞走了,融入蜂巢上空盘旋层叠的蜂群中。"[4] 在这一刻,人和动物之间仿佛灵犀相通。皮拉的死令托比伤心不已,但她从蜜蜂身上获得了力量。托比接替皮拉做了夏娃第六,着手将关于蜜蜂的知识教授给孩子们,传承人与动物"相互依存"的思想。有学者指出,部分园丁在不断恶化的市场经济环境中探索"与动物之间富有同情心的认同方式",

---

[1] 玛格丽特·阿特伍德:《洪水之年》,第102页。
[2] 同上书,第186—187页。
[3] 同上书,第104页。
[4] 同上书,第187页。

这一做法有助于"促进'新的信念、实践和价值'"①，为后人类时代的物种间关系走向提供了可行之路。

由于大灾之前科学家滥用基因技术，转基因动物数量猛增，其中有不少在"无水的洪水"中存活了下来，且繁殖速度惊人，它们势必要与人类争夺本就极端匮乏的自然资源。为了度过绝境，人类幸存者开始学习与这些动物和平共处。在所有的转基因动物里，器官猪是最为特殊的存在。作为"多器官生产者"，它们拥有人类的脑部前额叶皮层组织，因此具备动物的天性和人类的智力。在灾后的几场较量中，器官猪展现了非凡的智商，有时候甚至比人类还懂策略和战术。这些与人类有着一丝亲缘关系的器官猪似乎能分辨善恶，在多次遭到彩弹手袭击后，它们想到了与人类幸存者合作，由"秧鸡人"担任翻译。

在针对彩弹手的最后一役中，亚当第一和吉米不幸遇难，一只器官猪遭遇不测。战后的葬礼仪式充满了"友情和物种间的合作"②。器官猪帮助人类把亚当第一和吉米扛到遗迹公园，它们"收集了很多的花和蕨类植物，摆在他们的身体上……秧鸡人一路唱歌"。③ 器官猪甚至参与了审判彩弹手的仪式，为决定彩弹手的生死投出了重要一票。人类是个人投票，器官猪则通过它们的老大集体投票，这种区别表明"两个群体在保留自身文化的同时，开始合作，'共生'"。④ 托比为了向器官猪表示敬意，把它们加到了园丁盛宴

---

① Heather Kerr, "Rev. of *Speaking for Nature: Women and Ecologies of Early Modern England*, by Sylvia Bowerbank," *Parergon*, 24.2 (2007): 165-166.
②③ 玛格丽特·阿特伍德：《疯癫亚当》，第404页。
④ Jessica Cora Franken, *Children of Oryx, Children of Crake: Human-Animal Relationships in Margaret Atwood's* MaddAddam *Trilogy* (Thesis) (Minnesota: The University of Minnesota, August 2014), 75.

的日常历法里,"橡树日"便是以器官猪命名的。

在《疯癫亚当三部曲》描写的后人类世界里,全球资本主义所颂扬的新自由主义已全然崩溃,而社群、关爱和合作却依然存在。相互依存已经由人类范围扩展至整个生态领域,"后人类的相互依存不再受物种与物种之间的界限所困",人类必须认可"维持地球生命所需的多样化生态体系"。[①] 没有了相互依存,人类和动物都不可能得以幸存;换言之,相互关联性对于生存、主体性以及身份至关重要,因为后人类社会"最需要的恐怕是勇气",能够去想象"创造性地改变在生态上互为联系的人类和非人类社会的新方式"。[②] 阿特伍德通过《疯癫亚当三部曲》阐述了对责任的认知,责任的含义范围广阔,我们必须承认生态依赖性,承认人类生命是由于非人类物种的生命形式才得以维持,承认人类与动物之间的"共生"关系。

[①] Amelia Defalco, *Imagining Care: Responsibility, Dependency, and Canadian Literature*, 158.
[②] Graham Huggan and Helen Tiffin, *Postcolonial Ecocriticism: Literature, Animals, Environment*, 215.

第五章　科技与环境：生存伦理

1962年，蕾切尔·卡逊（Rachel Carson）在《寂静的春天》（*Silent Spring*）中断言，由于工业化发展、大规模使用杀虫剂和肥料、核武器试验以及其他"来自实验室的层出不穷的新型化学制品"，"我们这个时代的主要问题"是"整体环境"的破坏和污染。在卡逊看来，技术的现代化构成了"人类对自然的战争"。[1]

21世纪以来，科技文明迈向了新的高峰。信息技术不断更迭换代，生物技术经历一次次重大变革，各种各样的新材料层出不穷，这些都在昭示着人类发展的持续进步。然而，科学技术如同一把双刃剑，"既产生造福的可能性又产生奴役或致死的可能性"[2]。科技文明给人类生活带来了便利，却对生态环境造成无法逆转的毁灭性影响，像核污染、全球变暖和转基因病毒等21世纪人类面临的诸多致命危险都源于人类技术的发展。提摩西·克拉克（Timothy Clark）提出的"超级物"（hyperobjects）概念便与此相关。"超级物"指的是放射性物质、气候变化和物种灭绝这些"在时间、空间和维度范畴上分布极广"，令人难以理解、难以察觉的存在，却"又

---

[1] Rachel Carson, *Silent Spring* (Boston: Houghton Mifflin, 1962), 5-8.
[2] 埃德加·莫兰：《复杂思想：自觉的科学》，陈一壮译，北京大学出版社2001年版，第5页。

是灾难性的，真实程度令人惊悚"[1]。

阿特伍德对技术至上论和技术乌托邦（technotopia）的危险性有过不少批判。她曾在《偿还：债务与财富的阴暗面》中写道："我们的技术体系是一座磨坊，它能磨出你想要的任何玩意儿，但是没有人知道该如何把它关掉。这种利用高效技术手段剥削自然的方式将使世界变成没有生命的沙漠。"[2] 在《疯癫亚当三部曲》中，技术控制了人们生活的方方面面，技术统治取代传统的政治手段成为一种新型统治形式。科学家们利用手里掌握的技术资源疯狂地制造转基因物种和病毒，最终导致了人类的大灭绝。阿特伍德指出，《疯癫亚当三部曲》刻画了一个令人担忧的世界："并不是我们的发明出了问题（所有的人类发明仅仅是工具），而是该对它们做些什么；因为不管人类科技变得有多高明，人这个物种在内心深处依旧和好几万年前一样——同样的情感，关注之物也始终未变。"[3] 技术一方面使许多以前想都不敢想的事情都变成了现实，另一方面却对环境带来了毁灭性影响，并破坏了人类道德反思的能力，这才是阿特伍德最为关心的问题。

本章分为三个部分：首先，针对阿特伍德作品中的"超级物"叙事，比如气候变化和毒物描写等，展现一个濒危的世界；其次，从后自然时代的人文主义困境、垄断资本的危险和技术的伦理局限等方面出发，反思人类与地球以及与行星的关系；最后，本章试图

---

[1] Robert Macfarlane, "Generation Anthropocene: How Humans have Altered the Planet Forever," *The Guardian*, 1 April 2016, accessed 14 May 2017, https://www.theguardian.com/books/2016/apr/01/generation-anthropocene-altered-planet-for-ever.

[2] Margaret Atwood, *Payback: Debt and the Shadow Side of Wealth* (Toronto: House of Anansi Press Inc., 2008), 202.

[3] Margaret Atwood, *Curious Pursuits: Occasional Writing 1970 - 2005* (London: Virago Press, 2005), 323.

探寻阿特伍德对"人与自然和谐共生"理念的诗意追求,追问人类在绝境中生存的可能性。

第一节 濒危的世界

随着现代化和全球化进程的加快,我们所生活的现代世界面临重重危机:资源耗尽、污染加剧、冲突不断、瘟疫横行……在阿特伍德看来,人类仿佛为自己按下了快进键,正往末日的道路狂奔:"未来过来了,就像一颗陨星、一颗卫星、一个巨大的铁制雪球、一辆错开进小巷内的两吨重的卡车,刹车坏了,正在往山下猛冲,是谁的错?没有时间去想了。眨眼间它就到了这里。"[①] 在阿特伍德笔下,曾经美丽的风景遭到荼毒,有毒物质无处不在,气候变化已经成为人类面临的共同挑战。

一、破碎的风景

布赖恩·巴克斯特(Brian Baxter)在《生态正义论》(*A Theory of Ecological Justice*)中写道:"那些以无生命的物理现象方式存在的非生命实体——比如高山、河流、云朵、矿物质和辐射的能量等——都对环境效益总额做出贡献",促成了"所有生物体的相互联系"。[②] 因此,对某一处风景的破坏必然会伤害总体的环境。可是,当下人类已被自己掌握的技术蒙蔽了双眼,只看到眼前的利益,却无视正一天天恶化的自然环境。

翻开阿特伍德的作品,有关"破碎的风景"之描写比比皆是。

[①] Margaret Atwood, *Good Bones*, 93.
[②] Brian Baxter, *A Theory of Ecological Justice*, 84.

在《浮现》中，女主人公回到家乡，却发现曾经风景如画的地方如今伤痕累累：岩石被炸，树木遭连根拔起，人造大坝竖在大地上……这一切带来的是生态环境的急剧恶化："湖旁的白桦树正在枯萎，它们染上了从南方蔓延而来的某种树病。"① "湖边的沙地裸露荒凉，沙土一直在流失。……湖岸边的树木渐渐倾倒在湖水里，有几棵我记得是直挺挺的树木现在也倾斜了，红松的树皮正在脱落。"② 在《奇景：加拿大文学中的严酷北方》(*Strange Things: The Malevolent North in Canadian Literature*, 1995) 中，阿特伍德指出环境污染问题已经蔓延到了人迹罕至的北方："北方并非无边无际。它并非巨大强壮，也无法吞下和消化人类丢下的所有污垢。臭氧层的洞每年都在扩大；你乘飞机经过森林时，会看到大片大片被废弃的树桩；侵蚀、污染和无情开发正在夺取它们的生命。"③ 在短篇集《帐篷》的同名故事中，人类赖以生存的家园变成了荒漠："遍地是乱石、冰块和沙丘，还有沼泽深潭，你埋没其中的话不会留下任何痕迹。还有废墟，数量还不少；废墟之内和周围散落着破裂的乐器、旧浴缸、已灭绝的陆地哺乳动物的尸骨、遗弃的鞋子、汽车零件。那里还有长刺的灌木丛、长瘤的树以及狂风。"④ 在《偿还：债务与财富的阴暗面》里，"现任地球日幽灵"带着新斯克鲁奇参观海底，目睹鱼类在人类的滥捕下濒临绝迹，"在过去四十年里，具有超强功效的高科技手段已经使三分之一多产的大海失去生产能力"。⑤ 接着

---

① 玛格丽特·阿特伍德：《浮现》，第 3 页。
② 同上书，第 33 页。
③ Margaret Atwood, *Strange Things: The Malevolent North in Canadian Literature*, 116.
④ 玛格丽特·阿特伍德：《帐篷》（选译），袁霞译，《世界文学》2008 年第 2 期，第 252—253 页。
⑤ Margaret Atwood, *Payback: Debt and the Shadow Side of Wealth*, 191.

他们参观了亚马孙雨林、刚果和北温带北部森林地区,看到人们正以极快的速度砍伐树木,造成了无法挽回的恶果:空气污染、土壤流失、水灾和旱灾频现。最后他们来到南极,发现巨大的冰块正在破裂融化,解冻的苔原释放出大量沼气,海平面上升,超级飓风频频袭击人类。在《死亡行星上的时间胶囊》("Time Capsule Found on the Dead Planet", 2011)中,阿特伍德描述了人类制造的各种沙漠:"有水泥形成的,有各种毒药形成的,有焦土形成的。"这些沙漠有一个共同点:那里什么都不长。阿特伍德将沙漠的形成归结于人类的贪得无厌:"我们渴望得到更多的钱,我们为缺少钱感到绝望。战争、瘟疫和饥荒不时造访,但我们依然勤劳地制造着沙漠。"最终人类只能自食其果,"所有的井都带有毒,所有的河流都遭到污染,所有的海洋都已枯竭,人类已无处可种粮食"。[①]

人类为了经济发展和物质享受不惜牺牲自然环境。城市作为人口最集中、社会经济活动最频繁之所在,成了人类对自然环境干预最强烈的地方。阿特伍德在诗歌《城市规划者》(City Planners)中写道:虽然城里的房屋"排成学究般的行列",并栽种了"环保树木",但没有什么比"一台电力割草机的理性悲号更粗暴";尽管"车道整洁""屋顶一律伸展/相同的斜面以躲开火热的天空",但"溢出的油味"飘散在城市上空,"恶心萦绕在车库中",久久不散。城市规划者们绘制出各种路线,却无法阻挡城市化进程带来的种种弊端,终有一天人类会品尝自己种下的恶果:

在灰泥未来的裂缝

[①] Margaret Atwood, "Time Capsule Found on the Dead Planet," Mark Martin, ed. , *I'm With the Bears: Short Stories from a Damaged Planet* (London: Verso, 2011), 193.

> 后面或下面的这片风景
> 当这些房屋，倾覆了，将不知不觉中
> 斜斜地陷入泥土之海，缓缓似冰川
> 而目前并没有人注意到。①

为了建造城市，人类甚至不惜大量砍伐树木、侵占绿地，导致被称为"地球绿肺"的森林以惊人的速度消失。短诗《勘测员》（*The Surveyor*）是《城市规划者》的姊妹诗，抨击了人类为城市扩张而大力清除野生绿地的举动。在诗歌开头，诗人站在一块野地中央，这里曾是繁茂的森林，此刻却被开辟出来，以便建立另一座新城：成百上千棵树倒在地上，"如同被剪刀齐刷刷剪断"。人们几乎不费吹灰之力便用链锯伐光了一棵棵参天大树，就像"用铅笔画一条线"般容易。勘测员眼里只有冷冰冰的几何学语言，比如"测量""数字""自负的/字母"和"红色箭头"等，森林之死并非他们考虑的对象。而在诗人看来，"切断的木头""砍伐后的树桩"象征了勘测员留下的"拇指纹印"，就像罪犯在犯罪现场遗留的痕迹。诗人被无边无际的死亡气息包围，只有在极目远眺时才能看到隐隐的绿色，那是另一片森林，充满了生的希望。可是，诗人却忧心不已，如果勘测员再次将魔爪伸到那些未被测量的土地，那么等待人类的将是"红色遗迹，属于被抹去的/民族，断裂的/线条"。②虽然从短期来看，城市建设让人们尝到了些许甜头，但这是以牺牲人类家园为代价的，完全是饮鸩止渴。

同《勘测员》和《城市规划者》一样，短诗《朱红霸鹟，圣佩

---

① 玛格丽特·阿特伍德：《圆圈游戏》，载《吃火》，第8—9页。
② Margaret Atwood, *The Animals in That Country*, 4.

德罗河,亚利桑那州》(*Vermilion Flycatcher, San Pedro River, Arizona*)将人类对风景的糟蹋刻画得淋漓尽致。该诗最早出现在 1995 年出版的诗集《早晨在烧毁的房子里》(*Morning in the Burned House*)中,后又被收录于 1998 年出版的诗集《吃火:诗选(1965—1995)》。诗歌中描写的圣佩德罗河连接墨西哥和美国,是世上为数不多的几条无坝控制的河流之一。作为一条穿越沙漠地带的绿色生命走廊,圣佩德罗河地带生长着成百上千种动植物,生物多样性保存较为完整。然而,由于人口增长和工业的无节制发展,圣佩德罗河的水质、水量和生物多样性都遭到了破坏。《朱红霸鹟,圣佩德罗河,亚利桑那州》便是在这样的现实背景下写出的。复杂句是该诗的一大特征,有不少诗行是跨行接续甚至跨诗节接续,这么做保持了诗行与诗行、诗节与诗节之间的流畅衔接,有一气呵成之势,富有节奏感,如同早年间圣佩德罗河的激流澎湃,诗人利用这类句型表达了自己对正在消失的河流的哀叹。

在诗歌开头,叙述者和同伴站在干涸的圣佩德罗河上游,语气中满是苦涩:"这条河曾流过这里,狂暴猛烈,刚好就在我们站立的地方。"一个"曾"字道出了今昔之间的强烈对比。是什么造成了当年的湍流变成如今的"一条细流"呢?叙述者说道:或许"你能通过卡在树上的垃圾辨别"[①]。这些垃圾显然是人类活动所产生的污染物。

在谴责河流枯竭、环境污染的同时,叙述者沉浸在对圣佩德罗河周边美景的赞赏之中。这是"晚春"时分,"泛黄的野草"有齐膝深,一只朱红霸鹟出现在大家的视野里,它"疾冲而下,鼓着翅膀,

---

[①] 玛格丽特·阿特伍德:《早晨在烧毁的房子里》,载《吃火》,第 547 页。

栖息"于树上，那鲜亮的羽毛是生命的象征，它"充满快乐"和"狂喜的激情"。如此勾魂摄魄的美与人类亵渎河流的丑恶行径形成鲜明对照。在诗歌第二节，叙述者说道：

> 你能够想象的每一件坏事
> 都在别处发生，或者曾经发生
> 在此，一百年和数世纪
> 之前……①

美与暴力共存。无论是朱红霸鹟的"歌唱"，还是"微微发光的空气"，都无法掩饰"消失的水"。浅滩上，成群结队的鹿于黄昏时分越过河滩来饮水，却"中了埋伏"。② 从水中的长矛可知，它们死于人类的一场"谋杀"。对于这片曾经富饶多产的自然区，人类的存在是灾难性的，他们怀着不同的目的来到这里，不仅夺去动物的生命，还使它们赖以生存的水源渐渐干涸。虽然在最后一节诗中，朱红霸鹟依然坐在同一棵树上欢唱，似乎并不在乎当下或未知的危险，叙述者却对"这条不在/那里的河"③、为该地区剩余物种的命运忧心忡忡。

可惜的是，《朱红霸鹟，圣佩德罗河，亚利桑那州》发表之后并未引起多大反响。虽然有科学界人士大声呼吁圣佩德罗地区迫在眉睫的危险，也有报道证实了人类活动干预对圣佩德罗河周边的生态体系造成的破坏性影响，甚至有一些热心的环保人士成立了诸如

---

① 玛格丽特·阿特伍德：《早晨在烧毁的房子里》，载《吃火》，第547页。
② 同上书，第547—548页。
③ 同上书，第548页。

"圣佩德罗河之友"协会，然而令人心寒的是，美国地方政府却对此置之不理。2013 年，亚利桑那水资源部为了城市扩张，无视圣佩德罗河和地下水相通的科学研究，批准了一项地下水抽水工程，该工程会导致更多的圣佩德罗河主要支流被排干。[1] 无节制地使用水资源意味着置其他自然生物于危境，圣佩德罗河是其所在流域的生命线，它的消失会影响到周边的生态体系。如果地方政府依旧我行我素，对自然竭尽压榨之能事，那么阿特伍德在诗中所警示的残酷真相必然会变为现实。

阿特伍德曾在《人类之前的生命》中写道："人类是宇宙间非常危险的一种生物……充满恶意又四处破坏。"[2] 由于当下无节制发展造成的环境危机，人类生存的家园已危在旦夕。如果任由这种情形继续下去，人类最终会像小说中莱西娅研究的史前动物一样走向灭绝的命运。

二、毒物危机

有关毒物的概念首先是由蕾切尔·卡逊提出的，她在《寂静的春天》里利用生态学原理分析了滥用化学杀虫剂造成的生态环境灾难和人类健康危机。劳伦斯·布伊尔（Lawrence Buell）在 2001 年出版的专著《为濒危的世界写作——美国及其他地区的文学、文化和环境》（Writing for an Endangered World: Literature, Culture and Environment in the U.S. and Beyond）中从《寂静的春天》入手，对"毒物话语"（toxic discourse）进行了深刻剖析，指出它包含了"一

---

[1] McCrystie Adams and Robin Silver, "San Pedro River Condemned by Arizona Department of Water Resources," *Earthjustice*, 16 April 2013, Web. 20 March 2020.
[2] 玛格丽特·阿特伍德：《人类以前的生活》，第 350 页。

组相关联的传统主题,其力量部分来自对后工业文化的忧虑,部分来自更为根深蒂固的思想和表达习惯"。[①] "毒物话语"既包括对核毁灭的恐惧,又含有灾难性核事件之后所爆发的后启示录式的绝望和愤怒。在布伊尔看来,"毒物话语"是一种文学警示录,旨在表达人们对生态恶化的焦虑,唤起人们对环境危机的警惕。

在阿特伍德的作品里,毒物描写无处不在。在《可以吃的女人》中,研究生邓肯对女主人公玛丽安谈起自己的家乡,一个到处都是熔炼厂的矿区:"高高的烟囱直插云霄,晚上喷出来的烟都是火红的一片,化学烟尘把好几英里内的树木都熏死了,到处是一片荒凉,只见光秃秃的岩石,连草都不长……积在石头上的水由于化学物质的缘故也变成黄褐色。无论种什么东西都不会活。"[②] 矿区内的景象折射出了整个国家的发展导向,在一切为了经济的号召之下,工业成了重中之重,伴之而来的是自然环境的牺牲。在《人类之前的生命》里,有毒物质四处扩散:"废气源源不断地排放出来,其中三百多种还压根儿没有得到鉴定。硫酸和汞排放导致金属雾和酸雨的形成,污染了马斯科卡湖区,并且向北蔓延。"[③] 环境污染对各种生物的危害是难以估量的,湖里漂浮着死鱼,鸟儿体内残留了不易分解的聚氯联二苯,人也无法逃脱毒物的侵害,女主人公莱西娅可能会"因为体内脂肪组织中聚集了大量的 DDT 而不能正常生育。更不用说卵巢所受的各种辐射了,这几乎肯定会让她生下两个头的婴儿,或者一堆长了头发、牙齿齐全、葡萄柚一样大小的肉体……或者像

[①] Laurence Buell, *Writing for an Endangered World: Literature, Culture, and Environment in the U. S. and Beyond* (Cambridge: Harvard University Press, 2001), 30.
[②] 玛格丽特·阿特伍德:《可以吃的女人》,第 155 页。
[③] 玛格丽特·阿特伍德:《人类以前的生活》,第 164 页。

比目鱼一样两只眼睛长在一边脸上的小孩"①。

在短篇小说《铅时代》(The Age of Lead)里,城镇化的加速使加拿大第一大城市多伦多环境恶化:"80 年代……街上臭气弥漫,挤满了汽车。……整条整条的街道被开膛剖肚。空气中弥漫着沙砾。"② 女主人公珍妮发现,周围的人们都过早地离世了,有的死于骨癌,有的死于艾滋病,有的死于病毒性肺炎,有的死于热带度假时染上的肝炎,还有的死于脑膜炎,"他们好像受到了某种神秘物质的侵袭,一种气体状的东西,无色无味无形,他们碰到的任何细菌都可以侵入体内,把他们干掉"③。珍妮以前不大关心报纸上的新闻,如今也开始留意起来。谁知她不看则已,一看便感到不寒而栗:"枫树林死于酸雨,牛肉中含有荷尔蒙,鱼里有水银,蔬菜上有杀虫剂,水果喷洒了毒药,天知道喝的水里面掺杂了什么。"④ 珍妮专门订了份瓶装矿泉水,有一段时间感觉好了些,然后她在报上看到这样也好不了多少,因为所有东西都被有毒物质渗透了。她想搬出城去,可是又读到了有毒垃圾和放射性废料的消息,"这些玩意儿被埋在乡下各个地方,被郁郁葱葱、遮人耳目的树木掩饰了起来"⑤。从城市到乡村,毒物无孔不入,令人恐惧。人类受制于有毒的化学物质,根本找不到避难之处。

《使女的故事》对毒物危机的刻画是阿特伍德所有作品中最为深刻的。在小说所虚构的未来社会里,科学技术的无限制发展造成了一系列的生态灾难。神权国家基列国的空气中布满核辐射、放射性物质和化学物品等污染物,海洋渔业已不复存在,河水里充斥着有

---

① 玛格丽特·阿特伍德:《人类以前的生活》,第 164 页。
②③④⑤ Margaret Atwood, *Wilderness Tips* (New York: Nan A. Talese/Doubleday, 1991), 159.

毒成分，养鱼场因为污染被关闭了。"女人们服用各种各样的药片、药丸，男人们给树木喷杀虫剂，牛再去吃草，所有那些经过添色加彩的粪便统统流入江河。更不用提在接连不断的地震期间，沿圣安德列亚斯断层一带的核电厂爆炸事件。"① 卡罗琳·麦茜特（Carolyn Merchant）指出："来自核废料、核电站和炸弹的放射性物质是导致婴儿畸形、癌症和灭绝地球生命的一个潜在原因。"② 而根据《使女的故事》结尾的"史料"记载，在当时的基列国内，"死胎、流产、遗传畸形十分普遍，日益严重。这种趋势与其他核电站事故、核反应堆停堆以及那一时期特有的蓄意破坏事件有紧密关联，与此相关的还有化学与生物战争储备物资及有毒废料堆发生泄漏"③，这些是促成基列国灭亡的一大因素。

毒物危机带来的最直接后果是人口危机。外界环境的恶化是人类生殖系统的杀手，不仅精子的数量和质量大幅下降，男性不育的比例逐年增加，而且女性生殖器官也受到了极大伤害，"有毒物质悄悄侵入女人们的身体，在她们的脂肪细胞层里安营扎寨"④。女主人公奥芙弗雷德一想到自己的身体，"眼前便自然会出现骨骼架……一个生命的摇篮，由大大小小的骨头组成；里面充满有害物、变异的蛋白质、像玻璃一样粗糙的劣质晶体"⑤。有的女性患上了很难治愈的性病，比如"梅毒的突变类型，任何一种菌体都对它无可奈何。一些人自己动手来对付它，不是用肠线把下面索性缝合起来，就是

---

① 玛格丽特·阿特伍德：《使女的故事》，第129页。
② Carolyn Merchant, "Ecofeminism and Feminist Theory," Michael Boylan, ed., *Environmental Ethics* (New Jersey: Prentice-Hall, Inc., 2001), 79.
③ 玛格丽特·阿特伍德：《使女的故事》，第342页。
④⑤ 同上书，第128页。

用化学药品予以重创"①。物理的、化学的以及生物的有害因素相互叠加，导致了各种生殖异常现象，不利于基列国的人种延续。在感化中心，丽迪亚嬷嬷用教鞭指着一张图表，"上面显示着许多年来每千人的出生率：数字一路下滑，早已降到零增长率以下，且还在继续下降"②。即便是怀胎十月生下的婴孩，也未必是健康的，当时"非正常婴儿的概率是四比一"③。奥芙沃伦生产时，奥芙弗雷德便在一旁胡思乱想："奥芙沃伦会生下一个什么东西？一个正常的婴儿，如我们所希望的？或是其他什么，非正常婴儿，小小的头，或是长了一个狗一样丑陋的大鼻子，或是两个身子，或是前胸上有个大洞，或是缺胳膊少腿，或是手脚长蹼？到底怎么样谁也说不上来。"④这段文字和《人类之前的生命》里莱西娅可能受到毒物危害的描写如出一辙，说明有毒物质使女性承受了更多的风险。

面对生育率的急剧下跌和人口锐减，基列国政府将责任归于妇女，认为正是女权运动和同性恋运动等社会活动导致了人类道德水准的下降。当局剥夺了女性的工作机会和个人财产，使失去经济独立的女性彻底依赖男性，并以女性的生育能力为标准来定义女性的价值。那些拥有生育能力的妇女需要接受极为严格的调查，除了身体强壮，她们必须家底清白，"家族中没有橙剂中毒者"⑤。橙剂是一种用作生化武器的除草剂，哪怕是极微小的剂量都会引发各种癌症，且能通过人体进行代际传播，具有极大的杀伤力。通过检验的女人先被送往感化中心接受培训，之后再分配到各个大主教家，成

---

① 玛格丽特·阿特伍德：《使女的故事》，第129页。
② 同上书，第130页。
③④ 同上书，第128页。
⑤ 同上书，第132页。

为替上层人士传宗接代的使女。使女虽是家庭中的一员，但她们"从来不是以一个'人'的价值而存在，而仅仅是一个生育机器"[1]。从每月例行的"授精仪式"便可看出，人与人之间的性关系只剩下了一个目的：生殖。用奥芙弗雷德的话来说，使女充其量"只是长着两条腿的子宫：圣洁的容器，能行走的圣餐杯"[2]。使女一旦失去生育能力，便会被发配到隔离营，和其他"坏女人"一起，负责清洗或焚烧尸体。有些隔离营的情况特别糟糕，"专门和有毒倾倒物和辐射泄漏物打交道。据说在那里不出三年鼻子就会脱落，皮肤会像橡皮手套一样剥落下来"[3]。

阿特伍德在《使女的故事》等作品里通过丰富的想象阐述了关于毒物的文化命题，这种"想象的行为——无论想象激发起的是有关再循环的，还是有关社会相互关系的一厢情愿的想法——只会增强人们消灭毒物的希望"[4]。阿特伍德的"毒物话语"并非凭空杜撰，综观当今世界，人类醉心于享受技术革新带来的便利，大力开发新能源，大量使用化学制剂和生物制剂，不料却使自己沦为了毒物污染的受害者，因为毒物已渗入地球的每一个角落，遍布空气和水源，谁也无法真正逃脱。

三、气候变异

由于人类活动增加，全球碳排放量逐年上升，地球的平均气温也持续升高。全球变暖会产生极端气候，引发自然灾害，致使生物

---

[1] 陈小慰：《译序》，载玛格丽特·阿特伍德《使女的故事》，第11页。
[2] 玛格丽特·阿特伍德：《使女的故事》，第156页。
[3] 同上书，第286页。
[4] Laurence Buell, *Writing for an Endangered World: Literature, Culture, and Environment in the U. S. and Beyond*, 54.

链断裂,从而影响人类生存的方方面面。作为环保运动的积极分子,阿特伍德对全球变暖有着独特的表达方式。她公开支持加拿大"绿党"(Green Party)①,并且在一封支持"绿党"的信中写道:"全球变暖——以及与之相关联的环境退化、'自然'灾害、正在加速的物种灭绝——确实不仅是加拿大,而且是整个行星面临的最大问题。"② 阿特伍德书写了很多关于气候变异方面的作品,其中以诗歌和小说最为突出,它们都可归属于"气候小说"(cli-fi)③ 这一类别,反映气候变异迫在眉睫的威胁,引导人们去感受和思考其原因及后果。

短诗《天气》(The Weather)描写了温室气体排放影响下的气候变化,天气变成了"凶猛的实体","不受控制,且无法驯服"。④ 根据诗人描述,人类曾对天气抱着"不打扰"的警醒态度,但后来他们变得盲目自信,对自己生活的环境"漫不经心",这时天气渐渐反常起来,它"蹑手蹑脚来到身后/如一条蛇、一个恶棍、一头黑豹,/然后挣脱束缚"。⑤ 诗人将天气比喻为凶恶的动物和暴徒,因人类的冷漠疏忽而逃逸出来,释放出超级震撼的力量,致使人类不得不面对可怕的龙卷风、飓风和海啸:

---

① 加拿大"绿党"成立于1983年,提倡绿色政治,主张环保,是加拿大最大的在国会中没有代表席位的联邦党。
② http://www.greenparty.ca/fr/node/3133.
③ "气候小说"概念由记者丹·布鲁姆(Dan Bloom)于2007年首次提出。由于气候变化带来的文学影响快速增长,2013年,罗兰·休斯(Rowland Hughes)和帕特·惠勒(Pat Wheeler)正式启用这个术语,用来指代一种全新的文学体裁,处理气候变化及其相关的环境后果问题。参见 Rowland Hughes and Pat Wheeler, "Eco-dystopias: Nature and the Dystopian Imagination," Critical Survey, 25.2 (2013): 1-6。
④ Inas S. Abolfotoh, The Essential Ecocritical Guide to Margaret Atwood's Ecopoetry, 63.
⑤ Margaret Atwood, The Door, 53.

……天气如波涛般翻滚

卷过地平线,绿色的

黄色的,越来越浓厚

夹带着沙土、残肢和破碎的

椅子以及呼号

我们在它的余波中枯萎或淹死。①

惨烈的场景令人胆战,惊慌失措的人类想弄明白:"如何才能把它塞回/布袋或瓶子/在那里它曾那么小?"他们天真地发问:"到底是谁将它放出?"接着又明知故问道:"是我们的错?/是我们的呼吸造成了毁灭?"②人类是多么希望生活能回归原样,但他们必须为自己对自然的轻率行为买单。人类终将在劫难逃,因为天气"来了……/又来了,又来了……/无情刺耳的巨响",它"一路踩踏,/烧焦空气"。在诗歌结尾处,诗人希望同胞们寻求救赎,"向它祈祷",否则就太迟了。③阿特伍德在诗中采用了集合代词"我们",表明所有人都必须负起责任,为人类犯下的错误承担后果,因为愤怒的自然是不会区别对待有罪者和无辜者的。

由于极端天气变化以及地球气温升高,极圈内的生态系统变得极其脆弱。北极熊就是极端气候的受害者,它们深受季节性变化困扰,正在逐渐失去赖以生存的自然家园,处在生死边缘。诗歌《熊之悲》(*Bear Lament*)讲述的就是地球上最凶猛的掠食者——北极熊——面临的危机。诗人以回忆的语气写道:"去年我看见一头

---

① Margaret Atwood, *The Door*, 53.
②③ Ibid., 54.

熊，/背对天空，一头白熊，/后腿站立，靠着昔日的/体格支撑。"①全球气候变化给北极熊造成的最大危险是饥饿和营养不良，因为它们依靠海冰生存，而"北极地区的气候变暖导致北极盆地海冰的总覆盖率和厚度显著下降，并且有些地区的海冰会逐渐提前破裂"②。海冰融化意味着北极熊无法捕获足够的海豹，储备充足的脂肪。诗人见到的那头熊"已瘦骨嶙峋，/而且越来越瘦"③。

北极熊必须不吃不喝，靠体内储存的脂肪度过夏秋季的几个月融冰期，所以北极熊在冬季时通常会耐心地守在海豹的出气孔旁，等它出来换气时一举捕获。然而，由于海冰面积缩小，冰块变得越来越薄，无法支撑北极熊的重量。当冰层在厚厚的脚掌下破裂时，北极熊只好退到更加坚固的冰面上，"嗅着前所未有的/合适食物的消失"④。掠食地盘的萎缩使北极熊品尝到了食物匮乏的滋味，面对贫瘠的、"被抹去了意义的"天地，它只能坐以待毙，曾经的家园在人类无止境的干预下"欠缺/舒适"，诗人不由悲叹："哦熊，现在怎么办？""大地/是否还能坚持？能坚持/多久？"⑤ 实际情况是，大地已经坚持不了多久了，因为"就连未经训练的眼睛都能看出冰川正在以极快的速度消融"⑥。在不久的将来，北极熊将会由于全球变暖遭遇灭顶之灾。阿特伍德和国际珍鸟俱乐部成员在北极地区考察时就认识到了事情的紧迫性：

---

①③　Margaret Atwood, *The Door*, 57.
②　Ian Stirling and Claire L. Parkinson, "Possible Effects of Climate Warming on Selected Populations of Polar Bears (Ursus Maritimus) in the Canadian Arctic," *Arctic*, 59. 3 (2006): 261.
④　Margaret Atwood, *The Door*, 57-58.
⑤　Ibid., 58.
⑥　Margaret Atwood, *Writing with Intent: Essays, Reviews, Personal Prose, 1983 - 2005* (New York: Carroll & Graf, 2005), 369.

我们正观察一只北极熊吃完剩下的海豹，附近两只纯白的象牙鸥正等着啄骨头。在场的每个人都知道这一场景的全部主要元素——进食的熊、鸥和冰本身——可能很快就会如海市蜃楼般从地球消失，就像从未出现过。这样的情景发生的时间可能不会在几个世纪后，而是就在几年里。这是全球变暖，它不是作为理论，而是以非常实在的形式出现了。①

北极地区的食物链是长期演化的结果，捕食者和被捕食者之间处于一种动态的平衡，一旦平衡被打破，即食物链中的任何一环断裂，整个生态系统就会受到无可挽回的破坏，这反过来又会导致地球环境的恶化，形成恶性循环。阿特伍德通过《熊之悲》中奄奄一息的北极熊，表达了对气候变异的忧虑。

然而，如果人类认为北极熊濒临灭绝是工业活动造成的唯一后果，那就大错特错了，人类自身也已离灾难不远。在 1964 年发表的短诗《洪水之后，我们》（*After the Flood We*）中，由于极地圈融化，地球被水淹没。唯有的两个幸存者"我"和"你"目睹了灾后的景象。为了避开洪水，"我步行过桥/赶往安全的高地"②。大水征服了森林，陆地的风景变成了海景，"树顶就像岛屿"③。接下去，诗人将海陆空三种景观融合在一起："鱼儿一定正在/我们之下的森林中游泳，/宛若群鸟，飞于树间。"④树间游弋的鱼儿象征着一线希望，说明即使末日来临，地球上的生命也不会全部终结，不过这也从侧面表明人类征服自然的行为充满了讽刺。最终，当"城市，宽阔而

---

① 转引自袁霞：《生态批评视野中的玛格丽特·阿特伍德》，第 283—284 页。
②③④ 玛格丽特·阿特伍德：《圆圈游戏》，载《吃火》，第 7 页。

安静，/横卧于不为人知的、遥远的海底"，① 一切又回归到原初的自然状态，这对地球生态系统而言未必不是一件好事。有评论者指出，诗中的风景是叙述者"我"所处的"阈限空间（liminal space）——一种既在又不在的状态"②，即"我"或许正处于死/未死的临界状态，即将淹死，却尚有意识来告诉"我们"：留给人类的时间和空间已越来越少。

从《洪水之后，我们》到《疯癫亚当三部曲》的第一部《羚羊与秧鸡》出版，时间走过了40年，在这期间，"由于连续不断的巨型风暴和破纪录的气温，气候变异的威胁已刻不容缓，叫人无法忽视"③。全球变暖和栖息地破坏严重影响了人类的可持续性发展。詹·格洛弗（Jayne Glover）在谈及《羚羊与秧鸡》时提出：

> 越来越明显的是，许多人类活动是不可持续的：最终人类需要的食物和空间、可生存的土壤、清洁的空气和饮用水超过了地球承载力……《羚羊与秧鸡》想象了一个明显受到这些影响的时期。阿特伍德指出，小说的一部分是在北极的一艘船上写的，她目睹了冰川的融化。④

《羚羊与秧鸡》是阿特伍德对北极之行的反思，《洪水之年》与飓风"卡特里娜"对新奥尔良的破坏不无关系，而《疯癫亚当》则

---

① 玛格丽特·阿特伍德：《圆圈游戏》，载《吃火》，第7页。
② Karma Waltonen, ed., *Margaret Atwood's Apocalypses* (Newcastle upon Tyne: Cambridge Scholars Publishing, 2015), x.
③ Rebecca Tuhus-Dubrow, "Cli-Fi: Birth of a Genre," *Dissent*, Summer 2013, accessed 11 November 2019, https://www.dissentmagazine.org/article/cli-fi-birth-of-a-genre.
④ Jayne Glover, "Human/Nature: Ecological Philosophy in Margaret Atwood's *Oryx and Crake*," *English Studies in Africa*, 52.2 (2009): 52.

出现在飓风"桑迪"对东北海岸造成的灾难性影响之后。飓风、雷暴和龙卷风等"超级物"频频出现,它们"并非上帝所为,而是人类行为产生的后果"。①

阿特伍德并没有在《羚羊与秧鸡》中细述故事的发生地,但她指出:"那应该是个地势低洼的沿海地区,可能遭遇了融化的冰川和海啸的淹没。"② 小说开始时,吉米听着耳边传来的鸟叫声:"在那里筑巢的鸟儿不停地发出尖叫;生锈的汽车残件、杂乱堆放的砖砾仿佛围出了人造的礁石,而远处的大洋碾压于其上的声音听起来简直如同置身于车水马龙的假日街道。"③ 这是世界毁灭之后的景象,依然残留着人类文明的痕迹,可是制造机器的人类却大多已不见踪影。

《羚羊与秧鸡》中的极端气候描写随处可见,全球变暖产生了新的天气模式,进而造成自然环境的巨变。在吉米小时候,气候变得越来越干燥:"不过随着时间的推移,海岸附近的地下蓄水层变咸了,北部的永久冻土层开始融化,辽阔的苔原泛出沼气,大陆中部平原地区的干旱不见结束,中亚地区的大草原变成了沙丘……"④ 吉米妈妈常回忆起外公在佛罗里达的葡萄柚种植园,园子在断了雨水后就像一颗干瘪的"大葡萄干",就在同一年"奥基乔比湖萎缩成了个臭气熏天的泥潭,而埃弗格莱兹国家公园则燃烧了整整三个星期"⑤。与之形成对比的是气温升高引起的海平面上升。吉米妈妈儿

---

① Bill McKibben, *The End of Nature* (New York: Random House, 2006), xviii.
② Mel Gussow, "Atwood's Dystopian Warning: Hand-Wringer's Tale of Tomorrow," *New York Times*, (24 June 2003): B5.
③ 玛格丽特·阿特伍德:《羚羊与秧鸡》,第 3 页。
④ 同上书,第 26 页。
⑤ 同上书,第 65 页。

时住在海滩边,可是"当海平面飞速升起接着又因加那利群岛火山爆发引起巨型海啸时,房子连同海滩的其余部分以及好几座东海岸城市都被冲走了"①。纽约遭大水淹没,建筑物摇摇欲坠,且进满了水,大多数人只好搬到泽西海岸的新纽约。大灭绝发生后,新纽约也成了海岸的一部分。幸存者面对的不仅是食物短缺,还有如何去适应气候变异问题。午后雷暴是家常便饭,龙卷风和飓风也时不时来扫荡一下。吉米在前往昔日的雷吉文-埃森思大院搜寻食物时遭遇了一场龙卷风:"先遣的疾风扫了过来,卷起了空地上的瓦砾。闪电在云层间发出尖厉的啸叫。他看见了那个瘦长的深色锥体,曲曲折折地垂下来;然后黑暗便从天而降。……有风的尖叫声,霹雳的爆破声,还有一阵所有尚留在地面上的东西发出的抖动声,像一台庞大的发动机里的齿轮组在运转。"②人类在极端天气面前显得如此渺小孱弱。

阿特伍德将气候变化称为"万事变化"③,因为只要气候变化了,包括政治、经济和文化在内的一切都将发生翻天覆地的变动,所以在探讨环境改变问题或环境解决方案时我们更应关注对诸如性别、种族、性和民族等多种问题的讨论。

气候的改变在很大程度上是人为的,《羚羊与秧鸡》中掌管经济命脉的大院为了增加咖啡产量,不惜将热带雨林夷为平地,使当地气候环境遭到毁灭性破坏。气候变化不仅影响着西方富国,对贫穷国家的经济更是雪上加霜,这一点可以从女主人公"羚羊"的故事看出端倪。"羚羊"诞生于东南亚国家的某个村庄,那里每家每户都

---

① 玛格丽特·阿特伍德:《羚羊与秧鸡》,第 64 页。
② 同上书,第 245 页。
③ Anon, "Climate Change Author Spotlight—Margaret Atwood," 24 October 2016, accessed 21 January 2017, http://eco-fiction.com/category/spotlight/.

有不少孩子。由于气候变暖，农作物歉收，这些家庭缺衣少吃，便打起孩子的主意。在当地人眼里，女孩们除了早早嫁人生下更多孩子，没有多大用途，还不如将她们卖掉，换点吃的。因此，女孩中略微长得端正点的就被卖给了一个叫恩叔的人贩子，再由恩叔转卖到西方国家从事皮肉交易。对于这样的人贩子，当地人不仅没有把他当作不法分子，反而对他十分尊敬和友好，视他为"抵挡噩运的护身符"[①]。当地人越来越频繁地求助于恩叔："因为天气变得古怪难测——太多的降水或降水太少，太多的风，太多的热量——庄稼备受煎熬。"[②]这些气候变异的典型症候在当时已司空见惯。在电视节目里，人们经常可以看到全球变暖导致的社会不安定现象："更多的瘟疫，更多的饥荒，更多的洪水……更多的旱灾，遥远国度里更多无谓的征用儿童去打的仗。"[③] 可见，伴随气候变异而来的是各种各样的社会问题，这些又加速了人类灭亡的脚步。

以《羚羊与秧鸡》为代表的气候变化小说描绘了人类与地球错综复杂的关系，从而梳理出全球变暖的人为因素，与此同时，它也不可避免地涉及人类在这场前所未有的危机中的责任等伦理问题。阿特伍德通过这些描写气候变异的小说向读者发出警示，提醒各个领域的人们联起手来，关注气候变化的潜在危机，共同应对人类面临的问题，追求可持续发展。

第二节 自 然 之 后

格雷厄姆·休根和海伦·蒂芬在《后殖民生态批评：文学、动

[①][②] 玛格丽特·阿特伍德：《羚羊与秧鸡》，第 121 页。
[③] 同上书，第 263 页。

物和环境》一书的跋《自然之后》("After Nature")中提到了学术界针对现代性的普遍看法:"无论如何定义,现代性在辩证意义上是后自然的(post-natural),一方面失去了人类与自然环境的联系,另一方面又重新获得一种意识,即自然本身在不断地接受改造。"① 马克斯·霍克海默(Max Horkheimer)和西奥多·阿多诺(Theodor Adorno)等研究现代性的哲学家认为,人类经历了"模仿自然"(被称作"前文明阶段")到"自然之后"(人类从理性上压倒并与自然针锋相对的"历史阶段")的过程。② 在阿多诺看来,在"自然之后"的历史阶段,人类日益加强对自然的控制和管理,从而不可避免地滑向异化的深渊,也正因为如此,这一阶段最重要的特征便是人类试图恢复与自然的联系。③

"自然之后"也是阿特伍德最为关心的话题之一。在后自然时代,人类面对诸多不确定因素该何去何从,该如何反思人类与地球以及与行星的关系?……阿特伍德认为,现代技术有可能解放世界,也有可能将世界毁灭。人类"栖居在这个星球上,就像陌生环境中的寄居者和租客"④,如果不知轻重,肆意操控自然环境,必然造成灾难性后果。

一、人文主义的困境

《疯癫亚当三部曲》刻画了一个技术统治的世界,科学技术——

---

① Graham Huggan and Helen Tiffin, *Postcolonial Ecocriticism: Literature, Animals, Environment*, 203.
② Max Horkheimer and Theodor Adorno, *Dialectic of Enlightenment: Cultural Memory in the Present* (New York: Herder & Herder, 1972), 180. "模仿自然"和"自然之后"的英语表达都是"After Nature"。
③ Theodor Adorno, *Aesthetic Theory* (Minneapolis: University of Minnesota Press, 1998), 162.
④ Karen F. Stein, *Margaret Atwood Revisited* (New York: Twayne Publishers, 1999), 19.

尤以生物技术为甚——成为众人争相追逐的目标,而象征着人性价值的人文艺术则遭到空前鄙视:"科学是与社会再生产相联系的价值模式。在一个情感价值(激情、情绪和感觉)只在货币化时才有用的世界,艺术/人文学科唯有试图弄清它们该如何增值。"① 在这样的社会里,衡量一个人的价值标准是他掌握多少技术手段,以及如何利用手中的技术开发新产品,如此一来,大多数人丧失了丰富的情感,沦为了技术的奴隶。

大院的教育体系是建立在技术统治论的价值观基础上的。吉米的父亲将科学家比作"公爵"和"骑士",将科研大院比作需要防护的"城堡",② 这样的比喻树立了科学家作为统治者的地位。大院里的孩子早早就被灌输了技术至上的观点,力争成为社会热捧的"数字人"(numbers person),即具有科学天分的人才。阿特伍德将这些"数字人"描述为"以任务为导向的专家"③,他们把所有注意力都集中在理论问题上,而不考虑自己的行为后果,也不考虑具体任务可能产生的偶然影响。"数字人"通过算法思考和行动,虽然能识别出不同知识之间的相互联系,却摒弃了所有非数学形式的存在。"秧鸡"在荷尔史威瑟高中时就显示出过人的数字天赋。有一次,他和吉米走在路上,看到他们的女老师和一位男子在一起,后者的胳膊伸在她的夹克衫里面搂着她的腰,吉米很想知道他是否把手放在了她的屁股上。"秧鸡"立刻将之归类为一道几何题,并自告奋勇地算

---

① J. Paul Narkunas, "Between Words, Numbers, and Things: Transgenics and Other Objects of Life in Margaret Atwood's *MaddAddams*," *Critique: Studies in Contemporary Fiction*, 56.1 (2015): 10.
② 玛格丽特·阿特伍德:《羚羊与秧鸡》,第 30 页。
③ J. Paul Narkunas, "Between Words, Numbers, and Things: Transgenics and Other Objects of Life in Margaret Atwood's *MaddAddams*," *Critique: Studies in Contemporary Fiction*, 56.1 (2015): 11.

起来：

> 第一步：计算男子的臂长，用那条可以看见的胳膊作为标准臂长。假定：双臂大体等长。第二步：计算肘部弯曲的角度。第三步：计算屁股的弧度。在缺少可以核定的数字时，也许有必要进行估算。第四步：计算手的大小，同上，利用看见的手。[……]经推算，最有可能在右屁股蛋儿下部或大腿上部。①

作为大院教育体系公认的尖子生，"秧鸡"在学生拍卖会上早早被沃特森-克里克大学以高价挖走，开始为生物技术公司研究转基因技术。沃特森-克里克的学生对他们的发明享有一半的专利使用费，因为"这是一种强有力的刺激"②。大学里到处都能见到"典神"（典型神经），即"负天才基因"③，换句话说，这里是天才科学家的聚集地。这所大学同时被学生们戏称为"阿斯伯格大学"（Asperger's U.）④："学校里聪明而古怪者大有人在，他们或漫步或蹦跳或蹒跚而行于走廊间。近乎孤僻，总体而言；思想单一，眼光狭窄，显而易见的社交无能。"⑤然而，这些性格乖张、举止古怪的未来科学家却得到了当时社会"高度的宽容"⑥，沃特森-克里克的大学生还未毕业便遭到众多大院哄抢。

"秧鸡"走上工作岗位后，汇聚一帮技术弄潮儿，组建了转基因

---

① 玛格丽特·阿特伍德：《羚羊与秧鸡》，第 76—77 页。
② 同上书，第 210 页。
③⑤⑥ 同上书，第 201 页。
④ 另译"孤僻者大学"（参见韦清琦、袁霞译本，第 201 页）。"Asperger"一词取自"Asperger syndrome"，意为阿斯伯格综合征，这是一种心理疾病，病患多为少年，有健全的智力和语言能力，却举止孤僻，社交能力低下。

技术团队,大肆篡改自然密码,将地球变成了一个实验场地,可以随心所欲进行实验。他认为自然和上帝一样,需要被人类关进笼子。"秧鸡"的态度表明,自然在这些技术精英眼里已经失去神性,是可以随意摆弄的对象。布鲁诺·拉图尔(Bruno Latour)曾对"复数的科学"(the sciences)和"大写的科学"(Science)进行过区分,他认为,前者指的是科学家创立和从事的多样化的理论与活动,包括不断变化的、非统一的、非整体化的待处理问题的体系,与"外部现实的多元性"相关;后者意味着具体化的、统一的"神话",从而掩盖科学事实上的偏颇性、暂时性和争议性:"大写的科学"通过声称拥有统一的自然而获得社会权威。拉图尔指出,"大写的科学家"篡夺了准宗教权威,他们认为自己既拥有改造自然世界的权力和能力,也拥有"像近代摩西"一样回归主观社会世界的优先权,带回"无可争议的科学法规"。[1]"秧鸡"就是这样一位"大写的科学家",他想替代上帝,"创造一个第二世界,在那个世界里,大自然只需为我们的新创造提供材料而已"[2]。

当科学被奉上神坛之时,文学艺术却在一步步走向没落。吉米虽与"秧鸡"是好友,性格却截然不同。他成长于浓郁的科学氛围中,父母皆是基因学家和微生物学家,奈何"不是搞数字的料"[3],"用奥根农场的'数学-化学-应用生物学'的标准衡量,他是属于那种没有过人之处的正常孩子"[4]。吉米是一个不折不扣的"文字人"(word person),喜欢舞文弄墨。在一个人人争相追逐科技梦想的年

---

[1] Bruno Latour, *Politics of Nature: How to Bring the Sciences into Democracy*, trans. C. Porter (Cambridge: Harvard University Press, 2004), 9-11, 249.
[2] 弗罗姆:《占有或存在》,杨慧译,国际文化出版公司1989年版,第1页。
[3] 玛格丽特·阿特伍德:《羚羊与秧鸡》,第76页。
[4] 同上书,第52页。

代,吉米就像个异类,时不时受到同学嘲笑。高中毕业后,他好不容易被录进玛莎·格雷厄姆学院,一座与沃特森-克里克有着天壤之别的人文艺术类学校,以演戏、唱歌和舞蹈等表演艺术为特色专业。虽然各种旧的表演形式还在苦苦支撑,但在一个数字手段能够改变所有旧材料的时代,玛莎·格雷厄姆如同末日黄花,这里"发生的一切就像是学习拉丁语,或者装订书籍:使人在沉思默想中自得其乐,本身的影响却日薄西山"①。创造性艺术因为很难被工具化,常常被视为缺乏价值,是可替代的技能。玛莎·格雷厄姆只能调整科目安排的重心,转向更实用的课程,换言之就是将艺术货币化,而学院原先的格言"艺术是长久的,生命是短暂的"也被"我们的学生毕业时就具备了适宜从业的技能"取而代之。② 吉米主修的应用修辞学市场需求不大,在最理想的状况下,他毕业后的出路无非就是给一些大公司装点门面,"用华丽而肤浅的词藻去粉饰这个冰冷、坚硬、数字化了的现实世界"③。

阿特伍德在《羚羊与秧鸡》中推测了人文学科以及以非功利性知识生产为目标的大学的解体,因为在小说所描写的社会组织中,知识是由金融资本的商业实践及其效率工具(算法和功能技能)所定义的。有学者指出,在这个未来社会里,"辨别生活是否有意义的主要机制不是种族和族裔,而是性别、阶级以及'文字人'和'数字人'之间的区别"④。在玛莎·格雷厄姆的日子里,吉米热衷于进入图书馆查看尚未被数字化、未被销毁的实体书,还喜欢搜集由于

---

① 玛格丽特·阿特伍德:《羚羊与秧鸡》,第193页。
②③ 同上书,第194页。
④ J. Paul Narkunas, "Between Words, Numbers, and Things: Transgenics and Other Objects of Life in Margaret Atwood's *MaddAddams*," *Critique: Studies in Contemporary Fiction*, 56.1 (2015): 11.

语言的简化而从词典中被抛弃的复杂词汇:"激励他的因素有一部分出自固执;甚至是仇视。现行体制把他扫入了等外品,他正在钻研的知识——在决策层面,即有真正权力的层面上——被视为过时了的、浪费时间的东西。"① 吉米做不了功利主义者,他唯有沉溺在对过去的文字和书籍的纪念中,从那些文字的多重意义里寻找解脱。阿特伍德笔下的吉米并非矫正工具主义的"解药",他只是个因自怨自艾而麻木的人,在虚假的怀旧或幻想中寻求安慰。阿特伍德试图通过吉米这一角色来表达人文主义面临的困境:语言的丧失如何导致概念、记忆、历史以及经验的丧失,最终限制思维的范围。

在技术的强攻之下,人文艺术节节败退。《羚羊与秧鸡》中有一个场景描写了吉米和"秧鸡"关于艺术价值的争论,吉米辩护道:"当所有文明都灰飞烟灭之后……艺术是惟一能幸存的东西。形象,文字,音乐。充满想象力的建筑。意义——指人类的意义——就是由它充当注脚的。"② 可笑的是,大灭绝发生后,自称拥有所有生物中最强大智慧和力量的人类遭到了毁灭,随之消失的还有人类的艺术成果。有限的几个地球人幸存下来,与"秧鸡人"以及其他转基因动物一起在废墟上游荡。"秧鸡人"是由"秧鸡"率领的团队创造的,由于"秧鸡"对人类身上的社会特征——比如词语、语言和文化——有着诸多不满,便在打造这些人造人时将之一一去除了。"秧鸡"认为,人类会通过语言文化等象征体系建构复杂的、不确定的、派生的意义,从而产生无理性的痛苦,因此他不希望"秧鸡人"具备符号思维:"要提防艺术……他们一旦搞起了艺术,我们就有麻烦

---

① 玛格丽特·阿特伍德:《羚羊与秧鸡》,第202页。
② 同上书,第172页。

了。"① 在"秧鸡"看来,"任何种类的符号思维都显示着堕落。下一步他们就会发明出偶像、葬礼、陪葬品,以及来生,以及罪过,以及 B 类线形文字,以及过往,接着便有奴隶制和战争"②。"秧鸡"相信自己可以将阅读、写作和符号体系从"秧鸡人"身上根除,从而使他们无法重建毁灭后的世界。然而,剔除了符号体系的"秧鸡人"不过是猿类和人类 DNA 的混合体,他们没有对错的概念,没有伦理道德,也不知道该如何应对灾后弱肉强食的世界。

极具讽刺意味的是,"秧鸡"毁灭了人类,唯独放过了好友吉米,恰恰因为吉米是"文字人",身上具备拥有科学头脑的"专才"们所缺乏的品质。照"秧鸡"的话来说,吉米是个"通才"③。吉米不仅能花上几个小时看书,表现出忍受无聊的巨大能力,而且作为一个"通才",他能适应难以想象的全新环境。然而,从另一方面说,"秧鸡"把这些人造人交给吉米,也就表明让他们有了接受语言教学和象征性思维的机会,这与他最初的设想是背道而驰的。从《疯癫亚当三部曲》的最后一部《疯癫亚当》来看,"秧鸡人"后来的确传承了吉米和"上帝园丁"追随者们创建的神话起源故事与新神学信仰。这或许是阿特伍德带给读者的一点警示,不管生物学和基因工程可以在多大程度上塑造人类行为,我们依然不能忽视其局限性。唯有摒弃社会生物学的傲慢,重视人文主义的力量,人类社会才能健康发展。

二、垄断资本的危险

随着全球化的推进,垄断资本主义不断增强,"垄断的形式日益

---

①② 玛格丽特·阿特伍德:《羚羊与秧鸡》,第 373 页。
③ 同上书,第 333 页。

表现为帝国主义国家的企业对世界经济的主导"[1]。《疯癫亚当三部曲》所描写的末日前的世界是由垄断帝国主义的市场资本主义所统治和定义的，其特征是资本凭借自己独一无二的能力与政治、军事、法律等强制权力加以分离，形成一种独立的力量，并通过占领与控制全球市场来实现霸权。在《疯癫亚当三部曲》中，大型生物技术公司在全球范围内主导着商业活动，这是一个没有边界的资本主义世界，民族国家及其政府不再是真正的权力单位，权力属于强大的公司实体，即大院，它们彼此之间为了市场份额和人力资源进行残酷的竞争，甚至不惜干出蓄意杀害科学家、盗窃实验室新产品的龌龊勾当。

从某种程度上说，《疯癫亚当三部曲》中的大院类似于极权组织。虽然国家似乎已缺席，但军队依旧存在。大院的安危不是由各自国家的安全机构负责，而是处于公司警的监管之下，公司警可以对人民生活行使巨大权力。因此，"大院"作为一个未来的符号，预示着垄断帝国主义的市场逻辑：在这个帝国中，民主已不复存在，文化和教育等上层建筑不得不屈从于资本的奴役。

吉米的父亲将大院的极权统治比作封建主义，其安全措施完全是排他性的："国王和公爵住在城堡里，四周是高大的围墙、吊桥以及城墙上的射孔，这样你就能把滚烫的柏油浇到敌人身上。"根据吉米父亲的说法，建造大院时"也是这么想的"[2]。大院拥有高高的防御墙，每隔一段有瞭望塔，塔内有探照灯、监控摄像机、远程喷枪

---

[1] 约翰·贝拉米·福斯特：《帝国主义的新时代》，王宏伟译，《国外理论动态》2003年第12期，第11—14页。此处转引自贾学军：《新帝国主义是更为凶险的帝国主义——福斯特对新帝国主义的经济与生态的双重批判》，《南京政治学院学报》2018年第6期，第59页。
[2] 玛格丽特·阿特伍德：《羚羊与秧鸡》，第30页。

等设备,一旦城下有任何异动,塔内的警卫便能锁定目标,按下控制开关。阿特伍德在此强调了垄断帝国主义和封建主义的相似性:两者都助长了基于阶级的社会不平等和敌意。封建领主靠下层阶级的劳动为生,而大院则利用人类的希望和恐惧,通过创造和纵容消费主义的欲望,来聚敛平民的钱财,并互相算计。这种比较凸显了资本主义向帝国主义发展阶段的专制和不民主。

由于国家边界已然变得无关紧要,世界被分割成了两个截然不同的部分:一面是大院员工及其家庭,他们在大院之内过着奢侈的生活;另一面是脏乱不堪的杂市,三教九流混杂于其间。① 随着感染和其他危险的增加,大院内的特权人士意识到他们最好都住在一块儿,因为"这里的生活流程都是万无一失的",而大院的"围墙、大门和探照灯之外的事物都深不可测"。② 杂市就是大院围墙和大门之外的事物,在大院人心目中,杂市居民就如同截然不同的物种。多数大院人用势利的眼光看待自己所缺乏了解的杂市,认为那是个肮脏、无趣的商业巢穴,"没有精神生活可言"③,大院人居高临下的假设与发达国家对第三世界国家的态度类似。吉米在穿越杂市的子弹列车里往外张望时,不由惊叹于一排排肮脏的房屋、冒着烟的烟囱以及巨大的垃圾堆:"杂市里的一切似乎都那么不着边际,那么松弛懈怠,那么容易穿透,那么一览无遗。那么受偶然性的左右。"

---

① 这与弗朗茨·法农(Frantz Fanon)在《全世界受苦的人》(*The Wretched of the Earth*)中提出的"分割了的(compartmentalized)世界"类似:"殖民者居住的地区全是由石头和钢筋制成,坚固耐用。这个地区到处都是灯光和铺了石子的道路,垃圾箱里总是溢出陌生而奇妙的垃圾和令人想象不到的剩菜……被殖民者的地区,或者至少是'当地人'的住处,棚户区、非欧洲人居住区、保留区,则破烂不堪,住在那里的都是邋里邋遢的人。" Frantz Fanon, *The Wretched of the Earth*, trans. Richard Philcox (New York: Grove Press, 2004), 4 - 5.
② 玛格丽特·阿特伍德:《羚羊与秧鸡》,第 29 页。
③ 同上书,第 204 页。

这种"偶然性"使杂市显得"神秘而刺激。同时也充满了危险"。[1]这些表述又与殖民者将殖民地他者神秘化的心理何其相似。

尽管内部流程万无一失，但由于垄断集团之间矛盾重重，各个大院依然处于极端的恐惧中，无时无刻不在提防"其他公司、其他国家、形形色色的小集团以及阴谋家"[2]。每家大院都建立了严密的防范措施，并拥有严厉的刑罚制度，以防止自家员工泄露公司秘密，或者用来平定叛乱，任何有可能损害大院商业计划的行为都会惨遭镇压。"秧鸡"的父亲打算将公司在维生素药丸里植入病毒的消息公布到网站上，被大院高层察觉，最后他被推下了杂市的高架桥。吉米的母亲公开质疑大院的研究成果，不愿与之同流合污，逃出大院，后来遭到公司警处决，他们罗织了不少关于她的罪名：煽动暴乱、加入非法组织、阻挠商品流通、危害社会的谋反罪等。

在《疯癫亚当三部曲》所呈现的全球资本主义秩序中，种族之间的对立和国家之间的对立在很大程度上变得无关紧要，它们已被新帝国资本机器所分隔的不同经济阶层之间的对立取而代之。荷尔史威瑟大院在维生素药丸里植入病毒，该药丸的目标群体是杂市。杂市是大院的客户群，为后者创造了数不清的利润。大院将杂市居民当作试验品，并从中获得暴利。按照"秧鸡"的说法，这是"我们的东西变金子的地方"[3]。雷吉文-埃森思在研究"喜福多"药片时，经常去穷国寻找临床试验者，"付他们几个钱，他们连吃了什么药都搞不清"，而这些志愿者最后却因实验失败承受着各种各样的痛苦："有两个参加试验的人做爱做得送了命，有几个攻击了老太太和

---

[1] 玛格丽特·阿特伍德：《羚羊与秧鸡》，第204页。
[2] 同上书，第30页。
[3] 同上书，第299页。

家养的宠物，在另外几次试验中不幸发生了阴茎异常勃起并导致破裂的事故……有一个志愿者的表皮上长了一个硕大的生殖器疣，看起来真是触目惊心……"[①] 大院的触角伸向世界各地，从中攫取最大的利益，其结果是将整个世界拖入危险的境地。"转基因咖啡战"是垄断资本运作的一个例证，荷尔史威瑟的一家子公司开发了一种基因拼接的高产咖啡豆——"乐一杯"，在全球销售，从而将小种植园主及其雇工"推到了忍饥挨饿的贫困境地"[②]，引发了一场全球性的抵制运动：澳大利亚的码头工人拒绝为"乐一杯"卸货；美国发生了"波士顿倾倒咖啡事件"……大型骚乱爆发时，"乐一杯"的员工有的遭遇汽车炸弹，有的被绑架，有的被狙击手暗算，有的命丧于乱棍之下；而在另一方面，农民则遭到了多支军队的围剿，"有许多国家卷了进来"[③]，因为这些国家都对资本帝国主义事业持支持态度，为了维护共同的事业，与之相对抗的经济阶层则遭到了弹压。

在垄断帝国主义阶段，财富的创造过程推动了自然物的直接资本化，导致整个生产体系被浪费和破坏。各个大院在利益争夺战中过分注重资本积累的金融化，无视生产过程是否合理，将自然系统的可持续性抛诸脑后，"使所有自然物的使用价值、人类的福祉以及生命本身遭到侵蚀，导致了不断加重的社会-生态问题"[④]。由于全球经济中存在不平等关系，贫穷国家受到的影响更大，其自然物和经济剩余是大院觊觎的对象。大院借助资本流动，对全世界的社会空间和自然空间进行重新配置，并利用最直接粗暴的手段掠夺资源，

[①] 玛格丽特·阿特伍德：《羚羊与秧鸡》，第 307 页。
[②][③] 同上书，第 185 页。
[④] John Bellamy Foster, "The Epochal Crisis," *Monthly Review*, 65.5 (2013). 转引自贾学军：《新帝国主义是更为凶险的帝国主义——福斯特对新帝国主义的经济与生态的双重批判》，《南京政治学院学报》2018 年第 6 期，第 60 页。

进一步破坏了全球生态系统的整体性。《疯癫亚当三部曲》中的环境危机的根源就在于侵略性的垄断资本主义：在垄断帝国对经济利益的极度追求下，人类进行毫无节制的开发，最终引发了全球性的生态灾难。荷尔史威瑟为了大面积种植"乐一杯"咖啡豆，不惜摧毁云遮雾罩的热带雨林，对当地自然资源造成了毁灭性影响。在人类的劫掠下，曾经是生命摇篮的海洋变成了死亡之地：墨西哥湾的"巨型死亡地带"、伊利湖和黑海一带的"死亡海域"、纽芬兰"荒废的大浅滩"和"日渐凋亡、惨白开裂的"大巴里尔礁等。① "秧鸡"作为大灭绝的推手，早就洞察了人类作为一个物种的"忧患深重"："我们占有的时空越来越不够用了。在地缘政治版图的边缘地带，对资源的需求超过供给已有几十年了，所以才会发生饥荒和旱灾。"②这也是"秧鸡"铤而走险、制造"喜福多"节育药降低人口的初衷，并最终导致了人类的灭亡。

三、技术的伦理局限

在现代社会里，尖端科技日益渗透进人们的日常生活。人类社会从未像今天这样对以现代生命技术和微电子信息网络技术为代表的高科技表现出如此深刻的伦理忧虑，主要是因为这些技术所具备的三个显著特征："其一，明显的'反自然'特质：基于对自然运动规律的某种认识而采取的一种逆自然生成方向活动的特征；其二，深入物质内部，尤其是生命存在的最精微、最隐秘部分，并对其做特定意向性改变；其三，改变既有的时空关系。"③ 现代技术的这三

---

① 玛格丽特·阿特伍德：《洪水之年》，第 203 页。
② 玛格丽特·阿特伍德：《羚羊与秧鸡》，第 306 页。
③ 高兆明：《新技术革命时代的伦理问题》，参见"中国网"，2008 年 1 月 17 日。

个特征显示了人类无与伦比的能力，同时却又"标识了现代人类生存方式所面临的空前不确定性与风险性"①。人类发明技术、利用技术，却也受制于技术。现代技术将人类带到了与自然前所未有的对立状态，从根本上冲击着既有的伦理体系和伦理秩序。

《羚羊与秧鸡》出版后，人们为小说所展示的世界感到无比震惊，它所描写的场景叫人觉得如此陌生："不是因为其中展现的军事或国家权力，而是由于对科学知识的滥用，基因工程创造了转基因怪物和类人生物。"②在这个充满讽刺意味的未来场景中，社会机构全面投降，改由公司控制。邪恶的公司警篡夺了政府的角色，象征着走向疯狂的全球化和新自由主义。这是个暗淡无望的未来世界，"科学和全球资本主义取代了日常生活中的所有道德责任感"③。生物科技、全球资本和跨国公司文化消除了人类关怀伦理的所有可能性，正如劳伦斯·E. 施密特（Lawrence E. Schmidt）和斯科特·马拉托（Scott Marratto）在《技术社会中伦理的终结》（*The End of Ethics in a Technological Society*）中所阐述的，我们对技术的信任和依赖已经取代了我们对人类行为准则的信任。由于没有明确、一致的道德准则来评判技术创新，我们就只剩下"现代项目核心的隐性虚无主义"，这就导致我们得出"我们做什么都无关紧要"的结论。④

《羚羊与秧鸡》自始至终笼罩着悲观气氛，阿特伍德在小说中深

---

① 高兆明：《新技术革命时代的伦理问题》，参见"中国网"，2008年1月17日。
② Coral Ann Howells, "Margaret Atwood's Dystopian Visions: *The Handmaid's Tale* and *Oryx and Crake*," Coral Ann Howells, ed., *The Cambridge Companion to Margaret Atwood*, 163.
③ Mark Bosco, "The Apocalyptic Imagination in Margaret Atwood's *Oryx and Crake*," J. Brooks Bouson, ed., *Margaret Atwood: The Robber Bride*, *The Blind Assassin*, *Oryx and Crake* (New York: Continuum, 2010), 159.
④ Lawrence E. Schmidt and Scott Marratto, *The End of Ethics in a Technological Society* (Montreal: McGill-Queen's University Press, 2008), 164.

入剖析了现代性对非人类自然的操弄,以及由此造成的全球范围内"荒野自然"的消亡。幸存者吉米是现代世界的鲁宾孙,在技术文化的残骸中艰难度日。他回忆起世界末日之前的日子,科技精英们住在人造的大院里,利用手中掌握的技术毫无节制地进行各种创新。他们似乎可以在涉猎的一切领域为所欲为,但与此同时,对于技术会给人类造成何种后果,这些科学家却没有清晰的认知。以器官猪所代表的异种器官移植为例,科学家将人类遗传物质植入猪体内,目的是生产出人类的内脏器官。这种转基因技术跨越了物种屏障,打破了物种类别的固定概念,使人类和动物之间的既定界限变得模糊。随之产生的是一系列问题:如果我们将人类新皮质组织植入猪体内,再将其植入人类体内,那么物种界限究竟在哪里?成为人类这种生物需要多少人类基因?这些猪-人杂交种的状况如何?他们有什么合法权利?所有这些问题都可能挑战传统上公认的以物种为基础的道德观和伦理观。"秧鸡人"的诞生再次打破了物种间的界限,同时改变了人性,"使人的繁殖条件彻底地与两性交媾分离开来,普遍优生,繁殖人造人甚至混种怪物都变为可能……随着生物实体界限的改变,像生命、死亡、亲子关系、肉体身份以及两性差异等这些以往最牢固的象征制约因素,都将变得岌岌可危"[1]。而技术的无底线变革最终引发的是人类物种的消亡。虽然到了《疯癫亚当》中,人类和"秧鸡人"孕育出了新生命,似乎在灰暗的底色上涂抹了一丝亮色,但这种杂交人的未来如何,小说并未涉及。阿特伍德书写《疯癫亚当三部曲》的目的非常明确,她是想告诉我们,在我们身处的时代,当科学家们利用最先进的技术进行各种试验,越来越多地

---

[1] François Balmès, *Structure*, *Logique*, *Aliénation* (Toulouse: Érès, 2011), 16. 译文转引自齐泽克:《事件》,王师译,上海文艺出版社 2016 年版,第 66 页。

"对我们生存的世界指手画脚"时，我们应该警醒这种行为"有可能产生的伦理和环境后果"①。人类以何种态度和何种方式从事社会实践活动，都将直接作用于人类历史的演进轨迹。

与生命技术一样，信息技术对人类生活的影响也是革命性的。它从出现伊始便改变了人们所熟悉的时空观，并使现实世界具有了"虚-实"二重性特质。近几年来，人工智能的推广和应用对人类世界产生了巨大冲击，自然、机器与人的自然生命之间的关系日益变得模糊起来，人们对生命及存在的认识也在发生改变。在《最后死亡的是心脏》里，阿特伍德便把目光投向了人工智能领域，对性爱机器人所造成的伦理问题进行了探讨。

小说刻画了一个如同人间炼狱般的未来世界：一场经济灾难使美国东北部地区沦为弃土，环境污染，百业凋敝，匪帮横行。封闭管理的康西里恩斯小镇上秘密进行着一个高盈利项目：性爱机器人项目。管理方根据终端用户各式各样的需求，制造出符合其特殊性爱口味的机器人。机器人的部件由城外运来，在车间里安装、缝皮并试用，最终将成品发往世界各地。装配线上的情景令人毛骨悚然：

> 大部分活儿都由机器人完成——把一个部件与另一个部件拼装，机器人制造其他机器人……传输带输送着大腿、臀部关节和躯干；一盘盘的手，左手和右手。这些身体部件是人造的，它们不是尸身上的部件，但效果却很恐怖。一眼瞥去，就像是在停尸房……或是屠宰场。唯一的不同是这里没有血。②

---

① Brooks Bouson, "Introduction: Negotiating with Margaret Atwood," J. Brooks Bouson, ed., *Margaret Atwood: The Robber Bride*, *The Blind Assassin*, *Oryx and Crake*, 17.
② Margaret Atwood, *The Heart Goes Last* (New York: O. W. Toad Ltd., 2016), 281.

由于用户需求不同，成品机器人也是形形色色，不仅体味不一样，而且面部表情千变万化，"有表示欢迎的，有羞怯迟疑的，有淫荡好色的"①。有的模仿明星长相（如猫王和梦露），有的模拟现实生活中的真人。车间里甚至还生产"儿童性爱机器人"（kiddybot），专供一些有怪癖的客户。虽然从整部小说来看，有关性爱机器人的情节不多，但因描述细致传神而传达出一种"超现实的效果"②，叫人心生恐惧。

性爱机器人并非阿特伍德想象中的产物。2004 年上映的电影《复制娇妻》(*The Stepford Wives*) 中就已有它们的身影，2015 年的热门美剧《真实的人类》(*Real Humans*) 更是让性爱机器人成为人们关注的焦点。在现实世界里，自从荷兰开发出比较笨重的机器人之后，人类已根本无法阻止这一领域技术发展的步伐：Pepper 机器人能读懂人们脸上的表情；日本生产的模拟人逼真到不仅有体温，而且遇到特定刺激身上还会起鸡皮疙瘩；加利福尼亚研制出了能说话的性爱机器人……阿特伍德指出，我们如今可以制造许多精密灵巧的玩意儿，但与此同时，我们"可能正进入一个技术乌托邦"③。她对机器人在两性关系中扮演的角色并不乐观，认为性爱机器人可能会伤害人类关系，包括成人和儿童的关系、异性关系以及同性关系。《最后死亡的是心脏》里那些千奇百怪的性爱机器人暴露出许多难以摆脱的伦理困境："性爱机器人模仿人或物是否该有个限度？设计出这些与未成年人相似的玩具对不对？让它们模拟大活人——在

---

① Margaret Atwood, *The Heart Goes Last*, 291.
② Ibid., 302.
③ Steve Paulson, "What Choice Would You Make?: Margaret Atwood & Steve Paulson Discuss Dystopias, Prostibots & Hope," 14 January 2016, accessed 15 February 2016, http://electricliterature.com/what-choice-would-you-make-margaret-atwood-steve-paulson-discuss-dystopias-prostibots-hope/.

没有得到允许的情况下——是否道德？这种技术是否有可能过了头，脱离了伦理道德控制下的理性范围？"[1] 任何事物都有正、反两面，科学技术的确能为人类解决许多问题，但同时会使我们为它所奴役。如果我们认为我们已经准备好了与没有感觉能力的性爱机器人建立身体上的亲密关系，也许我们是在抛弃人类最重要的情感特征，真正变成性刺激的奴隶，"用性冲动取代必不可少的心跳"[2]，在使我们被物化的同时将两性关系推向无底的深渊。

不管是生命技术还是信息技术，它们都是有局限性的。因此，人类在应用这些技术时，必须具有长远的眼光和成熟的智慧，否则稍有不慎，就会像阿特伍德笔下的世界一样，面临灭顶之灾。

第三节 绝境中的生存

科技的发展和进步使人类从蒙昧走向了文明，然而，近百年来高歌猛进式的开发却将人类自己逼入了绝境。人口膨胀、环境污染、气候恶化、资源枯竭……由于人类无休止地搜刮自然，我们赖以生存的地球已遍体鳞伤。当天空不再蔚蓝、森林不再茂密、土地不再富饶，曾经美丽的家园失去了往日的灵气，我们该何去何从？庆幸的是，在残破的风景里，我们依然在寻寻觅觅，寻找生存的希望，即使生存似乎已变得越来越艰难。阿特伍德曾在短文《无望》（*Hopeless*）中写道："希望需要将来时态，这只会让你贪婪，让你变成囤积狂：你会为了未来去积攒，但那就像雷声，只是个回声，一个反向的梦……可我还是心存希望。"[3] 人类对环境的责任是文本的

---

[1][2] Jon Pressick, "Margaret Atwood's *The Heart Goes Last*: Love, Dystopia and Sex Robots".
[3] Margaret Atwood, *Murder in the Dark* (Toronto: Coach House Press, 1983), 57.

伦理指向的一部分，在阿特伍德看来，人类与其在绝望中等死，不如试着在绝境中创造希望。

一、遵循生命周期

生命周期（life cycles）是一种更高级别的自然秩序。阿特伍德对它的兴趣得益于父亲，他的研究专长是大自然中的昆虫，阿特伍德在耳濡目染之下对自然生命的周期有了深刻的了解。她相信各种自然生物之间是有序联系的，这种联系产生于死亡和生命之间的统一。如果换个角度来看，死亡其实是一种"变形"（transformative death）[①]，是生的开端。死/生关系发生在维持生态系统的自然生命周期内。死亡与生命之间的联系，或者更确切地说，自然界中从死到生以及从生到死的不断蜕变消除了人类关于生与死的自相矛盾的观念。

所有生物都有自己的生命周期，有的只有几小时，有的能持续数百年。一般来说，生命周期是体现自然界平衡系统的最明显的表现形式。如果一个周期碰巧在某个时刻因为某种形式的干预（自然干预，大部分是人类干预）而被打破，生命就会失去平衡，随之而来的是物种灭绝和栖息地丧失等灾难性后果。正因为生命周期的重要价值，阿特伍德曾在诗歌和小说中一次次地回到这个主题。

《真实的故事》中的诗歌《蓝矮星》（"Blue Dwarf"）探讨了无尽的自然生命周期内生、死的主题及其相互关系。诗歌描写的是春天，叙述者沉浸在对自然的独白中，思考自然世界的生死循环。在

[①] Kathryn VanSpanckeren, "Shamanism in the Works of Margaret Atwood," Kathryn VanSpanckeren and Jan Garden Castro, eds. , *Margaret Atwood: Vision and Forms* (Illinois: Southern Illinois University Press, 1988), 193.

诗歌第一节，叙述者徜徉在大自然里，心头萦绕的是一连串问题：死亡是生命注定的终结吗？如果不是，死后会发生什么？……叙述者周围的小根苗和昆虫仿佛在回答，死亡孕育了生命，就像树死后倒伏在地，它的死亡是开始另一种形态的生长之旅："树的葬礼……不是向上埋而是埋下去。"① 昆虫以其根、干和枝为食，新鲜的小根苗在死树周围的沃土上生长，死树的营养和矿物质随着它的分解而返回大地。死亡以这样一种方式奇迹般地转变成生命，在丰饶的大地上繁衍生息。

第二节非常短，总共三行，提出了"一个难题"，即"你死之后/你怎么处理自己/还有之前又如何"②。这是在承接上一节对自然生命传承的思考。对于这个问题，叙述者在第三节给出了答案。诗人通过细致的刻画，向读者展现了自然界某个元素消亡时会发生何种现象。

叙述者站在李子树林间，无法抵制甜美果子的诱惑，便爬到树上摘果。"当我爬上去，树枝与叶子/在我的靴底剥落。"靴底像一把锋利的刀，割落了树皮。有些枝叶落到地上，"它们消失进骨头色的/草地＆紫红色的紫菀"。这是枝叶的葬礼，同第一节中树的葬礼一样，它们踏上了分解和变形的旅程，滋养着草地以及草地上的花朵。另外一些枝叶则"躺在岩石与散发臭气的旱獭/中间"，这里的"臭气"其实是一种天然有机肥，为大地添加重要的营养物质，以帮助其他植物健康生长。从树上掉落的李子也经历了同样的分解过程：

　　爆裂＆皱缩

---

① 玛格丽特·阿特伍德：《真实的故事》，载《吃火》，第397页。
② 同上书，第397—398页。

而渗出的汁液&甜蜜的核子&黄色

果肉却依然

燃烧，凉爽，发蓝

如同古老星辰的核心①

诗人使用了跨行连续的手法来表明自然形态转换的连续性。李子的掉落并未终结其生命，相反却充满了力量，而它们躺在地上时的样子就像燃烧的蓝矮星。蓝矮星是恒星生命周期的一个阶段，"代表着一颗曾经是红巨星的（恒星）接近一种非常致密却又极小的最终形态"②。李子和古老的蓝矮星一样，也被认为是植物生命周期的一个阶段，它们燃烧储存能量，将能量转移到土壤中，再转移给生长在土壤里的其他植物。李子储存的能量也可以转移到其他以它们为食的生物身上，比如人类可以"捡拾那些完好的"，而一些尖嘴巴动物则"在它们中挖洞"。③ 不管是好李子还是腐烂的李子，它们都在自然世界无尽的能量转换过程中燃烧自己的生命，形成生态养分循环。

在这首描写生命周期的诗歌里，诗人通过不断的沉思和观察，寻找生与死的真正含义。对立的事物在自然界复杂的生命周期内重新组合并相互联系，确保了地球上生命的绵延不绝。自然世界的生命力取决于生与死的循环，唯有这样，有限的物质才能在生物圈内不停地流动。无论是生是死，每一种自然元素都像蓝矮星那样持续

---

① 玛格丽特·阿特伍德：《真实的故事》，载《吃火》，第398页。
② M. N. Doja, *International Encyclopedia of Engineering and Technology* (India: International Scientific Publishing Academy, 2007), 201.
③ 玛格丽特·阿特伍德：《真实的故事》，载《吃火》，第397页。

燃烧着。生与死并不矛盾，因为它们在"泥土把它自己/回归于自己"① 的生态循环运动中是相辅相成的。

对生命周期描述得最为彻底的是《疯癫亚当三部曲》的第二部《洪水之年》。小说一开始，被困于屋顶花园的托比就回忆起大灾变之前"上帝园丁"的谆谆教导："秃鹫是我们的朋友。它们净化大地。它们是上帝派来消解肉体不可或缺的黑暗天使。想象一下没有死亡的世界将会是多么可怕！"② 秃鹫是一种以食腐肉为生的大型猛禽，大多是吃哺乳动物的尸体。《洪水之年》开始的场景恰是人类灭绝于一场人造瘟疫之后，尸横遍野，地球成了秃鹫的乐园，"上帝园丁"的箴言在此刻似乎显得颇具讽刺意味，但其中蕴含的哲理却发人深省。阿特伍德在小说中通过园丁们的生死观向读者展示了自然界的生命周期。

园丁们肯定死亡是一种权利，而生命是一场挪用。所谓的挪用即能量转换的另一种表达方式。每一种生命都会去食用/挪用另一种生命，同时被其他生命食用/挪用，通过这种食物链实现大自然能量的不停转换。因此，自然的挪用之网不仅被园丁接受，还得到了颂扬。在"鼹鼠日"的布道中，亚当第一说道：

> 通过腐尸甲虫和清道夫细菌的辛勤工作，我们的肉体被分解，回归最原始的元素，滋养万物。古人保存尸体的做法——涂上防腐香料、覆盖饰品，然后装入箱子藏进陵寝——诱导我们膜拜毫无神性的灵魂的外壳，沦为拜物教——多么恐怖。而

---

① 玛格丽特·阿特伍德：《无月期》，载《吃火》，第 438 页。
② 玛格丽特·阿特伍德：《洪水之年》，第 3 页。

且，这也是极端自私的行为！待时辰到来，以自己的身躯回馈生命的赠予，这难道不是我们的本分吗？

日后你若捧起一把沃土，请默默祈祷，感谢所有曾生息于大地的生命。想象自己充满爱意地攥紧手指，握住它们中的每一个。因为它们必然与我们同在，共存于滋养万物的生命母质中。①

园丁死后，一般做法是将他们的尸体扔到某个空地上，"留给食腐者享用"②。但由于当时整个社会处于混乱状态，空地上的死尸常被做成"秘密汉堡"，或者炼成废油，因此更好的做法是将他们偷偷运到公园，埋在树下，成为堆肥。前夏娃第六皮拉认为死亡是一件值得庆贺的事，坚信"人应该自愿将肉身奉献给滋育万物的母体"③，她去世之后便埋在了遗迹公园，化作了滋养其他生物的沃土。

在"无水的洪水"涤荡城市、横扫星球之际，"上帝园丁"却早已预见到了这场瘟疫的到来，园丁们聚集在亚拉腊庇护所，聆听亚当第一关于"掠食者日"的布道：

在我们准备离开亚拉腊庇护所之际，让我们扪心自问，究竟哪一种更有福：食用或被食用？逃亡或追赶？施予或受惠？这些在本质上其实是同一个问题。很快它们将不再仅仅具有理论意义，因为我们不知道前方潜伏着何种超级掠食者。

如果我们必须牺牲自己的蛋白质来维持食物链的循环，祈

---

① 玛格丽特·阿特伍德：《洪水之年》，第166—167页。
② 同上书，第191页。
③ 同上书，第186页。

祷我们能够认同这种交换的神圣本质。如果我们更喜欢当盘中餐而不是食客的话,那我们就不是人类了。然而两者都是有福的。如果你必须交出生命,安息吧,你把生命交给了生命。①

在亚当第一看来,不管是作为食客还是成为食物,人类应该欣然接受自己的命运,两者都是受上帝恩泽的。如果某个人必须献出生命来滋养另一个生命,那也是食物链循环的一部分,其本质是神圣的。"上帝园丁"持有的其实是一种生态的人生观或世界观,人被视为自然体系的一部分,其福祉和利益与整体密不可分。此外,相互依存网络在很大程度上以物质挪用的形式存在。这种生态观将人类置于生态系统中的一员,如此一来,对死亡和掠食的肯定便包括了挪用时对食物起源的接受,以及对人类可用作其他生物的食物的接受。

死亡是生命体不可抗拒的自然法则,是自然生命周期的一个阶段。在自然世界里,个体的死亡是群体生命绵延的必要条件,试想一下,假如生命体生而不死,是否还会有生物的进化?一个只会老化而不会死亡的生命体该是多么可怕。因此,死与生是对立统一的,人类应该以智慧的方式对待两者之间的关系,用一种生态的人生观去看待自然界的生命循环。

二、学习自然之语

阿特伍德认为,自然界的所有生物、元素和现象都有一种不同于人类的独特的感官语言。在一次访谈中,阿特伍德指出了包括英

---

① 玛格丽特·阿特伍德:《洪水之年》,第355页。

语在内的欧洲语系和大自然语言之间的区别。她认为欧洲语系中的名词"坚硬、独立、明确……与动词（动作）分离"。她接着提出，"事实上，还存在着另一种看事物的方式"。① 阿特伍德所说的"另一种方式"就是不同于人类语言的自然语言。在阿特伍德看来，自然之语是鲜活的、有生命的，自然世界里的物体是"动词"，永远处于采取行动和做出反应的状态。因此，不能将它们仅仅视为死板僵硬的"名词"，否则，感知者会忽略他/她所见到的事物的意义。

在诗歌《与静物抗衡》（"Against Still Life"）中，阿特伍德批判了还原论者关于自然是静止和沉默的观点。这首诗的背景是在室内，第一节只有一句话："橙子在桌子中央。"② 这是具有工具理性的人类在看到桌上橙子时的第一反应：它是不确定的、没有特殊身份的物体，仅仅是橙子而已。当叙述者绕着桌子走动时却发现：

隔着一段距离
围着它转悠
说它是一只橙子
没有什么
和我们相关
这不够③

在上一小节，笔者分析了阿特伍德的生命周期观，阐述了其作品中体现的自然生物之间能量转换的生态思想。如果将生命周期观

---

① Jim Davidson, "Where were You When I Really Needed You? Interview with Margaret Atwood," Earl G. Ingersoll, ed., *Margaret Atwood: Conversations*, 92.
②③ Margaret Atwood, *The Circle Game* (Toronto: House of Anansi Press, 1998), 64.

放到这首诗中来考察,那么人类和橙子之间的同根同源关系便一目了然:橙子在有机遗骸(包括人类遗骸)上发芽,吸取能量,最终成熟。一旦成熟,人类便以它们为食并储存能量。人类死后则释放能量,让其他植物在上面生长……所有自然元素以这样一种方式相互关联。然而,当人们与自然界的某种物体隔着一定距离时,就无法达成理解与交流。有学者指出,自然"是一个只有通过共生才能充分体验(进而理解)的生命体"①,因此,叙述者在诗中声称自己无法"让它自个儿待着"②。她必须靠近橙子,"我想把它捡起/放在手中",然后"我想剥去/它的皮"。③叙述者拒绝从消费主义的角度或在人类语言的有限范围内将橙子视为一个纯粹的没有原初意义的词。通过重复"我想"一词,叙述者表明自己迫切需要消除对橙子真实身份的无知:"仅对我说/这是橙子并不够。"④叙述者希望自然语言能够通过橙子展现出来,她在橙皮下搜寻,"想要听到它不得不说出的每一件事"⑤。叙述者相信,每一种自然元素都是律动的生命,当人类表现出认真倾听的意愿时,它们便会讲述大自然的秘密,满足人类对自然世界的兴趣。橙子用的是自然之语,人类需调动全部感官去感知。而人作为自然界的一部分,只要敞开心扉、有足够的耐心,就一定能感知橙子的语言,橙子也不再"在阳光下:沉默"⑥:

……安安静静地:
要是我足够小心

---

① Eric Laferrière and Peter J. Stoett, *International Relations Theory and Ecological Thought: Towards a Synthesis* (New York: Routledge, 1999), 161.
②③④⑤⑥ Margaret Atwood, *The Circle Game*, 64.

拿起这只橙子并温柔地
握住它

我也许会发现
一枚蛋
一轮太阳
一只橙黄色的月亮
也许是一颗头颅。①

诗人使用了"安安静静地""小心""温柔地"等词,表明橙子是一种感觉敏锐的生物,必须倍加细心地握在手里。跨行连续的表达手法创建出一种快节奏,使读者感知到橙子的活力,感受到能量正由橙子传送给其他物体。橙子在诗人笔下拥有了许多独有的特征:它先是被比作象征生命起源的蛋;接着又被喻为太阳——地球上生命和能量的源泉,而太阳的形状象征了能量的循环转化;橙皮下的果肉则相当于橙黄色的月亮,这是人类或动物尸体腐烂后的头骨转化而来的能量。橙子最终成为"所有/能量的中心/栖息在我的手掌",它是能量转换、自然循环的一部分,可以形成任何形状,就像叙述者所说的,"能够把它变成/我所期望的任何事物"。② 叙述者可以选择吃掉橙子,吸收其能量;或将它埋进土里,等待新的生命破土而出。只要愿意学习,叙述者终能解码神秘的自然之语。

为了掌握由"动词"组成的、处于连续运动状态的自然语言,

---

① Margaret Atwood, *The Circle Game*, 65. 此处引用了周瓒的译文,见玛格丽特·阿特伍德:《圆圈游戏》,载《吃火》,第35—36页。
② Margaret Atwood, *The Circle Game*, 65.

人类必须与自然直接接触,学会在自然中进行冥想。冥想并非人类历史上的一个新概念;它从"(英国)文化,即中世纪的冥想传统中获取了早期的实践"[①]。然而,由于人类沉溺于现代化,冥想的价值逐渐缩水。人们渐渐从自然的生活方式中退出,转向充满人造物和工具特征的城市生活,在这样的生活中,冥想实践变得无比困难。即便如此,阿特伍德仍然坚持将冥想作为解码自然的一种方式,她认为,如果人类想要与自然有良好的接触,学习冥想这门语言是至关重要的一步。

《浮现》的女主人公最终决定留在荒野,亲近自然,了解埋藏在潜意识里的心声。她在冥想时甚至产生了幻觉,于幻镜中见到了已逝的父母双亲、被打掉的素未谋面的孩子以及本地的印第安神灵。通过冥想,她离本真性越来越近:她发现土地的真正主人是荒野上的动物(标明边界的鸟鸣声被看作"最基本的语言")和原住民(人们总是能感受到他们过去的存在),而印第安石壁画上的象形文字则是隐藏在现代混乱语言下的一种本真回归。

在《洪水之年》中,托比在屋顶花园的日子里跟着皮拉学会了冥想。当托比犹豫不决,考虑到底该不该继续留在"上帝园丁"组织时,是皮拉要她通过冥想做出决定,并给她调配了一种用菌菇做的药水,告诉她这种配方"会让你得到某种回应……大自然永不会背叛我们"[②]。托比喝下药水,在一株高大的番茄植物附近"以冥想的姿势坐下":

---

① Christopher Manes, "Nature and Silence," Cheryll Glotfelty and Harold Fromm, eds., *The Ecocriticism Reader: Landmarks in Literary Ecology* (London: The University of Georgia Press, 1996), 25.
② 玛格丽特·阿特伍德:《洪水之年》,第 176 页。

月光下，这株番茄看起来像全身覆盖叶片、身体盘曲的舞者，或者一只怪虫。

旋即，这株植物开始发光，藤蔓舞动，结出的番茄果像心脏一样怦然跳动。附近的蟋蟀开口说话：呱咦呱咦，咦哔咦哔，啊咦啊咦。

……

在她的眼皮背后她看见一只动物。它全身金色，有一双温柔的绿眼睛，犬齿，却长着卷曲的羊毛。它张开嘴，没说话，只是打了个哈欠。

它注视着她。她也回看它。[1]

自然界的语言无处不在，冥想是用"心"与自然交流，对之进行解码。就像皮拉所说的，托比在冥想中得到了"自然的回应"，那些自然界的植物和动物仿佛都在向她发出邀请，劝她留下。最终，托比依照皮拉的遗愿，接替她成了夏娃第六，负责照管蜜蜂和菌菇，包括每天与蜜蜂交流。

在《疯癫亚当》里，托比又是在关键时刻利用了冥想的力量。此时的托比成了幸存者中的核心力量，当她得知阿曼达怀有身孕，却因不知孩子父亲是彩弹手还是秧鸡人而处于崩溃边缘时，便决定做一次"增强冥想"，去皮拉化作堆肥的地方"咨询点事"。当然，托比并不是异想天开，要和死去的皮拉面对面交流，她是想与"内心的皮拉"接触。[2] 当"增强冥想"的药力上来时，她看到皮拉坟墓上的接骨木灌木丛里，白色的花朵如瀑布般开放，大大小小的蜜

---

[1] 玛格丽特·阿特伍德：《洪水之年》，第177页。
[2] 玛格丽特·阿特伍德：《疯癫亚当》，第244页。

蜂和蝴蝶飞舞其间。近在咫尺的地方,一头母猪带着五只小猪仔排成一列:

> 母猪没有动。她的头还是昂起,耳朵朝前竖着。巨大的耳朵,马蹄莲。她没有往前冲的意思。小猪仔原地不动,眼睛是红紫色的莓果子。接骨木眼睛。
>
> 然后有一个声音。从哪儿来的?像是树枝间的风声,像是老鹰飞翔的动静,不,像是冰做的燕雀,像是……①

据当时同在现场的"秧鸡人"黑胡子讲,皮拉是身披猪皮出现的,还跟托比说话了。皮拉用一种特殊的方式——通过自然界的语言——向托比传达了关于生命的观点。这种自然界的语言无法用人类语言表达,"那更像是一道波浪。水流,电流。一段亚音速长波"②。总之是流动的,而非静止的。托比听懂了自然之语,她在生命中余下的时间里都在践行对皮拉的承诺,协调人类幸存者和其他物种之间的关系。

大自然的语言是丰富而独特的,充满了生命的灵动。学习自然之语其实就是选择一种伦理立场,明了该如何在人类历史的"关键时刻"做出抉择,认真审视我们走过的道路,重新规划路线,纠正对自然的忽视或无视,远离无序状态,与自然达成最终的和谐。

三、追寻诗意地栖居

阿特伍德是一位有远见的作家,有评论者认为,阿特伍德心目

---

① 玛格丽特·阿特伍德:《疯癫亚当》,第249页。
② 同上书,第288页。

中的"艺术并不是为了'艺术'或'道德',而是为了'生存'"①。面对迫在眉睫的全球环境威胁,她在作品中竭力反对当前以人类为中心的思维定式,主张与地球建立生物中心的关系。对于自然和文化,阿特伍德表达了一种"并行不悖"("both/and")而不是"非此即彼"("either/or")的立场,这种包容的态度基于人的责任感,意在促进人与自然的统一,使人类能够在地球上诗意地栖居。

"诗意地栖居"出自弗里德里希·荷尔德林(Friedrich Hölderlin)的一首诗,德国哲学家马丁·海德格尔(Matin Heidegger)将它上升到哲学高度,意味着"地球上包括人类在内的所有自然实体自由、和平、和谐地共存"②。它涉及人类在自然界的地位,以及人类如何在不破坏自然的前提下对周围环境做出反应。栖居需要遵循一些原则,首先是对自然语言的深刻理解。正如上一节所提到的,阿特伍德认为大自然拥有自己的语言,并鼓励对其进行解码。其次是践行简单的生活方式,以绿色低碳和再生利用为主导思想。最后,栖居需要人们彻底改变,包括限制个人以及世界范围内的消费自由。例如在《偿还:债务与财富的阴暗面》中,阿特伍德建议改变世界结构,以便拯救地球,使人类拥有宜居的家园。

阿特伍德认为印第安人擅长在大自然中营造和谐的家园,他们身上有一种对简单、纯粹和健康生活的回归。为了环境,也是为了人类的福祉,她甚至建议加拿大人或许应该采取历史上的"白人回归印第安计划"(white-into-Indian project):

---

① Coomi S. Vevaina, "Margaret Atwood and History," Coral Ann Howells, ed., *The Cambridge Companion to Margaret Atwood*, 97.
② Jingcheng Xu & Meifang Nan Gong, "H. W. Longfellow: A Poetical-Dwelling Poet of Ecological Wisdom from the Perspective of Eco-criticism," *Canadian Center of Science and Education*, 5.5 (2012): 97.

如果加拿大白人能像原住民一样，对自然界采取更为传统的态度，少一些剥削，多一些尊重，他们或许还有可能扭转20世纪末环境急剧恶化的局面，还有可能拯救一块块荒野，这是他们一直想要，并希望能回归的地方。[1]

在阿特伍德看来，人类若想在大地上栖居，就必须抛弃人类中心主义态度，坚持生物中心主义理念，其基本精神是将道德关怀的范围扩展至"有生命的存在物"[2]。这种转变需要人们从自我意识转向生态意识，前者是以人类为中心的自然观，后者是对人类与非人类世界之间相互联系的认识。生态意识的概念将人类的角色从土地/自然征服者转变为地球生命团体中的一员。有学者认为，走向世界性变革的一步是改变社会行为，使之朝着"生成性"（generativity）而非"自我提升"（self-enhancement）的方向发展。具体来说，"生成性是指个人认为他们当前的行为会对后代产生影响，而自我提升是指与权力、财富和影响力相关的价值观"[3]。在这一语境下，生成性为生物中心主义的社会铺平了道路，而自我提升则是人类中心主义的同义词，最终将造成人类的自我毁灭。

但也有批评家质疑："如果我们解构了人类中心主义，是否会有地球中心主义或自然中心主义取而代之？"[4] 事实上，地球中心主义也好，自然中心主义也罢，它们同人类中心主义一样，都无法解决

---

[1] Margaret Atwood, *Strange Things: The Malevolent North in Canadian Literature*, 60.
[2] 林红梅：《生态伦理学概论》，中央编译出版社2008年版，第137页。
[3] Bertrand Urien and William Kilbourne, "Generativity and Self-enhancement Values in Eco-friendly Behavioral Intentions and Environmentally Responsible Consumption Behavior," *Psychology & Marketing*, 28.1 (2011): 69.
[4] Ning Wang, "Toward a Literary Environmental Ethic: A Reflection on Eco-criticism," *Neohelicon*, 36 (2009): 292.

当前的人/自然二元对立状况，反而只会使这场斗争从另一个角度继续下去，受害者仍将是人类。如此看来，世界需要的不是仅仅解构这种二元性，而是建构生物中心主义，这是生态批评的最终目标。

生物中心主义是一种信念，即"人类既不比其他生物好，也不比其他生物差……而是与自然界的一切生物平等"[①]。生物中心主义强调公平概念，能够解构文化与自然之间的冲突。在此背景下，生物中心主义成了和谐栖居的基本理念。阿特伍德主张文化与自然结合的必然性，在她看来，文化并非万恶的建构，毕竟是文化造就了人类。她既反对人类对自然的伤害，也反对人类为了自然而受害，而是寻求一种生物中心的立场，这一立场超越了所有环境辩论中常见的胜利者/受害者关系。

诗集《苏珊娜·穆迪日志》是阿特伍德较早的作品，描写了加拿大早期拓荒者的生活及其对自然景观的不同态度，其中一些人（比如女主人公穆迪夫人）努力与自然成为朋友，另一些人则试图征服自然，在加拿大建立另一个欧洲文明世界的样板。阿特伍德通过该诗集刻画了穆迪夫人如何从一个冷漠的人类中心主义者逐渐转变为亲近自然的生物中心主义践行者。

诗集共分三个部分，第一组日志从 1832 年延续到 1840 年，描述了穆迪夫人初至加拿大时在偏僻丛林里的生活。诗集一开始就确立了穆迪夫人的文明身份与荒野之间的冲突，她在魁北克登陆时体验到了与土地之间的格格不入：她的"装束"，她的"步态"，她"拿在手里的物品"（一本书、一只装着针织物的袋子）以及她的"粉色披巾"，都在对外展示着欧洲文明的成果，与周围荒凉的景

[①] Abolfazl Ramazani and Elmira Bazregarzadeh, "An Ecocritical Reading of William Wordsworth's Selected Poems," *English Language and Literature Studies*, 4.1 (2014): 7.

色——"小山狭长，沼泽、贫瘠的沙滩"——形成鲜明对比，① 这种对比是她情绪混乱的原因。穆迪夫人不由感叹："我成了外语中的/一个词。"② 大自然拥有自己的语言，穆迪夫人把它等同于一门外语，暗指她听不懂，无法与之交流，之所以这样，是因为功利主义的世界观麻痹了她的感官。尽管如此，穆迪依然承认自己与自然有着扯不断的联系，并将自身定义为其中的一个词。

冒险进入未经开拓的加拿大，开始全新的拓荒生活，就等同于进入了"一片巨大的黑暗"，令人深感恐惧。穆迪夫人将"恐惧"比作凶猛的熊："我的大脑/摸索紧张的触须，散发/仿佛熊那样多毛的恐惧。"③ 帕特里克·默里（Patrick Murray）认为，这种恐惧是"自我创造的，通过无知而肆意延续"，"黑暗"意象当然与黑夜有关，但它更能传达出"说话者心理上的黑暗"④。此时的穆迪夫人"需要狼眼去看见/真实"⑤，因为"狼眼"属于荒野，拥有了它便拥有了深入了解荒野的勇气。

七年过去，穆迪夫人的容颜完全变了样，她的"皮肤……增厚了/带着树皮与树根的白须"，在她离开灌木林之前，具有野性灵魂的"动物/到达，栖居在我身上"。虽然穆迪夫人声称动物们教会了她某种事情，但她"离开时还没有学会"。⑥ 阿特伍德似是在暗示，让一个来自文明环境的人完全融入荒野不是一朝一夕的事，但如果穆迪夫人在灌木林再待久一点，她或许就能和自然世界相处得更加

---

①② 玛格丽特·阿特伍德：《苏珊娜·穆迪日志》，载《吃火》，第91页。
③ 同上书，第93页。
④ Patrick Murray, "'These Vistas of Desolation': Image and Poetry in Margaret Atwood and Charles Pachter's *The Journals of Susanna Moodie*," *British Journal of Canadian Studies*, 24.1 (2011): 74.
⑤ 玛格丽特·阿特伍德：《苏珊娜·穆迪日志》，载《吃火》，第93—94页。
⑥ 同上书，第106—107页。

融洽。

　　第二组日志从1840年延续到1871年，主要描写了穆迪夫人在贝尔维尔的生活：新移民的到来、孩子们的去世、可怕的梦魇以及人类的暴力行为。这部分的日志包括了她对早期拓荒生活的反思，刻画了她从试探性地接受加拿大荒野到理解新世界的过程。在《一个年轻的儿子溺死》("Death of a Young Son by Drowning")和《其他孩子的死》("The Death of the Other Children")中，她利用自己在灌木林获得的自然语言知识来思考"死亡"这一重要概念。从生态学角度讲，尸体腐烂分解，植物从中吸取养分，因此，死亡是对生命的补充，是身体从一种状态转变为另一种状态。身体回归自然的子宫之时，便是与土地的真正结合，生命也正是在不断的死亡中保持着它那永恒之美。穆迪夫人感到无限欣慰：她那些死去的孩子并没有"溃散"，他们只是变成了另外的形态，加入了"黑莓和蓟草中"："我走到任何地方，沿着/长长的小路，我裙子/都被这些蔓延的荆棘拉拽"，这是孩子们在"用他们的手指捉住我的脚后跟"①。随着孩子们的离世，穆迪夫人对自己居住的世界有了更深层次的感知。她将死亡当作自然现象加以接受，并努力开发与自然的交流技巧。

　　第三组日志从1871年一直延续到1969年，即阿特伍德撰写这部诗集的年代，叙述了穆迪夫人的晚年生活、她的死亡以及她在20世纪下半叶的复活。在《来自地下的思考》("Thoughts from Underground")中，穆迪夫人已死，她从坟墓里讲述自己在加拿大国土上的生活经历：她如何从一开始憎恨这块土地转而对这个国家充满了热爱。在《来自地下的再思考》("Alternate Thoughts from

---

① 玛格丽特·阿特伍德：《苏珊娜·穆迪日志》，载《吃火》，第120—121页。

Underground") 中,她批判了工业化大发展和城市化进程对荒野的破坏。她将来自欧洲的移民比作"侵略者",他们从原住民手里夺过荒野,却声称自己是荒野的真正主人,并利用"继承人"的身份,成了"轻而易举的/上层结构的建造者们",并以工具主义的态度肆意糟蹋土地:"向下。铲挖。能够听见/……玻璃和钢铁的尖叫。"①

在《复活》("Resurrection")里,穆迪夫人从地下冒了出来,她看到雪花飘飞,蓟草在冬日温暖的阳光下闪闪发亮,这片土地散发出无穷的魅力,令她兴奋不已。在穆迪夫人看来,不管人类是否愿意,他们终将和自然世界融为一体:"在最终的/判决中,我们都是树木。"② 在诗集的最后,穆迪夫人化作一位老妪出现在 20 世纪 60 年代多伦多的一辆公共汽车上。彼时的加拿大正处于城市化的快速进程中,移民的后代们利用祖先所没有的现代科学技术,大力开发自然,将它变成没有灵魂的物质:"混凝土石板""纪念碑""(泛着)冷光的纪念塔",而穆迪夫人却宣称,"这依然是我的王国""我有/我到达的方式",③ 并且告诫人们土地仍具有强大的力量:

转身,向下看:
没有城市;
这里是一座森林的中心④

此刻,读者已无法分清穆迪夫人的声音和大自然的声音。阿特伍德在后记中写道:"苏珊娜·穆迪彻头彻尾地变了,她成了曾经憎

---

① 玛格丽特·阿特伍德:《苏珊娜·穆迪日志》,载《吃火》,第 133—134 页。
② 同上书,第 136 页。
③ 同上书,第 137 页。
④ 同上书,第 138 页。

恨过的那片土地的灵魂。"① 她是大地的精灵、荒野的代言人，与土地融为了一体。

生态批评家王诺认为，"栖居"意味着"一种归属感，一种从属于大地、被大自然所接纳，与大自然所共存的感觉"②。大自然拥有自己的内在价值，人类并不享有对自然的所有权，所以在面对大自然时，人类应放弃优越感，以谦卑的心态与之建立联系。穆迪夫人对大自然的态度有一个持续转变的过程：从一开始的对抗到最后从内心深处真正地接受自然，并且被自然"所接纳"，她在某种程度上践行了和谐栖居的生存理念。

撰写《苏珊娜·穆迪日志》时，阿特伍德已经开始意识到科技发展和工业文明必将破坏地球的生态平衡，并且使人日渐异化。为了避免被异化，人们需要寻找"回家"之路——寻觅适宜的生存模式。她以穆迪夫人为范例，对人类提出了告诫：人类在任何时候都不能以主宰者身份自居，而是应成为地球家园的守护人，唯有这样，人类才有可能拥有诗意般美好的家园。

---

① Margaret Atwood, *The Journals of Susanna Moodie*, 64.
② 王诺：《欧美生态批评》，学林出版社 2008 年版，第 92—93 页。

结　语

　　阿特伍德是一个有着多种声音的作家，她的作品表现出对各种社会、政治和文化问题的广泛关注，对加拿大民族身份、族裔问题、权力政治、性别政治、动物权利和生态环境等话题都有过深入细致的探讨。有批评家将她的写作描述为"当代最好的写作"，并称这些作品具有"清晰的道德意图"。[①] 阿特伍德也曾在接受采访时谈到了自己在处理社会、政治和文化问题时的责任："不是作为一个作家，而是作为一个人。"[②] 具体到自己所撰写的小说，阿特伍德指出，小说是我们审视社会、审视自身、审视他人的一种形式。尽管小说不是社会学文本，"它们或许包含社会评论和批判"；尽管小说不是政治论述，"'政治'——从人类权力结构的意义上说——却不可避免地成为小说的话题"；尽管小说不是道德手册，它们却"与道德观念息息相关，因为它们关乎的是人类"。[③] 由此可见，阿特伍德怀有强烈的社会责任心和使命感，对艺术家的职责具有清晰的认识，而文学写作正是她表达伦理思想和正义之声的渠道。

　　阿特伍德对加拿大作为一个民族国家的发展历程有着非常深入

[①] Frank Davey, *Margaret Atwood: A Feminist Poetics*, 162.
[②] Beatrice Mendez-Egle, "Witness is What You Must Bear," Earl G. Ingersoll, ed., *Margaret Atwood: Conversations*, 163.
[③] Margaret Atwood, *Writing with Intent: Essays, Reviews, Personal Prose, 1983 - 2005*, 128.

的思考。她的早期作品——例如《生存》和《浮现》——大力宣扬加拿大独特的民族文化身份，认为"加拿大性"与加拿大的地理位置息息相关。阿特伍德的民族主义思想体现为她对以加美关系为主的国际关系以及国内各民族间关系的考察。她对加美关系见解独到，20世纪六七十年代时，她便对正在危及加拿大的新殖民主义和文化帝国主义发出警示。《浮现》中的加拿大如同美国的第五十一州，美国堂而皇之地在加拿大进行军事、文化和经济殖民：大肆糟蹋美丽的自然环境，毫无顾忌地将可口可乐等垃圾文化推销到加拿大境内，还将军事设施驻扎在加拿大的土地上。80年代时，阿特伍德提出了"交互民族主义观"，探索加美两国在彼此牵制的基础上互相合作的可能性。她利用小说《使女的故事》，一方面批判了美国日益增长的极权主义，另一方面表达了对加拿大极端民族主义的担忧。在她看来，凡带有"极端""绝对""极权"等标签的运动都是危险的，这也是她提出"交互民族主义"的原因：唯有平等相处，才有实现"交互"的可能性，人与人之间如此，民族与民族之间、国家与国家之间更应如此，否则等待人类社会的终将是灾难。从90年代开始，阿特伍德在加美关系方面的探讨大大减少，但她对美国图谋建立全球霸主地位表达了深深的隐忧。后美国时代，世界局势正在走向多极化，加美关系并非孤立的某一国与邻国的关系，应将其置于全球语境进行通盘考量。

由于加拿大境内族裔混杂，文化多元，各种文明之间的冲突在所难免。加拿大国内各民族间关系主要分为英裔和法裔民族间的分歧、欧洲白人移民与原住民的冲突以及主流社会与移民群体的矛盾。在建国之后的一个多世纪里，法裔民族在加拿大英语文学中只是"构成了潜意识里的传统"，由英裔作家撰写的关于法裔民族的作品屈指可数。对这些作家而言，法裔民族既是"我们"，又不是"我们"。① 作为"建国民族"之一，法裔民族却缺席于主流作家群体的书面文字，这恰恰折射出法裔民族的地位。在阿特伍德体裁多样的文学创作中，有关法裔民族的描写仅占了很小的比例，但读者依旧能从字里行间品出其独特的法裔民族观。诗歌《在魁北克登陆》和短篇小说《轰炸继续》反映了两大建国民族之间的历史渊源，《双头诗》和《浮现》刻画了英裔民族和法裔民族互不理解的状态，加拿大在英法两种文化夹缝中处境尴尬，漫画《"幸存女"遇见"两栖女"》用"幸存女"代表英裔加拿大，"两栖女"代表魁北克，聚焦20世纪六七十年代英裔民族和法裔民族之间的龃龉："他们（法裔加拿大人）对我们（英裔加拿大人）一无所知，正如我们对他们一无所知。一旦出现问题，说英语的区域不去寻找原因，也不去试着理解，反而报以不解和受伤的态度。"② 总之，阿特伍德反对分裂，希望两大民族能够在保留各自民族特质的基础上解决冲突，互相学习，共同发展。

阿特伍德对魁北克问题的关注体现了她对加拿大政治分裂的担忧，而各个族裔的生存状况又关乎加拿大的未来发展。北美原住民群体长期以来饱受压迫和歧视，不仅被剥夺了生存的家园，还一直被排除在政治生活之外。阿特伍德在《生存》中论述了欧洲白人移民作品中的原住民形象："印第安人和因纽特人从来没有被按其本来面目考虑过，他们通常是按照加拿大白人的心理——恐惧或希

---

① Carole Gerson, "Margaret Atwood and Quebec: A Footnote on *Surfacing*," *Studies in Canadian Literature*, 1.1 (1976), accessed 6 December 2017, https://journals.lib.unb.ca/index.php/SCL/article/view/7830/8887.

② Jim Davidson, "Where were You When I Really Needed You? Interview with Margaret Atwood," Earl G. Ingersoll, ed., *Margaret Atwood: Conversations*, 87.

望——在作品中出现。"[1] 在阿特伍德看来，虽然加拿大提倡多元文化，但是作为这块土地实际主人的原住民在现实生活中却是不折不扣的受害者，是社会中的"隐形人"。如果说原住民是"缺场"的存在，那么移民和临时居留加拿大的外国人则处于"失语"的状态。他们不仅要面对生存压力，还有无法融入主流群体的焦虑。在《跳舞的女孩们》和《人类之前的生命》中，阿特伍德描写了形形色色的移民和外国人，他们在这个貌似平等实则充满偏见的社会里艰难度日。在《别名格雷斯》和《强盗新娘》中，阿特伍德记录了多元文化语境下加拿大不断变化的社会现实和民族构成，深切反映了她在思考加拿大民族身份时与时俱进的话语风格。所有这些创作汇总起来，成为观照现实的一面镜子，透射出"民族马赛克"表象掩盖之下的种种社会问题和文化危机，构成了一部关于加拿大的"国家叙事"（nation-narrative）。

　　国家是大家，由千千万万个小家组合而成。不同的小家里每一天都在上演着关于亲情、关爱、矛盾和冲突的故事，这些"家庭叙事"（family narrative）都离不开女性的身影。阿特伍德几乎所有的作品都与女性相关，从最早的诗集《双面普西芬尼》到《使女的故事》的续作《证言》，再到2023年的《林中老宝贝》，没有哪部作品是不谈女性的。在她的笔下，女性的存在是以其边缘性为特征的，她们"既处于占统治地位的文化之内，同时被排除在外面"，被剥夺了完整的主体地位。与此同时，女性自身性格中存在着诸多弱点。阿特伍德并不避讳女性的"黑暗面"，认为正视它才是维护正常两性关系的要素。因此，我们在她的书中看到了各式各样有缺陷的女性，

---

[1] 本处翻译参考秦明利译本，第82—83页。

比如《可以吃的女人》里的玛丽安、《浮现》里的无名女主人公以及《神谕女士》里的琼一直生活在自我欺骗以及对他人的欺骗中，但窥其究竟，这些女主人公的谎言和欺骗充满了无奈，折射出20世纪六七十年代女性的人生境况：她们说谎归根结底是为了迎合社会赋予的性别角色，获得社会的认可。阿特伍德之所以描写这些有瑕疵的女人，目的不在于控诉撒谎者品行低下，而是想揭示谎言背后掩盖的社会文化因素。

理想的婚姻或伴侣关系应建立在性别平等的基础上，伴侣双方要互相合作，互相信任，这样才能达到和谐圆满的状态。但是综观阿特伍德的作品，我们看到的大多是在爱情和婚姻中挣扎的男男女女。《圆圈游戏》的标题诗使用了"圆圈"意象，作者由孩子的视角到恋人的视角之间的切换指出，孩子们自小被灌输的教育体系里渗进了性别差异的社会建构，他们长大之后持续着同样的思维模式。《强权政治》推翻了将女性困在情感世界里的浪漫爱情神话。这种神话试图使女性相信，爱是生活的解决方式，她们应该寻找属于自己的白马王子，以求获得完满的身份属性。然而，这样的浪漫爱情神话在现实世界并不存在，它们只是"权力政治"的缩影。阿特伍德在揭开所谓浪漫爱情腐朽面纱的同时，表达了爱情和婚姻生活中平等合作的重要性：唯有打破固定的二元权力结构，建立开放互信的关系，伴侣之间的相处才有希望。

阿特伍德认为，情感关系并非女性世界的全部，她们应该面对更广阔的社会空间，"创造性地"参与社会文化的发展和建构，担负起公民的职责。在《肉体伤害》里，杂志记者瑞妮身患癌症，又深陷与男友的情感旋涡，为了散心，她前往加勒比岛国旅游。在游览过程中，瑞妮看到了许多触目惊心的场景：社区工厂里的绞刑架、当街遭到殴打的公民……之后，瑞妮在无意间卷入一场政治事件，被投入监狱。一系列遭遇使她如梦方醒，她认识到"个人的即政治的"，自己作为社会/宇宙的一分子，有权去揭露事实、报道真相，因为当代文化环境中无处不在的权力关系决定了"个人"与"政治"之间的相互渗透性。每个人都与自己生活的世界有着千丝万缕的联系。一个人所做的一切，绝不可能仅仅是"个人"的事情。个人的行为受到他人和社会的制约，同时反过来也会对他人和社会产生影响。也正因为如此，每一个个体都应承担起相应的社会责任。

关于女性与家庭的叙事不仅仅涉及两性之间的关系，还涉及家庭成员间的伦理责任。家庭成员关系包括夫妻、父/母子、父/母女以及兄弟姐妹。家庭是传统和道德的守护者和传递者，所有成员都能在其中体会到和他人一起生活的充实与快乐。然而，阿特伍德作品中的家庭基本上都是有缺憾的，父母情感冷漠、孩子性格孤僻、兄弟姐妹之间充满隔阂……这些都是她着意刻画的内容。在《神谕女士》《强盗新娘》《盲刺客》中，阿特伍德描述了三类"缺席的父亲"形象："工作狂"父亲、失意的父亲和长不大的父亲。这样的父亲如同家庭里的"隐形人"，并没有在孩子的成长过程中履行应尽的职责。一个称职的父亲应该真正参与到孩子的生活中，给予他们正确的人生导向。父子/女之间建立互爱信任的关系有助于家庭的健康良性发展。

阿特伍德擅长描写母女关系中体现的权力运作，《神谕女士》《人类之前的生命》《强盗新娘》《洪水之年》都对母女关系进行了细致入微的刻画，一方面反映了母亲对孩子伦理建构的引导作用，另一方面展现了女性在社会文化层面遭受的规范和制约。尤其是在《神谕女士》中，母亲督促琼减肥、学舞蹈、培养女性气质，她们的冲突不仅是品位和兴趣方面的,从更深层次来说,还代表了根深蒂固的父权思想对女性身体的奴役。在一个以男性为主导的社会里,有关女性气质的神话是对女性自我的摧残。母亲屈服于文化和社会建构的性别角色,试图塑造琼的女性气质,迫使她遵循性别规范。琼一度饮食失调,致使身体极度肥胖,她用不同寻常的胃口向社会期待的女性气质发起反抗,表达了她对父权制权威和统治的抗拒。

阿特伍德对家庭中姐妹关系的描写不多,《烹调和持家的艺术》和《盲刺客》是其中颇具代表性的。在这两篇(部)作品中,由于母亲功能的弱化或消失,家庭中母亲的责任转移到大女儿身上,由大女儿承担起照管者的角色,负责照顾妹妹。身为照管者的姐姐从此陷入了"道德困境":女(母)性责任要求她全身心付出,她自身却渴望追求独立的身份。一旦她有所不满,或表露出独立意识,便会被扣上"没有女(母)性特质"的帽子。阿特伍德试图通过这两则故事中对姐妹关系的描述,批判传统的"女性照顾者"形象,对强加于女性身上的角色期待进行抨击。她主张打破现今社会中女性遭受的种种限制,为女性自由选择的正当性进行辩护。女性需明确自身的局限性,合理地关怀家人/他人,但不应牺牲自己的空间和自由,因为唯有自身获得成长,才能更好地照管家人/他人。

阿特伍德除了关注加拿大作为民族和国家的命运以及女性的命运,还对人与动物的关系有着十分独到的见解。她早期撰写的动物诗——如《彼国动物》和《变形者之歌》——都是把动物描写为受害者,它们在饲养场里悲歌、在表演场上哭泣、在捕猎场里哀鸣……这些"动物之歌"是从动物的视角讲述的关于动物自己的故事,控诉了人类对动物的暴行。阿特伍德旨在通过这些充满血腥和暴力的"动物叙事"(animal narrative)提醒世人,动物和人一样,也是有感知、有生命的独立的存在。

人与动物之间的暴力关系不仅体现在饲养场、表演场和捕猎场上，实验室里的动物也要面对血淋淋的事实，除了传统的解剖实验，遭囚禁的动物还会被喂食各类药物、被施行放射疗法和枪击试验，不一而足。在《羚羊与秧鸡》中，阿特伍德淋漓尽致地刻画了转基因试验中的动物。小说中的各家大院均以研究转基因物质作为工作重点，科学家们热衷于利用不同动物的基因杂交制造出另一种动物。他们眼里充满想象力的"创造"活动是建立在动物尊严完全缺失的基础上的，在他们看来，动物是"客体"，是"物"，是研究对象。正是在这种将动物"物化"的思想指引下，以"秧鸡"为首的科学家们才会无所顾忌地利用动物进行各种基因试验，最终导致人类的大灭绝。

与传统的饲养场相比，工业化养殖场里的动物受到了更多非人的待遇。如果说传统饲养场还能让动物呼吸到新鲜空气，工业化养殖场对待动物就如同没有生命的机器，其目的只有一个：以最短的时间养殖动物，为人类提供肉食。肉类被端上餐桌，人们在大快朵颐时却忘记了"肉"其实是一种文化建构。肉来自死去的或被屠宰的动物，可很少有人会在吃肉时想到其来源和出处，想到自己是在和个体的动物打交道。在后工业时代，由于人口激增，工业化养殖已经满足不了人类猛增的肉类需求，一些科学家便开始在实验室里炮制"人造肉"。《羚羊与秧鸡》里的鸡肉球便是一种"人造肉"，由于这种"肉"是利用动物组织材料培养的，似乎自始至终都无关动物的苦痛，人们在制造和享用时便不会考虑其背后的道德关怀因素。因此，以鸡肉球为代表的"人造肉"从根本上说是在为剥削动物寻找邪恶的依据。

在资本市场的指挥棒下,工具主义盛行,动物被当成资源和商品,其身体任人宰割,而作为动物大家庭一员的人类也难逃厄运。在《疯癫亚当三部曲》里,资本的权力化导致公众利益一再遭受践踏,民众的身体和动物的躯体一样,成了资本觊觎的目标,是"被吞噬"的对象。托比的母亲至死都不知道自己只不过是大院实验室里的"小白鼠",是合成产品的市场消费者。而这些手无寸铁的民众毫无反抗之力,他们生前被当作实验对象,死后甚至成了杂市"秘密汉堡"店的原料。阿特伍德用"被吞噬"的人类动物影射垄断资本主义社会的道德沦丧:当人类开始同类相食时,大灭绝是或迟或早的事。

肆无忌惮地残害、虐待和折磨动物,必然会导致人类与动物之间的对立、紧张与敌视。同时,由于人类在历史发展中形成的绝对强势地位,又必然加快动物灭绝的速度,最终导致人类自身生存环境的日益恶化。说到底,人类与动物是共生共存的关系,人类应该正视动物的"内在价值",将动物视为"有生命的主体"。《疯癫亚当三部曲》被一些评论家称作"一出道德剧"(morality play)[1],因为阿特伍德不仅在其中表达了对转基因动物的伦理担忧,还描述了素食主义的动物关怀以及人类与动物作为"伴生"和"共生"物种的相互依存观。在《疯癫亚当三部曲》所描写的后人类社会里,人类幸存者与各种具有超凡智商的转基因动物共同生活在地球上,首先要做的便是与动物达成协商,构建一个相互依存、互惠互利的网络体系。唯有相互依存,人类和动物才有可能在这个世界生存下去。

通过对后人类未来的追问,阿特伍德表达了对生态危机的关注,

---

[1] Allison Dunlap, "Eco-Dystopia: Reproduction and Destruction in Margaret Atwood's *Oryx and Crake*," *The Journal of Ecocriticism*, 5.1 (January 2013): 13.

形成了独具阿氏风格的"环境叙事"(environment narrative)。她笔下那些支离破碎的风景构成了一幅幅令人胆寒的末世图景:《小鸡仔走得太远啦》(*Chicken Little Goes Too Far*)中天要塌了的场景、《浮现》里逐渐恶化的自然环境、《奇景:加拿大文学中的严酷北方》中遍地污物的北方荒野、《帐篷》里如同荒漠的地球家园……当人类被自己掌握的技术蒙蔽了双眼时,自然却以其独特的方式表示抗议:"如今,消费主义和发展的价值比起脆弱的生态体系内所有成员平等的观念更加受到认可,此类价值观则从荒原的衰退和癌症比例的升高中体现出来。"[①] 人类明知环境污染的危害,并制定了防止污染的措施,但是在不断增加的人口比例和迅速扩张的工业化进程面前,这些措施收效甚微。"毒物"已成为人类的最大杀手。《可以吃的女人》里因化学烟尘而寸草不生的矿区、《铅时代》里无孔不入的有毒材料、《使女的故事》里放射性物质造成的死胎、流产和遗传畸形……阿特伍德的"毒物话语"并非杜撰,现实世界到处可见毒物的踪影,人类大量使用的生化制剂便是其中之一,毒物已渗入地球的角角落落,人类高发的癌症等致命疾病都与它们有着密切关联。

除了毒物之外,人类面临的另一种可怕"超级物"是气候变化。由于全球变暖,冰川正以极快的速度消融,海平面迅速上升,海啸、飓风、雷暴和龙卷风频频出现。在短诗《天气》中,由于人类对环境的粗暴干涉,自然越来越不受控制,作为"特殊要素的天空、空气、土地、风和水"对人类采取了报复,"它们的愤怒令人胆寒"[②]。全球变暖带来的不仅是环境退化和各种自然灾害,还包括物种的灭

[①] Donelle N. Dreese, *Ecocriticism: Creating Self and Place in Environmental and American Indian Literatures* (New York: Peter Lang Publishing, Inc., 2002), 6.

[②] Lawrence Buell, *The Environmental Imagination: Thoreau, Nature Writing, and the Formation of American Culture* (Cambridge: Harvard University Press, 1995), 124.

绝。《熊之悲》中依靠海冰生存的北极熊就是极端气候的受害者。北极熊一旦灭绝，北极地区的食物链便会断裂，整个生态系统就会受到无可挽回的破坏，人类作为生态系统的一员也将难逃厄运。《洪水之后，我们》中的"我们"是北极圈融化之后的两个幸存者，这首写于20世纪60年代的短诗充满了启示录特色，是对未来生态灾难的预警。到了撰写《疯癫亚当三部曲》的21世纪初，气候变异的威胁已到了刻不容缓的地步。由气候变化引发的政治、经济和文化危机更叫人无法忽视。人类如果再不解决这一问题，《疯癫亚当三部曲》中的大灭绝便会成为现实。

人类已经进入后自然时代，面对人文主义的困境和垄断资本的危险，人类更要反思技术的伦理局限。现代技术将人类带到了与自然前所未有的对立状态，从根本上冲击着既有的伦理体系和伦理秩序。阿特伍德在《疯癫亚当三部曲》中描写了各种各样的"人造生命"对传统生命伦理的冲击，目的是想告诉读者，这种对科技的滥用完全超出了道德和伦理的界限，是人类对自然的施暴。在《最后死亡的是心脏》里，阿特伍德把目光投向人工智能领域，小说中的性爱机器人脱离了伦理道德控制下的理性范围，其存在"对男女关系、成人和儿童的关系、男男关系和女女关系都会造成伤害"[①]。

随着自然、机器与人的自然生命之间的关系日益变得模糊，人们对生命及存在的认识也在发生改变。在阿特伍德看来，不管人类科技变得有多高明，人类最基本的情感始终没有改变；不管环境变化有多糟糕，人类依然在寻找生存的希望。阿特伍德认为，我们应该用一种生态的人生观去看待自然界的生命循环，遵循生命周期，

[①] 佚名：《智能性爱机器人引争议 你需要一个性爱机器人吗?》，2016年1月28日，http://elec.it168.com/a2016/0128/1881/000001881563.shtml。

认真聆听并学习自然之语,在与自然的交融中追寻诗意地栖居,守护地球家园。

阿特伍德非常认同列维-施特劳斯(Lévi-Strauss)说过的一段话:"人道主义并非始于自身,而是将世界置于生命之前,将生命置于人类之前,将对他者的尊重置于利己主义之前。"小说《人类之前的生命》的标题便是来自这段话。[①] 换句话说,生命是对如何生活的道德追寻。通过研究阿特伍德作品中的"国家叙事""家庭叙事""动物叙事""环境叙事",我们不仅能够思考她的写作内容和方式、作家与灵感之源的关系、写作与行动主义的关系,还能思考"我们经验之外的伦理问题"[②]:在对现实进行历史、个人、文化和社会建构的对话过程中,文学所展现出的伦理力量。

[①] Adele Wiseman, "Readers Can Rejoice: Atwood's on Form," *Toronto Star* (29 September 1979): F7.

[②] Sarah Chan, "More Than Cautionary Tales: The Role of Fiction in Bioethics," *Journal of Medical Ethics*, 35 (2009): 399.

参考文献

玛格丽特·阿特伍德:《别名格雷斯》,梅江海译,译林出版社 1998 年版。

玛格丽特·阿特伍德:《吃火》,周瓒译,河南大学出版社 2015 年版。

玛格丽特·阿特伍德:《道德困境》,陈晓菲译,河南大学出版社 2015 年版。

玛格丽特·阿特伍德:《疯癫亚当》,赵奕、陈晓菲译,上海译文出版社 2016 年版。

玛格丽特·阿特伍德:《浮现》,蒋丽珠译,译林出版社 1999 年版。

玛格丽特·阿特伍德:《黑暗中谋杀》,曾敏昊译,上海译文出版社 2010 年版。

玛格丽特·阿特伍德:《洪水之年》,陈晓菲译,上海译文出版社 2016 年版。

玛格丽特·阿特伍德:《可以吃的女人》,刘凯芳译,上海译文出版社 1999 年版。

玛格丽特·阿特伍德:《羚羊与秧鸡》,韦清琦、袁霞译,译林出版社 2004 年版。

玛格丽特·阿特伍德:《盲刺客》(第二版),韩中华译,上海译文出版社 2016 年版。

玛格丽特·阿特伍德:《猫眼》,黄协安译,河南文艺出版社 2022 年版。

玛格丽特·阿特伍德:《强盗新娘》,刘国香译,上海译文出版社 2016 年版。

玛格丽特·阿特伍德:《人类以前的生活》,郑小倩译,南京大学出版社 2011 年版。

玛格丽特·阿特伍德:《神谕女士》,谢佳真译,文汇出版社 2022 年版。

玛格丽特·阿特伍德:《生存:加拿大文学主题指南》,秦明利译,中国文联出版公司 1991 年版。

玛格丽特·阿特伍德:《使女的故事》,陈小慰译,译林出版社 2001 年版。

玛格丽特·阿特伍德:《与死者协商》,严韻译,上海三联书店 2007 年版。

玛格丽特·阿特伍德:《帐篷》(选译),袁霞译,《世界文学》2008 年第 2 期,第 232—255 页。

埃德加·莫兰:《复杂思想:自觉的科学》,陈一壮译,北京大学出版社 2001 年版。

丁林棚:《技术、消费与超现实:〈羚羊与秧鸡〉中的人文批判》,《解放军外国语学院学报》2017 年第 2 期,第 113—120 页。

傅俊:《玛格丽特·阿特伍德研究》,译林出版社 2003 年版。

弗罗姆:《占有或存在》,杨慧译,国际文化出版公司 1989 年版。

高兆明:《新技术革命时代的伦理问题》,参见"中国网",2008 年 1 月 17 日。

格里塔·加德：《素食生态女性主义》，刘光赢译，《鄱阳湖学刊》
　　2016年第2期，第11—31、125页。
格里塔·加德、帕特里克·D.墨菲主编：《生态女性主义文学批评：
　　理论、阐释和教学法》，蒋林译，中国社会科学出版社2013年版。
公丕祥：《马克斯·韦伯的政治理念述要》，载公丕祥主编《法制现
　　代化研究》（2015年卷），法律出版社2015年版，第21—45页。
贾学军：《新帝国主义是更为凶险的帝国主义——福斯特对新帝国主
　　义的经济与生态的双重批判》，《南京政治学院学报》2018年第6
　　期，第57—62页。
梁浩瀚：《21世纪加拿大多元文化主义：挑战与争论》，陈耀祖译，
　　《广西民族大学学报》2015年第2期，第41—48页。
林红梅：《生态伦理学概论》，中央编译出版社2008年版。
龙云：《西方文学研究的"伦理转向"——功能类型及研究焦点》，
　　《外国文学》2013年第6期，第103—109页。
聂珍钊：《文学伦理学批评的价值选择与理论建构》，《中国社会科
　　学》2020年第10期，第71—92页。
潘守文：《民族身份的建构与解构——阿特伍德后殖民文化思想研
　　究》，吉林大学出版社2007年版。
齐泽克：《事件》，王师译，上海文艺出版社2016年版。
沈睿：《玛格丽特·阿特伍德其人》，《外国文学》1993年第4期，
　　第3—6页。
王诺：《欧美生态批评》，学林出版社2008年版。
王诺：《欧美生态文学》，北京大学出版社2011年版。
王彤福、晓晨编著：《加拿大风情录》，知识出版社1995年版。
佚名：《阿特伍德：世人面对的暴力，远比他们所熟知的更加触目惊

心》，《上海译文》2017年9月28日，http：//www.chinawriter.com.cn/n1/2017/0928/c404091-29565516.html。

佚名：《动物表演》，参见"百度百科"，https：//baike.baidu.com/item/动物表演/15836942? fr = aladdin。

佚名：《智能性爱机器人引争议 你需要一个性爱机器人吗?》，2016年1月28日，http：//elec.it168.com/a2016/0128/1881/000001881563.shtml。

袁霞：《玛格丽特·阿特伍德：加拿大文学女王》，华中科技大学出版社2020年版。

袁霞：《生态批评视野中的玛格丽特·阿特伍德》，学林出版社2010年版。

袁霞：《一部"协商"之作——评玛格丽特·阿特伍德新作〈石床垫〉》，《外国文学动态研究》2015年第6期，第84—92页。

袁霞：《植根故土，情牵世界——玛格丽特·阿特伍德四十五年创作生涯回顾》，《译林》2007年第5期，第206—209页。

约翰·贝拉米·福斯特：《帝国主义的新时代》，王宏伟译，《国外理论动态》2003年第12期，第11—14页。

约翰·伯格：《观看之道》（第三版），戴行钺译，广西师范大学出版社2015年版。

约翰·曼塞尔：《生活在双语社会》，章士嵘、姜芃译，载《加拿大地平线》丛书编委会编《生活在双语社会》，社会科学文献出版社1999年版，第19—44页。

Abolfotoh, Inas S. *The Essential Ecocritical Guide to Margaret Atwood's Ecopoetry*. Great Britain.

Adams, Carol. "Ecofeminism and the Eating of Animals." *Hypatia* 6.1

(1991): 125-145.

———, ed. *The Sexual Politics of Meat: A Feminist-Vegetarian Critical Theory*. New York: Continuum, 1990.

——— & Josephine Donovan, eds. *Beyond Animal Rights: A Feminist Caring Ethic for the Treatment of Animals*. New York: Continuum, 1996.

Adams, McCrystie & Robin Silver. "San Pedro River Condemned by Arizona Department of Water Resources." *Earthjustice* 16 April 2013. Web. 20 March 2020.

Adorno, Theodor. *Aesthetic Theory*. Minneapolis: University of Minnesota Press, 1998.

Anderson, Benedict. *Imagined Communities: Reflections on the Origin and Spread of Nationalism*. London and New York: Verso, 1991.

Anon. "Climate Change Author Spotlight — Margaret Atwood." 24 October 2016. 21 January 2017. http://eco-fiction.com/category/spotlight/.

Anon. "Peak Atwood." *Globe and Mail* 22 December 2019.

Anon. "She Took 'Veggie Vows'." 30 August 2009. 21 January 2010. https://www.theguardian.com/theobserver/2009/aug/30/margaret-atwood-novel-ecology.

Armstrong, Philip. *What Animals Mean in the Fiction of Modernity*. London and New York: Routledge, 2008.

——— & Laurence Simmons. "Bestiary: An introduction." *Knowing Animals*. Ed. Laurence Simmons & Philip Armstrong. Leiden: Brill, 2007. 1-24.

Arzt, Jonathan, et al. "The Pathogenesis of Foot-and-Mouth Disease I: Viral Pathways in Cattle." *Transboundary and Emerging Diseases* 58. 4 (2011): 291-304.

Atwood, Margaret. *Bodily Harm*. Toronto: McClelland and Stewart Limited, 1981.

——. "Canadian-American Relations: Surviving the Eighties." *Second Words: Selected Critical Prose*. Toronto: Anansi, 1982. 371-392.

——. *Curious Pursuits: Occasional Writing 1970-2005*. London: Virago Press, 2005.

——. *Dancing Girls and Other Stories*. London: Jonathan Cape Ltd., 1977.

——. "Don't Expect the Bears to Dance." *Maclean's* 88. 6 (June 1975): 68-71.

——. *Eating Fire: Selected Poetry 1965-1995*. London: Virago, 1998.

——. *Good Bones*. Toronto: Coach House Press, 1992.

——. "How I Learned to Love Twitter." *The Guardian* 7 April 2010. 7 February 2017. https://www.theguardian.com/commentisfree/cifamerica/2010/apr/07/love-twitter-hooked-fairies-garden.

——. "In Canada, We are so Used to the Split along Linguistic Lines." *Story of A Nation: Defining Moments in Our History*. Ed. Margaret Atwood, et al. Toronto: Doubleday Canada, 2001. 8-11.

——. *In Search of Alias Grace*. Ottawa: University of Ottawa Press, 1997.

——. *Interlunar*. Toronto: Oxford University Press, 1984.

——. *Moving Targets: Writing with Intent, 1982-2004*. Toronto:

Anansi, 2004.

——. *Murder in the Dark*. Toronto: Coach House Press, 1983.

——. "Nationalism, Limbo and the Canadian Club." *Second Words: Selected Critical Prose*. Toronto: Anansi, 1982. 83 – 89.

——. *Old Babes in the Wood*. New York: Doubleday, 2023.

——. *Payback: Debt and the Shadow Side of Wealth*. Toronto: House of Anansi Press Inc., 2008.

——. *Procedures for Underground*. Toronto: Oxford University Press, 1970.

——. *Stone Mattress: Nine Tales*. New York: Nan A. Talese, 2014.

——. *Strange Things: The Malevolent North in Canadian Literature*. New York: Oxford University Press, 1995.

——. "Survival, Then and Now." *Maclean's* 1 (July 1999): 54 – 58.

——. *The Animals in That Country*. Boston: Little, Brown and Company, 1968.

——. "The Bombardment Continues." *Story of A Nation: Defining Moments in Our History*. Ed. Margaret Atwood, et al. Toronto: Doubleday Canada, 2001. 12 – 23.

——. *The Burgess Shale: The Canadian Writing Landscape of the 1960s*. Edmonton: The University of Alberta Press, 2017.

——. *The Circle Game*. Toronto: House of Anansi Press, 1998.

——. "The Cult of Margaret Atwood." *Margaret Atwood: Queen of CanLit*. CBC Archives, Toronto, 3 October 1976.

——. "The Curse of Eve — or, What I Learned in School." *Second Words: Selected Critical Prose*. Toronto: Anansi, 1982. 215 – 228.

──. *The Door*. Toronto: McClelland & Stewart Ltd. , 2007.

──. " *The Handmaid's Tale* and *Oryx and Crake* 'In Context'. " *PMLA* 119. 3 (2004): 513 – 517.

──. *The Heart Goes Last*. New York: O. W. Toad Ltd. , 2016.

──. *The Journals of Susanna Moodie*. Toronto: Oxford University Press, 1970.

──. *The Robber Bride*. Toronto: McClelland-Bantam, Inc. , 1993.

──. *The Tent*. New York: O. W. Toad, Ltd. , 2006.

──. "This Moment. " *Eating Fire: Selected Poetry 1965 – 1995*. London: Virago Press, 1998. http://www.poetryarchive.org/poetryarchive/singlePoem.do?poemId=100.

──. "Time Capsule Found on the Dead Planet. " *I'm With the Bears: Short Stories from a Damaged Planet*. Ed. Mark Martin. London: Verso. 191 – 193.

──. "Travels Back. " *Second Words: Selected Critical Prose*. Toronto: Anansi, 1982. 107 – 113.

──. "Why Wattpad Works. " *The Guardian* 6 July 2012. 7 February 2017. https://www.theguardian.com/books/2012/jul/06/margaret-atwood-wattpad-online-writing.

──. *Wilderness Tips*. New York: Nan A. Talese/Doubleday, 1991.

──. *Writing with Intent: Essays, Reviews, Personal Prose, 1983 – 2005*. New York: Carroll & Graf, 2005.

── & Robert Weaver, eds. *The New Oxford Book of Canadian Short Stories in English*. Oxford: Oxford University Press, 1995.

── & Victor-Lévy Beaulieu. *Two Solicitudes: Conversations*. Trans.

Phyllis Aronoff & Howard Scott. Toronto: McClelland & Stewart Inc. , 1998.

Baier, Annette C. "Demoralization, Trust, and the Virtues." *Setting the Moral Compass: Essays by Women Philosophers*. Ed. Cheshire Calhoun. New York: Oxford University Press, 2004. 176–188.

——. "What Do Women Want in a Moral Theory?" *Noûs* 19. 1 (Mar. 1985): 53–63.

Balmès, François. *Structure, Logique, Aliénation*. Toulouse: Érès, 2011.

Bannerji, Himani. *The Dark Side of the Nation: Essays on Multiculturalism, Nationalism and Gender*. Toronto: Canadian Scholars' Press, 2000.

Barber, Benjamin R. *Jihad vs. McWorld: How Globalism and Tribalism are Reshaping the World*. New York: Ballantine, 1995.

Barzilai, Shuli. " 'Say That I Had a Lovely Face': The Grimms' 'Rapunzel,' Tennyson's 'Lady of Shalott,' and Atwood's *Lady Oracle*." *Tulsa Studies in Women's Literature* 19. 2 (2000): 231–254.

Baxter, Brian. *A Theory of Ecological Justice*. London: Routledge, 2005.

Bedford, Anna. "Survival in The Post-Apocalypse: Ecofeminism in *MaddAddam*." *Margaret Atwood's Apocalypses*. Ed. Karma Waltonen. Newcastle upon Tyne: Cambridge Scholars Publishing, 2015. 71–92.

Bennett, Donna. "English Canada's Postcolonial Complexities." *Unhomely States: Theorizing English-Canadian Postcolonialism*. Ed. Cynthia Sugars. Toronto: Broadview Press, 2004. 107–136.

Berger, John. *About Looking*. New York: Vintage International, 1980.

Bergthaller, Hannes. "Housebreaking the Human Animal: Sustainability in Margaret Atwood's *Oryx and Crake* and *The Year of the Flood*." *English Studies* 91.7 (2010): 728–743.

Bhabha, Homi K., ed. *Nation and Narration*. London: Routledge, 1990.

Birley, Derek. *Sport and the Making of Britain*. Manchester: Manchester University Press, 1993.

Bordo, Susan. *Unbearable Weight: Feminism, Western Culture, and the Body*. Berkeley: University of California Press, 1993.

Bosco, Mark. "The Apocalyptic Imagination in Margaret Atwood's *Oryx and Crake*." *Margaret Atwood: The Robber Bride, The Blind Assassin, Oryx and Crake*. Ed. J. Brooks Bouson. New York: Continuum, 2010. 156–171.

Boswell, Randy. "Margaret Atwood Makes Her First Foray into the Undead with *The Happy Zombie Sunrise Home*." *Postmedia News* 24 October 2012. 6 February 2017. http://news.nationalpost.com/afterword/the-edible-brains-margaret-atwood-makes-her-first-foray-into-the-undead-with-the-happy-zombie-sunrise-home.

Bouson, J. Brooks. "A Commemoration of Wounds Endured and Resented: Margaret Atwood's *The Blind Assassin* as Feminist Memoir." *Critique: Studies in Contemporary Fiction* 44.3 (2003): 251–269.

——. *Brutal Choreographies: Oppositional Strategies and Narrative Design in the Novels of Margaret Atwood*. Amherst: University of Massachusetts Press, 1993.

——. "Introduction: Negotiating with Margaret Atwood." *Margaret Atwood: The Robber Bride, The Blind Assassin, Oryx and Crake*. Ed. J. Brooks Bouson. New York: Continuum, 2010. 1-17.

——. "'It's Game Over Forever': Atwood's Satiric Vision of a Bioengineered Posthuman Future in *Oryx and Crake*." *Margaret Atwood*. Ed. Harold Bloom. New York: Bloom's Literary Criticism, 2009. 93-110.

Braidotti, Rosi. "Feminist Epistemology after Postmodernism: Critiquing Science, Technology and Globalization." *Interdisciplinary Science Reviews* 32. 1 (2007): 65-74.

——. *Nomadic Subjects: Embodiment and Sexual Difference in Contemporary Feminist Theory*. New York: Columbia University Press, 1994.

Brans, Jo. "Using What You're Given." *Margaret Atwood: Conversations*. Ed. Earl G. Ingersoll. New Jersey: Ontario Review Press, 1990. 140-151.

Broege, Valerie. "Margaret Atwood's Americans and Canadians." *Essays on Canadian Writings* 22 (Summer 1981): 111-135.

Brown, Russell. "Atwood's Sacred Wells." *Critical Essays on Margaret Atwood*. Ed. Judith McCombs. Boston: G. K. Hall, 1988. 213-228.

Buell, Lawrence. *The Environmental Imagination: Thoreau, Nature Writing, and the Formation of American Culture*. Cambridge: Harvard University Press, 1995.

——. *Writing for an Endangered World: Literature, Culture, and Environment in the U. S. and Beyond*. Cambridge: Harvard University Press, 2001.

Bugeja, Michael J. *The Art and Craft of Poetry*. Cincinnati, Ohio: Writer's Digest Books, 1994.

Butler, Robert Olen. *From Where You Dream: The Process of Writing Fiction*. New York: Grove Press, 2005.

Canavan, Gerry. "Hope, But Not for Us: Ecological Science Fiction and the End of the World in Margaret Atwood's *Oryx and Crake* and *The Year of the Flood*." *Literature Interpretation Theory* 23 (2012): 138–159.

Cancian, Francesca M. *Love in America: Gender and Self-Development*. Cambridge: Cambridge University Press, 1987.

Carrington, Damian. "The Anthropocene Epoch: Scientists Declare Dawn of Human-Influenced Age." *The Guardian* 29 August 2016. 15 May 2017. https://www.theguardian.com/environment/2016/aug/29/declare-anthropocene-epoch-experts-urge-geological-congress-human-impact-earth.

Carse, Alisa. "Facing up to Moral Perils: The Virtues of Care in Bioethics." *Caregiving: Readings in Knowledge, Ethics, Practices and Politics*. Ed. Patricia Benner & Suzanne Gordon & Nel Noddings. Philadelphia: University of Philadelphia Press, 1996. 83–110.

Carson, Rachel. *Silent Spring*. Boston: Houghton Mifflin, 1962.

Caskey, Noelle. "Interpreting Anorexia Nervosa." *The Female Body in Western Culture: Contemporary Perspective*. Ed. Susan Rubin Suleiman. Cambridge: Harvard University Press, 1985. 175–192.

Caws, Mary Ann. "Ladies Shot and Painted: Female Embodiment in Surrealist Art." *The Female Body in Western Culture*. Ed. Susan Rubin

Sulieman. Cambridge: Harvard University Press, 1985. 262 - 287.

Chan, Sarah. "More Than Cautionary Tales: The Role of Fiction in Bioethics." *Journal of Medical Ethics* 35 (2009): 398 - 399.

Chodorow, Nancy. *Feminism and Psychoanalytic Theory*. Cambridge: Polity Press, 1989.

——. "Gender, Relation, and Difference in Psychoanalytic Perspective." *The Future of Difference*. Ed. Hester Eisenstein & Alice Jardine. New Brunswick: Rutgers University Press, 1980. 3 - 19.

——. *The Reproduction of Mothering: Psychoanalysis and the Sociology of Gender*. California: University of California Press, 1987.

Chuang, Wanchun. *Mother-Daughter Relationship and the Daughter's Search for an Integrated Self: An Object Relations Reading of Margaret Atwood's* Lady Oracle (Thesis). Taipei: Fu Jen Catholic University, 2006.

Cooke, Nathalie. "Lions, Tigers, and Pussycats: Margaret Atwood (Auto-) Biographically." *Margaret Atwood: Works and Impact*. Ed. Reingard M. Nischik. New York: Camden House, 2000. 15 - 27.

Davey, Frank. *Margaret Atwood: A Feminist Poetics*. Vancouver: Talonbooks, 1984.

Davidson, Cathy N. & Arnold E. Davidson. "Prospects and Retrospects in *Life Before Man*." *The Art of Margaret Atwood: Essays in Criticism*. Toronto: House of Anansi Press Limited, 1981. 205 - 221.

Davidson, Jim. "Where were You When I Really Needed You? Interview with Margaret Atwood." *Margaret Atwood: Conversations*. Ed. Earl G. Ingersoll. New Jersey: Ontario Review Press, 1990.

86 - 98.

De Beauvoir, Simone. *The Second Sex* (1949). Trans. H. M. Parshley. New York: Vintage, 1989.

Defalco, Amelia. *Imagining Care: Responsibility, Dependency, and Canadian Literature*. Toronto: University of Toronto Press, 2016.

DeMara, Bruce. "Margaret Atwood Offers More Bang for the Book." *The Toronto Star* 18 August 2009. 15 October 2017. http://www.thestar.com/entertainment/books/2009/08/18/margaret_atwood_offers_more_bang_for_the_book.html.

Denys, Patricia. "Animals and Women as Meat." *The Brock Review* 12 (2011): 44 - 50.

Derrida, Jacques. "And Say the Animal Responded." *Zoontologies*. Ed. Cary Wolfe. Minneapolis: University of Minnesota Press, 2003. 121 - 146.

——. "'Eating Well,' or the Calculation of the Subject: An Interview with Jacques Derrida." *Who Comes After the Subject?* Ed. Eduardo Cadava & Peter Connor & Jean-Luc Nancy. New York: Routledge, 1991. 96 - 119.

——. "The Animal That Therefore I Am (More to Follow)." 1997. Trans. David Wills. *Critical Inquiry* 28. 2 (Winter 2002): 369 - 419.

Diner, Hasia. *Erin's Daughters in America: Irish Immigrant Women in the Nineteenth Century*. Baltimore and London: John's Hopkins, 1983.

Djwa, Sandra. "Deep Caves and Kitchen Linoleum: Psychological Violence in the Fiction of Alice Munro." *Papers from the Conference on Violence in the Canadian Novel Since 1960*. Ed. Terry Goldie &

Virginia Harger-Grinling. St. John's: Memorial University of Newfoundland, 1982. 177 – 190.

Dobson, Kit. *Transnational Canadas: Anglo-Canadian Literature and Globalization*. Waterloo, Ontario: Wilfrid Laurier University Press, 2009.

Doja, M. N. *International Encyclopedia of Engineering and Technology*. India: International Scientific Publishing Academy, 2007.

Dreese, Donelle N. *Ecocriticism: Creating Self and Place in Environmental and American Indian Literatures*. New York: Peter Lang Publishing, Inc. , 2002.

Drury, John. *The Poetry Dictionary*. Cincinnati, Ohio: Story Press, 1995.

Dunlap, Allison. "Eco-Dystopia: Reproduction and Destruction in Margaret Atwood's *Oryx and Crake*. " *The Journal of Ecocriticism* 5. 1 (January 2013): 1 – 15.

Dunning, Stephen. "Margaret Atwood's *Oryx and Crake*: The Terror of the Therapeutic. " *Canadian Literature* 186 (2005): 86 – 101.

Evain, Christine. *Margaret Atwood's Voices and Representations: From Poetry to Tweets*. Illinois: Common Ground Publishing LLC, 2015.

Evans, Shari. " 'Not Unmarked': From Themed Space to a Feminist Ethics of Engagement in Atwood's *Oryx and Crake*. " *FemSpec* 10. 2 (2010): 35 – 58.

Fanon, Frantz. *The Wretched of the Earth*. Trans. Richard Philcox. New York: Grove Press, 2004.

Felman, Shoshana & Dori Laub. *Testimony: Crises of Witnessing in*

Literature, Psychoanalysis, and History. New York: Routledge, 1992.

Felski, Rita. *Beyond Feminist Aesthetics: Feminist Literature and Social Change*. Cambridge: Harvard University Press, 1989.

Fisher, Robin. *Contact and Conflict: Indian-European Relations in British Columbia, 1774-1890*. Vancouver: University of British Columbia Press, 1977.

Fiske-Harrison, Alexander. "To the Spanish Bullfighting is much more than a Sport." *Daily Telegraph* 25 November 2011. Web. 22 May 2014.

Fleras, Augie & Jean Leonard Elliott. *The Challenge of Diversity: Multiculturalism in Canada*. Scarborough: Nelson, 1992.

Foer, Jonathan Safran. *Eating Animals*. New York: Little, Brown and Company, 2010.

Foster, John Bellamy. "The Epochal Crisis." *Monthly Review* 65.5 (2013): 1-12.

Foucault, Michel. *Discipline and Punish: The Birth of the Prison* (1975). Trans. A. Sheridan. London: Penguin, 1977.

Francis, Daniel. *National Dreams: Myth, Memory, and Canadian History*. Vancouver: Arsenal Pulp Press, 2003.

Frangello, Gina. "The Sunday Rumpus Interview: Margaret Atwood." 20 January 2013. 10 September 2017. http://therumpus.net/2013/01/the-sunday-rumpus-interview-margaret-atwood/.

Franken, Jessica Cora. *Children of Oryx, Children of Crake: Human-Animal Relationships in Margaret Atwood's* MaddAddam *Trilogy* (Thesis). Minnesota: The University of Minnesota, August 2014.

Freedman, Jonathan. "'The Ethics of Identity': A Rooted Cosmopolitan." *New York Times* 12 June 2005. 7 November 2017. http://www.nytimes.com/2005/06/12/books/review/12FREEDMA.html.

Frye, Northrop. *The Bush Garden: Essays on the Canadian Imagination*. Toronto: House of Anansi Press, 1971.

Galasinski, Dariusz. *The Language of Deception. A Discourse Analytical Study*. London: Sage Publications Inc., 2000.

Galbreath, Marcy. "A Consuming Read: The Ethics of Food in Margaret Atwood's *Oryx and Crake*." *Sustainability in Speculative Fiction*. Humanities and Sustainability Conference, Florida Gulf Coast University, October 2010.

Galloway, Gloria. "Bill Has Rapper, Writer Singing the Same Tune." *Globe and Mail* 29 October 2010.

Gerson, Carole. "Margaret Atwood and Quebec: A Footnote on *Surfacing*." *Studies in Canadian Literature* 1.1 (1976). 6 December 2017. https://journals.lib.unb.ca/index.php/SCL/article/view/7830/8887.

Gerth, H. H. & C. Wright Mills, tr. and eds. "Politics as a Vocation." *From Max Weber: Essays in Sociology*. New York: Oxford University Press, 1946. 77–129.

Gibbins, Roger. *Canada as a Borderlands Society*. Orono: Borderlands, 1989.

Gilleard, Christopher & Paul Higgs. *Cultures of Ageing: Self, Citizen and the Body*. New York: Pearson Education, 2000.

Glenn, Cathy B. "Constructing Consumables and Consent: A Critical Analysis of Factory Farm Industry Discourse." *Journal of Communication Inquiry* 28. 1 (2004): 63 – 81.

Glover, Jayne. "Human/Nature: Ecological Philosophy in Margaret Atwood's *Oryx and Crake*." *English Studies in Africa* 52. 2 (2009): 50 – 62.

Goetsch, Paul. "Margaret Atwood: A Canadian Nationalist." *Margaret Atwood: Works and Impact*. Ed. Reingard M. Nischik. New York: Camden House, 2000. 166 – 179.

Goldie, Terry. "Semiotic Control: Native Peoples in Canadian Literature in English." *Unhomely States: Theorizing English-Canadian Postcolonialism*. Ed. Cynthia Sugars. Toronto: Broadview Press, 2004. 191 – 203.

Goodbody, Axel. *Nature, Technology and Cultural Change in Twentieth-Century German Literature: The Challenge of Ecocriticism*. New York: Palgrave Macmillan, 2007.

Gorjup, Branko, ed. *Mythologizing Canada: Essays on the Canadian Literary Imagination*. Ottawa: Legas, 1997.

Grace, Sherrill. "Sociopolitical and Cultural Developments from 1967 to the Present." *History of Literature in Canada: English-Canadian and French-Canadian*. Ed. Reingard M. Nischik. New York: Camden House, 2008. 285 – 290.

Gregersdotter, Katarina. *Watching Women, Falling Women: Power and Dialogue in Three Novels by Margaret Atwood*. Umeå: Umeå University, 2003.

Gussow, Mel. "Atwood's Dystopian Warning: Hand-Wringer's Tale of Tomorrow." *New York Times* (24 June 2003): B5.

Hammond, Karla. "Articulating the Mute." *Margaret Atwood: Conversations*. Ed. Earl G. Ingersoll. New Jersey: Ontario Review Press, 1990. 109 – 120.

Hamre, Melvin L. "Home Processing of Poultry: Killing and Dressing." University of Minnesota, n. d. Web. 26 September 2013.

Hancock, Geoff. "Tightrope-Walking Over Niagara Falls: Interview with Margaret Atwood." *Margaret Atwood: Conversations*. Ed. Earl G. Ingersoll. New Jersey: Ontario Review Press, 1990. 191 – 220.

Haraway, Donna J. *The Companion Species Manifesto: Dogs, People, and Significant Otherness*. Chicago: Prickly Paradigm Press, 2003.

——. *When Species Meet*. Minneapolis: University of Minnesota Press, 2008.

Heather, Nicol. "The Canada-U. S. Border after September 11th: The Politics of Risk Constructed." *Journal of Borderlands Studies* 21.1 (2006): 47 – 68.

Hengen, Shannon. "Zenia's Foreignness." *Various Atwoods: Essays on the Later Poems, Short Fiction, and Novels*. Ed. Lorraine York. Toronto: Anansi, 1995. 271 – 286.

Hirsch, Marianne. *The Mother/Daughter Plot: Narrative, Psychoanalysis, Feminism*. Bloomington: Indiana University Press, 1989.

Hochschild, Arlie Russell. *Time Bind: When Work Becomes Home and Home Becomes Work*. New York: Henry Holt, 1997.

Holman, Andrew & Robert Thacker. "Literary and Popular Culture." *Canadian Studies in the New Millennium*. Ed. Patrick James and Mark Kasoff. Toronto: University of Toronto Press, 2008. 125–164.

Hoogheem, Andrew. "Secular Apocalypses: Darwinian Criticism and Atwoodian Floods." *Mosaic: A Journal for the Interdisciplinary Study of Literature* 45. 2 (2012): 55–71.

Horkheimer, Max & Theodor Adorno. *Dialectic of Enlightenment: Cultural Memory in the Present*. New York: Herder & Herder, 1972.

Horney, Karen. *Neurosis and Human Growth: The Struggle Toward Self-Realization*. New York: W. W. Norton, 1950.

Houser, Tammy Amiel. "Margaret Atwood's Feminist Ethics of Gracious Housewifery." *Partial Answers: Journal of Literature and the History of Ideas* 11. 1 (January 2013): 109–132.

Howells, Coral Ann. *Contemporary Canadian Women's Fiction*. New York and Hampshire: Palgrave Macmillan, 2003.

——. *Margaret Atwood*, 1st edition. Hampshire and London: Macmillan Press Ltd., 1996.

——. *Margaret Atwood*, 2nd edition. Hampshire and New York: Palgrave Macmillan, 2005.

——. "Margaret Atwood's Discourse of Nation and National Identity in the 1990s." *The Rhetoric of Canadian Writing*. Ed. Conny Steenman-Marcusse. Amsterdam: Rodopi, 2002. 199–216.

——. "Margaret Atwood's Dystopian Visions: *The Handmaid's Tale* and *Oryx and Crake*." *The Cambridge Companion to Margaret Atwood*. Ed. Coral Ann Howells. Cambridge: Cambridge University Press, 2006.

161 – 175.

——. "The Robber Bride; or, Who is a True Canadian?" *Margaret Atwood's Textual Assassinations: Recent Poetry and Fiction*. Ed. Sharon Rose Wilson. Columbus: The Ohio State University Press, 2003. 88 – 101.

Huggan, Graham & Helen Tiffin. *Postcolonial Ecocriticism: Literature, Animals, Environment*. New York: Routledge, 2010.

Hughes, Rowland & Pat Wheeler. "Eco-dystopias: Nature and the Dystopian Imagination." *Critical Survey* 25. 2 (2013): 1 – 6.

Ingersoll, Earl G., ed. *Waltzing Again: New and Selected Conversations with Margaret Atwood*. Princeton: Ontario Review Press, 2006.

Irwin, Beth. "Global Capitalism in *Oryx and Crake*." *Oshkosh Scholar* 4 (2009): 44 – 51.

Jones, Owain. "Non-Human Rural Studies." *The Handbook of Rural Studies*. Ed. Paul Cloke & Terry Marsden & Patrick Mooney. London: SAGE, 2006. 185 – 200.

Kaminski, Margaret. "Interview with Margaret Atwood." *Waves* 4 (Autumn 1975).

Kane, Robert. *Through the Moral Maze: Searching for Absolute Values in a Pluralistic World*. New York & London: North Castle Books, 1996.

Kapuscinski, Kiley. "Negotiating the Nation: The Reproduction and Reconstruction of the National Imaginary in Margaret Atwood's *Surfacing*." *English Studies in Canada* 33. 3 (2007): 95 – 123.

Keith, W. J. *Introducing Margaret Atwood's* The Edible Woman: *A Reader's Guide*. Toronto: ECW Press, 1989.

Keller, Julia. "Book Review." *Chicago Literary Tribute Magazine* (30 October 2005): 18.

Kelly, Lindsay E. *The Bioart Kitchen: Art, Food and Ethics* (Dissertation). California: University of California, March 2009.

Kelly, Margo. "Margaret Atwood Says Twitter, Internet Boost Literacy." 5 December 2011. 8 January 2014. http://www.cbc.ca/1.1057001.

Kerr, Heather. "Rev. of *Speaking for Nature: Women and Ecologies of Early Modern England*, by Sylvia Bowerbank." *Parergon* 24.2 (2007): 165 - 167.

Kerskens, Christel B. *Escaping the Labyrinth of Deception: A Postcolonial Approach to Margaret Atwood's Novels* (Thesis). Bruxelles: Universite Libre De Bruxelles, 2007.

Klovan, Peter. "'They Are Out of Reach Now': The Family Motif in Margaret Atwood's *Surfacing*." *Essays on Canadian Writing* 33 (Fall 1986): 1 - 28.

Laferrière, Eric & Peter J. Stoett. *International Relations Theory and Ecological Thought: Towards a Synthesis*. New York: Routledge, 1999.

LaPierre, Laurier, ed. *If You Love This Country: Facts and Feelings on Free Trade*. Toronto: McClelland and Stewart, 1987.

Latour, Bruno. *Politics of Nature: How to Bring the Sciences into Democracy*. Trans. C. Porter. Cambridge: Harvard University Press, 2004.

Le Guin, Ursula K. "Eleven Piece Suite." *The Guardian* 23 September

2006. 28 August 2018. https：//www.theguardian.com/books/2006/sep/23/fiction.margaretatwood.

Levenson, Christopher. "Magical Forms in Poetry." *Margaret Atwood: Conversations*. Ed. Earl G. Ingersoll. New Jersey：Ontario Review Press, 1990. 20 – 26.

Levinas, Emmanuel. *Otherwise Than Being or Beyond Essence*. Trans. Alphonso Lingis. The Hague：Martinus Nijhoff, 2000.

Loomba, Ania. *Colonialism/Postcolonialism*. London and New York：Routledge, 1998.

Luke, Brian. "Justice, Caring, and Animal Liberation." *Beyond Animal Rights: A Feminist Caring Ethic for the Treatment of Animals*. Ed. Carol Adams & Josephine Donovan. New York：Continuum, 1996. 77 – 102.

Lyons, Bonnie. "Using Other People's Dreadful Childhoods." *Margaret Atwood: Conversations*. Ed. Earl G. Ingersoll. New Jersey：Ontario Review Press, 1990. 221 – 233.

Lyons, C. "Suffering Sappho! A Look at the Creator & Creation of Wonder-Woman." *Comic Book Resources* 2006. 8 November 2017. http：//www.comicbookresources.com.

Macfarlane, Robert. "Generation Anthropocene：How Humans have Altered the Planet Forever." *The Guardian* 1 April 2016. 14 May 2017. https：//www.theguardian.com/books/2016/apr/01/generation-anthropocene-altered-planet-for-ever.

Manes, Christopher. "Nature and Silence." *The Ecocriticism Reader: Landmarks in Literary Ecology*. Ed. Cheryll Glotfelty & Harold

Fromm. London: The University of Georgia Press, 1996. 15 – 29.

McKibben, Bill. *The End of Nature*. New York: Random House, 2006.

McKinsey, Lauren & Victor Konrad. "Introduction: Purpose and Significance." *Borderlands Reflections: The United States and Canada*. Orono: Borderlands, 1989. 1 – 37.

McLean, Lorna R. & Marilyn Barber. "In Search of Comfort and Independence: Irish Immigrant Domestic Servants Encounter the Courts, Jails, and Asylums in Nineteenth-Century Ontario." *Sisters or Strangers? Immigrant, Ethnic, and Racialized Women in Canadian History*. Ed. Marlene Epp & Franca Iacovetta & Frances Swyrpa. Toronto: University of Toronto Press, 2004. 133 – 160.

McWilliams, Ellen. *Margaret Atwood and the Female Bildungsroman*. Farnham: Ashgate, 2009.

Mendez-Egle, Beatrice. "Witness is What You Must Bear." *Margaret Atwood: Conversations*. Ed. Earl G. Ingersoll. New Jersey: Ontario Review Press, 1990. 162 – 170.

Merchant, Carolyn. "Ecofeminism and Feminist Theory." *Environmental Ethics*. Ed. Michael Boylan. New Jersey: Prentice-Hall, Inc., 2001. 77 – 84.

Moss, Laura. "Margaret Atwood: Branding an Icon Abroad." *Margaret Atwood: The Open Eye*. Ed. John Moss and Tobi Kozakewich. Ottawa: University of Ottawa Press, 2006. 19 – 33.

Murray, Patrick. "'These Vistas of Desolation': Image and Poetry in Margaret Atwood and Charles Pachter's *The Journals of Susanna

Moodie." *British Journal of Canadian Studies* 24.1 (2011): 64 – 84.

Mycak, Sonia. "Divided and Dismembered: the Decentred Subject in Margaret Atwood's *Bodily Harm*." *Canadian Review of Comparative Literature* 20.3 – 4 (1993): 469 – 478.

———. *In Search of the Split Subject: Psychoanalysis, Phenomenology and the Novels of Margaret Atwood*. Toronto: ECW Press, 1996.

Narkunas, J. Paul. "Between Words, Numbers, and Things: Transgenics and Other Objects of Life in Margaret Atwood's *MaddAddams*." *Critique: Studies in Contemporary Fiction*, 56.1 (2015): 1 – 25.

Nestruck, J. Kelly. "In Big Oil's Shadow, Love and Light." *Globe and Mail* 12 February 2011.

Niederhoff, Burkhard. "How to Do Things with History: Researching Lives in Carol Shields' *Swann* and Margaret Atwood's *Alias Grace*." *Journal of Commonwealth Literature* 35.2 (2000): 71 – 85.

Nischik, Reingard M. *Comparative North American Studies: Transnational Approaches to American and Canadian Literature and Culture*. London: Palgrave Macmillan, 2016.

———. *Engendering Genre: The Works of Margaret Atwood*. Ottawa: University of Ottawa Press, 2009.

Northover, Richard Alan. "Ecological Apocalypse in Margaret Atwood's *MaddAddam* Trilogy." *Studia Neophilologica* 88 (2016): 81 – 95.

Nussbaum, Martha C. *Poetic Justice: The Literary Imagination and Public Life*. Boston: Beacon Press, 1995.

Oates, Joyce Carol. "Dancing on the Edge of the Precipice." *Margaret*

Atwood: Conversations. Ed. Earl G. Ingersoll. New Jersey: Ontario Review Press, 1990. 74–85.

———. "My Mother Would Rather Skate Than Scrub Floors." *Margaret Atwood: Conversations*. Ed. Earl G. Ingersoll. New Jersey: Ontario Review Press, 1990. 69–73.

O'Hara, Delia. "Atwood's Novel Paints Bleak Pictures of World." *Chicago Red Streak* 5 June 2003. 10 September 2009. http://www.chicagoredstreak.com/entertainment/mid-features-ent-margar.html.

Oliver, Kelly. "Subjectivity as Responsivity: The Ethical Implications of Dependency." *The Subject of Care: Feminist Perspectives on Dependency*. Ed. Eva Feder Kittay & Ellen K. Feder. Lanham: Rowman, 2002. 322–333.

———. *Witnessing: Beyond Recognition*. Minneapolis: University of Minnesota Press, 2001.

Oxford Advanced Learner's Dictionary of Current English 6th ed. Oxford: Oxford University Press, 2000.

Palumbo, Alice M. "On the Border: Margaret Atwood's Novel." *Margaret Atwood: Works and Impact*. Ed. Reingard M. Nischik. New York: Camden House, 2000. 73–85.

Parker, Emma. "You Are What You Eat: The Politics of Eating in the Novels of Margaret Atwood." *Margaret Atwood*. Ed. Harold Bloom. Philadelphia: Chelsea House Publishers, 2000. 113–130.

Paulson, Steve. "What Choice Would You Make?: Margaret Atwood & Steve Paulson Discuss Dystopias, Prostibots & Hope." 14 January

2016. 15 February 2016. http：//electricliterature. com/what-choice-would-you-make-margaret-atwood-steve-paulson-discuss-dystopias-prostibots-hope/.

Pourgharib, Behzad. "Margaret Atwood: Twenty-Five Years of Gothic Tales. " *Studies in Contemporary Canadian Literature*. Ed. K. V. Dominic. New Delhi: Sarup Book Publishers PVT. Ltd. , 2010. 181 – 201.

Pressick, Jon. "Margaret Atwood's *The Heart Goes Last*: Love, Dystopia and Sex Robots. " 27 November 2015. 29 November 2015. http：// futureofsex. net/robots/margaret-atwoods-the-heart-goes-last-love-dystopia-and-sex-robots/.

Ramazani, Abolfazl & Elmira Bazregarzadeh. "An Ecocritical Reading of William Wordsworth's Selected Poems. " *English Language and Literature Studies* 4. 1 (2014): 1 – 9.

Rao, Eleonora. "Home and Nation in Margaret Atwood's Later Fiction. " *The Cambridge Companion to Margaret Atwood*. Ed. Coral Ann Howells. Cambridge: Cambridge University Press, 2006. 100 – 113.

Regan, Tom. *The Case for Animal Rights*. Berkeley: University of California Press, 2004.

Rich, Adrienne. "Vesuvius at Home: The Power of Emily Dickinson. " *Shakespeare's Sisters: Feminist Essays on Women Poets*. Ed. Sandra M. Gilbert & Susan Gubar. Bloomington: Indiana University Press, 1979. 99 – 121.

Rigney, Barbara H. *Margaret Atwood*. London: Macmillan Education,

1987.

——. " 'The Roar of the Boneyard': *Life Before Man.* " *Margaret Atwood.* London: Macmillan Education, 1987.

Rogerson, Margaret. "Reading the Patchworks in *Alias Grace.* " *Journal of Commonwealth Literature* 33. 1 (1998): 5 - 22.

Rosenberg, Jerome H. *Margaret Atwood.* Boston: Twayne Publishers, 1984.

Ross, Val. "Atwood Revisits the Deep and the Scary. " *Globe and Mail* (30 January 1995): C1.

Rousseau, Jean-Jacques. *Émile.* Trans. Barbara Foxley. London: J. M. Dent and Sons, Ltd. , 1974.

Rozelle, Lee. "Liminal Ecologies in Margaret Atwood's *Oryx and Crake.* " *Canadian Literature* 206 (2010): 61 - 72.

Rubio, Julie H. "Just Peacemaking in Christian Marriage. " *INTAMS Review* 17 (2011): 144 - 146.

Ryken, Leland & James C. Wilhoit & Tremper Longman III, eds. *Dictionary of Biblical Imagery.* Illinois: InterVarsity Press, 1998.

Said, Edward. *Culture and Imperialism.* London: Vintage, 1992.

——. *Orientalism.* London and Henley: Routledge & Kegan Paul, 1978.

Sandler, Linda. "A Question of Metamorphosis. " *Margaret Atwood: Conversations.* Ed. Earl G. Ingersoll. New Jersey: Ontario Review Press, 1990. 40 - 57.

——, ed. *The Malahat Review : Margaret Atwood: A Symposium* 41 (January 1997).

Schmidt, Lawrence E. & Scott Marratto. *The End of Ethics in a Technological Society*. Montreal: McGill-Queen's University Press, 2008.

Schull, Joseph. *The Rising in French Canada 1837*. Toronto: Macmillan of Canada, 1971.

Șerban, Andreea. "Cannibalized Bodies and Identities, Margaret Atwood's *The Edible Woman*, *Lady Oracle*, and *Cat's Eye*." *Environmental, Health and Humanity Issues in the Down Danubian Region*. Ed. Dragutin Mihailović, et al. Singapore: World Scientific Publishing, 2007. 347–357.

Shead, Jackie. *Margaret Atwood: Crime Fiction Writer: The Reworking of a Popular Genre*. Surrey: Ashgate Publishing Limited, 2015.

Showalter, Elaine. *Sister's Choice: Tradition and Change in American Women's Writing*. Oxford: Oxford University Press, 1991.

Sloterdijk, Peter. "Entgöttlichte Passion: Interview zur modernen Liebe." *Focus* 52 (2000): 146–148.

Staels, Hilda. *Margaret Atwood's Novels: A Study of Narrative Discourse*. Tubingen and Basel: Francke Verlag, 1995.

Stein, Karen F. *Margaret Atwood Revisited*. New York: Twayne Publishers, 1999.

Stirling, Ian & Claire L. Parkinson. "Possible Effects of Climate Warming on Selected Populations of Polar Bears (Ursus Maritimus) in the Canadian Arctic." *Arctic* 59. 3 (2006): 261–275.

Sullivan, Rosemary. *The Red Shoes: Margaret Atwood Starting Out*. Toronto: Harper Flamingo, 1998.

Thieme, John, ed. *The Arnold Anthology of Post-colonial Literatures in English*. London: Edward Arnold, 1996.

Tokaryk, Tyler. *Culture Difference: Writing, Canada, Multiculturalism* (Dissertation). London, Ontario: University of Western Ontario, 1996.

Tolan, Fiona. "Aging and Subjectivity in Margaret Atwood's Fiction." *Contemporary Women's Writing* 11.3 (November 2017): 336 - 353.

——. *Margaret Atwood: Feminism and Fiction*. Amsterdam: Rodopi, 2007.

Tome, Sandra. "'The Missionary Postion': Feminism and Nationalism in Margaret Atwood's *The Handmaid's Tale*." *Canadian Literature* 138 - 139 (Fall-Winter 1993): 73 - 87.

Tuhus-Dubrow, Rebecca. "Cli-Fi: Birth of a Genre." *Dissent* Summer 2013. 11 November 2019. https://www.dissentmagazine.org/article/cli-fi-birth-of-a-genre.

Twigg, Alan. "Just Looking at Things That Are There." *Margaret Atwood: Conversations*. Ed. Earl G. Ingersoll. New Jersey: Ontario Review Press, 1990. 121 - 130.

Urien, Bertrand & William Kilbourne. "Generativity and Self-enhancement Values in Eco-friendly Behavioral Intentions and Environmentally Responsible Consumption Behavior." *Psychology & Marketing* 28.1 (2011): 69 - 90.

VanSpanckeren, Kathryn. "Shamanism in the Works of Margaret Atwood." *Margaret Atwood: Vision and Forms*. Ed. Kathryn VanSpanckeren & Jan Garden Castro. Illinois: Southern Illinois

University Press, 1988. 183-204.

Vevaina, Coomi S. "Margaret Atwood and History." *The Cambridge Companion to Margaret Atwood*. Ed. Coral Ann Howells. New York: Cambridge University Press, 2006. 86-99.

Wall, John. *Ethics in Light of Childhood*. Washington: Georgetown University, 2010.

Waltonen, Karma, ed. *Margaret Atwood's Apocalypses*. Newcastle upon Tyne: Cambridge Scholars Publishing, 2015.

Wang, Ning. "Toward a Literary Environmental Ethic: A Reflection on Eco-criticism." *Neohelicon* 36 (2009): 289-298.

Warkentin, Traci. "Dis/integrating Animals: Ethical Dimensions of the Genetic Engineering of Animals for Human Consumption." *AI & Society* 20 (2006): 82-102.

Warren, Karen R. *Ecofeminist Philosophy: A Western Perspective on What It is and Why It Matters*. Lanham: Rowman & Littlefield Publishers, Inc., 2000.

Westendorf, M. L. & R. O. Myer. "Feeding Food Wastes for Swine." *University of Florida IFAS Extension*. University of Florida 2012. Web. 16 September 2013.

White, Hayden. "The Historical Text as Literary Artifact." *The Writing of History: Literary Form and Historical Understanding*. Ed. R. H. Canary & H. Kosicki. Madison: University of Wisconsin Press, 1978. 41-62.

Wilkins, Peter. "Defense of the Realm: Canada's Relationship to the United States in Margaret Atwood's *Surfacing*." *Literature and the*

Nation. Vol. 14 of *REAL: The Yearbook of Research in English and American Literature*. Ed. Brook Thomas. Tubingen: Gunter Narr, 1998. 205 – 222.

Wilson, Sharon Rose. "Quilting as Narrative Art: Metafictional Construction in *Alias Grace*." *Margaret Atwood's Textual Assassinations: Recent Poetry and Fiction*. Ed. Sharon Rose Wilson. Columbus: The Ohio State University Press, 2003. 121 – 134.

Wiseman, Adele. "Readers Can Rejoice: Atwood's on Form." *Toronto Star* (29 September 1979): F7.

Wisker, Gina. *Margaret Atwood: An Introduction to Critical Views of Her Fiction*. Hampshire: Palgrave Macmillan, 2012.

Wood, Peter & Simon Brownhill. "'Absent Fathers', and Children's Social and Emotional Learning: An Exploration of the Perceptions of 'Positive Male Role Models' in the Primary School Sector." *Gender and Education* 30. 2 (2018): 172 – 186.

Wright, Laura. "Vegans, Zombies, and Eco-Apocalypse: McCarthy's *The Road* and Atwood's *Year of the Flood*." *Interdisciplinary Studies in Literature and Environment* 22. 3 (Summer 2015): 507 – 524.

Wright, Robert. *Hip and Trivial: Youth Culture, Book Publishing, and the Greying of Canadian Nationalism*. Toronto: Canadian Scholars Press Inc. , 2001.

Wynne-Davies, Marion. *Margaret Atwood*. Horndon, Tavistock, Devon: Northcote House Publishers Ltd. , 2010.

Xu, Jingcheng & Meifang Nan Gong. "H. W. Longfellow: A Poetical-Dwelling Poet of Ecological Wisdom from the Perspective of Ecocriticism." *Canadian Center of Science and Education* 5.5 (2012): 85-100.

York, Lorraine. "Biography/autobiography." *The Cambridge Companion to Margaret Atwood*. Ed. Coral Ann Howells. New York: Cambridge University Press, 2006. 28-42.

——. *Literary Celebrity in Canada*. Toronto: University of Toronto Press, 2007.

——. *Margaret Atwood and the Labour of Literary Celebrity*. Toronto: University of Toronto Press, 2013.

附录 玛格丽特·阿特伍德主要作品出版年表

长篇小说

1969 年 《可以吃的女人》(*The Edible Woman*),多伦多:麦克莱兰德和斯图尔特出版社。

1972 年 《浮现》(*Surfacing*),多伦多:麦克莱兰德和斯图尔特出版社。

1976 年 《神谕女士》(*Lady Oracle*),多伦多:麦克莱兰德和斯图尔特出版社。

1979 年 《人类之前的生命》(*Life Before Man*),多伦多:麦克莱兰德和斯图尔特出版社。

1981 年 《肉体伤害》(*Bodily Harm*),多伦多:麦克莱兰德和斯图尔特出版社。

1985 年 《使女的故事》(*The Handmaid's Tale*),多伦多:麦克莱兰德和斯图尔特出版社。

1988 年 《猫眼》(*Cat's Eye*),多伦多:麦克莱兰德和斯图尔特出版社。

1993 年 《强盗新娘》(*The Robber Bride*),多伦多:麦克莱兰德和斯图尔特出版社。

1996 年 《别名格雷斯》(*Alias Grace*),多伦多:麦克莱兰德和斯图尔特出版社。

2000 年　《盲刺客》（The Blind Assassin），伦敦：布卢姆斯伯里出版社。

2003 年　《羚羊与秧鸡》（Oryx and Crake），多伦多：麦克莱兰德和斯图尔特出版社。

2005 年　《珀涅罗珀记》（The Penelopiad），爱丁堡：坎农格特出版社。

2009 年　《洪水之年》（The Year of the Flood），纽约：南·A.泰利斯出版社。

2013 年　《疯癫亚当》（MaddAddam），多伦多：麦克莱兰德和斯图尔特出版社。

2014 年　《文人的月亮》（Scribbler Moon），列入"未来图书馆计划"，预计于 2114 年出版。

2015 年　《最后死亡的是心脏》（The Heart Goes Last），纽约：兰登书屋。

2016 年　《女巫的子孙》（Hag-Seed），纽约：霍加斯出版社。

2019 年　《证言》（The Testaments），伦敦：查托和温达斯出版社。

短篇小说集

1977 年　《跳舞的女孩们》（Dancing Girls），多伦多：麦克莱兰德和斯图尔特出版社。

1983 年　《黑暗中的谋杀》（Murder in the Dark），多伦多：齐科屋出版社。

　　　　《蓝胡子的蛋》（The Bluebeard's Egg），多伦多：麦克莱兰德和斯图尔特出版社。

1991 年 《荒野警示故事》(*Wilderness Tips*)，纽约：双日出版社。

1992 年 《好骨头》(*Good Bones*)，多伦多：齐科屋出版社。

1994 年 《好骨头和简单的谋杀》(*Good Bones and Simple Murder*)，纽约：南·A. 泰利斯出版社，双日出版社。

1996 年 《拉布拉多的惨败》(*The Labrador Fiasco*)，伦敦：布鲁姆斯伯里出版公司。

2006 年 《帐篷》(*The Tent*)，纽约：O. W. 托德出版社。

《道德困境》(*Moral Disorder*)，纽约：O. W. 托德出版社。

2014 年 《石床垫》(*Stone Mattress*)，纽约：南·A. 泰利斯出版社。

2023 年 《林中老宝贝》(*Old Babes in the Wood*)，纽约：双日出版社。

诗集

1961 年 《双面普西芬尼》(*Double Persephone*)，多伦多：豪克斯海德出版社。

1964 年 《圆圈游戏》(*The Circle Game*)，密歇根州：伊利诺伊布鲁姆菲尔德·黑尔斯出版社。

1966 年 《为弗兰肯斯坦博士所做的演讲》(*Speeches for Doctor Frankenstein*)，密歇根州：克兰布鲁克艺术学院。

1968 年 《彼国动物》(*The Animals in That Country*)，多伦多：牛津大学出版社。

1970 年 《地下的程序》(*Procedures for Underground*)，多伦多：牛津大学出版社。

《苏珊娜·穆迪日志》(*The Journals of Susanna Moodie*)，多伦多：牛津大学出版社。

1971 年 《强权政治》(Power Politics),多伦多:安南西出版社。
1974 年 《你快乐》(You Are Happy),多伦多:牛津大学出版社。
1976 年 《精选诗集》(Selected Poems),多伦多:牛津大学出版社。
1978 年 《双头诗》(Two-Headed Poems),多伦多:牛津大学出版社。
1981 年 《真实的故事》(True Stories),多伦多:牛津大学出版社。
1983 年 《蛇诗诗歌集》(Snake Poems),多伦多:萨拉曼德出版公司。
1984 年 《新残月交替》(Interlunar),多伦多:牛津大学出版社。
1987 年 《诗选 II:1976—1986》(Selected Poems II: 1976 - 1986),波士顿:霍顿·米夫林出版公司。
1990 年 《精选诗集:1966—1984》(Selected Poems: 1966 - 1984),多伦多:牛津大学出版社。
1995 年 《早晨在烧毁的房子里》(Morning in the Burned House),多伦多:麦克莱兰德和斯图尔特出版社。
1998 年 《吃火:诗选(1965—1995)》(Eating Fire: Selected Poetry 1965 - 1995),伦敦:维拉格出版社。
2007 年 《门》(The Door),多伦多:麦克莱兰德和斯图尔特出版社。
2020 年 《亲爱的》(Dearly),伦敦:查托与温德斯出版社。
2024 年 《纸船:新选和精选诗集(1961—2023)》(Paper Boat: New and Selected Poems 1961 -2023),纽约:克诺夫出版社。

非虚构性作品

1972 年 《生存:加拿大文学主题指南》(Survival: A Thematic Guide to Canadian Literature),多伦多:安南西出版社。
1976 年 《反叛者的日子,1815—1840》(Days of the Rebels, 1815 -

1840），多伦多：加拿大自然科学出版社。

1982 年　《次要的话：散文评论选集》(Second Words: Selected Critical Prose)，多伦多：安南西出版社。

1995 年　《奇景：加拿大文学中的严酷北方》(Strange Things: The Malevolent North in Canadian Literature)，牛津：克莱伦顿出版社。

2002 年　《与死者协商：一位作家论创作》(Negotiating with the Dead: A Writer on Writing)，剑桥：剑桥大学出版社。

2004 年　《移动的靶子：有意图地写作，1982—2004》(Moving Targets: Writing with Intent, 1982‐2004)，多伦多：安南西出版社。

2005 年　《有意图地写作：随笔、评论、个人散文，1983—2005》(Writing with Intent: Essays, Reviews, Personal Prose, 1983‐2005)，纽约：凯罗尔和格拉夫出版社。

《好奇的追寻：偶尔为之的写作（1970—2005）》(Curious Pursuits: Occasional Writing 1970‐2005)，伦敦：维拉格出版社。

2008 年　《偿还：债务与财富的阴暗面》(Payback: Debt and the Shadow Side of Wealth)，多伦多：安南西出版社。

2011 年　《在其他世界：科幻和人类的想象力》(In Other Worlds: SF and the Human Imagination)，纽约：南·A.泰利斯出版社。

2022 年　《接下来会发生什么：阿特伍德随笔集（2004—2021）》(Burning Questions: Essays and Occasional Pieces 2004‐2021)，纽约：双日出版社。

主编文集

1982 年　《牛津加拿大英语诗歌选》(*The New Oxford Book of Canadian Verse in English*)，多伦多：牛津大学出版社。

1987 年　《加拿大食品文学大全》(*The Canlit Foodbook*)，多伦多：图腾出版社。

1988 年　《牛津加拿大短篇小说集》(*The Oxford Book of Canadian Short Stories in English*)，多伦多：牛津大学出版社。

1989 年　《美国最佳短篇小说 1989》(*The Best American Short Stories 1989*)，波士顿：霍顿·米夫林出版公司。

1995 年　《新牛津加拿大短篇小说集》(*The New Oxford Book of Canadian Short Stories in English*)，多伦多：牛津大学出版社。

童书

1978 年　《在树上》(*Up in the Tree*)，多伦多：麦克莱兰德和斯图尔特出版社。

1980 年　《安娜的宠物》(*Anna's Pet*)，多伦多：麦克莱兰德和斯图尔特出版社。

1990 年　《为了鸟类》(*For the Birds*)，多伦多：道格拉斯和麦克因泰尔出版社。

1995 年　《公主普茹涅拉和紫色花生》(*Princess Prunella and the Purple Peanut*)，多伦多：凯·波特出版社。

2003 年　《粗鲁的拉姆齐和长势喜人的萝卜》(*Rude Ramsay and the Roaring Radishes*)，伦敦：布卢姆斯伯里出版社。

2006 年　《害羞的鲍勃和忧愁的多琳达》(*Bashful Bob and Doleful*

Dorinda），伦敦：布卢姆斯伯里出版社。
2011 年　《流浪的文达和寡妇维洛普的地下洗涤间》（*Wandering Wenda and Widow Wallop's Wunderground Washery*），多伦多：麦克阿瑟公司。

网络小说

2012 年　《我渴望你》（*I'm Starved For You*）

2012 年　《索套项圈》（*Choke Collar*）

2012 年　《抹去我》（*Erase Me*）

2013 年　《最后死亡的是心脏》（*The Heart Goes Last*）

以上均在文学网站 Byliner.com 上刊载。

2012 年　《快乐僵尸日出之家》（*The Happy Zombie Sunrise Home*，与内奥米·阿尔德曼合作），在 Wattpad 社交平台上连载。

电视剧本

1974 年　《女仆》（*The Servant Girl*）

1981 年　《雪鸟》（*Snowbird*）

1987 年　《人间天堂》（*Heaven on Earth*）

歌剧剧本

1964 年　《夏天的号角》（*The Trumpets of Summer*）

2004 年　《弗兰肯斯坦的怪物的歌》（*Frankenstein Monster Song*）

2014 年　《波林》（*Pauline*）

绘本小说

2016 年 《猫鸟天使 1》(*Angel Catbird Volume 1*),维多利亚(加拿大):黑马书屋。

2017 年 《猫鸟天使 2:向卡图拉城堡出发》(*Angel Catbird Volume 2: To Castle Catula*),维多利亚(加拿大):黑马书屋。

2017 年 《猫鸟天使 3:猫鸟之吼》(*Angel Catbird Volume 3: The Catbird Roars*),维多利亚(加拿大):黑马书屋。

2018 年 《战熊(卷 1—3)》(*War Bears* vols 1‐3),维多利亚(加拿大):黑马书屋。

图书在版编目(CIP)数据

诗性正义：玛格丽特·阿特伍德的伦理思想研究 / 袁霞著. -- 上海：上海社会科学院出版社，2025.
ISBN 978-7-5520-4581-9

Ⅰ. I711.065

中国国家版本馆 CIP 数据核字第 2024L5A417 号

诗性正义:玛格丽特·阿特伍德的伦理思想研究

著　　者：袁　霞
责任编辑：包纯睿　陈如江
封面设计：周清华
出版发行：上海社会科学院出版社
　　　　　上海顺昌路 622 号　邮编 200025
　　　　　电话总机 021 - 63315947　销售热线 021 - 53063735
　　　　　https://cbs.sass.org.cn　E-mail：sassp@sassp.cn
排　　版：南京展望文化发展有限公司
印　　刷：上海盛通时代印刷有限公司
开　　本：890 毫米×1240 毫米　1/32
印　　张：12.25
插　　页：1
字　　数：293 千
版　　次：2025 年 1 月第 1 版　2025 年 1 月第 1 次印刷

ISBN 978 - 7 - 5520 - 4581 - 9/I · 561　　　　定价：65.00 元

版权所有　翻印必究